Anton Pawlowitsch Tschechow ist am 17. Januar 1860 in Taganrog am Asowschen Meer geboren. Er starb am 2. Juli 1904 in Badenweiler.

Zwischen 1886 und 1900 entstanden die Erzählungen, die in diesen Band aufgenommen wurden. Die sogenannten »humoristischen« Kurzgeschichten aus früheren Jahren wurden nicht berücksichtigt. Relevanter schien es, den Autor mit seinen späteren kritischen Texten vorzustellen. Man kann sagen, Tschechow habe ein szientifisches Weltverständnis gehabt; nicht ohne Grund weist er in seinen Briefen immer wieder auf seinen »Doppelberuf« als Arzt und Schriftsteller hin. Prototypisch ist dafür seine Sachalin-Arbeit, die von den Zeitgenossen als ein Symbol für den Zustand Rußlands in jenen Jahren angesehen wurde. Maxim Gorki, der mit Tschechow in freundschaftlicher Beziehung stand, schrieb: »Wenn man die Erzählungen von Anton Tschechow liest, hat man ein Gefühl wie an einem traurigen Spätherbsttag, an dem die Luft so durchsichtig klar ist und die blattlosen Bäume, die engen Häuser, die grauen Menschen in der Luft so scharf umrissen sind.«

András Karakas, geboren 1948 in Budapest, lebt heute in Frankfurt am Main. Erste Ausstellung 1969 in Budapest, wo er an der Hochschule für Bildende Kunst studierte. Karakas arbeitete von 1971 bis 1976 an der Städelschule in Frankfurt am Main. 1974 Ausstellung in der Galerie Daberkow in Frankfurt am Main.

insel taschenbuch 174

Tschechow

# Die Dame mit dem Hündchen

# ANTON P. TSCHECHOW
# DIE DAME
# MIT DEM HÜNDCHEN

und andere Erzählungen
Mit Zeichnungen von András Karakas
Ausgewählt und mit einem Nachwort
versehen von Werner Berthel
Insel Verlag

Aus dem Russischen
von Reinhold Trautmann

insel taschenbuch 174
Zweite Auflage, 11.–18. Tausend 1977
Lizenzausgabe der Dieterich'schen Verlagsbuchhandlung Leipzig,
Deutsche Demokratische Republik 
Vertrieb durch den Suhrkamp Taschenbuch Verlag
Umschlag nach Entwürfen von Willy Fleckhaus
Satz: Georg Wagner, Nördlingen
Druck: Ebner, Ulm
Printed in Germany

## Inhalt

# DIE DAME MIT DEM HÜNDCHEN

Man erzählte, daß am Badestrand ein neues Gesicht aufgetaucht sei: eine Dame mit einem Hündchen. Dmitrij Dmitritsch Gurow, der schon zwei Wochen in Jalta lebte und sich hier bereits eingewöhnt hatte, begann sich ebenfalls für neue Gesichter zu interessieren. Als er im Pavillon bei Vernet saß, sah er, wie eine junge Dame über den Strand ging, eine Blondine mittleren Wuchses, im Barett; ein weißer Spitz lief ihr nach.

Und dann begegnete er ihr einige Male am Tag im Stadtpark und auf dem Square. Sie ging allein spazieren, immer mit ein und demselben Barett, mit dem weißen Spitz: niemand wußte, wer sie sei; man nannte sie einfach: die Dame mit dem Hündchen.

»Wenn sie ohne ihren Mann und ohne Bekannte hier ist«, dachte Gurow bei sich, »so wäre es nicht überflüssig, ihre Bekanntschaft zu machen.«

Er war noch nicht vierzig Jahre alt, aber er hatte bereits eine zwölfjährige Tochter und zwei Söhne, die ins Gymnasium gingen. Man hatte ihn früh verheiratet, als er noch Student im zweiten Semester war, und jetzt schien seine Frau fast doppelt so alt zu sein wie er. Sie war eine hochgewachsene Frau mit dunklen Augenbrauen, von aufrechter Haltung, stattlich, solid und, wie sie selbst sich nannte, eine denkende Frau. Sie las viel, gebrauchte in den Briefen nicht das »harte Zeichen«, nannte ihren Mann nicht Dmitrij, sondern Dimitrij, aber insgeheim hielt er sie für beschränkt, engstirnig und unvornehm, fürchtete sich vor ihr und war nicht gern zu Hause. Schon lange hatte er angefangen, ihr untreu zu werden, er hinterging sie häufig und sprach wahrscheinlich deshalb fast immer schlecht von den Frauen; und wenn man in seiner Gegenwart von ihnen sprach, so nannte er sie: »Ein erbärmliches Geschlecht!«

Er meinte durch bittere Erfahrung genügend belehrt zu sein, um die Frauen beliebig betiteln zu können, aber doch hätte er ohne das »erbärmliche Geschlecht« auch nicht zwei Tage leben können. In der Gesellschaft von Männern war es ihm langweilig, er fühlte sich dort unbehaglich, ihnen gegenüber war er ungesprächig und kalt; wenn er sich aber unter Frauen befand, so fühlte er sich frei und wußte, worüber er mit ihnen zu sprechen und wie er sich zu benehmen hatte, und sogar mit ihnen zu schweigen, war ihm leicht. In seinem Äußeren, seinem Charakter, in seinem ganzen Wesen lag etwas Anziehendes, Ungreifbares, was ihm die Frauen gewann und sie anlockte; er wußte das, und auch ihn selbst zog eine unbekannte Kraft zu ihnen hin.

Häufige und tatsächlich bittere Erfahrung hatte ihn schon längst gelehrt, daß jede Annäherung, die anfangs eine so angenehme Abwechslung in das Leben bringt und als ein liebes, angenehmes Abenteuer erscheint, bei ordentlichen Menschen, und besonders bei den schwerfälligen, unentschlossenen Moskauern, sich unvermeidlich zu einer aufreibenden und ungemein schwierigen Aufgabe auswächst, und schließlich eine kritische Lage verursacht. Aber bei jeder neuen Begegnung mit einer interessanten Frau war diese Erfahrung irgendwie dem Gedächtnis entschwunden, und im Verlangen nach Leben schien alles so einfach und unterhaltend zu sein.

Und so speiste er denn einmal gegen Abend im Park, und die Dame im Barett kam langsamen Schrittes heran, um sich an den Nebentisch zu setzen. Ihr Gebaren und Gang, ihre Kleidung und Frisur sagten ihm, daß sie aus guter Gesellschaft sei, verheiratet, zum ersten Male in Jalta und allein, daß sie sich hier langweile . . . An den Erzählungen über die Unkeuschheit der Sitten auf Jalta war viel Unwahres, er verachtete sie und wußte, daß derartige Erzählungen meist von Leuten erfunden wurden, die selbst gern gesündigt hätten, wenn sie es verstanden hätten; als sich aber die Dame drei Schritte von ihm an den Nebentisch setzte, fielen ihm diese Erzählungen von leichten Siegen und von Ausflügen ins Gebirge ein, und der verführerische Gedanke an eine rasche, flüchtige Liaison, an eine Liebesgeschichte mit einer unbekannten Frau, deren Namen man nicht weiß, wurde plötzlich in ihm mächtig.

Freundlich lockte er den Spitz zu sich heran, und als er herangekommen war, drohte er ihm mit dem Finger. Der Spitz fing zu knurren an. Gurow drohte noch einmal.

Die Dame blickte ihn an und senkte sofort die Augen.

»Er beißt nicht«, sagte sie und errötete.

»Darf ich ihm einen Knochen geben?« Und als sie bejahend mit dem Kopf nickte, fragte er freundlich: »Sie sind schon lange in Jalta?«

»Etwa fünf Tage.«

»Und ich verbringe hier schon die zweite Woche.«

Sie schwiegen ein Weilchen.

»Die Zeit vergeht rasch, und doch ist es hier so langweilig!« sagte sie, ohne ihn anzublicken.

»Es ist üblich zu sagen, daß es hier langweilig sei. Der Spießbürger lebt irgendwo in einem Nest wie Beljow oder Shisdra – und dort langweilt er sich nicht; wenn er aber hierher kommt, heißt es: ›Ach, wie langweilig! Ach, welcher Staub!‹ Man könnte annehmen, er sei aus Granada hergekommen.«

Sie lachte auf. Dann aßen sie beide schweigend weiter wie Unbekannte, aber nach dem Essen gingen sie nebeneinander her – und es begann ein scherzhaftes, leichtes Gespräch, wie es freie und zufriedene Menschen führen, denen es gleichgültig ist, wohin sie gehen und worüber sie sprechen. Sie promenierten auf und ab und sprachen darüber, wie seltsam das Meer beleuchtet sei: das weiche und warme Wasser war fliederfarben, und vom Mond ging ein goldener Streifen darüber hin. Sie sprachen davon, wie schwül es nach dem heißen Tage sei. Gurow erzählte, daß er Moskauer und seiner Ausbildung nach Philologe, jetzt aber bei einer Bank angestellt sei; daß er sich einst darauf vorbereitet habe, auf einer privaten Opernbühne aufzutreten, es aber aufgegeben habe; daß er in Moskau zwei Häuser besitze ... Und von ihr erfuhr er, daß sie in Petersburg aufgewachsen sei, aber nach Ss. geheiratet habe, wo sie bereits zwei Jahre lebe, daß sie in Jalta noch etwa einen Monat bleiben und ihr Mann vielleicht herkommen werde, der sich auch erholen wolle. Sie war nicht imstande zu erklären, wo ihr Mann tätig sei – in der Gouvernementsverwaltung oder im Landschaftsamt, und das erschien ihr selbst komisch. Und Gurow erfuhr noch, daß sie Anna Ssergejewna heiße.

Später in seinem Hotelzimmer dachte er, daß sie ihm morgen sicherlich begegnen werde. So mußte es sein. Als er zu Bett ging, überlegte er bei sich, daß sie noch vor kurzer Zeit Schülerin gewesen sei, genauso wie jetzt seine Tochter. Es fiel ihm ein, wieviel Schüchternheit, Eckigkeit in ihrem Lachen, in ihrem Gespräch mit einem Unbekannten gewesen sei – und zweifellos war sie zum erstenmal in ihrem Leben allein, in einer solchen Situation, wo man ihr nachging, sie ansah und mit ihr sprach, immer nur mit dem einen heimlichen Ziele, das sie doch erraten mußte. Er dachte an ihren feinen und dünnen Hals, die schönen grauen Augen.

»Sie hat etwas Rührendes an sich«, dachte er und schlief ein.

## 2

Eine Woche war vergangen, seitdem sie sich kennengelernt hatten. Es war Feiertag. In den Zimmern drückte die Schwüle, auf den Straßen aber wirbelte der Wind den Staub auf und riß die Hüte von den Köpfen. Den ganzen Tag über empfand man Durst, und Gurow ging häufig in den

Pavillon und bot Anna Ssergejewna bald Wasser mit Sirup, bald Eis an. Man wußte nicht, wo man bleiben sollte.

Abends, als es etwas stiller geworden war, gingen sie auf die Mole, um zuzusehen, wie der Dampfer ankam. An der Anlegestelle waren viele Spaziergänger, die sich versammelt hatten, um jemand zu empfangen, sie hatten Blumensträuße in den Händen. Und deutlich fielen zwei Besonderheiten des eleganten Jaltaer Publikums in die Augen: die alten Damen waren wie junge gekleidet, und man sah viele Generäle.

Da stürmische See herrschte, kam der Dampfer spät, nachdem die Sonne schon untergegangen war, und er mußte lange lavieren, ehe er an der Mole anlegte. Anna Ssergejewna betrachtete den Dampfer und die Passagiere durch ihre Lorgnette, so als ob sie nach Bekannten suchte – und jedesmal, wenn sie sich Gurow zuwandte, glänzten ihre Augen. Sie sprach viel, und ihre Fragen waren abgerissen – sie selbst vergaß im Augenblick, wonach sie gefragte hatte; dann verlor sie in der Menge ihre Lorgnette.

Das elegante Publikum zerstreute sich, Menschen waren nicht mehr zu sehen, der Wind hatte sich gänzlich gelegt; Gurow und Anna Ssergejewna standen da, als erwarteten sie, daß noch jemand aus dem Dampfer aussteige. Anna Ssergejewna schwieg jetzt und roch an den Blumen, ohne Gurow anzusehen.

»Das Wetter hat sich gegen Abend etwas gebessert«, sagte er. »Wohin gehen wir jetzt? Sollten wir nicht irgendwohin fahren?«

Sie antwortete nichts.

Da blickte er sie aufmerksam an, und plötzlich umarmte er sie und küßte sie auf den Mund; ihn umgab der Duft und die Feuchte ihrer Blumen; sofort blickte er sich ängstlich um, ob sie jemand gesehen hätte.

»Gehen wir zu Ihnen . . .«, sagte er leise.

Und beide gingen rasch.

In ihrem Zimmer war es schwül, es roch nach dem Parfüm, das sie im japanischen Laden gekauft hatte. Gurow dachte, indem er sie jetzt betrachtete: »was gibt es im Leben für Begegnungen!« Aus der Vergangenheit war ihm die Erinnerung an sorglose, gutmütige Frauen geblieben, die die Liebe fröhlich machte und und die ihm dankbar waren für das Glück, wenn es auch sehr kurz war; an solche Frauen, wie zum Beispiel seine Frau, die ohne Aufrichtigkeit liebten, mit überflüssigen Gesprächen, affektiert, hysterisch, mit einem Ausdruck, als ob es sich nicht um Liebe, nicht um Leidenschaft handelte, sondern um etwas Bedeutungsvolleres. Auch an zwei, drei Frauen erinnerte er sich, sehr schöne, kalte, über deren Antlitz plötzlich ein raubtierartiger Ausdruck flog, der eigensinnige Wunsch, mehr zu nehmen, dem Leben mehr zu entreißen, als es zu geben vermag – das waren Frauen, die nicht mehr ganz jung, launisch, nachdenklich, herrschsüchtig und nicht klug waren; und wenn Gurow ihnen gegenüber erkaltete, dann erregte ihre Schönheit in ihm Haß, und die Spitzen an ihrer Wäsche kamen ihm dann wie Schuppen vor . . .

Hier aber war es immer dieselbe Schüchternheit. Eckigkeit unerfahrener Jugend, das Gefühl der Unsicherheit; und es entstand der Eindruck des Abwartens, als hätte jemand plötzlich an die Türe gepocht. Anna Ssergejewna, diese »Dame mit dem Hündchen«, verhielt sich zu dem, was geschehen war, ganz eigenartig, sehr ernst, so als ob sie »gefallen« wäre – so schien es, und das war seltsam und unangebracht. Ihre Züge verblichen und verwelkten, das lange Haar hing ihr traurig ins Gesicht – sie versank, wie die Sünderin auf dem alten Gemälde, ganz in eine Trauerpose.

»Das war nicht gut«, sagte sie. »Sie sind der erste, der mich jetzt nicht achten wird.«

Auf ihrem Tisch im Zimmer lag eine Melone. Gurow

schnitt sich ein Stück ab und aß es langsam. Es verging wenigstens eine halbe Stunde im Schweigen.

Anna Ssergejewna war rührend, die Reinheit einer anständigen, naiven, lebensunerfahrenen Frau ging von ihr aus; die einsame Kerze, die auf dem Tisch brannte, erhellte kaum ihr Gesicht, aber man konnte sehen, daß es ihr schwer ums Herz war.

»Wie könnte ich wohl aufhören, dich zu achten?« fragte Gurow. »Du weißt selbst nicht, was du sprichst.«

»Möge Gott mir verzeihen!« sagte sie, und ihre Augen füllten sich mit Tränen. »Das ist entsetzlich.«

»Es ist, als wolltest du dich rechtfertigen.«

»Womit könnte ich mich rechtfertigen? Ich bin eine schlechte und gemeine Frau, ich verachte mich und denke nicht an Rechtfertigung. Nicht meinen Mann habe ich betrogen, sondern mich selbst. Und jetzt nicht erst, sondern schon lange betrüge ich ihn. Mein Mann ist vielleicht ein ehrlicher, guter Mensch, aber er ist ein Lakai! Ich weiß nicht, was er dort tut, wie er dient, ich weiß nur, daß er ein Lakai ist. Als ich ihn heiratete, war ich zwanzig Jahre alt, mich verzehrte die Neugierde, ich verlangte nach etwas Besserem; es gibt ja doch – sagte ich mir – ein anderes Leben. Ich wollte leben. Leben und leben . . . Die Neugier brannte mich . . . Sie können das nicht verstehen, aber ich schwöre bei Gott, ich konnte mich nicht beherrschen, irgend etwas ging mit mir vor, man konnte mich nicht zurückhalten, ich sagte meinem Manne, daß ich krank sei, und reiste hierher . . . Und hier ging ich immer herum wie betäubt, wie wahnsinnig . . . und jetzt bin ich eine gemeine, schlechte Frau geworden, die jeder verachten kann.«

Gurow wurde es bereits langweilig zuzuhören; ihn reizte der naive Ton, diese so unerwartete und unangebrachte Beichte; hätte sie nicht Tränen in den Augen gehabt, so hätte man denken können, daß sie scherze oder eine Rolle spiele.

»Ich verstehe nicht«, sagte er leise, »was willst du nur?«

Sie verbarg ihr Gesicht an seiner Brust und schmiegte sich an ihn.

»Glauben Sie, glauben Sie mir, ich beschwöre Sie . . .«, sagte sie. »Ich liebe das ehrliche, saubere Leben, und die Sünde ist mir zuwider; ich weiß selbst nicht, was ich tue. Die einfachen Leute sagen: der Böse hat sie verführt. Auch ich kann jetzt von mir sagen, daß der Böse mich verführt hat.«

»Genug, genug . . .«, murmelte er.

Er blickte ihr in die starren, erschrockenen Augen, küßte sie, sprach still und freundlich, und allmählich beruhigte sie sich, und die Heiterkeit kehrte zu ihr zurück; beide begannen zu lachen.

Als sie dann hinausgingen, war am Strande kein Mensch mehr; die Stadt mit ihren Zypressen hatte ein völlig totes Aussehen, doch das Meer rauschte noch und schlug an das Ufer; eine Barkasse schaukelte auf den Wellen, und schläfrig blinkte ihre kleine Laterne.

Sie fanden eine Droschke und fuhren nach Oreanda.

»Ich habe eben unten im Vestibül deinen Familiennamen erfahren: auf der Tafel steht: von Diederitz«, sagte Gurow. »Dein Mann ist Deutscher?«

»Nein, sein Großvater, glaube ich, war Deutscher, er selbst ist rechtgläubig.«

In Oreanda saßen sie auf der Bank, nicht weit von der Kirche, blickten auf das Meer hinab und schwiegen. Jalta war durch den Morgennebel kaum zu sehen; auf den Gipfeln der Berge standen unbeweglich weiße Wolken. Das Laub an den Bäumen regte sich nicht; die Zikaden zirpten, und das einförmige, dumpfe Tosen des Meeres, das von unten heraufdrang, sprach von Ruhe, von dem ewigen Schlaf, der uns erwartet. So rauschte es unten, als es dort weder Jalta noch Oreanda gab, so rauscht es jetzt und wird ebenso gleichgültig und dumpf rauschen, wenn wir nicht mehr sein werden. Und in dieser Beständigkeit, der vollen Gleichgültigkeit gegenüber Leben und Tod eines jeden von uns, ist vielleicht das Pfand unsres ewigen Heiles verborgen, der unaufhörlichen Bewegung des Lebens auf der Erde, der unaufhörlichen Vervollkommnung. Neben dieser jungen Frau sitzend, die in der Morgendämmerung so schön erschien, beruhigt und bezaubert angesichts dieser märchenhaften Szenerie – des Meeres, der Berge, der Wolken, des weiten Himmels, dachte Gurow daran, daß im Grunde, wenn man es recht überlege, alles in dieser Welt schön sei, alles, mit Ausnahme dessen, was wir selbst denken und tun, wenn wir die höheren Ziele des Daseins, wenn wir unsere menschliche Würde vergessen.

Es trat irgendein Mensch heran, augenscheinlich ein Wächter, sah sie an und ging fort. Und diese Einzelheit schien so geheimnisvoll und auch schön. Man konnte sehen, wie der Dampfer aus Feodossja kam, beleuchtet von der Morgenröte und bereits ohne Lichter.

»Es liegt Tau auf dem Gras«, sagte Anna Ssergejewna nach langem Schweigen.

»Ja. Es ist Zeit, nach Hause zu fahren.«

Sie kehrten in die Stadt zurück.

Danach trafen sie sich jeden Mittag am Strande, frühstückten gemeinsam, aßen Mittag, promenierten, bewunderten das Meer. Sie klagte, daß sie schlecht schlafe und daß ihr Herz unruhig schlage, stellte immer ein und dieselben Fragen, bald von Eifersucht, bald von der Furcht gequält, daß er sie nicht genügend achte. Und auf dem Square oder im Park, wenn niemand in der Nähe war, zog er sie plötzlich an sich und küßte sie leidenschaftlich. Der vollkommene Müßiggang, diese Küsse am hellen Tage mit dem Umschauen und der Furcht, daß sie jemand gesehen hätte, die Hitze, der Geruch des Meeres und der beständige Anblick müßiger, geputzter, satter Menschen hatten ihn wie umgewandelt; er sprach zu Anna Ssergejewna davon, wie schön, wie verführerisch sie sei, war ungeduldig, leidenschaftlich, ging auch nicht einen Schritt von ihr fort; sie aber versank häufig in Nachdenken und bat ihn beständig, einzugestehen, daß er sie nicht achte, durchaus nicht liebe und in ihr nur eine banale Frau sehe. Fast jeden Abend, ziemlich spät, fuhren sie irgendwohin aus der Stadt hinaus, nach Oreanda oder zum Wasserfall; und die Ausflüge gelangen immer gut, jedesmal war der Eindruck unveränderlich schön und großartig.

Sie warteten darauf, daß ihr Mann einträfe. Aber es kam ein Brief von ihm, in dem er mitteilte, daß er an einer Augenkrankheit leide, und er bat seine Frau, so rasch wie möglich nach Hause zurückzukehren. Anna Ssergejewna begann sich zu beeilen.

»Es ist gut, daß ich abreise«, sagte sie zu Gurow. »Das ist ein Wink des Schicksals.«

Sie reiste im Wagen ab, und er begleitete sie. Sie fuhren den ganzen Tag. Als sie in den Kurierzug einstieg, und das zweite Glockenzeichen ertönte, sagte sie: »Lassen Sie sich noch einmal anschauen . . . Ich will Sie noch einmal sehen. So . . .«

Sie weinte nicht, war aber traurig, als wäre sie krank, und ihr Gesicht zuckte.

»Ich werde an Sie denken . . . mich Ihrer erinnern«, sagte sie. »Gott sei mit Ihnen. Denken Sie nicht schlecht von mir. Wir sagen für immer Lebewohl, so muß es sein; denn wir hätten uns niemals begegnen dürfen. Nun, Gott sei mit Ihnen.«

Der Zug fuhr rasch ab, seine Lichter verschwanden bald, und schon nach einer Minute hörte man kein Geräusch mehr, als ob sich alles verschworen hätte, so rasch wie möglich diese süße Hingerissenheit, diesen Wahn zu zerstören. Auf dem Bahnsteig zurückgeblieben und in die dunkle Ferne starrend, hörte Gurow das Zirpen der Grillen und das Summen der Telegraphendrähte mit einem

Gefühl, als wäre er soeben erst erwacht. Und er dachte daran, daß er nun in seinem Leben noch ein Erlebnis oder Abenteuer gehabt hätte, und daß auch dies nun schon vorüber, und jetzt nur die Erinnerung geblieben sei. Er war gerührt, traurig und fühlte eine leichte Reue; denn diese junge Frau, die er nicht mehr wiedersehen würde, war mit ihm nicht glücklich; er war freundlich und herzlich zu ihr gewesen, aber immer war in seinen Liebkosungen ein Schatten leichten Spottes, der etwas rohe Hochmut des glücklichen Mannes durchgekommen, der dazu noch fast doppelt so alt war wie sie. Die ganze Zeit über hatte sie ihn einen guten, ungewöhnlichen, erhabenen Menschen genannt; anscheinend kannte sie ihn nicht als den, der er in der Tat war; das heißt, unwillkürlich betrog er sie . . .

Hier auf der Station roch es schon nach Herbst, der Abend war kühl.

»Auch für mich ist es an der Zeit, wieder in den Norden zurückzukehren«, dachte Gurow, als er den Bahnsteig verließ. »Es ist Zeit!«

## 3

Zu Hause in Moskau war schon alles winterlich; man heizte die Öfen, und morgens, wenn sich die Kinder zur Schule fertig machten und Tee tranken, war es noch dunkel, und die Kinderfrau machte für einige Zeit Licht. Die Kälte hatte schon eingesetzt. Wenn der erste Schnee fällt, am ersten Tage der Schlittenfahrt ist es angenehm, die weiße Erde und die weißen Dächer zu sehen, es atmet sich weich und angenehm, und die jungen Jahre fallen einem ein. Die alten Linden und Birken, weiß vom Reif, sehen gutmütig aus, sie sind dem Herzen näher als die Zypressen und Palmen, und in ihrer Nähe mag man an Gebirge und Meer nicht denken.

Gurow war Moskauer. Er kehrte an einem schönen

Frosttage in seine Heimatstadt zurück, und als er im Pelz und in warmen Handschuhen über die Petrowka ging, als er am Samstagabend das Glockenläuten hörte, da verloren die soeben beendete Reise und die Orte, in denen er gewesen war, für ihn jeden Reiz. Nach und nach tauchte er im Moskauer Leben unter, las täglich drei Zeitungen und behauptete, daß er grundsätzlich Moskauer Zeitungen nicht lese. Es zog ihn schon in die Restaurants und Klubs, zu Diners und Jubiläen, und es schmeichelte ihn schon wieder, daß bei ihm berühmte Advokaten und Künstler verkehrten, und daß er im Klub der Doktoren mit einem Professor Karten spielte. Er konnte bereits eine ganze Portion Sseljanka auf der Pfanne verspeisen . . .

Es wird etwa ein Monat vergehen, und Anna Ssergejewna, so vermeinte er, wird in seiner Erinnerung von einem Nebel zugedeckt werden, und nur zuweilen wird sie mit ihrem rührenden Lächeln im Traum erscheinen, wie auch die andern Frauen erschienen. Aber es war bereits mehr als ein Monat vergangen, der tiefe Winter war eingebrochen, und in seinem Gedächtnis blieb alles klar, deutlich, so als ob er sich gestern erst von Anna Ssergejewna getrennt hätte. Und die Erinnerungen brannten immer stärker und stärker. Wenn in der abendlichen Stille die Stimmen der Kinder, die ihre Schularbeiten machten, in sein Zimmer drangen, wenn er eine Romanze oder das Orchestrion im Restaurant hörte, wenn der Schneesturm im Kamin heulte – so erstand in seiner Erinnerung alles: das, was auf der Mole geschehen war, der frühe Morgen mit dem Nebel auf den Bergen, der Dampfer aus Feodossja und die Küsse. Lange ging er im Zimmer auf und ab, dachte daran und lächelte, die Erinnerungen verwandelten sich in Träumereien, und die Vergangenheit vermischte sich in seiner Vorstellung mit dem Zukünftigen. Anna Ssergejewna erschien ihm nicht als Traumbild, sondern folgte ihm wie ein Schatten überallhin und beobachtete ihn. Wenn er die

Augen schloß, sah er sie lebend vor sich, und sie schien ihm schöner, jünger, zärtlicher, als sie es gewesen war, und auch er selbst kam sich besser vor, als er es damals in Jalta gewesen war. Sie blickte ihn abends aus dem Bücherschrank an, aus dem Kamin, aus der Ecke, er hörte ihren Atem, das liebliche Rauschen ihres Kleides. Auf der Straße verfolgte er die Frauen mit seinen Blicken und prüfte, ob nicht eine von ihnen ihr ähnelte.

Und schon begann ihn der heftige Wunsch zu quälen, mit irgend jemand seine Erinnerungen zu teilen. Aber zu Hause konnte er über seine Liebe nicht sprechen, und außerhalb des Hauses fand er niemand. Keinen unter den Mietern und keinen in der Bank. Und was sollte er denn erzählen? Hatte er denn damals geliebt? War denn irgend etwas Schönes, Poetisches oder Lehrreiches oder einfach Interessantes in seinen Beziehungen zu Anna Ssergejewna gewesen? Und wenn er unbestimmt über Liebe oder über Frauen sprach, so konnte niemand erraten, worum es sich handelte, und nur seine Frau bewegte ihre dunklen Augenbrauen und sagte: »Dimitrij, dir liegt die Rolle eines Don Juan durchaus nicht.«

Als er einmal nachts mit seinem Spielpartner, einem Beamten, aus dem Klub der Doktoren kam, konnte er sich nicht enthalten zu sagen: »Wenn Sie wüßten, was für eine bezaubernde Frau ich in Jalta kennengelernt habe!«

Der Beamte stieg in den Schlitten und fuhr ab, plötzlich aber drehte er sich um und rief: »Dmitrij, Dmitrisch!«

»Was gibt's?«

»Heute abend hatten Sie recht: das Störfleisch hatte einen Stich!«

Diese einfachen Worte empörten plötzlich Gurow und schienen ihm erniedrigend, unsauber. Was für rohe Sitten, was für Gesichter! Was für sinnlose Nächte, was für uninteressante, nichtige Tage! Das wüste Kartenspiel, üppige Essereien, Trunk, beständige Gespräche über ein und dasselbe. Die unnützen Geschäfte und die Gespräche über ein und dasselbe nehmen den besten Teil der Zeit, unsere besten Kräfte für sich in Anspruch, und zu guter Letzt bleibt ein schwanz- und flügelloses Leben zurück, ein reines Larifari; wir können ihm nicht entgehen und nicht entfliehen, so als säßen wir im Narrenhaus oder im Gefängnis!

Gurow schlief die ganze Nacht nicht und war aufgeregt, er hatte dann den ganzen Tag Kopfschmerzen. Auch in den folgenden Nächten schlief er schlecht, saß immer aufrecht im Bett und dachte hin und her, oder er ging aus einer Ecke in die andere. Die Kinder waren ihm zuwider, die Bank ebenfalls, er hatte nicht Lust, irgendwohin zu gehen oder über etwas zu sprechen.

Im Dezember in den Feiertagen machte er sich auf die Reise und sagte seiner Frau, daß er nach Petersburg fahre, um sich für einen jungen Menschen zu verwenden – und er reiste nach Ss. Warum? Er wußte es selbst nicht recht. Er wollte Anna Ssergejewna wiedersehen und mit ihr sprechen, wenn möglich ein Wiedersehen mit ihr verabreden.

In Ss. kam er des Morgens an und nahm im Hotel das beste Zimmer, in dem der ganze Fußboden mit grauem Soldatentuch bezogen war; auf dem Tische stand ein verstaubtes Tintenfaß mit einem Reiter, dessen Kopf abgeschlagen war und dessen eine Hand einen Hut schwenkte. Der Portier gab ihm die nötigen Auskünfte: von Diederitz wohne in der Alten Töpferstraße, im eigenen Hause, nicht weit vom Hotel, er wohne gut, reich, habe eigene Pferde, alle kennen ihn in der Stadt. Der Portier sprach den Namen Driederitz aus.

Gurow ging gemächlich zur Alten Töpferstraße und suchte das Haus auf. Gerade dem Hause gegenüber zog sich ein grauer, langer, oben mit Nägeln besetzter Zaun hin.

»Vor einem solchen Zaun kann man fliehen«, dachte Gurow und schaute bald auf die Fenster, bald auf den Zaun.

Er überlegte: heute ist Feiertag, und der Mann ist wahrscheinlich zu Haus. Aber in jedem Falle wäre es taktlos gewesen, ins Haus einzutreten und Verwirrung zu stiften. Wenn er ein Briefchen schicken würde, könnte es dem Mann in die Hände geraten, und dann wäre alles verdorben. Am besten wäre es, sich auf den Zufall zu verlassen. Und so ging er denn immerfort auf der Straße auf und ab und am Zaun entlang und wartete auf diesen Zufall. Er sah, wie ein Bettler ins Hoftor hineinging und die Hunde über ihn herfielen; dann, nach einer Stunde, hörte er Klavierspiel, und die Töne drangen schwach und undeutlich zu ihm hin. Es war wohl Anna Ssergejewna, die spielte. Plötzlich öffnete sich die Haustür, und eine alte Frau kam heraus, der der bekannte weiße Spitz nachlief. Gurow wollte den Hund rufen, aber plötzlich begann sein Herz zu klopfen, und vor Erregung fiel ihm der Name des Spitzes nicht ein.

Er ging auf und ab und haßte immer mehr und mehr den grauen Zaun und dachte schon gereizt daran, daß Anna Ssergejewna ihn vergessen habe und sich vielleicht bereits mit einem andern zerstreue – und das sei so natürlich in der Lage einer jungen Frau, die gezwungen sei, von morgens bis abends diesen verdammten Zaun anzusehen. Er kehrte in sein Hotelzimmer zurück und saß lange auf dem Sofa; was er tun sollte, wußte er nicht, dann aß er zu Mittag und schlief lange.

»Wie dumm und beunruhigend ist das alles«, dachte er, als er aufgewacht war und die dunklen Fenster betrachtete: es war schon Abend. »Da habe ich mich nun auch noch ausgeschlafen. Was werde ich jetzt nachts anfangen?«

Er saß auf dem Bett, auf dem eine billige graue Decke wie in einem Krankenhause lag, und höhnte sich ärgerlich:

»Da hast du die Dame mit dem Hündchen . . . Da hast du nun das Abenteuer . . . Nun kannst du hier sitzen.«

Morgens, auf dem Bahnhof, war ihm ein Plakat mit sehr großen Buchstaben aufgefallen: »Geisha« wurde zum ersten Male gegeben. Es fiel ihm jetzt ein, und er fuhr ins Theater.

»Sehr wohl möglich, daß sie die Premieren besucht«, dachte er.

Das Theater war voll besetzt. Auch hier, wie in allen Provinztheatern, hing über dem Kronleuchter ein Dunst und die Galerie war sehr unruhig; in der ersten Reihe standen vor dem Beginn der Vorstellung die Elegants der Stadt, die Hände auf dem Rücken; auch hier saß in der Gouvernementsloge vorn die Tochter des Gouverneurs mit einer Boa, während der Gouverneur selbst sich bescheiden hinter einer Portiere verbarg, so daß nur seine Hände zu sehen waren; der Vorhang bewegte sich hin und her, im Orchester stimmte man anhaltend die Instrumente. Die ganze Zeit, während der das Publikum eintrat und die Plätze einnahm, suchte Gurow gespannt mit den Augen.

Auch Anna Ssergejewna kam herein. Sie nahm in der dritten Reihe Platz, und als Gurow sie ansah, krampfte sich sein Herz zusammen, deutlich empfand er, daß für ihn jetzt auf der ganzen Welt kein Mensch näher, teurer und wichtiger sei. Diese kleine und durch nichts bemerkenswerte Frau, die sich in der provinziellen Menge verlor, mit einer gewöhnlichen Lorgnette in der Hand, erfüllte jetzt sein ganzes Leben, war sein Kummer, seine Freude, das einzige Glück, das er sich jetzt wünschte. Und bei den Tönen des schlechten Orchesters, der elenden, gewöhnlichen Geigen dachte er daran, wie schön sie sei. Er dachte an sie und träumte . . .

Ein junger Mann mit kleinem Backenbart, groß und gebückt gehend, trat mit Anna Ssergejewna zusammen ein und setzte sich neben sie. Bei jedem Schritt nickte er mit dem Kopf und schien sich beständig zu verneigen. Wahrscheinlich war das ihr Mann, den sie damals in Jalta in einer bitteren Gefühlsaufwallung einen Lakai genannt hatte. Und tatsächlich lag in seiner langen Gestalt, in seinem Backenbart, seiner kleinen Glatze etwas lakaienhaft Bescheidenes; er lächelte süß, und in seinem Knopfloch glänzte irgendein akademisches Abzeichen, wie die Nummer eines Kellners.

In der ersten Pause ging ihr Mann hinaus, um zu rauchen, während sie im Sessel sitzen blieb. Gurow, der ebenfalls im Parkett saß, ging zu ihr heran und sagte mit zitternder Stimme und gezwungenem Lächeln: »Guten Tag.«

Sie blickte ihn an und erbleichte, sah ihn noch einmal voller Entsetzen an und traute ihren Augen nicht; sie drückte mit ihren Händen fest den Fächer und die Lorgnette, augenscheinlich mit sich kämpfend, um nicht in Ohnmacht zu fallen. Beide schwiegen. Sie saß, und er stand, erschrocken über ihre Verwirrung, und hatte nicht den Mut, neben ihr Platz zu nehmen. Geigen und Flöten wurden gestimmt. Plötzlich stockte beiden der Atem, und es schien, daß man aus allen Logen auf sie blicke. Da stand sie auf und ging rasch zum Ausgang; er folgte ihr, und so gingen sie ziellos über Korridore und Treppen, hinauf, hinunter; vor ihren Augen tauchten allerhand Leute in Uniformen auf, immer mit Abzeichen; sie sahen Damen und Pelze an den Garderoben; Zugwind wehte und umgab sie mit dem Geruch von Zigarrenresten. Und Gurow, dessen Herz heftig klopfte, dachte: »Oh, mein Gott! Wozu sind diese Menschen, ist dies Orchester da . . .«

Und in diesem Augenblick erinnerte er sich plötzlich, wie er sich damals auf der Station, als er Anna Ssergejewna begleitete, gesagt hatte, daß alles nun zu Ende sei, und sie sich nie mehr sehen würden. Aber wie weit war es jetzt noch bis zum Ende!

Auf einer schmalen, finsteren Treppe mit der Aufschrift »Eingang zum Amphitheater« blieb sie stehen.

»Wie haben Sie mich erschreckt!« sagte sie, schwer atmend, immer noch Bleich und benommen. »Oh, wie haben Sie mich erschreckt! Ich bin halb tot. Warum sind Sie hergekommen? Warum?«

»Aber begreifen Sie doch, Anna, begreifen Sie . . .«, sagte er hastig und halblaut. »Ich flehe Sie an, begreifen Sie doch . . .«

Sie sah ihn an, mit Furcht, mit Flehen, voll Liebe, sie sah ihn aufmerksam an, um seine Züge möglichst fest im Gedächtnis zu behalten.

»Ich leide so!« fuhr sie fort, ohne auf ihn zu hören. »Ich habe die ganze Zeit über nur an Sie gedacht, ich lebte nur in Gedanken an Sie. Ich wollte vergessen, vergessen – aber warum, warum sind Sie hergekommen!«

Etwas höher, auf dem Treppenabsatz, rauchten zwei Gymnasiasten und blickten herab, aber Gurow war es ganz gleich, er zog Anna Ssergejewna an sich und begann, ihr Gesicht, ihre Wangen, ihre Hände zu küssen.

»Was tun Sie, was tun Sie!« sagte sie entsetzt und schob ihn von sich. »Wir haben beide den Verstand verloren. Reisen Sie heute noch, reisen Sie sofort . . . Ich beschwöre Sie bei allen Heiligen, ich flehe Sie an . . . Man kommt hierher!«

Jemand kam die Treppe herauf.

»Sie müssen abreisen . . .«, fuhr Anna Ssergejewna flüsternd fort. »Hören Sie, Dmitrij, Dmitritsch? Ich werde zu Ihnen nach Moskau kommen. Ich bin niemals glücklich gewesen, jetzt bin ich unglücklich, und ich werde niemals glücklich sein, niemals! Lassen Sie mich nicht noch mehr leiden! Ich schwöre, daß ich nach Moskau komme. Und jetzt wollen wir uns trennen! Mein Lieber, Guter, Teurer, trennen wir uns!«

Sie drückte seine Hand und begann rasch hinabzusteigen, immerzu sich nach ihm umsehend; an ihren Augen konnte man erkennen, daß sie in der Tat nicht glücklich war. Gurow stand noch eine Weile da, lauschte – dann, als alles still geworden war, suchte er seine Garderobe und verließ das Theater.

## 4

Und Anna Ssergejewna begann zu ihm nach Moskau zu fahren. Alle zwei, drei Monate reiste sie einmal von Ss. fort und erzählte ihrem Manne, sie fahre, sich mit dem Professor wegen ihres Frauenleidens zu beraten – ihr Mann glaubte und glaubte nicht. Als sie nach Moskau kam, stieg sie im »Slawischen Bazar« ab und schickte sofort einen Dienstmann in roter Mütze zu Gurow hin. Gurow kam zu ihr, und niemand in Moskau wußte davon.

So war er an einem Wintermorgen zu ihr unterwegs – der Dienstmann hatte ihn am Abend vorher nicht angetroffen. Mit ihm ging seine Tochter, die er bis zum Gymnasium begleiten wollte, da das am Wege lag. Der Schnee fiel in großen, feuchten Flocken.

»Jetzt sind drei Grad Wärme, und doch fällt Schnee«, sagte Gurow zu seiner Tochter. »Jedoch diese Wärme ist nur auf der Erdoberfläche, in den höheren Schichten der Atmosphäre herrscht eine ganz andere Temperatur.«

»Papa, aber warum gibt es im Winter keinen Donner?«

Er erklärte auch dies. Er sprach und dachte daran, daß er jetzt zum Rendezvous gehe und keine lebende Seele davon wisse und wahrscheinlich nie auch davon wissen werde. Er hatte zwei Leben: ein öffentliches, das jeder, dem es darum zu tun war, sah und kannte, ein Leben voll konventioneller Wahrheit und konventionellen Betruges, dem seiner Bekannten und Freunde völlig ähnlich – und dazu ein anderes – das in Heimlichkeit dahinfloß. Und infolge eines seltsamen, vielleicht zufälligen Zusammentreffens der Umstände, verlief alles, was für ihn wichtig, interessant, notwendig war, worin er aufrichtig war und sich selbst nicht täuschte, was den Kern seines Lebens bildete, heimlich vor den andern Menschen; alles aber, was an ihm Lüge, an ihm Hülle war, in die er sich versteckte, um die Wahrheit zu verbergen, wie zum Beispiel seine Stellung in der Bank, die Gespräche im Klub, seine »niedere Rasse«, die Teilnahme an Festmählern gemeinsam mit seiner Frau – alles das war öffentlich. Und von sich schloß er auf andere, er glaubte dem nicht, was er sah, und vermutete immer, daß bei jedem Menschen unter der Hülle des Geheimnisses wie unter der Hülle der Nacht sein wirkliches, sein wirklich interessantes Leben erst vor sich gehe. Jede persönliche Existenz ruht auf dem Grunde des Geheimnisses, und vielleicht bemüht sich der Kulturmensch zum Teil nur deswegen so nervös darum, daß das persönliche Geheimnis geachtet werde.

Nachdem Gurow seine Tochter zum Gymnasium gebracht hatte, begab er sich in den »Slawischen Bazar«. Er legte unten seinen Pelz ab, stieg hinauf und klopfte leise an die Tür. Anna Ssergejewna, von Reise und Erwartung ermüdet, trug sein graues Lieblingskleid; seit dem Abend wartete sie auf ihn; sie war bleich, sah ihn an und lächelte nicht, und kaum war er eingetreten, sank sie schon an seine Brust. Als ob sie sich zwei Jahre nicht gesehen hätten, war ihr Kuß lang und anhaltend.

»Nun, wie geht es dir hier?« fragte er. »Was gibt es Neues?«

Sie konnte nicht reden, weil sie weinte. Sie wandte sich von ihm ab und drückte ihr Taschentuch an die Augen.

»Nun, soll sie sich nur ausweinen, ich werde warten«, dachte er und setzte sich in einen Lehnstuhl.

Dann läutete er und bestellte sich Tee; und während er den Tee trank, stand sie immer noch, zum Fenster abgewandt, da ... Sie weinte vor Erregung, vor der niederschlagenden Erkenntnis, daß ihr Leben sich so traurig gestaltet hatte: nur heimlich können sie sich sehen, sie verstecken sich wie Diebe vor den Menschen! Ist also nicht ihr Leben zerschlagen?

»Nun, höre auf!« sagte er endlich.

Für ihn war es klar, daß diese ihre Liebe noch nicht so bald, wer weiß wann, ein Ende nehmen werde. Anna Ssergejewna schloß sich immer stärker an ihn an, sie vergötterte ihn, und es wäre undenkbar gewesen, ihr zu sagen, daß alles dies einstmals ein Ende haben müsse; und sie hätte auch nicht daran geglaubt.

Er trat an sie heran und faßte sie an den Schultern um sie zu liebkosen, und in diesem Augenblick sah er sich im Spiegel.

Sein Kopf fing schon an zu ergrauen. Und es schien ihm sonderbar, daß er in den letzten Jahren so alt geworden war und so verloren hatte. Die Schultern, auf denen seine Hände ruhten, waren warm und bebten. Er fühlte Mitleid mit diesem Leben, das noch so warm und schön, aber vielleicht schon nahe daran war, zu verbleichen und zu verwelken wie sein Leben. Warum liebte sie ihn so?

Immer war er den Frauen nicht als das erschienen, der er war, und sie liebten in ihm nicht ihn selbst, sondern den Menschen, den ihre Phantasie sich schuf, und den sie in ihrem Leben gierig suchten; und wenn sie dann ihren Irrtum wahrnahmen, liebten sie ihn dennoch. Und keine von ihnen war mit ihm glücklich gewesen. Die Zeit ging dahin – er machte Bekanntschaften, kam mit Frauen zusammen und trennte sich von ihnen, aber niemals hatte er wahrhaft geliebt; es war alles mögliche, doch keine Liebe.

Und erst jetzt, da sein Kopf zu ergrauen begann, liebte er, wie es sein mußte, ganz echt – das erstemal in seinem Leben.

Anna Ssergejewna und er liebten einander, wie sehr nahe, verwandte Menschen, wie Mann und Frau, wie zärtliche Freunde; ihnen schien es, daß das Schicksal selbst sie füreinander vorausbestimmt hatte, und es war unverständlich, warum er an seine Frau und sie an ihren Mann gefesselt war. Es war, als seien sie zwei Zugvögel, Männchen und Weibchen, die man gefangen hatte und in getrennten Käfigen zu leben zwang. Sie hatten einander verziehen, wessen sie sich in ihrer Vergangenheit schämten, sie verziehen alles in der Gegenwart und fühlten, daß diese ihre Liebe sie beide verwandelt hatte.

Früher, in traurigen Augenblicken, pflegte er sich mit allen möglichen Betrachtungen zu beruhigen, wie sie ihm gerade in den Sinn kamen – jetzt aber war es ihm nicht um Betrachtungen zu tun, er fühlte tiefes Mitleid, er wollte aufrichtig, zärtlich sein . . .

»Hör auf, meine Liebe«, sagte er. »Du hast geweint – und nun ist's genug . . . Jetzt wollen wir uns besprechen und uns irgend etwas ausdenken.«

Dann berieten sie sich lange, sie sprachen davon, wie sie sich von der Notwendigkeit befreien könnten, sich zu verstecken, zu betrügen, in verschiedenen Städten zu leben, sich so lange nicht zu sehen. Wie könnte man sich von diesen unerträglichen Fesseln befreien?

»Wie? Wie?« fragte er, sich an den Kopf greifend. »Wie?« Und es kam ihnen so vor, daß nur noch weniges fehle – und die Lösung würde sich finden lassen, und dann würde ein neues, schönes Leben beginnen; und beiden war es klar, daß es bis zum Ende noch weit, sehr weit sei, und daß das Komplizierteste und Schwerste jetzt erst beginne.

# ANGST

*Erzählung meines Freundes*

Dimitrij Petrowitsch Ssilin hatte die Universitätsstudien beendet und in Petersburg eine Stellung angenommen, doch im Alter von dreißig Jahren gab er sie auf und ging zur Landwirtschaft über. Er war kein schlechter Landwirt, dennoch kam es mir vor, als wäre er nicht an seinem Platze und als täte er gut daran, wieder nach Petersburg zurückzukehren. Wenn er sonnverbrannt, grau vom Staub und ermüdet von der Arbeit mich am Tor oder bei der Auffahrt traf, beim Abendbrot mit dem Schlafe kämpfte und seine Frau ihn wie ein Kind zu Bett brachte oder wenn er seine Müdigkeit abgeschüttelt hatte und mit einer weichen, herzenslieben, geradezu flehenden Stimme seine guten Gedanken zu entwickeln begann, so sah ich in ihm nicht den Landwirt und Agronomen, sondern nur den ermüdeten Menschen, und mir war klar, daß es ihm nicht um die Wirtschaft ging, sondern nur darum, daß – Gott sei Dank! – wieder einmal ein Tag vorüber war.

Ich hielt mich gern bei ihm auf und pflegte zwei oder drei Tage hintereinander auf seiner Besitzung zu Gast zu bleiben. Ich liebte auch sein Haus, den Park, den großen Obstgarten, das Flüßchen und seine ein wenig welke, schönrednerische, aber doch klare Philosophie. Vielleicht liebte ich auch ihn selbst, obwohl ich das nicht mit Bestimmtheit behaupten kann, weil ich mir über meine damaligen Gefühle bis zum heutigen Tage nicht klarwerden kann. Er war ein kluger, guter, keineswegs langweiliger und dabei aufrichtiger Mensch, aber ich erinnere mich sehr wohl, wie es mich unangenehm und peinlich berührte, wenn er mir seine intimsten Geheimnisse anvertraute und unsere Beziehung »Freundschaft« nannte. In seiner Freundschaft zu mir lag etwas Unerquickliches, Listiges, und ich hätte eine gewöhnliche gute Bekanntschaft ihr ohne weiteres vorgezogen.

Die Sache war die, daß mir seine Frau, Marija Ssergejewna, außerordentlich gefiel. Ich war nicht in sie verliebt, aber ihr Gesicht, ihre Augen, ihre Stimme und ihr Gang gefielen mir, ich sehnte mich nach ihr, wenn ich sie längere Zeite nicht gesehen hatte, und damals stellte sich meine Phantasie niemanden so gern vor, wie diese junge, schöne, elegante Frau. Ich hatte ihr gegenüber keine bestimmten Absichten und Wunschträume, aber aus irgendeinem Grunde mußte ich jedesmal, wenn wir zu zweit waren, daran denken, daß ihr Mann mich für seinen Freund hielt – und dann wurde mir unbehaglich zumute. Wenn sie meine Lieblingsstücke auf dem Klavier spielte oder mir etwas Interessantes erzählte, lauschte ich voll Vergnügen, und gleichzeitig kamen mir die Gedanken, daß sie ihren Mann liebe, daß er mein Freund sei und sie mich für seinen Freund halte – meine Stimmung war dann verdorben, und ich wurde unaufmerksam, ungeschickt und langweilig. Sie bemerkte diesen Wechsel und sagte dann gewöhnlich: »Sie langweilen sich ohne Ihren Freund. Ich will nach ihm aufs Feld schicken.«

Und wenn dann Dimitrij Petrowitsch kam, sagte sie: »Nun, jetzt ist Ihr Freund da, freuen Sie sich?«

So ging es ungefähr anderthalb Jahre.

Eines Tages, an einem Julisonntag, war ich mit Dimitrij Petrowitsch, da wir nichts anderes zu tun hatten, in das große Kirchdorf Kluschino gefahren, um Sakuski fürs Abendbrot zu kaufen. Während wir durch die Läden liefen, ging die Sonne unter, und es brach ein Abend herein, den ich wohl nie in meinem Leben vergesse. Nachdem wir Käse gekauft hatten, der wie Seife aussah, und versteinerte Wurst, die nach Teer roch, begaben wir uns ins Wirtshaus, um zu fragen, ob es Bier gäbe. Unser Kutscher war zur Schmiede gefahren, um die Pferde beschlagen zu lassen, und wir wollten ihn an der Kirche erwarten. Wir gingen auf und ab, unterhielten uns, lachten über unsere Einkäufe, und dabei folgte uns schweigend mit geheimnisvoller Miene wie ein Häscher, ein Mensch, der unter uns den etwas seltsamen Spitznamen »Vierzig Märtyrer« trug. Dieser Vierzig Märtyrer war niemand anders als Gawrila Ssewerow oder einfach Gawrjuschka, der kurze Zeit mein Diener gewesen, und den ich wegen Trunksucht hatte entlassen müssen. Er hatte auch bei Dimitrij Petrowitsch gedient und war wegen des gleichen Fehlers von ihm weggeschickt worden. Er war ein furchtbarer Säufer, überhaupt war sein ganzes Leben versoffen und genauso wüst, wie er selber. Sein Vater war Priester, seine Mutter eine Adlige gewesen, der Geburt nach gehörte er also zur privilegierten Klasse; sooft ich aber sein vertrunkenes, ehrerbietiges, immer schwitzendes Gesicht ansah, seinen rotblonden, bereits ergrauenden Bart, seine jämmerliche, zerrissene Jacke und sein rotes, über der Hose getragenes Hemd, konnte ich keine Spur von dem finden, was man in unserem Gesellschaftsleben »Privilegien« nennt. Er hielt sich für gebildet und erzählte gern, daß er die geistliche Schule besucht, wenn auch nicht beendet habe, denn man hatte ihn wegen Tabakrauchens fortgeschickt. Danach hatte er im bischöflichen Chore gesungen und etwa zwei Jahre in einem Kloster gelebt, aus dem man ihn ebenfalls verjagte, aber nicht mehr wegen Rauchens, sondern wegen seiner »Schwachheit«. Er hatte zwei Gouvernements zu Fuß durchwandert, allerlei Bittgesuche beim Konsistorium und verschiedenen Behörden eingereicht und war viermal vor Gericht gestanden. Endlich war er in unserem Kreise hängengeblieben, diente als Lakai, Waldhüter, Hundepfleger und Kirchendiener, verheiratete sich mit einer liederlichen, verwitweten Köchin, sank endgültig in den Lakaienstand hinab und lebte sich so in seinen Schmutz und Unrat ein, daß er selber schon mit einigem Mißtrauen von seinem

»privilegierten« Ursprung wie von einer Sage sprach. In der erwähnten Zeit vagabundierte er stellenlos umher, indem er sich für einen Roßarzt oder Jäger ausgab; seine Frau aber war, unbekannt wohin, verschwunden . . .

Aus dem Wirtshaus gingen wir zur Kirche und setzten uns in Erwartung des Kutschers in der Vorhalle nieder. Vierzig Märtyrer stand etwas abseits und legte die Hand an den Mund, um nötigenfalls ehrerbietig in sie hineinzuhusten. Es war dunkel und roch stark nach der abendlichen Feuchte und der Mond machte sich zum Aufgang bereit. An dem reinen Sternenhimmel schwebten nur zwei Wolken gerade über uns: eine große und eine etwas kleinere; allein, gleich einer Mutter mit ihrem Kinde, liefen sie hintereinander her dem Horizonte zu, an dem die Abendröte verglühte.

»Welch herrlicher Tag heute!« sagte Dimitrij Petrowitsch.

»Ganz außerordentlich!« stimmte Vierzig Märtyrer zu und hustete ehererbietig in die Hand. »Warum geruhten Sie, Dimitrij Petrowitsch, auf den Gedanken zu verfallen, hierher zu kommen?« fragte er mit einschmeichelnder Stimme, augenscheinlich von dem Wunsche beseelt, eine Unterhaltung anzuknüpfen.

Dimitrij Petrowitsch antwortete nicht. Vierzig Märtyrer seufzte tief auf und sagte leise, ohne uns anzusehen: »Ich leide aus einem einzigen Grunde, über den ich dem allmächtigen Gott werde Rechenschaft ablegen müssen. Natürlich bin ich ein verdorbener, unfähiger Mensch, aber glauben Sie mir aufs Gewissen: ohne ein Stück Brot lebt sich's schlimmer als ein Hund . . . Entschuldigen Sie Dimitrij Petrowitsch.«

Ssilin hörte nicht hin und dachte, den Kopf in die Hände gestützt, über etwas nach. Die Kirche stand am Ende der Straße, an dem hohen Ufer des Flusses, und durch das Zaungitter konnten wir das Wasser, die überschwemmten

Wiesen auf dem anderen Ufer und das helle, purpurrote Feuer eines Holzstoßes sehen, um das sich schwarze Leute und Pferde herumbewegten. Fern hinter dem Holzstoß funkelten noch mehr Lichter: da lag ein Dörfchen, in dem ein Lied gesungen wurde.

Vom Fluß und von der Wiese stiegen Nebel auf. Hohe, schmale Dunstschleier, dicht und weiß wie Milch, zogen über den Fluß, deckten die sich spiegelnden Sterne zu und blieben an den Weidensträuchern hängen. Jeden Augenblick veränderten sie ihre Gestalt, es sah aus, als ob sie sich umarmten, sich verneigten, oder ihre Arme mit breiten, priesterlichen Ärmeln wie betend zum Himmel höben . . . Wahrscheinlich hatten sie Dimitrij Petrowitschs Gedanken auf Gespenster und Tote gebracht; denn er wandte mir sein Gesicht zu und fragte traurig lächelnd: »Sagen Sie mir, mein Lieber, warum schöpfen wir, wenn wir etwas Schreckliches, Geheimnisvolles und Phantastisches erzählen wollen, den Stoff nicht aus dem Leben, sondern immer nur aus der Welt der Gespenster und Totenschatten?«

»Weil nur das schrecklich ist, was wir nicht begreifen können.«

»Begreifen Sie denn etwa das Leben? Sagen Sie aufrichtig: begreifen Sie das Leben besser als das Jenseits?«

Dimitrij Petrowitsch setzte sich so nahe an mich heran, daß ich seinen Atem auf meiner Wange spürte. Im abendlichen Dämmerlicht erschien sein bleiches, mageres Gesicht noch blasser und der dunkle Bart schwärzer als Ruß. Seine Augen waren traurig, aufrichtig und ein wenig erschrokken, als ob er mir etwas Schreckliches erzählen wollte. Er sah mir in die Augen und fuhr mit seiner gewohnten flehenden Stimme fort: »Unser irdisches Dasein ist ebenso unbegreiflich und schrecklich wie die andere Welt. Wer sich vor Gespenstern fürchtet, soll sich auch vor mir und diesen Feuern da und vor dem Himmel fürchten, weil das alles, wenn man es recht bedenkt, nicht weniger unbegreiflich und phantastisch ist als die Geisterwelt. Prinz Hamlet beging deswegen keinen Selbstmord, weil er sich vor den Erscheinungen fürchtete, die ihn vielleicht in seinem Todesschlaf besuchen könnten; sein berühmter Monolog gefällt mir; aber offen gesagt, greift er mir nicht an die Seele. Ich darf Ihnen als meinem Freund gestehen, daß ich mir in melancholischen Augenblicken bisweilen meine Todesstunde vorstelle; meine Phantasie hatte Erscheinungen, und es gelang mir, in eine quälende Exaltation, in einen Zustand des Alpdrucks zu geraten, und ich versichere Ihnen, das war mir nicht schrecklicher als die Wirklichkeit ... Was soll man da sagen? Erscheinungen sind schrecklich, schrecklich aber ist auch das Leben. Ich, mein Lieber, begreife das Leben nicht und fürchte es. Ich weiß nicht, vielleicht bin ich krank und geistesgestört. Es scheint, daß der normale, gesunde Mensch alles begreift, was er sieht und hört; ich aber verlor dies ›scheint‹ und werde von Tag zu Tag stärker von der Angst ergriffen. Es gibt die Krankheit der Platzangst, und so leide ich eben an Lebensangst. Wenn ich im Grase liege und lange ein Käferchen betrachte, das erst gestern auf die Welt kam und nichts begreift, so kommt es mir vor, als ob sein Leben aus ununterbrochener Angst besteht, und in diesem Käferchen sehe ich mich selbst.«

»Was ist Ihnen denn so schrecklich?« fragte ich.

»Mir ist alles schrecklich. Ich bin von Natur kein tiefer Mensch und interessiere mich wenig für Fragen wie nach dem Jenseits oder nach dem Schicksal der Menschheit, und überhaupt lasse ich mich selten in eine schwindelnde Gedankenhöhe forttragen. Hauptsächlich ist mir das alltägliche Leben schrecklich, vor dem sich niemand von uns verstecken kann. Ich bin unfähig zu unterscheiden, was in meinen Handlungen Wahrheit und was Lüge ist, und das beunruhigt mich; ich bekenne, daß ich durch Lebensgewohnheiten und Erziehung in einen engen Kreis von Lügen eingeschlossen bin, daß mein ganzes Leben nichts anderes ist, als die tägliche Sorge, mich und die Menschen zu betrügen, ohne es selbst zu merken, und es ist ein entsetzlicher Gedanke, daß ich mich bis zum Tode von dieser Lüge nicht werde frei machen können. Heute tue ich etwas, und morgen begreife ich nicht mehr, warum ich es tat. Ich trat in Petersburg in Dienste und geriet in Entsetzen, ich kam hierher, um Landwirtschaft zu treiben, und geriet gleichfalls in Entsetzen ... Ich sehe, daß wir wenig wissen und uns darum täglich irren, daß wir ungerecht sind, verleumden, fremdes Leben schädigen, alle unsere Kräfte auf Unsinn vergeuden, der überflüssig ist und uns am Leben hindert, und das entsetzt mich, weil ich nicht verstehe, warum und wozu das alles nötig ist. Ich, mein Lieber, verstehe die Menschen nicht und fürchte sie. Mir ist es schrecklich, die Bauern anzusehen; ich weiß nicht, um welcher höheren Ziele willen sie leiden und wozu sie überhaupt leben. Wenn das Leben zum Genuß da ist, sind sie überflüssige, unnütze Menschen; sollte es aber Ziel und Sinn des Lebens sein, in Not und Unwissenheit, ohne Hoffnung und ohne Ausweg zu existieren, so ist mir unverständlich, für wen und wozu dieses Martyrium nötig ist. Ich begreife niemanden und nichts. Versuchen Sie doch dies Subjekt da zu begreifen!« sagte Dimitrij Petrowitsch und wies auf Vierzig Märtyrer.

»Denken Sie sich hinein!«

Als Vierzig Märtyrer bemerkte, daß wir beide ihn ansahen, hustete er ehrerbietig in die Faust und sagte: »Bei guten Herrschaften war ich allzeit ein treuer Diener, aber der Hauptgrund sind die Spirituosen. Wollte aber einer mich unglücklichen Menschen der Beachtung würdigen und mir eine Stelle geben, ich würde das Heiligenbild küssen. Mein Wort darauf!«

Der Kirchendiener ging vorbei, sah uns mißtrauisch an und begann, das Seil zu ziehen. Die Glocke schlug zehn, langsam und gedehnt, doch scharf die Abendstille unterbrechend.

»Nun, es ist ja schon zehn Uhr!« sagte Dimitrij Petrowitsch. »Es wäre Zeit, zu fahren. Ja, mein Lieber«, seufzte er, »wenn Sie wüßten, wie ich meine gewöhnlichen, alltäglichen Gedanken fürchte, an denen scheinbar gar nichts Schreckliches sein kann. Um nicht zu denken, stürze ich mich in die Arbeit, und ich gebe mir alle Mühe, müde zu werden, damit ich nachts gut schlafe. Kinder, eine Frau – für andere Leute ist das etwas Selbstverständliches, aber wie schwer ist das für mich, mein Lieber!«

Er preßte das Gesicht in seine Hände und lachte auf.

»Wenn ich Ihnen erzählen wollte, was für eine närrische Rolle ich im Leben spiele!« sagte er. »Alle sagen mir, Sie haben ein liebes Weib, reizende Kinder, und Sie selbst sind ein vortrefflicher Familienvater. Man glaubt, ich sei überaus glücklich, und beneidet mich. Nun, da ich einmal soviel verraten habe, gestehe ich Ihnen im Vertrauen: mein glückliches Familienleben ist nur ein trauriges Mißverständis, ich fürchte mich vor ihm.«

Sein bleiches Gesicht wurde von einem gespannten Lächeln verzerrt. Er faßte mich um die Taille und fuhr halblaut fort: »Sie sind mein aufrichtiger Freund, ich traue Ihnen und verehre Sie tief. Die Freundschaft schickt uns der Himmel, damit wir uns aussprechen und von Geheimnissen befreien können, die uns bedrücken. Erlauben Sie also, daß ich von Ihrer freundschaftlichen Gesinnung Gebrauch mache und Ihnen die ganze Wahrheit sage. Mein Familienleben, das Ihnen so reizend erscheint, ist mein größtes Unglück und meine Hauptangst. Ich habe mich seltsam und töricht verheiratet. Ich muß Ihnen sagen, daß ich vor der Heirat Mascha rasend liebte und zwei Jahre um sie warb. Fünfmal machte ich ihr einen Antrag, und fünfmal lehnte sie ab, weil ich ihr vollkommen gleichgültig war. Das sechstemal, als ich, toll vor Liebe, auf den Knien vor ihr kroch und um ihre Hand wie um ein Almosen bettelte, sagte sie ja ... Sie sprach so zu mir: ›Ich liebe Sie nicht, aber ich werde Ihnen treu sein ...‹ Diese Klausel nahm ich voller Entzücken an. Damals begriff ich, was das bedeutete, jetzt aber, ich schwöre es bei Gott! – begreife ich es nicht. – Ich liebe Sie nicht, werde Ihnen aber treu sein. – Was bedeutet das? Das ist Nebel, Dunkelheit ... Ich liebe sie jetzt ebensosehr wie am ersten Tage unserer Ehe, aber sie ist anscheinend genauso gleichgültig wie früher und vermutlich froh, wenn ich von Hause fort bin ... Ich weiß nicht sicher, ob sie mich liebt oder nicht, ich weiß es nicht, weiß es wirklich nicht; aber wir leben doch unter einem Dache, sagen du zueinander, schlafen zusammen, haben Kinder und gemeinsamen Besitz ... Was bedeutet das? Wozu dient das? Begreifen Sie es etwa, mein Lieber? Grausame Folter! Weil ich unsere Beziehungen nicht verstehe, hasse ich bald sie, bald mich, bald uns beide zusammen; alles hat sich in meinem Kopf verwirrt, ich quäle mich und werde stumpf, und wie zum Possen wird sie jeden Tag schöner, herrlicher ... Meiner Meinung nach hat sie ungewöhnlich schönes Haar und ein Lächeln wie keine andere Frau. Ich liebe sie und weiß, daß ich hoffnungslos liebe. Hoffnungslose Liebe zu einer Frau, von der man zwei Kinder hat! Ist das etwa begreiflich, ist das nicht schrecklich, ist das nicht schrecklicher als Gespenster?«

Er befand sich in einer solchen Stimmung, daß er noch lange geredet hätte. Zum Glück ließ sich die Stimme des Kutschers hören. Unsere Pferde kamen. Wir setzten uns in die Kalesche, und Vierzig Märtyrer half uns beiden in den Wagen, mit abgenommener Mütze und einem Gesichtsausdruck, als habe er schon lange auf die Gelegenheit gewartet, unsere kostbaren Leiber zu berühren.

»Dimitrij Petrowitsch, gestatten Sie, daß ich zu Ihnen komme?« sagte er, heftig mit den Augen blinzelnd und den

Kopf zur Seite neigend. »Seien Sie um Gottes willen so gnädig, ich komme um vor Hunger!«

»Nun gut!« sagte Ssilin. »Komm zu mir, du kannst drei Tage bleiben, dann werden wir sehen.«

»Zu Befehl!« sagte erfreut Vierzig Märtyrer. »Heute noch komme ich.«

Bis nach Hause waren sechs Werst. Dimitrij Petrowitsch war zufrieden, sich endlich einmal einem Freunde gegenüber ausgesprochen zu haben, und hielt mich die ganze Fahrt über um die Taille gefaßt, und er sprach vergnügt, nicht mehr verbittert und erschreckt, davon, daß er, wenn in seiner Familie alles gut stünde, nach Petersburg zurückkehren und sich mit wissenschaftlichen Arbeiten beschäftigen würde. Die Strömung, sagte er, die so viele begabte, junge Leute aufs Land getrieben hat, war eine bedauerliche Strömung, Roggen und Weizen haben wir in Rußland genug, aber kultivierte Menschen gibt es überhaupt nicht. Die begabte, gesunde Jugend muß sich mit Wissenschaft, Kunst und Politik beschäftigen; anders handeln heißt kurzsichtig sein. Er philosophierte voller Vergnügen weiter und sprach sein Bedauern darüber aus, daß er sich morgen früh von mir trennen müsse, denn er wolle zu einer Holzversteigerung fahren.

Mir aber war traurig und unbehaglich zumute, und es war mir, als betröge ich ihn. Aber zugleich erfaßte mich eine angenehme Spannung. Ich sah den ungeheuren, purpurroten Mond, der gerade aufging, und stellte mir eine hochgewachsene, schlanke Blondine mit blassem Gesicht vor, immer elegant, nach irgendeinem besonderen, moschusähnlichen Parfüm duftend, und ich stellte mir irgendwie gerne vor, daß sie ihren Mann nicht liebe.

Als wir nach Hause kamen, setzten wir uns zum Abendessen. Marija Ssergejewna bewirtete uns lachend mit unseren Einkäufen, und ich fand, daß sie in der Tat auffallend schönes Haar habe und wie keine andere Frau lächle. Ich beobachtete sie und wollte aus jeder ihrer Bewegungen und jedem ihrer Blicke erkennen, daß sie ihren Mann nicht liebe, und mir schien, daß ich es sehen könnte. Dimitrij Petrowitsch gab bald den Versuch auf, mit seiner Schläfrigkeit zu kämpfen. Nach dem Abendessen saß er etwa noch zehn Minuten mit uns zusammen, und er sagte dann: »Lassen Sie sich nicht stören, meine Herrschaften, ich muß morgen früh um drei aufstehen; erlauben Sie daher, daß ich Sie verlasse.«

Er küßte seine Frau zärtlich, drückte mir kräftig und voll Dankbarkeit die Hand und nahm mir das Wort ab, ihn unbedingt in der kommenden Woche zu besuchen. Um am Morgen nicht zu spät aufzustehen, legte er sich im Seitengebäude schlafen.

Marija Ssergejewena pflegte sich nach Petersburger Art spät niederzulegen; jetzt freute ich mich irgendwie darüber.

»Also«, begann ich, als wir allein geblieben waren, »also werden Sie so gut sein und etwas vorspielen?«

Ich verlangte nicht nach Musik, wußte aber nicht, wie ich die Unterhaltung beginnen sollte. Sie setzte sich ans Klavier und spielte, ich weiß nicht was. Ich saß neben ihr, sah ihre weißen, vollen Hände und bemühte mich, irgend etwas auf ihrem kalten, gleichgültigen Gesicht zu lesen. Auf einmal lächelte sie und sah mich an.

»Sie langweilen sich ohne meinen Mann«, sagte sie. Ich mußte lachen.

»Um der Freundschaft willen genügte, daß ich einmal im Monat käme, aber ich bin häufiger als jede Woche einmal hier.«

Nach diesen Worten stand ich auf und ging erregt durch das Zimmer. Sie stand ebenfalls auf und trat an den Kamin.

»Was wollen Sie damit sagen?« fragte sie und sah mich mit ihren großen, klaren Augen an.

Ich antwortete nicht.

»Sie sagen nicht die Wahrheit«, fuhr sie nach einigem Nachdenken fort. »Sie sind nur Dimitrij Petrowitschs willen hier. Nun und? Das freut mich sehr. Heutzutage findet man eine solche Freundschaft selten.«

»Ach was!« dachte ich, und da ich nicht wußte, was ich sagen sollte, fragte ich: »Wollen Sie im Garten etwas promenieren?«

»Nein.«

Ich ging auf die Terrasse. In meinem Kopf fühlte ich ein Kribbeln, und es wurde mir kalt vor Aufregung. Ich war schon überzeugt, daß unsere Unterhaltung ganz nichtssagend sein werde, und daß wir einander nichts Besonders würden zu sagen wissen, daß aber in dieser Nacht unbedingt geschehen müsse, wovon ich nicht einmal zu träumen gewagt hatte. Unbedingt in dieser Nacht, oder niemals!

»Welch herrliches Wetter!« sagte ich laut.

»Das ist mir ganz gleichgültig«, bekam ich zur Antwort.

Ich ging ins Gästezimmer. Marija Ssergejewna stand wie vorhin am Kamin, die Hände auf den Rücken gelegt, dachte über etwas nach und sah zur Seite.

»Warum ist Ihnen das ganz gleichgültig?« fragte ich.

»Weil es mich langweilt. Sie langweilen Sich nur ohne Ihren Freund, ich langweile mich immer. Übrigens interessiert Sie das ja nicht.«

Ich setzte mich ans Klavier, spielte einige Akkorde und wartete, was sie sagen würde. »Bitte machen Sie keine Umstände«, sagte sie, mich ärgerlich anblickend und nahe daran, aus Ärger zu weinen. »Wenn Sie schlafen wollen, gehen Sie nur. Denken Sie ja nicht, daß Sie als Freund Dimitrij Petrowitschs verpflichtet sind, sich mit seiner Frau zu langweilen. Ich will kein Opfer. Bitte gehen Sie.«

Natürlich ging ich nicht. Sie trat auf die Terrasse, ich blieb im Gästezimmer und durchblätterte etwa fünf Minuten lang die Noten. Dann ging ich auch hinaus. Wir standen im Schatten der Vorhänge nebeneinander, und vor uns lagen die mondlichtübergossenen Treppenstufen. Auf den Blumenbeeten und auf dem hellen Sande lagen schwarze Baumschatten.

»Ich muß ebenfalls wegfahren«, sagte ich.

»Natürlich, wenn mein Mann nicht zu Hause ist, haben Sie keinen Grund zu bleiben«, sagte sie spöttisch. »Ich kann mir vorstellen, wie unglücklich Sie wären, wenn Sie sich in mich verliebten! Warten Sie nur, ich werde mich Ihnen noch unversehens an den Hals werfen. Ich möchte sehen, mit welchem Entsetzen Sie vor mir weglaufen. Das wäre interessant.«

Ihre Worte und ihr bleiches Gesicht waren ärgerlich, doch ihre Augen waren voll der zärtlichsten, leidenschaftlichsten Liebe. Ich sah dieses wundervolle Geschöpf bereits als mein Eigentum an, und nun bemerkte ich zum ersten Male, daß sie goldene Augenbrauen, wunderbare Augenbrauen hatte, wie ich sie noch nie gesehen hatte. Der Gedanke, daß ich sie sofort an mich ziehen, sie liebkosen, ihr ungewöhnlich schönes Haar berühren könnte, erschien mir plötzlich so ungeheuerlich, daß ich auflachte und die Augen schloß.

»Nun, es ist schon spät ..., eine ruhige Nacht», sagte sie.

»Ich will keine ruhige Nacht ...«, sagte ich lachend und folgte ihr ins Gästezimmer. »Ich werde diese Nacht verfluchen, wenn sie ruhig sein sollte.«

Ich drückte ihr die Hand und begleitete sie zur Tür, und ich sah ihrem Gesicht an, daß sie mich begriff und froh war, daß ich sie ebenfalls verstand.

Ich ging in mein Zimmer. Auf meinem Tisch lag neben den Büchern Dimitrij Petrowitschs Mütze, und das erinnerte mich an seine Freundschaft. Ich nahm meinen Stock und ging in den Garten. Dort stieg der Nebel schon empor, und um die Bäume und Sträucher schwebten, sie umarmend, die gleichen hohen, schmalen Gespenster, die ich vor kurzem auf dem Flusse gesehen hatte. Wie schade, daß ich nicht mit ihnen sprechen konnte!

In der ungemein durchsichtigen Luft zeichnete sich deutlich jedes Blättchen, jedes Tröpfchen ab – all das lächelte mir in der Stille schlaftrunken zu. Und als ich an den grünen Bänken vorbeiging, gedachte ich der Worte aus einem Shakespeareschen Stück: »Wie süß das Mondlicht auf den Bänken ruht!«

Im Park war ein Hügelchen. Ich stieg hinauf und setzte mich hin. Ein bezauberndes Gefühl berauschte mich. Ich wußte zuversichtlich, daß ich ihren herrlichen Leib bald umarmen, mich an ihn drängen, ihre goldenen Augenbrauen küssen werde, und ich wollte nicht daran glauben, wollte mich reizen, und es tat mir leid, daß sie mich so wenig gequält, so rasch sich ergeben hatte.

Aber da ertönten unerwartet schwere Schritte. In der Allee zeigte sich ein mittelgroßer Mann, und ich erkannte in ihm sofort Vierzig Märtyrer! Er setzte sich auf die Bank, seufzte tief auf, bekreuzigte sich dann dreimal und legte sich lang. Nach einem Augenblick stand er auf und legte sich auf die andere Seite. Die Mücken und die nächtliche Feuchtigkeit ließen ihn nicht einschlafen. »Ach, Leben!« sagte er. »Unglückliches, bitteres Leben!«

Als ich seinen mageren, gebeugten Körper sah und seine schweren, heiseren Seufzer vernahm, dachte ich eines anderen, unglücklichen Lebens, das mir heute gebeichtet hatte, und mir wurde angst und bange um meinen glückseligen Zustand. Ich stieg vom Hügel herab und ging zum Hause.

»Das Leben ist seiner Meinung nach schrecklich«, dachte ich, »so mache keine Umstände mit ihm, such es zu bewältigen und nimm alles, was du ihm entreißen kannst, solange es dich noch nicht erdrückt hat!«

Auf der Terrasse stand Marija Ssergejewna. Ich umarmte

sie schweigend und küßte gierig ihre Augenbrauen, ihre Schläfen, ihren Hals ...

In meinem Zimmer sagte sie, daß sie mich schon lange, mehr als ein Jahr liebe. Sie schwor mir ihre Liebe, weinte und bat, ich solle sie zu mir nehmen. Ich führte sie jeden Augenblick zum Fenster, um beim Mondlicht ihr Gesicht zu sehen, und alles erschien mir wie ein wunderbar schöner Traum. Ich umarmte sie heftig, um mich von der Wirklichkeit zu überzeugen. Schon lange hatte ich solche Entzükkungen nicht mehr erlebt ... Aber dennoch fühlte ich weit weg, irgendwo in der Tiefe meiner Seele eine Befangenheit, und mir war unbehaglich zumute. In ihrer Liebe zu mir war etwas Unbequemes, Lästiges wie in der Freundschaft Dimitrij Petrowitschs. Es war eine große, ernste Liebe mit Tränen und Schwüren, doch ich wollte nichts Ernstes, weder Tränen noch Schwüre, noch Gespräche über die Zukunft. Diese Mondnacht sollte wie ein leuchtender Meteor durch unser Leben eilen und dann sollte alles aus sein.

Genau um drei Uhr verließ sie mich, und während ich in der Türe stand und ihr nachsah, erschien plötzlich am Ende des Korridors Dimitrij Petrowitsch. Als sie ihm begegnete, bebte sie und gab ihm den Weg frei, ihre ganze Getalt drückte Abscheu aus. Er lächelte sonderbar, hustete einmal auf und kam zu mir ins Zimmer.

»Ich hatte hier gestern meine Mütze vergessen ...«, sagte er, ohne mich anzusehen. Er fand die Mütze und setzte sie mit beiden Händen auf den Kopf, dann blickte er in mein verwirrtes Gesicht, auf meine Pantoffeln und sagte, nicht mit seiner eigenen, sondern mit einer fremden, heiseren Stimme: »Wahrscheinlich war mir bei meiner Geburt bestimmt, daß ich nichts begreifen soll. Falls Sie irgend etwas verstehen, so ... gratuliere ich Ihnen. Mir ist es dunkel vor den Augen.

Und er ging hustend hinaus. Dann sah ich durchs Fenster, wie er selber die Pferde vor dem Stall anspannte. Seine

Hände zitterten, er beeilte sich und blickte nach dem Hause zurück; wahrscheinlich hatte er Angst. Dann setzte er sich in den Tarantas und schlug mit einem sonderbaren Gesichtsausdruck, als fürchte er verfolgt zu werden, auf die Pferde ein.

Nach einer Weile fuhr ich auch fort. Die Sonne stieg schon empor, und der gestrige Nebel drückte sich schüchtern an Sträucher und Hügel. Auf dem Bock saß Vierzig Märtyrer, der bereits irgendwo etwas getrunken hatte, und schwatzte betrunkenes Zeug.

»Ich bin ein freier Mann!« schrie er auf die Pferde ein. »Hei, ihr Lieben! Ich bin ein ehrlicher Ehrenbürger, wenn ihr es wissen wollt!«

Die Angst Dimitrij Petrowitschs, die mir nicht aus dem Kopf ging, teilte sich auch mir mit. Ich dachte über das nach, was sich ereignet hatte, und verstand nichts. Ich sah die Krähen an, und mir kam es seltsam und entsetzlich vor, daß sie flogen.

»Warum hab ich das getan?« fragte ich mich mit tiefem Nachdenken und von Verzweiflung erfüllt. »Warum mußte das gerade so enden und nicht anders? Für wen und wozu war das nötig, daß sie mich ernsthaft liebte und daß er in das Zimmer kam, um die Mütze zu holen? Was hat hat die Mütze dabei zu tun?«

Am selben Tage noch reiste ich nach Petersburg ab. Dimitrij Petrowitsch und seine Frau habe ich niemals wiedergesehen. Man sagt, sie lebten weiterhin zusammen.

# DAS HAUS MIT DEM GIEBELZIMMER

*Erzählung eines Künstlers*

Es ist sechs oder sieben Jahre her, daß ich in einem der Kreise des Gouvernements T. auf dem Besitz des Gutsherrn Belokurow zu Besuch war, eines jungen Mannes, der die Gewohnheit hatte, sehr früh aufzustehen, in einem Wams herumzulaufen, abends Bier zu trinken und mir vorzuklagen, daß er nirgends und bei niemand das rechte Verständnis finde. Er lebte in dem nach dem Garten zu gelegenen Seitenflügel, ich aber in dem alten Herrenhaus, in einem riesigen säulengetragenen Saal, in dem keine Möbel standen außer dem breiten Diwan, auf dem ich schlief, und einem Tisch, auf dem ich Patience zu legen pflegte. Hier summte auch bei stillem Wetter immerwährend etwas in den alten Öfen, und bei einem Gewitter bebte das ganze Haus, als wollte es zerbersten, und es war ein wenig unheimlich, besonders nachts, wenn alle zehn großen Fenster plötzlich vom Blitz erhellt wurden.

Vom Schicksal zu beständigem Müßiggang verurteilt, tat ich absolut nichts. Stundenlang betrachtete ich durch meine Fenster den Himmel, die Vögel und die Alleen, ich las, was man mir von der Post brachte, und schlief. Bisweilen ging ich aus dem Hause und strich bis zum späten Abend umher.

Als ich eines Tages heimkehrte, geriet ich unversehens in ein unbekanntes Anwesen. Die Sonne war schon verschwunden, und auf dem blühenden Roggen breiteten sich die Abendschatten aus. Zwei Reihen alter, eng gepflanzter, hoher Tannen erhoben sich wie dichte Wände und bildeten eine düstere, schöne Allee. Ich kletterte ohne Mühe über den Zaun und ging die Allee entlang, auf den weichen Tannennadeln, die ein paar Zentimeter hoch die Erde bedeckten. Es war still und dunkel, und nur in den Wipfeln zitterte hie und da noch ein helles, goldenes Licht und schillerte regenbogenfarben wie ein Spinnennetz. Die Tannennadeln rochen betäubend. Dann bog ich in eine lange Lindenallee ein. Auch dort die gleiche Verwilderung, der gleiche Verfall; das vorjährige Laub raschelte traurig unter meinen Füßen, und zwischen den Bäumen verbargen sich die tiefen Schatten der Dämmerung. Rechts, in einem alten Obstgarten, sang zögernd, mit leiser Stimme ein Pirol, der ebenfalls alt sein mochte ... Nun hörten die Linden auf; ich kam an einem weißen Haus mit einer Terrasse und einem Giebelzimmer vorüber, und ganz unerwartet öffnete sich mir der Ausblick auf einen herrschaftlichen Hof und einen breiten Teich mit einer Badeanlage; vom jenseitigen Ufer sah unter grünen Weiden ein Dorf mit einem hohen, schlanken Glockenturm herüber, auf dem das Kreuz in den Strahlen der untergehenden Sonne leuchtete.

Für einen Augenblick umwehte mich der Zauber von etwas Heimischem, Wohlbekanntem, als hätte ich einst, in der Kindheit, diese Landschaft schon einmal gesehen ...

An dem weißen Steintor, das vom Hof ins Feld führte, einem altertümlichen, festen, löwengeschmückten Tor, standen zwei junge Mädchen. Das eine, ein wenig älter, schlank, blaß, sehr schön, mit einer Fülle kastanienbraunen Haares und einem kleinen, eigensinnigen Mund, hatte einen strengen Gesichtsausdruck und beachtete mich kaum; die andere aber, noch ganz jung – sie war höchstens siebzehn oder achtzehn Jahre alt –, ebenfalls schlank und blaß, mit einem großen Mund und großen Augen, sah mich, als ich vorüberging, verwundert an, sagte etwas auf englisch und geriet in Verwirrung und mir schien es, als ob auch diese zwei lieblichen Gesichter mir schon lange bekannt seien. Ich kehrte mit dem Gefühl eines schönen Traumes nach Hause zurück.

Bald danach, als ich einmal mittags mit Belokurow in der Nähe des Hauses spazierenging, rauschte plötzlich eine Kutsche durchs Gras in den Hof, in der die eine der jungen Damen saß. Es war die ältere. Sie kam mit einer Sammelliste für die Abgebrannten. Ohne uns anzusehen, erzählte sie uns sehr ernst und umständlich, wieviel Häuser im Dorfe Sijanowo niedergebrannt, wieviel Männer, Frauen und Kinder obdachlos geworden seien und was das Komitee, dessen Mitglied sie sei, für die Abgebrannten zunächst zu unternehmen beabsichtige. Nachdem sie uns die Liste hatte unterzeichnen lassen, verwahrte sie sie und begann sich sofort zu verabschieden.

»Sie haben uns vollkommen vergessen, Pjotr Petrowitsch«, sagte sie zu Belokurow, während sie ihm die Hand reichte. »Kommen Sie uns besuchen, und wenn Monsieur N. (sie nannte meinen Familiennamen) sehen will, wie Verehrer seines Talentes leben, mag er auch zu uns kommen, Mama und ich werden uns sehr freuen. Ich verneigte mich.

Als sie weggefahren war, begann Pjotr Petrowitsch zu erzählen. Nach seinen Worten stammte dieses Mädchen aus einer guten Familie; sie hieß Lidija Woltschaninowa, und das Gut, auf dem sie mit Mutter und Schwester lebte, ebenso wie auch das Dorf am anderen Ufer des Teiches hieß Schelkowka. Ihr Vater hatte einst eine angesehene Stellung in Moskau innegehabt und war als Geheimer Rat gestorben. Obwohl sie über reichliche Mittel verfügten, lebten die Woltschaninows im Winter wie im Sommer ununterbrochen auf dem Lande, und Lidija war Lehrerin in der Landschaftsschule von Schelkowka und empfing ein Gehalt von monatlich fünfundzwanzig Rubeln. Sie verbrauchte für sich nur dieses Geld und war stolz, auf eigene Kosten leben zu können.

»Eine interessante Familie«, sagte Belokurow. »Meinetwegen können wir sie einmal aufsuchen. Sie werden sich über Sie sehr freuen.«

Einmal, an einem Feiertage nach dem Essen, erinnerten

wir uns der Woltschaninows und besuchten sie in Schelkowka. Die Mutter und beide Töchter waren zu Hause. Die Mutter, Jekaterina Pawlowna, die einmal sehr schön gewesen sein mußte, jetzt aber vorzeitig gealtert aussah, an Asthma litt, traurig und zerstreut war, bemühte sich, mit mir ein Gespräch über Malerei zu führen. Als sie von der Tochter erfahren hatte, daß ich vielleicht nach Schelkowka käme, fielen ihr einige meiner Landschaftsbilder ein, die sie auf einer Moskauer Ausstellung gesehen hatte, und jetzt fragte sie mich, was ich mit ihnen hätte ausdrücken wollen. Lidija, oder wie man sie zu Hause nannte, Lida, unterhielt sich mehr mit Belokurow als mit mir. Ernst und ohne zu lächeln, fragte sie ihn, warum er nicht bei der Landschaftsverwaltung mitarbeite und warum er bisher zu keiner Landschaftsversammlung gekommen sei.

»Das ist nicht recht, Pjotr Petrowitsch«, sagte sie vorwurfsvoll. »Sie sollten sich schämen.«

»Du hast recht, Lida, du hast recht«, stimmte die Mutter bei. »Das ist nicht recht von Ihnen.«

»Unser ganzer Kreis steht unter dem Einfluß von Balagin«, fuhr Lida zu mir gewendet fort. »Er selbst ist Chef der Kreisverwaltung und hat alle Ämter des Kreises an Neffen und Schwiegersöhne verteilt und tut, was er will. Man muß dagegen kämpfen. Die Jugend muß aus sich heraus eine starke Partei bilden, aber Sie sehen ja, wie unsere Jugend ist. Schämen Sie sich, Pjotr Petrowitsch.«

Die jüngere Schwester, Shenja, schwieg, während man von der Landschaftsverwaltung sprach. An ernsten Gesprächen wurde sie nicht beteiligt; man sah sie, das Nestküken, in ihrer Familie noch nicht als erwachsen an und nannte sie Mißjussj, weil sie als Kind die Miß, ihre Gouvernante, so genannt hatte. Die ganze Zeit über blickte sie mich neugierig an, und als ich das Photographienalbum anschaute, erklärte sie mir die Bilder: »Das ist der Onkel . . ., das ist mein Taufvater.« Sie fuhr mit den Fingerchen über die Bilder hin und berührte mich dabei in kindlicher Weise mit ihrer Schulter, und ich sah aus nächster Nähe ihre schwache, unentwickelte Brust, die schmalen Schultern, den Zopf und den mageren, durch einen Gürtel straff zusammengeschnürten Leib.

Wir spielten Krocket und Tennis, gingen im Garten spazieren und tranken Tee; dann aßen wir lange zu Abend. Nach dem riesigen, leeren Saal mit den Säulen fühlte ich mich in diesem kleinen, gemütlichen Hause sehr wohl, in dem an den Wänden keine Öldrucke hingen und in dem man zu den Dienstboten »Sie« sagte, und alles erschien mir, dank der Anwesenheit von Lida und Mißjussj jung und rein und atmete Wohlanständigkeit. Während des Abendessens sprach Lida wieder mit Belokurow über die Landschaftsverwaltung, über Balagin und Schulbüchereien. Sie war ein lebhaftes, aufrichtiges Mädchen mit festen Ansichten, und man hörte ihr interessiert zu, obwohl sie viel zu laut redete – vielleicht, weil sie sich in der Schule dran gewöhnt hatte. Dagegen sprach Pjotr Petrowitsch, der noch von seiner Studentenzeit her die Unart hatte, jede Unterhaltung mit einem Streit enden zu lassen, fad und langweilig, wenn auch mit der deutlichen Absicht, als ein kluger und fortgeschrittener Mensch zu erscheinen. Bei seinem Gestikulieren warf er mit dem Arm die Sauciere um, so daß auf dem Tischtuch eine große Lache entstand, aber außer mir schien das niemand zu bemerken.

Als wir nach Hause gingen, war es dunkel und still.

»Die gute Erziehung besteht nicht darin, daß man keine Saucieren aufs Tischtuch gießt, sondern daß man es nicht bemerkt, wenn es jemand anderes tut«, sagte Belokurow und seufzte. »Ja, eine vortreffliche, intelligente Familie. Ich bin an den Verkehr mit trefflichen Menschen nicht mehr gewöhnt, ach, gar nicht mehr gewöhnt! Immer nur Arbeit, Arbeit, Arbeit!«

Er sprach davon, wie sehr man arbeiten müsse, wenn

man Besitzer einer Musterwirtschaft werden wolle. Aber ich dachte: Was für ein schwerfälliger, träger Mensch! Wenn er ernsthaft über irgend etwas sprach, schob er mit Anstrengung e-e-e-e ein, und er arbeitete genauso, wie er sprach: langsam, und wurde stets zu spät fertig und versäumte die Termine. An seine Geschäftstüchtigkeit glaubte ich schon darum nicht recht, weil er die Briefe, die ich ihm für die Post zu übergeben pflegte, wochenlang in seiner Tasche herumschleppte.

»Am allerschwersten«, murmelte er, als er neben mir ging, »am allerschwersten ist es, daß man arbeitet und bei niemandem das rechte Verständnis findet. Kein rechtes Verständnis!«

2

Ich begann bei den Woltschaninows zu verkehren. Gewöhnlich saß ich auf der untersten Stufe der Terrasse; mich quälte Unzufriedenheit, ich trauerte um mein Leben, das so rasch und uninteressant verflog, und immer dachte ich, wie gut es sein müsse, sich das Herz aus der Brust zu reißen, das so schwer geworden ist. Und währenddessen unterhielt man sich auf der Terrasse, hörte man das Rauschen von Kleidern, das Umblättern eines Buches. Ich gewöhnte mich rasch daran, daß Lida tagsüber Kranke empfing, Bücher verteilte, oft unbedeckten Hauptes, mit einem Sonnenschirm ins Dorf ging und abends laut von der Landschaftsverwaltung und von Schulen sprach. Dieses schlanke, schöne, unveränderlich strenge Mädchen mit dem kleinen, fein geschwungenen Munde sagte jedesmal, wenn ein Gespräch sachlich zu werden begann, trocken zu mir: »Das interessiert Sie ja nicht.«

Ich war ihr nicht sympathisch. Sie liebte mich deswegen nicht, weil ich Landschaftsmaler war und in meinen Bildern nicht die Nöte des Volkes darstellte und weil ich anscheinend den Dingen, an die sie so fest glaubte, gleichgültig gegenüberstand. Ich entsinne mich: Als ich einmal am Ufer des Baikalsees dahinritt, begegnete mir zu Pferd ein Burjätenmädchen in Hemd und Hosen aus blauem Baumwollstoff; ich fragte sie, ob sie mir nicht ihre Pfeife verkaufen wolle. Während wir sprachen, sah sie mein europäisches Gesicht und meinen Hut verächtlich an und augenblicklich widerstrebte ihr, mit mir zu sprechen, sie stieß einen lauten Schrei aus und sprengte davon. In gleicher Weise verachtete Lida in mir einen fremden Menschen. Äußerlich ließ sie ihre Abneigung nicht merken, aber ich fühlte sie deutlich, und wenn ich auf der untersten Stufe der Terrasse saß, fühlte ich mich gereizt und pflegte zu sagen, daß Bauern kurieren, ohne Arzt zu sein, sie betrügen heiße, und man könne leicht Wohltätigkeit üben, wenn man zweitausend Deßjatinen Land besitze.

Aber ihre Schwester Mißjussi kannte keine Sorgen und verbrachte ihr Leben wie ich in reinem Müßiggang. Sofort nach dem Aufstehen nahm sie ein Buch zur Hand und las, auf der Terrasse in einem tiefen Fauteuil sitzend, so daß ihre Füßchen kaum bis zur Erde reichten, oder sie verschwand mit dem Buch in der Lindenallee oder ging zum Tor hinaus ins Feld. Sie hatte den ganzen Tag die Nase im Buch, und nur daran, daß ihr Blick bisweilen müde und trübe und ihr Gesicht sehr blaß wurde, konnte man erraten, daß das Lesen ihr Gehirn ermüdete. Wenn ich kam und sie mich sah, errötete sie leicht, legte das Buch weg und erzählte mir angeregt, indem sie mich mit ihren großen Augen voll anblickte, von den Dingen, die sich ereignet hatten, zum Beispiel, daß in der Leutestube der Ruß zu brennen angefangen oder ein Arbeiter im Teich einen großen Fisch gefangen hatte. Alltags trug sie gewöhnlich eine helle Bluse mit dunkelblauem Rock. Wir machten zusammen Spaziergänge, pflückten Kirschen zum Warenje ab, fuhren zusammen im Boot, und wenn sie sprang, um eine Kirsche zu erlangen, oder wenn sie ruderte, schimmerten durch die weiten Ärmel ihre dünnen, schwachen Arme hindurch. Oder ich malte eine Studie, und sie stand neben mir und sah mir entzückt zu.

An einem Sonntag Ende Juli ging ich morgens gegen neun zu den Woltschaninows. Ich nahm den Weg durch den Park, hielt mich etwas abseits vom Hause und suchte Steinpilze, die diesen Sommer in Mengen wuchsen; ich machte mir Merkzeichen, um die Pilze später zusammen mit Shenja beim Einsammeln wiederzufinden. Es wehte ein warmer Wind. Ich sah, wie Shenja und ihre Mutter, beide in hellen Festtagskleidern, aus der Kirche nach Hause kamen und Shenja den Hut gegen den Wind halten mußte. Dann hörte ich, wie man auf der Terrasse Tee trank.

Mich sorglosen Menschen, der für seinen ständigen Müßiggang eine Rechtfertigung suchte, zogen diese festtäglichen Sommermorgen auf unseren Herrenhöfen immer ungewöhnlich an. Wenn der taufeuchte grüne Garten in der Sonne über und über funkelt und glücklich zu sein scheint, wenn es am Hause nach Reseda und Oleander duftet, wenn die jungen Leute eben erst aus der Kirche zurückkehren und im Garten Tee trinken, wenn alle so hübsch angezogen und fröhlich sind und wenn man weiß, daß alle diese gesunden, satten, schönen Menschen den lieben langen Tag nichts tun werden, so hat man den Wunsch, es möchte das ganze Leben so bleiben. Dasselbe dachte ich jetzt und ging im Garten herum, bereit, ohne Arbeit und ohne Ziel so den ganzen Tag, den ganzen Sommer umherzuschlendern. Shenja kam mit einem Korbe; der Ausdruck ihres Gesichtes sagte, daß sie wußte oder ahnte, mich im Garten zu finden. Wir sammelten die Pilze ein und unterhielten uns, und wenn sie mich nach etwas fragte, ging sie ein wenig voraus, um mir ins Gesicht sehen zu können.

»Gestern hat sich in unserem Dorf ein Wunder zugetragen«, sagte sie. »Die lahme Pelageja war das ganze Jahr über krank, keine Ärzte, keine Arzneien halfen ihr, gestern aber hat eine Alte sie besprochen, und alles ist vergangen.«

»Das ist gar nicht so wunderbar«, sagte ich. »Man muß Wunder nicht nur bei Kranken und alten Weibern suchen. Ist die Gesundheit etwa kein Wunder? Und das Leben selbst? Alles, was wir nicht begreifen können, ist ein Wunder.«

»Und ist Ihnen das nicht unheimlich, was wir nicht begreifen können?«

»Nein, an Erscheinungen, die ich nicht begreife, gehe ich mutig heran, aber ich ordne mich ihnen nicht unter. Ich stehe über ihnen. Der Mensch soll erkennen, daß er über Löwen, Tigern, Sternen, über allem in der Natur, sogar über dem steht, was unbegreiflich ist und wunderbar erscheint, sonst ist er kein Mensch, sondern eine Maus, die sich vor allem fürchtet.«

Shenja glaubte, daß ich als Künstler sehr viel wüßte und das mir Unbekannte erraten könnte. Sie wünschte, daß ich sie in das Gebiet des Ewigen und Schönen einführe, in diese höhere Welt, in der ich ihrer Meinung nach zu Hause sei, und sie sprach gern mit mir über Gott, das ewige Leben und das Wunderbare. Und ich, der ich nicht gestehen wollte, daß ich und mein Geist nach dem Tode für immer vergehen, antwortete: »Ja, die Menschen sind unsterblich. Ja, unser wartet das ewige Leben.« Und sie hörte zu, glaubte und forderte keine Beweise.

Als wir zurückgingen, blieb sie stehen und sagte: »Unsere Lida ist ein ungewöhnlicher Mensch. Nicht wahr? Ich liebe sie heiß und würde jeden Augenblick mein Leben für sie opfern. Aber sagen Sie« – Shenja rührte mit ihrem Finger an meinen Ärmel –, »sagen Sie, warum streiten Sie immer mir ihr? Warum sind Sie gereizt?«

»Weil sie ungerecht ist.«

Shenja schüttelte verneinend den Kopf, und Tränen standen in ihren Augen. »Das verstehe ich nicht!« sagte sie.

In diesem Augenblick war Lida gerade irgendwoher zurückgekehrt und befahl einem Knecht etwas, dabei stand sie mit der Peitsche an der Treppe, schön, vom Sonnenlicht überflutet. Sie fertigte eilig und laut sprechend zwei, drei Kranke ab, ging dann mit besorgtem, geschäftsmäßigem Gesicht durch die Zimmer, öffnete bald den einen, bald den anderen Schrank und verschwand im Giebelzimmer. Man suchte lange nach ihr und rief sie zum Essen, schließlich kam sie, als wir schon die Suppe gegessen hatten.

An alle diese kleinen, mir liebgewordenen Einzelheiten erinnere ich mich, und dieser ganze Tag steht lebendig vor mir, obwohl nichts Besonders geschah. Nach dem Essen las Shenja, in einem tiefen Sessel liegend, während ich auf der untersten Stufe der Terrassse saß. Wir schwiegen. Der ganze Himmel war mit Wolken bedeckt, und ein feiner, dünner Regen begann zu fallen. Es war heiß, der Wind hatte sich schon lange gelegt, und es schien, als würde dieser Tag niemals enden. Jekaterina Pawlowna kam verschlafen, einen Fächer in der Hand, zu uns auf die Terrasse.

»Oh, Mama«, sagte Shenja und küßte ihre Hand, »es schadet dir doch, tagsüber zu schlafen.«

Sie vergötterten einander. Wenn die eine in den Park ging, so stand die andere schon auf der Terrasse, sah zu den Bäumen hinüber und rief: »He, Shenja!« oder »Mama, wo bist du?« Sie beteten immer gemeinsam, und beide glaubten an das gleiche und verstanden einander völlig, sogar wenn sie schwiegen. Auch den Menschen gegenüber verhielten sie sich in der gleichen Weise. Jekaterina Pawlowna gewöhnte sich ebenfalls rasch an mich und schloß sich mir an, und wenn ich einige Tage nicht erschien, so schickte sie einen Boten, um zu erfahren, ob ich gesund sei. Meine Skizzen betrachtete sie ebenso voller Entzücken und mit der gleichen Geschwätzigkeit; wie Mißjussj erzählte sie mir, was geschehen war, und häufig vertraute sie mir ihre häuslichen Geheimnisse an.

Ihre ältere Tochter verehrte sie tief. Lida war niemals zärtlich und sprach nur von ernsten Dingen; sie führte ihr eigenes Leben und war für Mutter und Schwester gleicherweise eine geheiligte, ein wenig rätselhafte Persönlichkeit, wie für die Matrosen der Admiral, der immer für sich in seiner Kajüte sitzt.

»Unsere Lida ist ein ungewöhnlicher Mensch«, sagte die Mutter und fügte im Tone einer Besprecherin halblaut und sich erschreckt umblickend hinzu: »Solche Menschen kann man jetzt mit der Laterne suchen, obwohl ich, wissen Sie, etwas unruhig zu werden anfange. Schule, Apotheken, Bücher, all das ist ja schön und gut – aber wozu diese Extreme? Sie ist doch schon vierundzwanzig Jahre alt, und es wäre Zeit, daß sie ernsthaft an sich selber denkt. Bei ihren Büchern und Apotheken merkt sie gar nicht, wie das Leben vergeht. Sie sollte heiraten.«

Shenja, bleich vom vielen Lesen, mit unordentlicher Frisur, erhob ihren Kopf und sagte, ihre Mutter anblikkend, wie für sich: »Mamachen, alles hängt von Gottes Willen ab.«

Und sie vertiefte sich wieder ins Lesen.

Belokurow kam in Wams und besticktem Hemd. Wir spielten Krocket und Tennis, dann, als es dunkel geworden war, aßen wir lange zu Abend, und Lida sprach wieder von den Schulen und von Balagin, der den ganzen Kreis in seine Hände gebracht hat. Als ich an diesem Abend die Woltschaninows verließ, nahm ich den Eindruck eines langen, langen Feiertages mit mir, in der traurigen Erkenntnis, daß alles in dieser Welt zu Ende geht, so lange es auch dauere. Shenaj brachte uns bis ans Tor, und vielleicht weil sie den ganzen Tag vom Morgen bis zum Abend mit mir zusammen war, fühlte ich, daß ich mich ohne sie langweilte, und daß mir diese ganze liebe Familie ans Herz gewachsen war; und zum ersten Male während des ganzen Sommers bekam ich Lust zu malen.

»Sagen Sie, warum leben Sie so fade, so farblos?« fragte ich Belokurow auf dem Heimweg. »Mein Dasein ist langweilig, schwer, eintönig, weil ich Künstler, weil ich ein absonderlicher Mensch bin, weil ich seit meinen jungen Tagen von Neid, Unzufriedenheit mit mir selbst, von Mißtrauen gegen mein Werk zerrissen bin, weil ich immer arm und immer ein Zigeuner war; Sie aber, ein gesunder, normaler Mensch, Gutsbesitzer und adliger Herr – warum leben Sie so uninteressant, warum nehmen Sie sich so wenig vom Leben? Warum zum Beispiel haben Sie sich bisher nicht in Lida oder Shenja verliebt?«

»Sie vergessen, daß ich eine andere Frau liebe«, antwortete Belokurow.

Damit meinte er seine Freundin, Ljubow Iwanowna, die mit ihm zusammen im Seitenflügel lebte. Ich sah tagtäglich, wie diese sehr beleibte, rundliche, gewichtige, einer gutgemästeten Gans gleichende Dame im Garten spazierenging, in russischer Tracht, mit Glasperlen, immer unter einem Sonnenschirm; die Dienstboten riefen sie jeden Augenblick zum Essen oder Teetrinken. Vor etwa drei Jahren hatte sie einen der Seitenflügel als Sommerwohnung gemietet, und so blieb sie bei Belokurow anscheinend für immer wohnen. Sie war etwa zehn Jahre älter als er und regierte ihn streng, so daß er sie, wenn er sich vom Hause entfernte, erst um Erlaubnis fragen mußte. Oft heulte sie mit Männerstimme; dann ließ ich ihr sagen, wenn sie nicht aufhörte, müßte ich die Wohnung aufgeben; und dann hörte sie auch auf.

Als wir nach Hause kamen, setzte sich Belokurow auf den Diwan und versank in trübsinnige Gedanken; ich begann im Saale auf und ab zu gehen und verspürte eine milde Regung in mir, als wäre ich verliebt. Ich hatte Lust, von den Woltschaninows zu sprechen.

»Lida kann nur einen Landmann lieben, der ebenso wie sie von Schulen und Krankenhäusern begeistert ist«, sagte

ich. »Ach, für ein solches Mädchen möchte man nicht nur Landmann werden, sondern, wie im Märchen, sogar eiserne Schuhe abtragen. Und Mißjussj? Wie entzückend ist diese Mißjussj!«

Belokurow begann lang und breit, seine »e-e-e-e« auseinanderdehnend, von der Krankheit des Jahrhunderts, dem Pessimismus, zu sprechen. Er sprach überzeugt und in einem Tone, als widerspräche ich ihm. Hunderte von Werst in einsamer, gleichförmiger, ausgebrannter Steppe können nicht eine solche seelische Ermüdung hervorrufen, wie wenn ein Mensch sitzt und redet – und man nicht weiß, wann er gehen wird.

»Es handelt sich gar nicht um Pessimismus oder Optimismus«, sagte ich gereizt, »sondern darum, daß neunundneunzig Prozent aller Menschen keine Vernunft besitzen.«

Belokurow bezog das auf sich, fühlte sich gekränkt und ging fort.

## 3

»In Malosjomowka ist der Fürst zu Besuch, er läßt dich grüßen«, sagte Lida, die von irgendwoher nach Hause gekommen war, zu ihrer Mutter, während sie die Handschuhe auszog. »Er erzählte viel Interessantes ... Er versprach, in der Gouvernementsversammlung die Frage nach der Sanitätsstation in Malosjomowka noch einmal anzuschneiden, hat aber, wie er sagt, wenig Hoffnung.« Und zu mir gewendet, sagte sie: »Entschuldigen Sie, ich vergesse immer wieder, daß Sie sich ja nicht dafür interessieren.«

Ich fühlte eine gereizte Stimmung in mir aufkommen.

»Warum soll ich mich nicht dafür interessieren?« fragte ich und zuckte die Achseln. »Sie beliebten bisher nie meine Meinung zu erfragen, aber ich versichere Ihnen, daß mich diese Frage lebhaft interessiert.«

»Ja?«

»Ja! Meiner Meinung nach ist die Sanitätsstation in Malosjomowka durchaus unnötig.«

Meine Gereiztheit übertrug sich auch auf Lida; sie sah mich mit zusammengekniffenen Augen an und sagte: »Was ist denn nötig? Etwa Landschaftsbilder?«

»Auch Landschaftsbilder sind nicht nötig. Dort ist überhaupt nichts nötig.«

Sie war mit ihren Handschuhen fertig und schlug die Zeitung auf, die man soeben von der Post gebracht hatte: nach einer Weile sagte sie ruhig und nahm sich offensichtlich zusammen: »Vorige Woche starb Anna im Wochenbett. Gäbe es eine Sanitätsstation in der Nähe, so wäre sie am Leben geblieben. Auch die Herren Landschaftsmaler sollten, will mir scheinen, in diesen Dingen eine klare Ansicht haben.«

»Ich besitze in diesen Dingen eine ganz klare Ansicht, das versichere ich Ihnen«, antwortete ich, indes sie sich hinter der Zeitung versteckte, als warte sie auf keine Antwort. »Meiner Meinung nach dienen unter den bestehenden Verhältnissen die Sanitätsstationen, Schulen, Büchereien und Apotheken nur der Versklavung. Das Volk ist durch eine große Kette gefesselt, und Sie zerschlagen diese Kette nicht, sondern fügen nur immer neue Glieder hinzu. Da haben Sie meine Überzeugung.«

Sie sah mich an und lächelte spöttisch. Ich aber fuhr fort und versuchte, meine Hauptgedanken zu entwickeln: »Es ist nicht bedeutsam, daß Anna im Wochenbett gestorben ist, sondern daß alle diese Annas, Mawras, Pelagejas vom frühen Morgen bis zur Dunkelheit ihre Rücken krümmen müssen, von übermäßiger Arbeit gequält werden, ein ganzes Leben lang für ihre hungrigen, kranken Kinder zittern, ein ganzes Leben lang ohne ärztliche Hilfe sind, früh hinwelken, früh altern und in Schmutz und Gestank sterben; ihre Kinder müssen, wenn sie heranwachsen, dasselbe Lied singen, und so vergehen Jahrhunderte, und Millionen

Menschen leben in beständiger Angst um ein Stückchen Brot, schlimmer als die Tiere. Ihr ganzes Elend besteht darin, daß sie keine Zeit haben, an ihre Seele zu denken, keine Zeit, sich an ihr Ebenbild zu erinnern; Hunger, Kälte, dumpfe Angst, Überbürdung mit Arbeit haben ihnen, wie Schneewehen, alle Wege zur geistigen Tätigkeit versperrt, gerade zu dem also, was den Menschen vom Tier unterscheidet, zu dem einzigen, um das sich zu leben lohnt. Ihr kommt ihnen mit Krankenhäusern und Schulen zu Hilfe, aber dadurch befreit ihr sie nicht von ihren Fesseln, im Gegenteil, ihr versklavt sie noch mehr, weil ihr neue Vorurteile in ihr Leben hineintragt und ihre Bedürfnisse vermehrt, ganz zu schweigen davon, daß sie für die Pflästerchen und Büchlein der Landschaftsverwaltung Geld zahlen und demnach ihre Rücken noch mehr beugen müssen.«

»Ich will mit Ihnen nicht streiten«, sagte Lida, die Zeitung niederlegend. »Ich habe das schon öfter gehört. Ich will Ihnen nur eines sagen: man darf nicht dasitzen und die Hände in den Schoß legen. Freilich retten wir damit die Menschheit nicht, und vielleicht irren wir in vielem, aber wir tun, was wir können, und darin haben wir recht. Die höchste, heiligste Aufgabe des Kulturmenschen besteht darin, seinem Nächsten zu dienen, und wir versuchen zu dienen, wie wir es vermögen. Ihnen gefällt das nicht, aber man kann es nicht allen recht machen.«

»Du hast recht, Lida, du hast recht«, sagte die Mutter.

In Lidas Gegenwart war sie immer zaghaft, und wenn sie sich unterhielt, pflegte sie sie unruhig anzusehen, aus Furcht, irgend etwas Überflüssiges oder Unpassendes zu sagen; niemals widersprach sie ihr, sondern stimmte stets zu: du hast recht, Lida, du hast recht.

»Lesen und Schreiben bei den Bauern, Büchlein mit kläglichen Belehrungen und Anekdoten, Sanitätsstationen können weder die Unwissenheit noch die Sterblichkeit verringern, so wenig, wie das Licht aus Ihrem Fenster diesen großen Garten erleuchten kann«, sagte ich. »Sie geben den Leuten absolut nichts. Sie schaffen mit Ihrer Einmischung in deren Leben nur neue Bedürfnisse und zwingen zu neuer Arbeit.«

»Ach, mein Gott, aber man muß doch irgend etwas tun!« sagte Lida ärgerlich, und aus ihrem Ton war eine tiefe Verachtung meiner Ansichten herauszuhören.

»Man soll die Menschen von ihrer schweren physischen Arbeit befreien«, sagte ich. »Man soll ihr Joch erleichtern, muß ihnen Erholung gewähren, damit sie nicht ihr ganzes Leben an Öfen, Futtertrögen und auf dem Acker verbringen müssen, sondern Zeit haben, auch an ihre Seele, an Gott zu denken und ihre geistigen Fähigkeiten zu entfalten. Die Bestimmung jedes Menschen ist geistige Tätigkeit, beständiges Suchen nach der Wahrheit und dem Sinn des Lebens. Überhebt sie ihrer groben, tierischen Arbeit, laßt sie sich frei fühlen, und ihr werdet einsehen, was für ein Hohn im Grunde diese Traktätchen und Apotheken sind. Wenn der Mensch einmal seine wahre Bestimmung erkannt hat, können ihn nur Religion, Wissenschaften und Künste befriedigen, aber nicht dies Larifari.«

»Von der Mühsal befreien!« lächelte Lida. »Ist das denn möglich?«

»Ja, nehmen Sie einen Teil ihrer Mühsal auf sich. Wenn wir alle, Stadt- und Landbewohner, alle ohne Ausnahme, uns entschließen würden, die Arbeit untereinander aufzuteilen, die von der Menschheit überhaupt zur Befriedigung der physischen Bedürfnisse aufgewandt werden muß, so würden auf jeden von uns vielleicht nicht mehr als zwei oder drei Stunden täglich entfallen. Stellen Sie sich vor, daß wir alle, Reiche und Arme, nur drei Stunden am Tage arbeiteten, die übrige Zeit aber frei wären. Stellen Sie sich weiter vor, daß wir, um unseren Körper zu schonen und zu entlasten, Maschinen erfinden, die uns die Arbeit abnehmen, und daß wir es darauf anlegen, die Zahl unserer Bedürfnisse auf ein Minimum zu beschränken. Wir härten uns und unsere Kinder ab, damit sie sich nicht vor Hunger und Kälte fürchten und damit wir nicht beständig um ihre Gesundheit bangen, wie es Anna, Mawra und Pelageja tun. Stellen Sie sich vor, wir würden uns nicht behandeln lassen, würden keine Apotheken, Tabakfabriken und Schnapsbrennereien unterhalten – wieviel freie Zeit würde uns dann übrigbleiben. Diese Muße würden wir alle gemeinschaftlich den Wissenschaften und Künsten widmen. Wie einst die Bauern gemeindeweise den Weg instand setzten, so würden wir nun alle gemeinschaftlich nach der Wahrheit und dem Sinn des Lebens suchen, und – ich bin fest davon überzeugt – die Wahrheit würde sehr bald entdeckt werden, der Mensch würde von seiner ständig quälenden, drückenden Angst vor dem Tode, ja sogar vom Tode selbst befreit werden.«

»Aber Sie widersprechen sich«, sagte Lida. »Sie sagen – Wissenschaft, Wissenschaft – und lehnen das Lesen- und Schreibenlernen ab.«

»Lesen- und Schreibenlernen, damit der Mensch die Möglichkeit hat, die Aushängeschilder an den Schenken und bisweilen Bücher, die er nicht versteht, zu lesen – eine solche Lese- und Schreibkunst existiert bei uns seit Rjuriks Zeiten; Gogols Petruschka liest schon längst, und doch ist das Dorf bis zum heutigen Tage geblieben, wie es schon unter Rjurik war. Nicht Lesen und Schreiben tut not, sondern Freiheit zur breiten Entfaltung der geistigen Fähigkeiten. Nötig sind nicht Schulen, sondern Universitäten.«

»Sie lehnen auch die Medizin ab.«

»Ja, sie ist nur zum Studium der Krankheiten als Naturerscheinung notwendig, aber nicht zu ihrer Heilung. Wenn man schon heilen muß, so soll man nicht die Krankheiten, sondern ihre Ursachen heilen. Beseitigen Sie die Hauptursache, die physische Arbeit, und es wird keine Krankheiten mehr geben. Ich erkenne keine Wissenschaft an, die heilt«, fuhr ich erregt fort, »Wissenschaften und Künste, wenn sie echt sind, streben nicht nach zeitlichen, nicht nach partiellen Zielen, sondern nach dem Ewigen und Allgemeinen, sie suchen nach der Wahrheit und dem Lebenssinn, sie suchen Gott und die Seele, aber wenn man sie den Nöten und Erfordernissen des Tages, den Apotheken und Büchereien gleichordnet, so erschweren, versperren sie nur das Leben. Wir haben viele Ärzte, Pharmazeuten, Juristen, also viele Akademiker, aber wir haben gar keine Biologen, Mathematiker. Philosophen, Dichter. Der ganze Geist, die ganze seelische Energie wird auf die Befriedigung der zeitlichen, vergänglichen Bedürfnisse verschwendet ... Bei Gelehrten, Schriftstellern und Künstlern raucht die Arbeit nur so, dank ihnen wachsen die Annehmlichkeiten des Lebens mit jedem Tage, und die Bedürfnisse des Leibes nehmen zu; mittlerweile ist bis zur Wahrheit noch ein weiter Weg, und der Mensch bleibt wie bisher das raubgierigste, unsauberste Tier, und alles läuft darauf hinaus, daß die Menschheit in ihrer großen Masse entartet und für ewig jegliche Vitalität verliert. Unter solchen Bedingungen hat das Leben des Künstlers keinen Sinn, und je talentierter er ist, desto sonderbarer und unverständlicher ist seine Rolle, weil sich schließlich erweist, daß er nur für das Vergnügen eines raubgierigen und unsauberen Tieres arbeitet und die bestehende Ordnung stützt. Ich will nicht arbeiten und werde es auch nicht ... Nichts ist nötig, mag die Erde in den Tartarus versinken!«

»Mißjussjka, geh hinaus«, sagte Lida zu ihrer Schwester, weil sie meine Worte wohl schädlich für ein so junges Mädchen fand.

Shenja sah Mutter und Schwester traurig an und ging hinaus.

»Solche angenehme Dinge bringt man gewöhnlich vor, wenn man seine Gleichgültigkeit rechtfertigen will«, sagte

Lida. »Krankenhäuser und Schulen ablehnen ist leichter als heilen und lehren.«

»Du hast recht, Lida, du hast recht«, stimmte die Mutter zu.

»Sie drohen damit, daß Sie nicht arbeiten werden«, fuhr Lida fort. »Sicherlich schätzen Sie Ihre Arbeit sehr hoch ein. Lassen Sie uns aufhören zu streiten. Wir werden niemals zusammenkommen, weil ich die unvollkommenste Bücherei und Apotheke, und wenn Sie sie noch so schlechtmachen, über alle Landschaftsbilder der Welt stelle.« Und indem sie sich unvermittelt zu ihrer Mutter wandte, sagte sie in einem völlig anderen Tone: »Der Fürst ist sehr abgemagert und hat sich seit der Zeit, da er bei uns war, außerordentlich verändert. Man schickt ihn nach Vichy.«

Sie erzählte der Mutter vom Fürsten, um nicht mit mir sprechen zu müssen. Ihr Gesicht brannte, und um ihre Erregung zu verbergen, beugte sie sich, als wäre sie kurzsichtig, tief über den Tisch und tat, als läse sie die Zeitung . . . Meine Gegenwart war unerwünscht. Ich verabschiedete mich und ging nach Hause.

4

Draußen war es still; das Dorf jenseits des Teiches schlief bereits, nicht ein einziges Licht war zu sehen, und nur auf dem Teich schimmerten matt die blassen Reflexe der Sterne. Am Löwentor stand Shenja unbeweglich und wartete auf mich, um mich ein wenig zu begleiten.

»Im Dorfe schlafen alle«, sagte ich zu ihr und bemühte mich, in der Finsternis ihren Gesichtsausdruck zu erkennen, und ich sah ihre dunklen und traurigen Augen. »Auch der Schankwirt und die Pferdediebe schlafen schon ruhig, nur wir ordentlichen Leute regen einander auf und streiten uns.«

Es war eine traurige Augustnacht, traurig, weil es schon nach Herbst roch; von einer purpurnen Wolke bedeckt ging der Mond auf und beleuchtete schwach den Weg und zu beiden Seiten die dunklen Wintersaaten. Häufig fielen Sternschnuppen. Shenja ging auf dem Wege neben mir und wagte nicht, zum Himmel emporzublicken, um die Sternschnuppen nicht zu sehen, die ihr aus irgendeinem Grunde unheimlich waren.

»Mir scheint, Sie haben recht«, sagte sie, in der nächtlichen Feuchtigkeit zitternd. »Wenn alle Menschen gemeinschaftlich sich geistiger Tätigkeit widmen wollten, würden sie bald alles erkennen.«

»Natürlich. Wir sind höhere Wesen, und wenn wir tatsächlich die ganze Kraft des menschlichen Genius zusammennehmen und nur für die höheren Ziele leben wollten, würden wir zu guter Letzt wie Götter sein. Aber es wird nie dahin kommen, die Menschheit wird entarten und von ihrem Genius keine Spur übrigbleiben.«

Als das Tor schon nicht mehr zu sehen war, blieb Shenja stehen und drückte mir die Hand.

»Gute Nacht«, sagte sie zitternd; ihre Schultern waren nur von einem Hemdchen bedeckt, und sie krümmte sich vor Kälte.

»Kommen Sie morgen zu uns!«

Mir wurde bang bei dem Gedanken, gereizt, unzufrieden mit mir und der Welt allein zu bleiben; ich wagte selbst nicht mehr, die Sternschnuppen anzusehen.

»Bleiben Sie noch einen Augenblick bei mir«, sagte ich. »Ich bitte Sie darum.«

Ich liebte Shenja. Wahrscheinlich liebte ich sie, weil sie mir entgegenzukommen und mich zu begreifen suchte und weil sie mich zärtlich und entzückt anschaute. Wie rührend schön war ihr blasses Gesicht, wie rührend der feine Hals, die schmalen Hände und selbst ihre Schwäche, ihr Müßiggang, ihre Bücher. Und ihr Verstand? Ich vermutete einen außergewöhnlichen Verstand in ihr, mich entzückte die Weite ihrer Anschauungen, vielleicht auch, daß sie anders dachte als die strenge, schöne Lida, die mich nicht leiden konnte. Ich gefiel Shenja als Künstler, ich hatte ihr Herz durch mein Talent erobert, und ich hatte ein leidenschaftliches Verlangen, nur noch für sie zu malen. Ich träumte von ihr als von meiner kleinen Königin, die mit mir zusammen über diese Bäume, die Felder, den Nebel und die Morgenröte, über die ganze Natur herrscht, in deren Mitte ich mich bisher hoffnungslos einsam und überflüssig gefühlt hatte.

»Bleiben Sie noch einen Augenblick«, bat ich. »Ich beschwöre Sie!«

Ich nahm meinen Paletot ab und deckte ihn über ihre frierenden Schultern; sie fürchtete, im Männerpaletot lächerlich und häßlich auszusehen, lachte auf und warf ihn ab, und in dem Augenblick umarmte ich sie und begann ihr Gesicht, ihre Schultern und Hände mit Küssen zu bedecken.

»Bis morgen!« flüsterte sie, und als fürchte sie, die nächtliche Stille zu stören, umarmte sie mich vorsichtig. »Wir haben zu Hause keine Geheimnisse voreinander, ich muß sofort alles Mama und meiner Schwester erzählen ... Das ist schrecklich! Bei Mama macht es mir nichts aus, Mama liebt Sie, aber Lida!«

Sie eilte auf das Tor zu.

»Adieu!« rief sie zurück.

Und dann hörte ich einige Minuten, wie sie lief. Ich hatte keine Lust, nach Hause zu gehen, und ich hatte auch keinen Anlaß dazu. Ich stand noch ein Weilchen nachdenklich da und schlenderte langsam zurück, um noch einmal das Haus anzusehen, in dem sie lebte, das liebe, unschuldige Haus, das mich mit den Fenstern seines Giebelzimmers wie mit Augen anzusehen und alles zu verstehen schien. Ich ging an der Terrasse vorüber, setzte mich in der Dunkelheit auf die Bank unter der alten Rüster am Tennisplatz und schaute von dort auf das Haus. In den Fenstern des Giebelzimmers, in dem Mißjussj wohnte, blinkte ein grelles Licht, dann ein ruhiges, grünes – man hatte die Lampe mit einem Schirm bedeckt. Schatten begannen sich zu bewegen ... Ich war erfüllt von Zärtlichkeit und Seelenruhe und war zufrieden damit, daß ich mich von meiner Liebe hatte hinreißen lassen; und gleichzeitig verspürte ich bei dem Gedanken ein Unbehagen, daß einige Schritte von mir entfernt, in einem Zimmer dieses Hauses Lida wohnte, die mich nicht leiden konnte, die mich möglicherweise haßte. Ich saß und wartete, ob nicht Shenja herauskommen würde, lauschte aufmerksam hinüber und glaubte zuweilen im Giebelzimmer sprechen zu hören.

Eine Stunde etwa verging. Das grüne Licht erlosch, und es waren keine Schatten mehr zu sehen. Der Mond stand schon hoch über dem Haus und beleuchtete den schlafenden Garten und die Wege; vor dem Hause waren deutlich die Georginen und Rosen des Blumenbeetes zu erkennen, sie schienen alle von einer Farbe zu sein. Es wurde sehr kalt. Ich verließ den Garten, hob auf dem Weg meinen Paletot auf und schlenderte langsam nach Hause.

Als ich am folgenden Tage nach dem Mittagessen zu den Woltschaninows kam, war die Glastür weit geöffnet. Ich saß auf der Terrasse und wartete darauf, daß sich hinter dem Blumenbeet, auf dem Tennisplatz oder in einer der Alleen Shenja alsbald zeigen oder ihre Stimme aus den Zimmern ertönen werde. Dann ging ich durch den Salon ins Speisezimmer. Keine Seele. Aus dem Speisezimmer ging ich durch den langen Korridor ins Vorzimmer und wieder zurück. Auf den Korridor führten mehrere Türen, hinter einer ertönte Lidas Stimme.

»Der Krähe ... Gott ...«, sagte sie laut und gedehnt, augenscheinlich diktierend. »Gott sandte ein Stückchen

Käse ... Wer ist da?« rief sie plötzlich, als sie meine Schritte vernahm. »Ich bin es.«

»Ah, verzeihen Sie, ich kann im Augenblick nicht zu Ihnen herauskommen, ich gebe Dascha Unterricht.«

»Ist Jekaterina Pawlowna im Garten?«

»Nein, sie ist heute früh mit meiner Schwester zur Tante ins Gouvernement Pensa gefahren. Und im Winter werden sie wahrscheinlich ins Ausland reisen ...«, fügte sie nach einem Augenblick des Schweigens hinzu. »Der Krähe ... sandte Gott ein Stü-ückchen Käse ... Hast du geschrieben?«

Ich ging, ohne an etwas zu denken, in das Vorzimmer, stand dort eine Weile und sah auf den Teich und aufs Dorf, und zu mir drangen die Worte: »Ein Stückchen Käse ... der Krähe sandte Gott ein Stückchen Käse ...«

Ich verließ den Gutshof auf demselben Wege, auf dem ich das erstemal hierhergekommen war, nur in umgekehrter Reihenfolge: zunächst vom Hof in den Garten, am Hause vorbei, dann die Lindenallee entlang ... Dort holte mich ein Junge ein und gab mir ein Briefchen. »Ich habe alles meiner Schwester erzählt, und sie verlangt, daß ich mich von Ihnen trenne«, las ich. »Ich habe nicht die Kraft, sie durch meinen Ungehorsam zu kränken. Gott möge Ihnen Glück gewähren, verzeihen Sie mir. Wenn Sie wüßten, wie bitterlich ich und Mama weinen!«

Dann kam die dunkle Tannenallee, der umgestürzte Zaun ... Auf dem Felde, wo damals der Roggen blühte und die Wachteln riefen, weideten jetzt Kühe und angepflockte Pferde. Hie und da schimmerte hellgrün auf einem Hügel die Wintersaat. Eine nüchterne, alltägliche Stimmung bemächtigte sich meiner, und ich begann mich alles dessen zu schämen, was ich bei den Woltschaninows gesprochen hatte, und ich empfand wieder die alte Langeweile zu leben. Als ich nach Hause kam, packte ich und fuhr noch am Abend nach Petersburg ab.

Die Woltschaninows habe ich nicht mehr wiedergesehen. Als ich vor kurzem in die Krim reiste, traf ich im Zug Belokurow. Er steckte wie früher in Wams und gesticktem Hemd, und als ich ihn nach seiner Gesundheit fragte, antwortete er: »Gottlob geht es gut.« Wir kamen miteinander ins Gespräch. Sein Gut hatte er verkauft und ein kleineres auf den Namen Ljubow Iwanownas erworben. Von den Woltschaninows wußte er nicht viel. Lida lebte, soviel er wußte, in alter Weise in Schelkowka und unterrichtete die Schulkinder; nach und nach war ihr gelungen, einen Kreis gleichgesinnter Menschen um sich zu sammeln, die eine starke Partei bildeten und bei den letzten Landschaftswahlen Balagin verdrängten, der bis dahin den ganzen Kreis in seinen Händen hatte. Von Shenja erzählte Belokurow nur, daß sie nicht zu Hause sei, man wisse nicht, wo sie sich aufhalte.

Ich vergesse allmählich das Haus mit dem Giebelzimmer, und nur selten, wenn ich male oder lese, fällt mir plötzlich das grüne Licht am Fenster oder der Klang meiner Schritte ein, die nachts übers Feld hallten, wenn ich verliebt nach Hause zurückkehrte und mir vor Kälte die Hände rieb. Seltener, in Augenblicken, da mich die Einsamkeit quält und mir traurig zumute ist, überfallen mich dunkle Ahnungen, und aus irgendeinem Grunde glaube ich, daß man auch meiner gedenkt, daß man auf mich wartet und wir uns einst noch begegnen werden . . . Mißjussj, wo bist du?

# IRRWISCH

Bei Olga Iwanownas Hochzeit waren alle ihre Freunde und guten Bekannten anwesend.

»Sehen Sie ihn sich nur an: es ist etwas Besonderes in ihm, nicht wahr?« sagte sie zu ihren Freunden und zeigte auf ihren Mann, wodurch sie gleichsam erklären wollte, warum sie einen so einfachen, ganz alltäglichen und durch nichts auffälligen Menschen geheiratet habe.

Ihr Mann, Ossip Stepanytsch Dymow, war Arzt und besaß den Rang eines Titularrates. Er war an zwei Krankenhäusern angestellt: in einem als außeretatmäßiger Oberarzt, im anderen als Prosektor. Täglich von neun Uhr morgens bis Mittag empfing er Patienten und arbeitete in seiner Klinik, nachmittags fuhr er mit der Straßenbahn in das andere Krankenhaus, wo er die verstorbenen Kranken obduzierte. Seine Privatpraxis war unbedeutend und brachte ihm etwa fünfhundert Rubel im Jahr. Das war alles. Was konnte man noch von ihm sagen?

Olga Iwanowna hingegen, ihre Freunde und guten Bekannten waren nicht ganz alltägliche Leute. Jeder von ihnen zeichnete sich durch irgend etwas aus und war ein wenig bekannt, hatte bereits einen Namen und galt als Berühmtheit, oder aber, wenn er auch noch nicht berühmt war, so erweckte er wenigstens glänzende Hoffnungen.

Da war ein Schauspieler vom Dramatischen Theater, ein großes, schon lange bekanntes Talent, ein eleganter, kluger, bescheidener Mann, der ausgezeichnet vorlas und Olga Iwanowna Unterricht im Vorlesen erteilte; ein Opernsänger, ein gutmütiger, dicker Kerl, der Olga Iwanowna seufzend versicherte, daß es schade um sie sei: wenn sie nicht so träge wäre, wenn sie sich zusammennähme, könnte sie eine bedeutende Schauspielerin werden; außerdem waren einige Maler da, an ihrer Spitze der

Genre-, Tier- und Landschaftsmaler Rjabowski, ein sehr schöner, hellblonder junger Mann von etwa fünfundzwanzig Jahren, der viel Erfolg auf Ausstellungen gehabt und sein letztes Bild für fünfhundert Rubel verkauft hatte; er korrigierte Olga Iwanownas Skizzen und pflegte zu sagen, aus ihr könne etwas Ordentliches werden; dann ein Cellist, dessen Instrument gleichsam weinte und der offen bekannte, daß von allen ihm bekannten Frauen nur Olga Iwanowna wirklich zu begleiten verstünde; ferner ein junger, doch schon bekannter Literat, der Romane, Schauspiele und Erzählungen schrieb. Und wer noch? Nun, noch Wassilij Wassiljitsch, ein adliger Gutsherr, dilettierender Illustrator und Vignettenzeichner, der viel für den altrussischen Stil, die Bylinen und das Epos übrig hatte; auf Papier, Porzellan und rauchgeschwärzte Teller zeichnete er wahre Wunder. Inmitten dieser freien, vom Schicksal verwöhnten Künstlergesellschaft schien Dymow fremd, überflüssig und klein zu sein, obwohl er von hohem Wuchs und breitschultrig war. Sein Frack sah aus wie geborgt, und sein gestutzter Bart glich dem eines Handlungsgehilfen. Wäre er freilich Schriftsteller oder Künstler gewesen, so hätte man gesagt, daß er mit seinem Barte an Zola erinnere.

Der Schauspieler sagte zu Olga Iwanowna, daß sie mit ihrem flachsblonden Haar und im Hochzeitskleide einem schlanken Kirschbäumchen gleiche, das im Frühjahr über und über mit zarten Blüten bedeckt sei.

»Nein, hören Sie mich an!« sagte Olga Iwanowna zu ihm und ergriff seine Hand. »Wie konnte das so plötzlich geschehen? Hören Sie, hören Sie ... Ich muß Ihnen sagen, daß mein Vater mit Dymow zusammen im gleichen Krankenhaus arbeitete. Als mein armer Vater erkrankte, verbrachte Dymow ganze Tage und Nächte an seinem Bett. Soviel Selbstaufopferung! Hören Sie nur, Rjabowski ... Auch Sie, Schriftsteller, hören Sie zu, es ist sehr interessant. Kommen Sie näher heran. Wieviel Selbstaufopferung und aufrichtige Anteilnahme! Auch ich habe die Nächte nicht geschlafen und bei meinem Vater gesessen, und plötzlich – siehe da, hatte ich's dem braven Kerl angetan! Mein Dymow verliebte sich bis über die Ohren in mich. Wirklich, das Schicksal ist launenhaft. Nun, nach Vaters Tode war er hin und wieder bei mir, traf mich auf der Straße und an einem schönen Abend machte er mir auf einmal - pardauz – einen Heiratsantrag ... ganz urplötzlich ... ich weinte die ganze Nacht hindurch und verliebte mich selbst in ihn. Und so bin ich, wie Sie sehen, seine Gattin geworden. Nicht wahr, er hat etwas Starkes, Mächtiges, Bärenartiges an sich? Jetzt ist sein Gesicht uns zu drei Vierteln zugewandt und schlecht beleuchtet; wenn er sich aber umdreht, sehen Sie nur seine Stirn an. Rjabowski, was sagen Sie zu dieser Stirn? Dymow, wir sprechen von dir!« rief sie ihrem Mann zu. »Komm hierher. Reich Rjabowski deine ehrliche Hand ... Ja so. Seid Freunde.«

Dymow reichte gutmütig und naiv lächelnd Rjabowski seine Hand und sagte: »Freue mich sehr. Mit mir zusammen beendete ein Rjabowski das Studium. Ist das ein Verwandter von Ihnen?«

## 2

Olga Iwanowna war zweiundzwanzig. Dymow einunddreißig Jahre alt. Nach der Hochzeit lebten sie ausgezeichnet zusammen. Olga Iwanowna behängte alle Wände des Besuchszimmers mit ihren eigenen und mit fremden Studien, mit und ohne Rahmen; neben dem Klavier und den Möbeln richtete sie einen hübschen engen Winkel mit chinesischen Sonnenschirmen, Staffeleien, bunten Stoffen, Dolchen, kleinen Büsten, Photographien ein. Die Wände des Eßzimmers beklebte sie mit volkstümlichen Holzschnitten, hängte Bastschuhe und Sicheln auf, stellte Sense und Rechen in eine Ecke, und bekam so ein Eßzimmer im russischen Geschmack. Im Schlafzimmer drapierte sie Decke und Wände mit dunklem Tuch, daß es wie eine Höhle aussah, hing eine venezianische Laterne über die Betten und stellte neben der Tür eine Figur mit Hellebarde auf. Alle fanden, daß das junge Ehepaar ein ganz reizendes Heim hätte.

Olga Iwanowna spielte täglich, wenn sie etwa um elf aufgestanden war, Klavier, oder sie malte, wenn Sonnenschein war, irgend etwas in Ölfarben. Vor ein Uhr fuhr sie dann zu ihrer Schneiderin. Weil sie und Dymow wenig Geld hatten, gerade genug für das Nötigste, so mußte sie, damit sie häufig in neuen Kleidern erscheinen und durch ihren Putz auffallen konnte, mit der Schneiderin allerhand Kniffe aussinnen. Oft entstand aus einem alten, gefärbten Kleide, aus ganz billigen Fetzen von Tüll, Spitzen, Samt und Seide ein wahres Wunder, etwas geradezu Bezauberndes, kein Kleid, sondern ein Traumbild. Von der Schneiderin fuhr Olga Iwanowna gewöhnlich zu einer ihr bekannten Schauspielerin, um Theaterneuigkeiten zu erfahren und bei der Gelegenheit sich um ein Billett für eine Erstaufführung oder eine Benefizvorstellung zu bemühen. Von der Schauspielerin mußte sie in das Atelier eines Malers oder in eine Gemäldeausstellung, dann zu irgendeiner Berühmtheit fahren, um sie zu sich einzuladen oder einen Besuch zu machen oder einfach um zu plaudern. Und überall empfing man sie fröhlich und liebenswürdig, überall versicherte man ihr, daß sie eine hübsche, reizende, seltene Frau sei ... Die Menschen, die sich berühmt und groß nannten, empfingen sie als ihresgleichen und prophezeiten ihr übereinstimmend, daß sie es bei ihren Talenten, ihrem Geschmack und Verstand weit bringen werde, wenn sie sich nur nicht zersplittere. Sie sang, spielte Klavier, malte in Öl, modellierte, nahm an Liebhabervorstellungen teil, und all das nicht ganz oberflächlich, sondern mit Talent; wenn sie Lämpchen für eine Illumination anfertigte, wenn sie sich putzte oder jemandem den Schlips band, alles ging ihr außerordentlich künstlerisch und geschmackvoll von der Hand. Aber nirgends zeigte sich ihre Begabung so deutlich wie in der Kunst, rasch mit berühmten Leuten bekannt zu werden und vertraulich umzugehen. Es brauchte sich nur jemand etwas auszuzeichnen und von sich reden zu machen, so war sie schon mit ihm bekannt, freundete sich am gleichen Tage mit ihm an und lud ihn zu sich ein. Jede neue Bekanntschaft war für sie ein wahres Fest. Sie vergötterte berühmte Leute, war stolz auf sie und sah sie jede Nacht im Traum. Sie sehnte sich nach ihnen und konnte doch auf keine Weise ihre Sehnsucht stillen. Die alten gingen fort und gerieten in Vergessenheit; an ihrer Stelle tauchten neue auf; auch an diese gewöhnte sie sich rasch, oder sie wurde enttäuscht und suchte gierig nach neuen und immer neuen großen Leuten, fand sie und suchte wieder andere. Warum nur?

Um fünf Uhr aß sie mit ihrem Mann zu Hause Mittag. Seine Einfachheit, sein gesunder Sinn, seine Gutmütigkeit versetzten sie in Entzücken und Rührung. Jeden Augenblick sprang sie auf, umschlang leidenschaftlich seinen Kopf und bedeckte ihn mit Küssen.

»Du bist ein kluger und edler Mann, Dymow«, sagte sie, »aber du hast einen großen Fehler: Du interessierst dich nicht für Kunst. Du lehnst die Musik und die Malerei ab.«

»Ich verstehe nichts davon«, sagte er sanft. »Ich habe mich mein Leben lang mit Naturwissenschaft und Medizin befaßt und habe keine Zeit, mich für die Künste zu interessieren.«

»Aber das ist doch entsetzlich, Dymow!«

»Warum denn? Deine Bekannten wissen nichts von Naturwissenschaft und Medizin, und doch machst du ihnen keinen Vorwurf daraus. Jedem das Seine. Ich verstehe nichts von Landschaftsbildern und Opern. Aber ich denke so: wenn kluge Leute ihnen ihr ganzes Leben widmen und andere kluge Leute riesige Gelder dafür ausgeben, so sind sie anscheinend nötig. Ich verstehe nichts davon, aber sie nicht verstehen heißt nicht sie ablehnen.«

»Komm, laß mich deine ehrliche Hand drücken.«

Nach dem Essen fuhr Olga Iwanowna zu ihren Bekannten, dann ins Theater oder Konzert, und nach Mitternacht erst kam sie heim. So ging es jeden Tag.

Mittwoch abend hatte sie ihren Jourfix. An diesen Abenden spielten Hausfrau und Gäste nicht Karte, tanzten auch nicht, sondern zerstreuten sich mit allerhand künstlerischen Darbietungen. Der Schauspieler vom Dramatischen Theater las vor, der Sänger sang, die Maler zeichneten in die Alben, von denen Olga Iwanowna eine Menge besaß, der Cellist spielte, und die Hausfrau zeichnete auch, modellierte, sang und begleitete auf dem Klavier. In den Pausen zwischen Vorlesen, Musik und Gesang sprach und stritt man über Literatur, Theater, Malerei. Damen waren nicht anwesend; denn Olga Iwanowna hielt alle Damen außer den Schauspielerinnen und ihrer Schneiderin für langweilig und banal. Keine Abendgesellschaft verging, ohne daß die Hausfrau bei jedem Glockenzeichen zusammenfuhr und mit triumphierendem Gesicht sagte: »Das ist er!« Und unter dem Wort »er« verstand sie irgendeine neue von ihr eingeladene Berühmtheit. Dymow war nicht im Gästezimmer, und niemand erinnerte sich seiner Existenz. Aber genau halb zwölf öffnete sich die Tür zum Speisezimmer. Dymow mit seinem gutmütigen, sanften Lächeln wurde sichtbar und sagte händereibend: »Bitte, meine Herrschaften, zum Imbiß.«

Alle gingen ins Speisezimmer, und jedesmal sahen sie auf dem Tisch ein und dasselbe: eine Schüssel mit Austern, ein Stück Schinken oder Kalbfleisch, Sardinen, Käse, Kaviar, Pilze, Wodka und zwei Karaffen Wein.

»Mein lieber maître d'hôtel!« sage Olga Iwanowna, vor Entzücken in die Hände klatschend. »Du bist einfach bezaubernd! Meine Herrschaften, sehen Sie nur seine Stirn! Dymow, zeig uns dein Profil . . . Meine Herrschaften, sehen Sie doch: er hat das Antlitz eines bengalischen Tigers, aber einen guten, lieben Ausdruck, wie ein Hirsch. Ach, mein Lieber!«

Die Gäste aßen und dachten, wenn sie Dymow ansahen: »In der Tat, ein prächtiger Mensch«, doch bald vergaßen sie ihn und fuhren fort, von Theater, Musik und Malerei zu sprechen.

Das junge Ehepaar war glücklich, und ihr Leben floß glatt dahin. Übrigens verlief die dritte Woche ihres Honigmonds nicht ganz glücklich, ja sogar traurig. Dymow hatte sich im Krankenhaus mit der Rose angesteckt, lag sechs Tage zu Bett und mußte sein schönes, schwarzes Haar vollständig abscheren lassen. Olga Iwanowna saß bei ihm und weinte bitter. Doch als es ihm besser ging, wickelte sie ein weißes Tuch um seinen abgeschorenen Kopf und malte ihn als Beduinen. Und beide wurden vergnügt. Etwa drei Tage danach, als er völlig geheilt wieder in die Krankenhäuser zu gehen begann, hatte er ein neues Mißgeschick.

»Ich habe kein Glück, Frauchen«, sagte er einmal bei Tisch. »Heute hatte ich vier Obduktionen, und ich schnitt mich gleich in zwei Finger. Ich hab' es erst jetzt zu Hause bemerkt.«

Olga Iwanowna erschrak. Er lächelte und sagte, das sei eine Bagatelle, und er schneide sich bei Obduktionen häufig in die Hände.

»Ich bin eben zu eifrig, Frauchen, und bin zerstreut.«

Olga Iwanowna fürchtete voller Unruhe eine Leichenvergiftung und betete nachts, aber alles lief gut ab. Und wieder ging das friedliche, glückliche Leben ohne Kummer und Aufregung weiter. Die Gegenwart war großartig, und zur Abwechslung nahte der Frühling, von fern her schon lächelnd und tausend Freuden verheißend. Das Glück will kein Ende nehmen! Im April, Mai und Juni eine Sommervilla weit draußen vor der Stadt, Spaziergänge, Studien, Fischfang und Nachtigallenschlag; und dann, vom Juli bis zum Herbst, machen die Maler eine Fahrt an die Wolga, und an dieser Fahrt wird als ständiges Mitglied der Künstlergemeinde auch Olga Iwanowna teilnehmen. Schon hatte sie sich zwei Reisekostüme aus Leinwand genäht, sich Farben, Pinsel, Leinwand und eine neue Palette für die Reise gekauft. Fast täglich kam Rjabowski, um zu sehen, was für Fortschritte sie in der Malerei mache. Wenn sie ihm ihre Arbeiten zeigte, steckte er die Hände tief in die Hosentaschen, drückte die Lippen fest zusammen, zischte und sagte: »So ist's . . . Ihre Wolke schreit: sie ist nicht vom Abend beleuchtet. Der Vordergrund ist gewissermaßen zerkaut, verstehen Sie, irgendwie falsch angepackt . . . Und Ihr Hüttchen wirkt irgendwie zerquetscht, es kreischt kläglich . . . Diese Ecke müßte dunkler ausfallen. Doch im ganzen ist's nicht übel . . . Ich muß es loben.«

Und je unverständlicher er sprach, desto leichter verstand ihn Olga Iwanowna.

3

Am Pfingstmontag nach dem Essen kaufte Dymow Sakuski und Konfekt und fuhr zu seiner Frau hinaus in die Sommervilla. Sie hatten sich zwei Wochen nicht gesehen, und er sehnte sich sehr nach ihr. Als er im Zuge saß und dann die ganze Zeit über, als er in dem großen Hain die Villa suchte, fühlte er Hunger und Ermüdung und träumte davon, wie er im Freien mit seiner Frau zusammen Abendbrot essen und sich dann tüchtig ausschlafen werde. Und er freute sich, wenn er sein Paket ansah, in dem Kaviar, Käse und Silberlachs waren. Als er die Villa gefunden hatte, war die Sonne im Untergehen. Das alte Dienstmädchen sagte, die gnädige Frau sei nicht zu Hause, würde aber wahrscheinlich bald heimkommen. In der von außen sehr unansehnlichen Wohnung, die mit Schreibpapier verklebte Decken und unebene, rissige Dielen hatte, gab es nur drei Zimmer. In dem einen stand ein Bett, im andern lagen auf Stühlen und Fensterbrettern Leinwand, Pinsel, schmutziges Papier, Herrenmäntel und Herrenhüte umher, und im dritten Zimmer traf Dymow drei ihm unbekannte Herren an. Zwei waren brünett und trugen kurze Bärte, der dritte war glatt rasiert, dick, augenscheinlich ein Schauspieler. Auf dem Tisch kochte der Samowar.

»Was wünschen Sie?« fragte in tiefem Baß der Schauspieler und sah Dymow unfreundlich an. »Sie suchen Olga Iwanowna? Warten Sie, sie wird sofort kommen.« Dymow setzte sich hin und begann zu warten. Einer der brünetten Herren blickte ihn schläfrig und träge an, goß sich Tee ein und fragte: »Vielleicht wünschen Sie Tee?«

Dymow hatte große Lust zu essen und zu trinken; um sich aber den Appetit nicht zu verderben, verzichtete er auf den Tee. Bald hörte man Schritte und ein bekanntes Lachen, eine Tür schlug zu, und ins Zimmer herein kam Olga Iwanowna in breitrandigem Hut, einen Karton in der Hand; ihr folgte mit einem großen Schirm und einem Klappstuhl der fröhliche, rotbackige Rjabowski.

»Dymow!« rief Olga Iwanowna und wurde rot vor Freude. »Dymow!« wiederholte sie und legte Kopf und Hände an seine Brust. »Du bist es! Warum bist du so lange nicht gekommen? Warum? Warum?«

»Habe ich denn Zeit, Frauchen? Ich bin dauernd beschäftigt, und wenn ich frei bin, dann trifft es sich immer, daß gerade kein Zug fährt.«

»Wie ich mich freue, dich zu sehen! Ich habe die ganze Nacht von dir geträumt und fürchtete, du wärest krank. Ach, wenn du wüßtest, wie lieb du bist, wie du im rechten Augenblick kommst! Du wirst mein Retter sein. Du allein kannst mich retten! Morgen ist hier eine äußerst originelle Hochzeit«, fuhr sie lachend fort und band ihrem Manne den Schlips. »Der junge Telegraphist auf der Eisenbahnstation, Tschikeldejew, heiratet. Ein hübscher junger Mann, nun, nicht dumm, er hat, weißt du, im Gesicht einen starken, bärenartigen Ausdruck. Man könnte einen jungen Waräger nach ihm malen. Wir Villenbewohner interessieren uns alle für ihn und haben ihm das Ehrenwort gegeben, bei seiner Hochzeit dabeizusein . . . Ein armer, alleinstehender, schüchterner Mann, es wäre natürlich Sünde, an ihm keinen Anteil zu nehmen. Stelle dir vor, nach der Messe ist die Trauung, dann gehen wir alle zu Fuß aus der Kirche zur Wohnung der Braut . . . Du verstehst, der Wald, Vogelgesang, Sonnenflecken auf dem Gras, und wir alle als bunte Flecken auf hellgrünem Grunde – das ist sehr originell, im Geschmack der französischen Impressionisten. Aber, Dymow, worin soll ich zur Kirche gehen?« sagte Olga Iwanowna und machte ein weinerliches Gesicht. »Ich habe nichts hier, buchstäblich nichts, kein Kleid, keine Blumen, keine Handschuhe . . . Du mußt mich retten. Daß du herkommst, bedeutet, daß dir das Schicksal selber befiehlt, mich zu retten. Mein Lieber, nimm die Schlüssel, fahre nach Hause und nimm aus dem Kleiderschrank mein rosafarbenes Kleid. Du kennst es, es hängt als erstes da . . . Dann wirst du im Abstellraum rechts auf dem Fußboden zwei kleine Kartons sehen; wenn du den obersten öffnest, so liegt obenauf lauter Tüll. Tüll, Tüll und allerhand Flicken sind darin, aber darunter liegen Blumen. Nimm alle Blumen vorsichtig heraus, bemühe dich, Lieber, sie nicht zu drücken, ich suche mir dann die passenden heraus . . . Und dann kaufe mir Handschuhe.«

»Gut«, sagte Dymow, »morgen fahr' ich hinein und schick es dir.«

»Wieso denn morgen?« fragte Olga Iwanowna und sah ihn erstaunt an. »Wie kannst du morgen damit zurechtkommen? Morgen geht der erste Zug um neun, und um elf ist die Trauung. Nein, Liebling, du mußt heute, unbedingt heute fahren! Wenn du morgen nicht herkommen kannst, schick alles mit einem Expreßboten. Nun, also ... Der Personenzug muß sofort kommen, verspäte dich nur nicht, Lieber.«

»Gut.«

»Ach, wie leid tut es mir, dich fortzulassen«, sagte Olga Iwanowna, und Tränen stiegen ihr in die Augen, »warum habe ich Närrin nur dem Telegraphisten mein Wort gegeben!«

Dymow trank rasch ein Glas Tee, nahm eine Baranka und ging sanft lächelnd zur Station. Den Kaviar, Käse und Lachs aßen die zwei brünetten Herren und der dicke Schauspieler auf.

## 4

In einer stillen Juli-Mondnacht stand Olga Iwanowna auf dem Verdeck eines Wolgadampfers und blickte bald auf das Wasser, bald auf die schönen Ufer. Neben ihr stand Rjabowski und erklärte ihr, daß die schwarzen Schatten auf dem Wasser nicht Schatten, sondern Traumbilder seien, daß es gut wäre, wenn man angesichts dieses zauberischen Wassers mit seinem phantastischen Glanz angesichts des bodenlosen Himmels und der traurigen, nachdenklichen Ufer, die die Nichtigkeit unseres Lebens, die Existenz von etwas Höherem, Ewigem, Seligem verkündeten, einschlummern, sterben, zur Erinnerung werden könnte. Die Vergangenheit sei vorbei und uninteressant, die Zukunft nichtig, und diese wunderbare einzigartige Nacht gehe bald zu Ende, verschmelze mit der Ewigkeit – wozu soll man leben?

Und Olga Iwanowna lauschte bald der Stimme Rjabowskis, bald der nächtlichen Stille und dachte darüber nach, daß sie unsterblich sei und niemals sterben werde. Die türkisblaue Farbe des Wassers, die sie früher nie gesehen hatte, der Himmel, die Ufer, die schwarzen Schatten und eine unwillkürliche Freudigkeit, die ihre Seele erfüllte, sagten ihr, daß sie eine große Künstlerin werden würde und daß dort, irgendwo in der Ferne, hinter der Mondnacht, im endlosen Raume Erfolg, Ruhm, die Liebe des Volkes ihrer warteten ... Wenn sie, ohne mit den Augen zu blinzeln, lange in die Ferne blickte, glaubte sie Menschenscharen, Lichter zu sehen, glaubte Musikklänge, Rufe des Entzückens zu hören – sie selber war im weißen Kleide, und Blumen fielen von allen Seiten auf sie herab. Sie dachte auch daran, daß neben ihr, auf die Reling gestützt, ein wirklich großer Mann, ein Genius, ein Auserwählter Gottes stünde ... Alles, was er bisher geschaffen hatte, war wunderschön, war neu und außerordentlich, und das, was er künftig schaffen werde, wenn mit der Männlichkeit sein seltenes Talent erstarke, müsse einzigartig, unendlich erhaben werden, was man doch schon an seinem Gesicht, an seiner Ausdrucksweise, an seinem Verhältnis zur Natur spüre. Von den Schattierungen, den abendlichen Tönen, vom Mondlicht spreche er irgendwie besonders, in einer eigenen Sprache, so daß man unmittelbar seine zauberische Macht über die Natur fühle. Er selbst sei sehr schön, originell und sein unabhängiges, freies, allem Irdischen enthobenes Leben gleiche dem Leben eines Vogels.

»Es wird frisch«, sagte Olga Iwanowna und schauderte.

Rjabowski hüllte sie in seinen Mantel und sagte betrübt: »Ich fühle mich in Ihrer Gewalt. Ich bin Ihr Sklave. Warum sind Sie heute so bezaubernd?«

Er sah sie die ganze Zeit an, ohne sich von ihr losreißen zu können, seine Augen waren schrecklich, und sie fürchtete sich, ihn anzusehen.

»Ich liebe Sie leidenschaftlich ...«, flüsterte er, und sein Haupt berührte ihre Wange. »Sagen Sie mir ein Wort, und ich will nicht mehr leben, ich lasse die Kunst liegen ...«, murmelte er tief erregt. »Lieben Sie mich, lieben Sie mich . . .«

»Sprechen Sie nicht so«, sagte Olga Iwanowna und schloß ihre Augen. »Das ist schrecklich. Und Dymow?«

»Was heißt Dymow? Warum Dymow? Was habe ich mit Dymow zu tun? Die Wolga, der Mond, Ihre Schönheit, meine Liebe, mein Entzücken, da gibt es keinen Dymow . . . Ach, ich weiß nichts . . . Ich brauche nichts vom Vergangenen, schenken Sie mir nur einen Augenblick, einen Moment!«

Olga Iwanownas Herz begann zu schlagen. Sie wollte an ihren Mann denken, aber ihre ganze Vergangenheit mit der Hochzeit, mit Dymow und den Abendgesellschaften schien ihr klein, nichtig, trübe, unnütz und ganz, ganz fern . . . In der Tat: was hieß da Dymow? Warum Dymow? Was hatte sie mit Dymow zu tun? Existierte er überhaupt, und ist er nicht nur ein Traum?

»Für ihn, diesen einfachen, alltäglichen Menschen, genügt das Glück, das er bereits empfangen hat«, dachte sie und bedeckte ihr Gesicht mit den Händen. »Mag man mich dort verurteilen und verfluchen, allen zum Trotz will ich zugrunde gehen . . . Man muß alles im Leben durchkosten. Mein Gott, wie herrlich aufregend das ist!«

»Nun? Wie?« murmelte der Maler, umarmte sie und küßte leidenschaftlich ihre Hände, die einen schwachen Versuch machten, ihn wegzustoßen. »Du liebst mich? Ja? Oh, was für eine Nacht! Welch wunderbare Nacht!«

»Ja, was für eine Nacht!« flüsterte sie und sah ihm in die von Tränen glänzenden Augen, dann blickte sie sich rasch um, umarmte ihn und küßte ihn kräftig auf die Lippen.

»Wir kommen nach Kineschma!« sagte jemand auf der anderen Seite des Verdecks. Man hörte schwere Schritte. Der Kellner aus der Speisekabine ging vorüber.

»Hören Sie . . .«, sagte Olga Iwanowna zu ihm, lachend und weinend vor Glück, »bringen Sie uns Wein.«

Bleich vor Erregung, setzte sich der Maler auf die Bank, sah Olga Iwanowna mit vergötternden, dankbaren Augen an, schloß dann die Lider und sagte, matt lächelnd: »Ich bin müde.« Und er neigte den Kopf auf die Reling.

## 5

Am zweiten September war der Tag warm und still, aber trübe. Frühmorgens zog leichter Nebel über die Wolga hin, und nach neun Uhr begann schwacher Regen zu fallen. Es war nicht zu erwarten, daß sich der Himmel aufklären werde. Beim Tee sagte Rjabowski zu Olga Iwanowna, die Malerei sei die undankbarste, langweiligste Kunst, er sei überhaupt kein Künstler, nur Dummköpfe glaubten, daß er Talent habe – und plötzlich, mir nichts dir nichts, ergriff er ein Messer und zerkratzte damit seine beste Studie. Nach dem Tee saß er brütend am Fenster und blickte auf die Wolga hinaus. Aber die Wolga war ohne Glanz, trübe, matt und kalt. Alles, alles gemahnte an das Nahen des melancholischen, düsteren Herbstes. Es machte den Eindruck, als ob die Natur die üppigen grünen Teppiche der Ufer, die diamantenen Sonnenreflexe, die durchsichtige blaue Ferne und alles Funkelnde und Prächtige von der Wolga abräume und bis zum kommenden Frühling in die Truhe lege; die Krähen flogen über den Strom hin und neckten ihn: »Kahl bist du, kahl!« Rjabowski hörte ihr Krächzen und dachte daran, daß er seine Lebenskraft, sein Talent bereits vertan habe, daß alles in dieser Welt bedingt, relativ und dumm sei; und daß er sich mit dieser Frau nicht hätte einlassen sollen . . .

Mit einem Wort, er war schwermütig und nicht in Stimmung.

Olga Iwanowna saß hinter der spanischen Wand auf dem Bett, und während sie ihr wunderschönes Haar kämmte, stellte sie sich ihren Mann bald im Besuchs-, bald im Schlafzimmer, bald im Kabinett vor; ihre Einbildungskraft führte sie ins Theater, zur Schneiderin, zu ihren berühmten Freunden. Was mögen die wohl jetzt tun? Ob sie an sie denken? Die Saison hat schon begonnen, es wäre Zeit, an ihr Abendkränzchen zu denken. Und Dymow? Der liebe Dymow! Wie sanft und kindlich-klagend bittet er sie in seinen Briefen, doch so rasch wie möglich nach Hause zu kommen! Jeden Monat schickte er ihr fünfundsiebzig Rubel, und als sie ihm schrieb, sie hätte bei den Malern hundert Rubel Schulden gemacht, schickte er ihr auch diese hundert. Welch guter, hochherziger Mensch! Die Reise hatte Olga Iwanowna ermüdet, sie langweilte sich und wünschte möglichst rasch von diesen Bauern und dem feuchten Flußgeruch wegzukommen und sich von diesem Gefühl physischer Unsauberkeit zu befreien, das sie die ganze Zeit über verspürte, in der sie in Bauernhütten lebten und von Dorf zu Dorf zogen. Hätte Rjabowski nicht den Malern sein Ehrenwort gegeben, bis zum zwanzigsten September mit ihnen hier zu bleiben, so könnte man schon heute abreisen. Und wie gut wäre das!

»Mein Gott!« stöhnte Rjabowski, »wann wird denn endlich die Sonne herauskommen? Ich kann doch eine sonnige Landschaft nicht ohne Sonne weitermalen! . . .«

»Du hast doch auch eine Studie mit Wolkenhimmel«, sagte Olga Iwanowna und kam hinter dem Bettschirm hervor. »Erinnerst du dich, rechts Wald, links eine Herde Kühe und Gänse. Die könntest du jetzt beenden.«

»Ach«, sagte der Maler und runzelte die Stirn. »Beenden! Glauben Sie wirklich, daß ich so dumm bin und nicht weiß, was ich tun muß?!«

»Wie anders bist du zu mir geworden!« seufzte Olga Iwanowna.

»Ach, lächerlich!«

Olga Iwanownas Gesicht erbebte, sie ging zum Ofen und begann zu weinen.

»Ja, Tränen fehlten gerade noch. Hören Sie auf! Ich habe tausend Gründe zum Weinen und tue es nicht.«

»Tausend Gründe!« schluchzte Olga Iwanowna. »Der Hauptgrund ist, daß Sie sich schon durch mich bedrückt fühlen. Ja!« fuhr sie weinend fort, »sagen Sie doch die Wahrheit. Sie schämen sich unserer Liebe. Sie mühen sich immer, die Maler nichts merken zu lassen, obwohl nichts mehr zu verbergen und ihnen schon längst alles bekannt ist.«

»Olga, ich bitte Sie um eines«, sagte der Künstler flehentlich, »um eines: quälen Sie mich nicht! Mehr verlange ich nicht von Ihnen!«

»Aber schwören Sie, daß Sie mich immer noch lieben!«

»Wie quälend ist das!« stieß der Künstler hervor und sprang auf. »Das wird noch damit enden, daß ich mich in die Wolga stürze oder den Verstand verliere! Lassen Sie mich in Ruhe!«

»Nun, töten Sie mich, töten Sie mich!« schrie Olga Iwanowna auf. »Töten Sie mich!«

Sie begann wieder zu schluchzen und ging hinter den Bettschirm. Auf das Strohdach der Bauernhütte begann der Regen niederzurauschen. Rjabowski griff sich an den Kopf und ging von einer Ecke in die andere, dann setzte er mit entschlossener Miene, als wolle er jemandem etwas beweisen, die Mütze auf, warf sein Gewehr über die Schulter und ging hinaus.

Noch lange nachdem er fortgegangen war, lag Olga Iwanowna auf dem Bett und weinte. Anfangs dachte sie, es wäre gut, sich zu vergiften, damit der heimkehrende Rjabowski sie tot fände. Dann aber schweiften ihre Gedanken ins Besuchszimmer, ins Kabinett ihres Mannes, und sie stellte sich vor, wie sie neben Dymow sitzt und die körperliche Ruhe und Reinheit genießt, wie sie abends im Theater sitzt und Mazini in »Cavalleria rusticana« hört. Und die Sehnsucht nach der Zivilisation, nach dem Lärm der Stadt, nach den berühmten Leuten begann ihr Herz zu quälen. Die Bauersfrau kam in die Hütte und fing an langsam den Ofen zu heizen, um das Essen zuzubereiten. Es verbreitete sich ein brenzliger Geruch, und die Luft wurde blau vom Rauch. Es kamen Maler herein, in hohen schmutzigen Stiefeln und mit regennassen Gesichtern, betrachteten die Studien und sagten sich zum Trost, daß die Wolga sogar bei schlechtem Wetter ihre Reize habe. Und die billige Wanduhr machte: tick-tick-tick ... Frierende Fliegen sammelten sich in der Ecke um die Heiligenbilder und summten, und man hörte, wie in der dicken Pappe unter den Bänken die Küchenschaben raschelten ...

Rjabowski kam nach Hause, als die Sonne schon unterging. Er warf die Mütze auf den Tisch, und bleich, erschöpft, mit schmutzigen Stiefeln ließ er sich auf der Bank nieder und schloß die Augen.

»Ich bin müde ...«, sagte er und zuckte mit den Brauen, indem er sich anstrengte, die Augen offenzuhalten.

Um sich bei ihm einzuschmeicheln und zu zeigen, daß sie nicht böse sei, ging Olga Iwanowna zu ihm, küßte ihn schweigend und fuhr mit ihrem Kamm durch sein hellblondes Haar; sie wollte ihn frisieren.

»Was ist das!« fragte er zusammenfahrend, als hätte man ihn mit etwas Kaltem berührt. »Was ist das? Lassen Sie mich bitte in Ruhe!«

Er schob sie mit den Händen von sich und ging fort, und ihr schien, daß sein Gesicht Abscheu ausdrücke. In diesem Augenblick brachte ihm die Bauersfrau vorsichtig mit beiden Händen einen Teller Kohlsuppe, und Olga Iwanowna sah, wie sie ihre Daumen in die Suppe tauchte. Und die schmutzige Frau mit ihrem übermäßig geschnürten Unterleib, die Kohlsuppe, die Rjabowski gierig zu essen begann, die Hütte und dieses ganze Leben, das sie anfangs um seiner Einfachheit und künstlerischen Unordnung willen geliebt hatte, erschienen ihr jetzt entsetzlich. Sie fühlte sich plötzlich beleidigt und sagte kalt: »Wir müssen uns für einige Zeit trennen, sonst möchten wir uns aus Überdruß ernstlich überwerfen. Ich bin es satt. Heute fahre ich ab.«

»Womit? Rittlings auf einem Stock?«

»Heute ist Donnerstag, also kommt der Dampfer um halb zehn.«

»So? ja, ja ... Nun, so reise nur«, sagte Rjabowski weich, indem er sich mit dem Handtuch statt einer Serviette den Mund wischte. »Dir ist's hier langweilig, und es gibt auch nichts zu arbeiten; ich müßte ein großer Egoist sein, wenn ich dich halten wollte. Reise nur, nach dem zwanzigsten werden wir uns wiedersehen.« Olga Iwanowna packte fröhlich ihre Sachen zusammen, ihre Wangen glühten sogar vor Vergnügen. Ist es tatsächlich wahr, fragte sie sich, daß sie bald im Besuchszimmer wieder malen, im Schlafzimmer schlafen und von einem Tischtuch essen werde? Ihr wurde leicht ums Herz, sie war nicht mehr böse auf den Künstler. »Farben und Pinsel lasse ich hier, Rjabuscha«, sagte sie. »Was zurückbleibt, bringst du mit ... Gib acht, wenn ich weg bin, und faulenze hier nicht, blase nicht Trübsal, sondern arbeite. Du bist doch ein fescher, junger Kerl, Rjabusch.«

Um neun Uhr küßte sie Rjabowski zum Abschied, um es, wie sie meinte, nicht in Gegenwart der anderen auf dem Dampfer zu tun; dann brachte er sie zur Anlegestelle. Bald kam der Dampfer und führte sie weg.

Nach etwa sechzig Stunden kam sie zu Hause an. Ohne Hut und Gummimantel abzulegen und schwer atmend vor Erregung, ging sie durch das Besuchszimmer und von da in den Speiseraum. Dymow saß ohne Rock mit aufgeknöpfter Weste am Tisch und schärfte das Messer an der Gabel; ein Rebhuhn lag vor ihm auf dem Teller. Als Olga Iwanowna die Wohnung betrat, war sie noch überzeugt, sie müsse alles vor ihrem Mann verheimlichen, und sie werde auch genug List und Kraft dazu haben; als sie aber jetzt sein breites, sanftes, glückseliges Lächeln und die freudig glänzenden Augen sah, fühlte sie, daß vor diesem Mann etwas zu verheimlichen so gemein und ekelhaft wie unmöglich sei und ebenso über ihre Kraft ginge wie Verleumdung, Diebstahl oder Mord; und sie entschloß sich augenblicklich, ihm alles Geschehene zu erzählen. Nachdem sie sich von ihm hatte küssen und umarmen lassen, fiel sie vor ihm auf die Knie und bedeckte ihr Gesicht.

»Was denn, was denn, Frauchen?« fragte der zärtlich. »Ist es dir langweilig geworden?« Sie erhob ihr Gesicht, das rot vor Scham war, und sah ihn schuldbewußt und flehend an, aber Angst und Scham ließen sie nicht die Wahrheit sagen.

»Nichts . . .«, sagte sie, »das kam nur so . . .«

»Setzen wir uns . . .«, sagte er, hob sie auf und setzte sie an den Tisch. »So iß . . . iß von dem Rebhuhn. Du bist sicher ausgehungert, du Arme.«

Sie sog gierig die heimatliche Luft ein und aß von dem Rebhuhn; er aber sah sie gerührt an und lachte froh.

## 6

Seit Mitte des Winters begann Dymow anscheinend zu ahnen, daß er betrogen wurde. Er vermochte, als ob er selbst ein unreines Gewissen habe, seiner Frau nicht mehr in die Augen zu sehen, er lächelte nicht mehr fröhlich, wenn sie einander begegneten, und um weniger mit ihr allein zu sein, brachte er häufig seinen Kollegen Korostelew mit, ein kleines, kurzgeschorenes Männchen mit einem zerknitterten Gesicht, der jedesmal, wenn er sich mit Olga Iwanowna unterhielt, vor Verwirrung alle Rockknöpfe auf- und wieder zuknöpfte und dann mit der rechten Hand seinen linken Schnurrbart zu zwirbeln begann. Bei Tisch sprachen die beiden Ärzte davon, daß bei einer zu hohen Lage des Zwerchfells das Herz bisweilen ungleichmäßig schlage, oder daß in letzter Zeit verschiedene Nervenkrankheiten recht häufig vorkamen, oder daß gestern Dymow, der eine Leiche mit der Diagnose »perniziöse Anämie« obduzierte, Krebs an der Bauchspeicheldrüse vorfand. Und es schien, daß die beiden ihre medizinische Unterhaltung nur führten, damit es Olga Iwanowna möglich war, zu schweigen, das heißt, nicht zu lügen. Nach dem Essen setzte sich Korostelew ans Klavier; Dymow seufzte und sagte zu ihm: »Ach, mein Lieber!« – »Nun, was denn!« – »Spiel doch etwas Trauriges.«

Korostelew zog die Schultern in die Höhe, spreizte die Finger auseinander, schlug einige Akkorde an und begann im Tenor zu singen:

»Zeig mir das Haus,
Wo der russische Bauer nicht stöhnt«,

und Dymow seufzte noch einmal, stützte seinen Kopf in die Hände und versank in Nachdenken.

In letzter Zeit benahm sich Olga Iwanowna äußerst unvorsichtig. Jeden Morgen wachte sie in schlechter Stimmung und mit dem Gedanken auf, Rjabowski liebe sie nicht mehr und gottlob sei nun alles aus. Beim Kaffeetrinken aber überlegte sie sich, daß ihr Rjabowski ihren Mann weggenommen habe und sie also ohne Mann und ohne Rjabowski sein würde; dann dachte sie daran, wie ihre Bekannten erzählten, Rjabowski bereite etwas Besonderes zur Ausstellung vor, eine Mischung von Landschafts- und Genrebild im Geschmack von Polenow, worüber alle, die in sein Atelier kamen, in Entzücken gerieten; das, dachte sie, habe er ja unter ihrem Einfluß geschaffen, und überhaupt habe er unter ihrem Einfluß große Fortschritte gemacht. Ihr Einfluß sei so günstig und fruchtbar, daß er am Ende zugrunde gehen werde, wenn sie ihn verlasse. Sie dachte auch daran, wie er das letzte Mal in einem grauen Rock mit glänzenden Tupfen und mit einem neuen Schlips zu ihr gekommen war und müde gefragt hatte: »Bin ich hübsch?« Und tatsächlich, er war elegant und mit seinen langen Locken und blauen Augen sehr hübsch – oder wenigstens schien es so –, und er war freundlich zu ihr gewesen.

Nachdem sie sich an vieles erinnert und allerlei hin und her erwogen hatte, zog sich Olga Iwanowna an und fuhr in heftiger Erregung zu Rjabowski ins Atelier. Sie traf ihn fröhlich und von seinem in der Tat großartigen Bilde begeistert an; er sprang herum, trieb Possen und antwortete auf ernste Fragen mit Scherzen; Olga Iwanowna war eifersüchtig auf das Bild; sie haßte es, doch aus Höflichkeit blieb sie schweigend fünf Minuten davor stehen und sagte leise, seufzend, wie man vor einem Heiligenbilde seufzt ... »Ja, du hast noch nie etwas Ähnliches gemalt. Weißt du, es macht einem sozusagen angst und bange.«

Dann begann sie ihn anzuflehen, er solle sie lieben und nicht verlassen, möchte sich ihrer als einer Armen, Unglücklichen erbarmen. Sie weinte, küßte seine Hände, verlangte, daß er ihr Liebe schwöre, versuchte, ihm zu beweisen, daß er ohne ihren guten Einfluß aus der Bahn kommen und zugrunde gehen werde. Und nachdem sie ihm die gute Laune verdorben hatte, fuhr sie mit einem Gefühl der Erniedrigung zu ihrer Schneiderin oder zu einer befreundeten Schauspielerin, um eine Theaterkarte zu bekommen.

Traf sie ihn nicht im Atelier an, so hinterließ sie einen Brief, in dem sie schwor, sie würde sich unfehlbar vergiften, wenn er heute nicht zu ihr käme. Er bekam dann Angst, kam zu ihr und blieb zum Essen. Ohne sich um die Anwesenheit ihres Mannes zu kümmern, sagte er ihr Frechheiten, und sie antwortete ihm in gleicher Weise. Beide fühlten, daß sie einander Fesseln anlegten, daß einer des anderen Despot und Feind sei; sie waren gereizt, und in ihrer Gereiztheit bemerkten sie nicht, daß sie beide sich unmöglich benahmen, und daß sogar der kurzgeschorene

Korostelew alles begriff. Nach dem Essen verabschiedete sich Rjabowski eilig. »Wohin gehen Sie?« fragte ihn Olga Iwanowna im Vorzimmer und sah ihn haßerfüllt an.

Die Stirne runzelnd und mit den Augen blinzelnd nannte er irgendeinen ihnen gemeinsamen bekannten Namen, und man konnte erkennen, daß er über ihre Eifersucht lachte und sie ärgern wollte. Sie ging in ihr Schlafzimmer und legte sich ins Bett; aus Eifersucht, Ärger und einem Gefühl der Erniedrigung und Scham biß sie in die Kissen und begann laut zu schluchzen. Dymow ließ Korostelew im Besuchszimmer allein, ging ins Schlafzimmer und sagte leise, ganz verwirrt zu ihr: »Weine nicht so laut, Frauchen ... Was soll das? Man muß darüber schweigen ... Man darf keinen Argwohn erregen ... Weißt du, was geschehen ist, läßt sich nicht mehr einrenken.«

Weil sie nicht wußte, wie sie ihre quälende Eifersucht, die ihr bis in die Schläfen hämmerte, ersticken sollte und weil sie glaubte, daß man es noch einrenken könne, wusch sie sich, puderte ihr verweintes Gesicht und eilte zu der bekannten Dame. Da sie Rjabowski bei dieser nicht antraf, fuhr sie zu einer zweiten, dann zu einer dritten ... Anfangs schämte sie sich, so angefahren zu kommen, dann aber gewöhnte sie sich daran, und es geschah, daß sie an einem einzigen Abend bei allen befreundeten Damen herumfuhr, um Rjabowski zu suchen, und alle begriffen das.

Eines Tages sagte sie zu Rjabowski über ihren Mann: »Dieser Mensch bedrückt mich mit seiner Großmut!«

Die Phrase gefiel ihr so, daß sie beim Zusammentreffen mit Künstlern, die ihren Roman mit Rjabowski kannten, jedesmal über ihren Mann sagte, indem sie eine energische Handbewegung machte: »Dieser Mensch bedrückt mich mit seiner Großmut!«

Ihre Lebensweise war noch wie im Vorjahr. Am Mittwoch war ihr Jourfix. Der Schauspieler las vor, die Maler zeichneten, der Cellist spielte, der Sänger sang, und unweigerlich tat sich halb zwölf die Türe zum Speisezimmer auf, und Dymow sagte lächelnd: »Bitte, meine Herren, zu einem Imbiß.«

Wie früher suchte Olga Iwanowna bedeutende Männer, fand sie, ward enttäuscht und suchte von neuem. Wie früher kam sie tagtäglich spätnachts nach Hause; aber Dymow schlief nicht mehr wie im vorigen Jahre, sondern saß in seinem Kabinett und arbeitete. Er ging etwa um drei Uhr zu Bett und stand um acht auf.

Eines Abends, als sie, im Begriff ins Theater zu fahren, vor dem Ankleidespiegel stand, kam Dymow in Frack und weißer Binde ins Schlafzimmer. Er lächelte sanft und sah wie früher seiner Frau gerade in die Augen. Sein Gesicht strahlte.

»Ich habe soeben meine Dissertation verteidigt«, sagte er, sich niedersetzend und mit den Händen über die Knie fahrend.

»Du hast sie verteidigt?« fragte Olga Iwanowna.

»Und ob!« lachte er und reckte den Hals, um im Spiegel das Gesicht seiner Frau zu sehen, die mit dem Rücken zu ihm stehenblieb und ihre Frisur in Ordnung brachte. »Und ob!« wiederholte er. »Weißt du, es ist sehr wohl möglich, daß man mir eine Dozentur für allgemeine Pathologie anbieten wird. Es sieht so aus.«

Seinem glückseligen, strahlenden Gesicht war anzumerken, daß er Olga Iwanowna, falls sie seine Freude und seinen Triumph mit ihm teilen wollte, alles verzeihen würde, das Gegenwärtige wie das Zukünftige, und daß er bereit sei, alles zu vergessen; aber sie begriff gar nicht, was Dozentur und allgemeine Pathologie bedeuteten, außerdem fürchtete sie, zu spät ins Theater zu kommen, und so schwieg sie.

Er saß noch zwei Minuten da, lächelte schuldbewußt und ging hinaus.

## 7

Das war ein sehr unruhiger Tag.

Dymow hatte heftige Kopfschmerzen; morgens trank er keinen Tee, ging nicht ins Krankenhaus und lag die ganze Zeit in seinem Kabinett auf dem türkischen Diwan. Olga Iwanowna ging wie gewöhnlich nach zwölf zu Rjabowski, um ihm ihre Landschaftsstudie zu zeigen und ihn zu fragen, warum er gestern nicht gekommen sei. Die Studie erschien ihr unbedeutend, sie hatte sie nur gemalt, um den Maler unter einem besonderen Vorwand aufsuchen zu können.

Sie ging, ohne zu läuten, zu ihm hinein. Als sie im Vorzimmer die Überschuhe auszog, glaubte sie zu hören, daß irgend jemand, nach Frauenart mit dem Kleid raschelnd, leise durch das Atelier lief, und als sie sich beeilte, einen Blick ins Atlier zu werfen, sah sie nur ein Stück eines braunen Rockes für den Augenblick aufleuchten und hinter einem großen Bild verschwinden, das samt der Staffelei zur Hälfte mit schwarzem Kaliko verhängt war. Kein Zweifel: dort hielt sich eine Frau versteckt. Wie oft hatte Olga Iwanowna selber eine Zuflucht hinter diesem Bilde gefunden! Rjabowski, offenbar sehr verwirrt, wunderte sich über ihr Kommen, streckte ihr beide Hände entgegen und sagte mit gezwungenem Lächeln: »Ah! Freue mich sehr, Sie zu sehen: was bringen Sie Gutes?«

Olga Iwanownas Augen füllten sich mit Tränen. Sie empfand Scham und Bitternis, und nicht um alles in der Welt hätte sie in Gegenwart einer fremden Frau, einer Nebenbuhlerin und Lügnerin, die jetzt hinter dem Bild stand und wahrscheinlich schadenfroh kicherte, sprechen mögen.

»Ich habe Ihnen eine Studie gebracht . . .«, sagte sie schüchtern mit schwacher Stimme, und ihre Lippen bebten. »Eine Studie nature morte.«

»Ah, eine Studie?«

Der Künstler nahm die Studie in die Hände und ging, sie betrachtend, wie automatisch ins Nebenzimmer. Olga Iwanowna folgte ihm.

»Nature morte ... erste Sorte«, murmelte er, nach Reimen suchend, »im Kurorte und im Porte.«

Aus dem Atelier hörte man eilige Schritte und das Rascheln eines Kleides. Also war sie fortgegangen. Olga Iwanowna hatte Lust, laut aufzuschreien, dem Künstler mit etwas Schwerem auf den Kopf zu schlagen und wegzulaufen; aber sie konnte vor Tränen nichts sehen. Sie war von ihrer Scham niedergedrückt und fühlte sich nicht mehr als Olga Iwanowna und nicht mehr als Künstlerin, sondern wie ein kleines Käferchen ...

»Ich bin müde ...«, sagte der Maler, blickte die Studie an und schüttelte den Kopf, um die Schläfrigkeit zu bekämpfen. »Das ist natürlich lieb, aber heute eine Studie und gestern eine Studie und vergangenes Jahr eine Studie und nächsten Monat wieder eine Studie ... wird Ihnen das nicht langweilig? Ich würde an Ihrer Stelle die Malerei aufgeben und mich ernsthaft mit Musik oder etwas anderem beschäftigen ... Sie sind doch keine Malerin, sondern eine Musikerin ... Ach, wie müde ich bin! Ich will sofort sagen, daß man Tee bringt ... Ja?«

Er ging aus dem Zimmer, und Olga Iwanowna hörte, wie er seinem Diener etwas befahl. Um sich nicht verabschieden, sich nicht erklären zu müssen und vor allem um nicht loszuweinen, lief sie, ehe Rjabowski zurückkehrte, rasch ins Vorzimmer, zog ihre Überschuhe an und ging auf die Straße. Dort seufzte sie erleichtert auf und fühlte sich für immer befreit von Rjabowski und der Malerei und der tiefen Scham, die sie im Atelier so sehr bedrückt hatte. Alles war zu Ende! Sie fuhr zur Schneiderin, dann zu Barnay, der gestern erst angekommen war, von Barnay in eine Musikalienhandlung, und die ganze Zeit über dachte sie daran, wie sie Rjabowski voller Würde einen kalten, bösen Brief schreiben und wie sie im Frühjahr oder Sommer mit Dymow in die Krim fahren wolle, um sich endgültig von der Vergangenheit zu befreien und ein neues Leben anzufangen.

Als sie nach Hause kam, setzte sie sich, ohne sich umzuziehen, ins Besuchszimmer, um den Brief zu schreiben . . . Rjabowski hatte gesagt, daß sie keine Malerin sei; als Rache würde sie ihm jetzt schreiben, daß er Jahr für Jahr dasselbe male, daß er einseitig sei und nichts hervorbringen würde, was er nicht schon hervorgebracht hätte. Sie hatte Lust ihm auch zu schreiben, daß er ihrem guten Einfluß viel verdanke, und, wenn er jetzt schlecht handle, so sei schuld, daß ihr Einfluß zerstört werde durch zweideutige Personen von der Art, wie sich heute eine hinter dem Bilde versteckt hatte.

»Frauchen!« rief Dymow aus dem Kabinett, ohne die Türe zu öffnen. »Frauchen!«

»Was hast du?«

»Frauchen, komm nicht zu mir herein, komm nur an die Tür. Das ist so . . . Vorgestern habe ich mich im Krankenhaus mit Diphtherie angesteckt und jetzt . . . geht's mir schlecht. Laß so schnell wie möglich Korostelew holen.«

Olga Iwanowna nannte ihren Mann wie alle bekannten Männer gewöhnlich nicht beim Vornamen, sondern beim Familiennamen, sein Rufname Ossip gefiel ihr nicht, weil er an Gogols Ossip erinnerte. Aber jetzt schrie sie auf: »Ossip, das kann nicht sein!«

»Laß ihn holen! Mir ist schlecht . . .!« sagte Dymow hinter der Tür, und man konnte hören, wie er zum Diwan ging und sich niederlegte. »Laß ihn holen!« hörte man seine dumpfe Stimme.

»Was ist denn das?« dachte Olga Iwanowna, die vor Schrecken kalt wurde. »Das ist doch gefährlich!«

Ohne daß es nötig war, nahm sie eine Kerze und ging in ihr Schlafzimmer, und während sie überlegte, was sie tun solle, sah sie sich zufällig im Spiegel. Mit ihrem bleichen, erschrockenen Gesicht, in einem Jakett mit Puffärmeln, mit gelben Volants auf der Brust und den aparten Streifen am Rock, kam sie sich lächerlich und häßlich vor. Plötzlich empfand sie ein schmerzliches Mitleid mit Dymow, mit seiner grenzenlosen Liebe zu ihr, seinem jungen Leben und sogar mit seinem verwaisten Bett, in dem er schon lange nicht geschlafen hatte. Sein ständiges sanftes und demütiges Lächeln fiel ihr ein. Sie begann bitterlich zu weinen und schrieb Korostelew einen flehentlichen Brief. Es war zwei Uhr nachts.

## 8

Als Olga Iwanowna um acht Uhr morgens mit von Schlaflosigkeit schwerem Kopf, unfrisiert, unschön und mit schuldbeladenem Gesichtsausdruck das Schlafzimmer verließ, ging ein Herr mit schwarzem Bart, augenscheinlich ein Arzt, an ihr vorüber ins Vorzimmer. Er roch nach Arzneien. An der Tür des Kabinetts stand Korostelew und drehte mit der rechten Hand den linken Schnurrbart.

»Entschuldigen Sie, wenn ich Sie nicht zu ihm hineinlasse«, sagte er finster zu Olga Iwanowna. »Sie könnten sich anstecken. Ja, und es hat eigentlich auch keinen Zweck. Er phantasiert ohnehin.«

»Hat er wirklich Diphtherie?« fragte Olga Iwanowna flüsternd.

»Wer sich so in Gefahr begibt, müßte vor Gericht gestellt werden«, murmelte Korostelew, ohne auf ihre Frage zu antworten. »Wissen Sie, wobei er sich angesteckt hat? Am Dienstag saugte er einem Knaben durch ein Röhrchen den Belag der Schleimhäute aus. Und wozu? Aus Dummheit . . . rein aus Dummheit . . .«

»Ist es gefährlich? Sehr gefährlich?« fragte Olga Iwanowna.

»Ja, sozusagen ein schwerer Fall. Man müßte eigentlich Schreck kommen lassen.«

Es kam ein kleiner, rotblonder Mann mit einer langen Nase und jüdischem Akzent, dann ein hochgewachsener, beleibter, zottiger Mann, der wie ein Protodiakon aussah; dann ein junger, sehr dicker mit rotem Gesicht und Brille. Diese Ärzte kamen, um ihre Kollegen abzulösen. Korostelew, der seinen Wachdienst hinter sich hatte, ging nicht nach Hause, sondern blieb da und lief wie ein Schatten durch die Zimmer. Das Mädchen reichte den diensttuenden Ärzten Tee und lief häufig in die Apotheke; niemand war da, die Zimmer aufzuräumen. Es war still und trostlos.

Olga Iwanowna saß in ihrem Schlafzimmer und dachte darüber nach, wie Gott sie dafür strafte, daß sie ihren Mann betrogen hat. Dieses schweigsame, nie murrende, unbegreifliche, in seiner Sanftmut sich selbst aufgebende, unter seiner unsagbaren Güte entkräftete Wesen litt dort irgendwie dumpf und klaglos auf seinem Diwan. Und wenn es sich, sei es auch nur in den Fieberphantasien, beklagt hat, dann haben die behandelnden Ärzte gemerkt, daß nicht nur die Diphtherie schuld ist. Dann würden sie Korostelew fragen, der aber weiß ja alles und blickt nicht umsonst die Frau seines Freundes an, als ob sie die eigentliche, wirkliche Übeltäterin, die Diphtherie aber nur ihre Helfershelferin sei. Sie dachte nicht mehr an den Mondscheinabend auf der Wolga, nicht mehr an die Liebeserklärungen und das poetische Leben im Bauernhaus, sondern nur noch daran, daß sie sich aus bloßer Laune, aus Mutwillen über und über an Händen und Füßen mit etwas Schmutzigem, Klebrigem besudelt hat, das sie nie mehr würde abwaschen können.

»Ach, wie schrecklich habe ich gelogen und betrogen!« sagte sie und dachte an die unruhige Liebe, die sie mit Rjabowski verbunden hatte. »Verflucht sei das alles!«

Um vier Uhr setzte sie sich gemeinsam mit Korostelew zum Mittagessen. Er aß nichts, trank nur Rotwein und sah finster vor sich hin. Auch sie konnte nicht essen. Bald betete sie in Gedanken und gelobte Gott, daß sie Dymow, wenn er gesund würde, wieder lieben und ihm eine treue Frau sein wolle. Bald vergaß sie sich für einen Augenblick, sah Korostelew an und dachte: »Ist es nicht langweilig, ein einfacher, unbedeutender, unberühmter Mann zu sein und dazu noch ein so zerknittertes Gesicht und so schlechte Manieren zu haben?« Bald meinte sie, Gott werde sie im Augenblick töten, weil sie aus Furcht, sich anzustecken, auch nicht einmal bei ihrem Mann im Kabinett gewesen ist. Ein stumpfes und trostloses Gefühl beherrschte sie ganz und gar und die Überzeugung, daß das Leben nun bereits verdorben sei und durch nichts mehr in Ordnung gebracht werden könne . . . Nach dem Essen brach die Dunkelheit ein. Als Olga Iwanowna ins Besuchszimmer ging, schlief Korostelew auf dem Sofa, er hatte ein seidenes, goldbesticktes Kissen unter seinen Kopf gelegt. »Kchi-pua . . .«, schnarchte er, »-kchi-pua . . .« Und die Ärzte, die abwechselnd kamen und gingen, bemerkten diese Unordnung nicht, nicht, daß ein fremder Mann im Besuchszimmer schlief und schnarchte, nicht die Studien an den Wänden, nicht die wunderliche Zimmereinrichtung, noch daß die Hausfrau unfrisiert, unordentlich angezogen war; alles dies erregte jetzt nicht das geringste Interesse. Einer der Ärzte lachte unvermittelt aus irgendeinem Grunde auf, und dieses Lachen klang seltsam und schüchtern, es wurde einem geradezu unheimlich zumute . . .

Als Olga Iwanowna zum zweiten Male ins Gästezimmer kam, schlief Korostelew nicht mehr, sondern saß da und rauchte.

»Er hat Diphtherie in der Nasenhöhle«, sagte er halblaut. »Das Herz arbeitet schon nicht mehr ordentlich. Es steht schlecht.«

»So schicken Sie doch nach Schreck«, sagte Olga Iwanowna.

»War schon da. Er stellte fest, daß die Diphtherie auf die Nase übergegriffen hat. Nun, was vermag da Schreck! Im Grunde ist Schreck auch nichts weiter. Er ist Schreck und ich bin Korostelew – das ist alles.«

Die Zeit verging entsetzlich langsam. Olga Iwanowna lag angezogen auf dem ungemachten Bett und schlummerte. Es kam ihr vor, als ob das ganze Zimmer vom Fußboden bis zur Decke hinauf mit einem riesigen Eisenstück ausgefüllt sei, daß man nur dieses Eisen hinauszutragen brauche, und allen werde leicht und fröhlich zumute werden. Als sie aufwachte, fiel ihr ein, daß es kein Eisen, sondern Dymows Krankheit ist.

»Nature morte, Porte . . .«, dachte sie wiederum einschlummernd. »Sport . . . Kurort . . . Und wie geht's mit Schreck? Grec . . . Dreck . . . Und wo sind jetzt meine Freunde? Wissen sie, welches Leid bei uns herrscht? Herr, rette . . . erlöse uns . . . Schreck . . . grec . . .«

Und wieder träumte sie von dem Eisen . . . Die Zeit zog sich endlos hin, und die Uhr in der unteren Etage schlug häufig . . . Das Mädchen kam mit einem leeren Glas auf dem Tablett herein und fragte: »Gnädige Frau, befehlen Sie das Bett zu machen?«

Es ging wieder hinaus, als es keine Antwort bekam. Unten schlug die Uhr; sie träumte von dem Regen an der Wolga, und wiederum kam jemand ins Schlafzimmer, ein Fremder, schien es. Olga Iwanowna sprang auf und erkannte Korostelew . . .

»Wie spät ist es?« fragte sie.

»Gegen drei.«

»Und was gibt's?«

»Ja was! Ich kam, um zu sagen: es geht zu Ende . . .«

Er schluchzte auf, setzte sich neben sie aufs Bett und wischte sich mit dem Ärmel die Tränen ab. Anfangs begriff sie es nicht, doch dann wurde ihr eiskalt, und sie begann sich langsam zu bekreuzen.

»Es geht zu Ende ...«, wiederholte er mit dünner Stimme und schluchzte noch einmal. »Er stirbt, weil er sich opferte. Welcher Verlust für die Wissenschaft!« sagte er bitter. »Wenn man uns alle mit ihm vergleicht, war er ein großer, ungewöhnlicher Mann! Was für eine Begabung! Welche Hoffnungen gab er uns allen!« fuhr Korostelew fort und rang die Hände. »Herr mein Gott, das wäre ein Gelehrter geworden, wie man ihn jetzt nicht mehr auftreiben kann. Osjka Dymow, Osjka Dymow, was hast du getan! Ach, ach, mein Gott!«

Korostelew bedeckte in seiner Verzweiflung das Gesicht mit beiden Händen und schüttelte den Kopf.

»Und welche moralische Kraft!« fuhr er fort, sich immer mehr und mehr über jemand erzürnend. »Eine gute, reine, liebende Seele – kein Mensch, sondern klar wie Glas! Er diente der Wissenschaft und starb für sie. Und er hat wie ein Stier gearbeitet, Tag und Nacht, und niemand schonte ihn, und er, der junge Gelehrte, der zukünftige Professor, mußte sich eine Praxis suchen und sich nachts mit Übersetzungen plagen, nur um diese elenden Lappen da zu bezahlen!«

Korostelew blickte Olga Iwanowna voller Haß an, ergriff mit beiden Händen ein Bettlaken und zerrte an ihm, als ob es schuld wäre.

»Er selbst schonte sich nicht, und man schonte ihn nicht. Ach ja, so ist es!«

»Ja, ein seltener Mensch!« sagte mit tiefem Baß jemand im Besuchszimmer.

Olga Iwanowna überdachte das ganze Leben, das sie mit ihm geführt hatte, von Anfang bis zu Ende, mit allen Einzelheiten, und plötzlich begriff sie, daß er in der Tat ein ungewöhnlicher, hervorragender Mann war. Und als sie daran dachte, wie sich ihr verstorbener Vater und alle ärztlichen Kollegen zu ihm verhalten hatten, da begriff sie, daß sie alle eine kommende Berühmtheit in ihm gesehen hatten. Die Wände, die Decke, die Lampe, der Teppich auf dem Fußboden blinzelten ihr spöttisch zu, als wollten sie sagen: »Du hast es versäumt! Du hast es versäumt!« Weinend stürzte sie aus dem Schlafzimmer hinaus, lief im Besuchszimmer an einem Unbekannten vorüber und eilte ins Kabinett zu ihrem Mann. Er lag unbeweglich auf dem Diwan bis zur Hälfte mit einer Decke zugedeckt. Sein Gesicht war schrecklich eingefallen, abgemagert und hatte eine graugelbe Farbe, wie sie kein Lebender hat; und nur an der Stirn, an den schwarzen Augenbrauen und dem bekannten Lächeln konnte man erkennen, daß das Dymow war. Olga Iwanowna befühlte hastig seine Brust, seine Stirn, die Hände. Seine Brust war noch warm, doch Stirn und Hände waren unangenehm kalt. Und die halbgeöffneten Augen schauten nicht Olga Iwanowna, sondern die Decke an.

»Dymow!« rief sie laut. »Dymow!«

Sie wollte ihm auseinandersetzen, daß alles ein Irrtum gewesen, daß noch nicht alles verloren sei, daß das Leben noch schön und glücklich werden könne, daß er ein seltener, ungewöhnlicher, bedeutender Mensch sei, und daß sie ihr ganzes Leben lang ihn verehren und anbeten und einen heiligen Respekt vor ihm haben wolle . . .

»Dymow!« rief sie, rüttelte ihn an der Schulter und wollte nicht glauben, daß er nie mehr erwachen würde. »Dymow! Ach, Dymow!«

Doch im Besuchszimmer sagte Korostelew zu dem Mädchen: »Was ist da zu fragen? Gehen Sie und fragen Sie, wo die Armenhäuslerinnen wohnen. Sie sollen die Leiche waschen, herrichten und alles tun, was nötig ist.«

# EINE LANGWEILIGE GESCHICHTE

## I

*Aus den Aufzeichnungen eines alten Mannes*

In Rußland lebt der hochverdiente Professor Nikolaj Stepanytsch X., Geheimrat und Ritter so vieler russischer und ausländischer Orden, daß die Studenten ihn »Ikonostas« nennen, wenn er sie einmal alle anlegen muß. Er verkehrt mit allen vornehmen Leuten; mindestens gibt und gab es in Rußland während der letzten fünfundzwanzig, dreißig Jahre keinen bedeutenden Gelehrten, mit dem er nicht gut bekannt gewesen wäre. Jetzt gibt es zwar niemand mehr, mit dem er in freundschaftlichen Beziehungen steht, doch früher endete die lange Liste seiner berühmten Freunde mit Namen wie Pirogow, Kawelin und dem Dichter Nekrassow, die ihm in aufrichtigster, wärmster Freundschaft zugetan waren. Er ist Mitglied aller russischen und dreier ausländischer Universitäten. Und so weiter, und so weiter. Dies alles und manches andere dazu, was sich noch anführen ließe, versteht die Welt unter einem sogenannten »Namen«.

Dieser Name ist populär. In Rußland kennt ihn jeder Gebildete, und im Ausland wird er bei Vorlesungen unter Hinzufügung der Beiworte »bekannt« und »verehrt« zitiert. Er gehört unter die wenigen glücklichen Personen, die zu schmähen oder zu kritisieren beim Publikum und in der Presse als ein Zeichen schlechten Tones gilt. So muß es auch sein. Denn zu »namhaft« gehört die Vorstellung von einem berühmten, reich begabten und zweifellos nützlichen Manne. Ich bin also arbeitsam und ausdauernd wie ein Kamel, und das ist wichtig, dazu bin ich begabt, und das ist noch wichtiger. Außerdem bin ich, nebenbei bemerkt, ein wohlerzogener, bescheidener und ehrlicher

Kerl. Niemals habe ich meine Nase in Literatur und Politik gesteckt, niemals durch Polemik gegen Dummköpfe Popularität zu erlangen gesucht, niemals auf Banketten oder bei Begräbnissen meiner Kollegen Reden gehalten ... Überhaupt ist auf meinem gelehrten Namen kein Fleck, und ich kann mich nicht beklagen; er ist glänzend.

Der Träger dieses Namens also, das heißt ich, ich bin ein Mann von zweiundsechzig Jahren, mit Glatze, falschem Gebiß und einem unheilbaren Tic. So glänzend und schön mein Name ist, so düster und häßlich bin ich selbst. Mein Kopf und meine Hände zittern vor Schwäche, mein Hals gleicht wie bei der Turgenjewschen Heldin dem Halse eines Kontrabasses, ich habe eine eingefallene Brust und einen schmalen Rücken. Wenn ich spreche oder lese, verzieht sich mein Mund seitwärts; wenn ich lächle, bedeckt sich das ganze Gesicht mit greisenhaften Falten. An meiner kläglichen Gestalt ist nichts Einprägsames zu finden; höchstens, wenn ich an meinem Tic leide, tritt in mein Gesicht ein besonderer Ausdruck, der bei jedem, der mich erblickt, wahrscheinlich die unverhüllt deutliche Vorstellung hervorruft:

»Dieser Mensch wird sicher bald sterben.«

Wie früher sind meine Vorlesungen nicht schlecht; wie früher kann ich zwei Stunden lang die Aufmerksamkeit meiner Hörer fesseln. Meine Leidenschaftlichkeit, die literarische Form meiner Darstellung und mein Humor lassen die Mängel meiner Stimme fast vergessen – meine Stimme ist trocken, schneidend und singend wie die eines Heuchlers. Aber ich schreibe schlecht. Das Stückchen meines Hirns, in dem die schriftstellerische Begabung sitzt, verweigert mir den Dienst. Mein Gedächtnis ist schwach geworden, in meinen Gedanken ist nicht mehr genügend Folgerichtigkeit, und wenn ich sie zu Papier bringe, scheint es mir jedesmal, als ob ich das Gefühl für ihren organischen Zusammenhang verliere; die Konstruktion ist eintönig, der

Satzbau dürftig und unsicher. Häufig schreibe ich gar nicht, was ich will; wenn ich den Schluß schreibe, erinnere ich mich nicht mehr an den Anfang. Häufig vergesse ich ganz gewöhnliche Worte, und immer muß ich viel Energie darauf verwenden, um in meinen Briefen überflüssige Säzte, unnötige Einleitungsphrasen zu vermeiden – beides zeugt vom Nachlassen meiner geistigen Kräfte. Und es ist merkwürdig, je einfacher ein Brief ist, desto qualvoller meine Anstrengung. Beim Schreiben eines wissenschaftlichen Artikels fühle ich mich viel freier und klüger als beim Schreiben eines Gratulationsbriefes oder eines Berichtes. Noch eines: deutsch oder englisch zu schreiben, fällt mir leichter als russisch.

Was meine jetzige Lebensweise betrifft, so muß ich vor allem die Schlaflosigkeit erwähnen, an der ich in letzter Zeit leide. Würde man mich fragen, was gegenwärtig den eigentlich grundlegenden Zug meiner Existenz ausmache, so müßte ich antworten: die Schlaflosigkeit. Wie früher ziehe ich mich gewohnheitsmäßig Punkt zwölf nachts aus und lege mich zu Bett. Ich schlafe rasch ein, wache aber in der zweiten Stunde auf, und zwar mit einem Gefühl, als hätte ich überhaupt nicht geschlafen. Ich muß aufstehen und die Lampe anzünden. Ein oder zwei Stunden gehe ich im Zimmer auf und ab und betrachte meine altbekannten Bilder und Photographien. Wenn ich des Herumgehens überdrüssig geworden bin, setze ich mich an meinen Schreibtisch. Ich sitze unbeweglich, denke an nichts und fühle keine Wünsche; liegt ein Buch vor mir, so schlage ich es mechanisch auf und lese ohne jedes Interesse. So las ich unlängst in einer einzigen Nacht mechanisch einen ganzen Roman mit dem seltsamen Titel »Was die Schwalbe sang«. Oder ich zwinge mich, um meine Aufmerksamkeit zu beschäftigen, bis tausend zu zählen, oder ich stelle mir das Gesicht eines meiner Kollegen vor und fange an mich zu erinnern: in welchem Jahr oder unter welchen Umständen er seinen Dienst angetreten hat. Ich liebe es, auf Geräusche zu lauschen, Bald spricht zwei Zimmer weiter meine Tochter Lisa rasch etwas im Traum, bald geht meine Frau mit einer Kerze durch den Saal und läßt unbedingt eine Zündholzschachtel fallen, bald knackt ein ausgetrockneter Schrank, oder der Lampenbrenner beginnt unerwartet zu singen – und alle diese Töne erregen mich auf seltsame Weise.

Nachts nicht schlafen bedeutet sich in jedem Augenblick unnormal fühlen, und deswegen erwarte ich ungeduldig den Morgen und den Tag, wo ich das Recht habe, nicht zu schlafen. Viel quälende Zeit vergeht, ehe der Hahn auf dem Hofe zu krähen beginnt. Er ist das erste Wesen, das mir frohe Botschaft bringt. Sobald er gekräht hat, weiß ich, daß nach einer Stunde unten der Pförtner aufstehen und ärgerlich hustend die Treppe heraufsteigen wird, um irgend etwas zu holen. Dann beginnt nach und nach die Luft vor den Fenstern hell zu werden, auf der Straße ertönen Stimmen . . .

Mein Tag beginnt damit, daß meine Frau hereinkommt. Sie kommt im Unterrock, ungekämmt, aber schon gewaschen, nach Eau de Cologne duftend, und macht eine Miene, als ob sie ohne besondere Absicht hereinträte, und sagt jedesmal ein- und dasselbe: »Entschuldige, ich komme nur auf eine Minute . . . Du hast wieder nicht geschlafen?«

Dann löscht sie die Lampe aus, setzt sich an den Tisch und beginnt zu sprechen. Ich bin kein Prophet, weiß aber schon im voraus, wovon die Rede sein wird. Jeden Morgen ist es dasselbe. Gewöhnlich erwähnt sie, nachdem sie sich besorgt nach meiner Gesundheit erkundigt hat, meinen Sohn, der in Warschau Offizier ist. Am zwanzigsten jeden Monats senden wir ihm fünfzig Rubel – und das gibt vor allem das Thema unseres Gespräches ab.

»Natürlich fällt es uns schwer«, seufzt meine Frau, »aber

solange er nicht endgültig auf eigenen Füßen steht, müssen wir ihm helfen. Der Junge ist in einem fremden Lande, sein Gehalt kümmerlich . . . Übrigens, wenn du willst, schicken wir ihm nächsten Monat nicht fünfzig, sondern nur vierzig. Wie denkst du darüber?«

Die tägliche Erfahrung hätte meine Frau überzeugen können, daß die Ausgaben nicht geringer werden, wenn wir oft darüber sprechen, aber meine Frau erkennt die Erfahrung nicht an und erzählt gewissenhaft jeden Morgen von unserm Offizier und davon, daß das Brot Gott sei Dank billiger, der Zucker freilich um zwei Kopeken teurer geworden sei – und das alles in einem Ton, als ob sie mir etwas Neues mitteile.

Ich höre zu, sage mechanisch ja, und sonderbare, überflüssige Gedanken bewegen mich, wahrscheinlich weil ich nachts nicht geschlafen habe. Ich blicke meine Frau an und wundere mich wie ein Kind. Voller Zweifel frage ich mich: war wirklich diese alte, üppige, plumpe Frau mit dem stumpfen Ausdruck kleinlicher Sorge und der Angst um ein Stück Brot, mit dem durch beständiges Denken an Schulden und Not umnebelten Blick, diese Frau, die nur von Ausgaben redet und nur noch zu lächeln versteht, wenn etwas billiger geworden ist – war sie wirklich einstmals die schlanke Warja, die ich um ihres klaren Verstandes, ihrer reinen Seele, ihrer Schönheit willen leidenschaftlich liebte? Ist das wirklich meine Warja, die mir einst meinen Sohn gebar?

Ich blicke dieser wohlbeleibten, schwerfälligen Frau angespannt ins Gesicht, suche meine Warja in ihr, aber von der Vergangenheit ist nur die Angst um meine Gesundheit übriggeblieben und die Angewohnheit, mein Gehalt »unser Gehalt«, meine Mütze »unsere Mütze« zu nennen. Mich schmerzt es, sie anzusehen, und um sie ein wenig zu trösten, erlaube ich mir etwas X-Beliebiges zu sagen und schweige sogar, wenn sie die Menschen ungerecht beurteilt oder mich schilt, weil ich meine ärztliche Praxis aufgegeben habe und keine Lehrbücher verfasse.

Unser Gespräch endet immer auf die gleiche Weise. Meine Frau denkt plötzlich daran, daß ich noch keinen Tee getrunken habe, und erschrickt.

»Was sitze ich nur?« sagt sie und erhebt sich. »Der Samowar steht längst auf dem Tisch, und ich schwatze hier. Wie gedankenlos bin ich geworden, mein Gott!«

Sie geht eilends und bleibt an der Tür stehen, um zu sagen: »Wir sind Jegor fünf Monate Lohn schuldig. Weißt du das? Wie oft habe ich gesagt, man soll den Bedienten den Lohn nicht schuldig bleiben! Jeden Monat zehn Rubel zu geben, ist viel leichter als auf einmal für fünf Monate fünfzig!«

Während sie zur Tür hinausgeht, bleibt sie noch einmal stehen und sagt: »Niemand tut mir so leid wie unsere arme Lisa. Sie studiert im Konservatorium, bewegt sich beständig in guter Gesellschaft und hat nichts anzuziehen. Mit ihrem Pelz muß sie sich schämen, auf die Straße zu gehen. Wäre sie irgend jemand, so hätte das nichts auf sich, aber alle wissen doch, daß ihr Vater ein berühmter Professor, ein Geheimrat ist.«

Nachdem sie mir so meinen Namen und Rang vorgeworfen hat, geht sie endlich fort. Auf solche Art beginnt mein Tag.

Der weitere Verlauf ist nicht besser.

Wenn ich Tee trinke, kommt meine Lisa, im Pelz und Mützchen und mit ihren Noten zu mir, fix und fertig, um ins Konservatorium zu gehen. Sie ist zweiundzwanzig Jahre alt, sieht aber jünger aus, ein hübsches Mädel und meiner Frau in jungen Jahren ähnlich. Sie küßt mich zärtlich auf Stirn und Hand und sagt: »Guten Morgen, Papachen. Bist du gesund?«

Als sie klein war, liebte sie Gefrorenes sehr, und ich mußte oft mir ihr in die Konditorei gehen. Gefrorenes war für sie der Maßstab alles Schönen. Wenn sie mich loben wollte, so sagte sie: »Papa, du bist aus Sahneeis«. Ein Finger hieß bei ihr Pistazieneisfinger, ein anderer Sahneeisfinger, ein dritter Himbeereisfinger und so weiter. Wenn sie mich morgens begrüßen kam, setzte ich sie oft auf meine Knie und sagte, ihre Fingerchen küssend »Sahneeis . . . Pistazieneis . . . Zitroneneis . . .«, aber es kommt nicht richtig heraus. Ich bin selbst kalt wie Gefrorenes und schäme mich. Wenn meine Tochter zu mir hereinkommt und meine Stirn mit ihren Lippen berührt, so fahre ich zusammen, als stäche mich eine Biene, lächle gezwungen und wende mein Gesicht ab. Seit ich an Schlaflosigkeit leide, sitzt diese Frage wie ein Nagel in meinem Hirn: meine Tochter sieht manchmal, wie ich, ein alter, berühmter Mann, qualvoll erröte, weil ich dem Bedienten den Lohn schuldig bin; sie sieht, wie häufig die Sorge um die kleinen Schulden mich zwingt, von der Arbeit aufzustehen, stundenlang von einer Zimmerecke in die andere zu wandern und darüber nachzudenken; aber warum ist sie auch nicht einmal, hinter dem Rücken ihrer Mutter, gekommen und hat mir zugeflüstert: »Vater, da hast du meine Uhr, meine Armbänder, Ohrringe, Kleider . . . Versetze alles, wenn du Geld brauchst!« Sie sieht doch, wie ich und ihre Mutter aus falscher Scham bemüht sind, unsere Armut vor den Leuten zu verbergen – warum verzichtet sie da nicht auf das kostspielige Vergnügen, Musik zu studieren? Weder die Uhr noch die Armbänder noch andere Opfer würde ich annehmen, Gott bewahre – das brauch ich nicht.

Bei der Gelegenheit denke ich auch an meinen Sohn, den Warschauer Offizier. Er ist ein kluger, redlicher, nüchterner Junge. Doch das ist mir zu wenig. Ich denke, wenn ich einen alten Vater hätte und wüßte, daß es Augenblicke gibt, da er sich seiner Armut schämt, so würde ich meinen Offiziersrang jemand anderem abtreten und mich als Arbeiter verdingen. Solche Gedanken über die Kinder vergiften mich. Woher kommen sie nur? Ein böses Gefühl gegen alltägliche Menschen hegen, bloß weil sie keine Helden sind, kann nur ein engstirniger, verbitterter Mensch. Aber genug davon.

Um dreiviertel zehn muß ich zu meinen lieben Jungens gehen, um eine Vorlesung zu halten. Ich ziehe mich an und gehe den Weg, den ich seit dreißig Jahren kenne und der für mich seine eigene Geschichte hat. Da ist das große graue Haus mit der Apotheke; einst stand dort ein kleines Häuschen; in ihm war eine Bierstube und in ihr habe ich über meine Dissertation nachgedacht und den ersten Liebesbrief an Warja geschrieben. Ich schrieb ihn mit Bleistift auf ein Blatt, das den Aufdruck »Historia morbi« trug. Da ist das Lebensmittelgeschäftchen; früher handelte hier ein Jude, der mir Zigaretten auf Borg verkaufte, dann ein dickes Weib, das die Studenten deswegen liebte, weil »jeder von ihnen eine Mutter hat«; jetzt sitzt ein rotblonder Kaufmann, ein sehr gleichgültiger Mensch drin, der aus einer Messingkanne Tee trinkt. Und da ist das düstere, seit langem nicht instand gesetzte Universitätstor; der gelangweilte Hausmann im Schafspelz steht davor, einen Besen in der Hand, zwischen Schneehaufen ... Auf einen frischen Jungen, der aus der Provinz herkommt und glaubt, der Tempel der Wissenschaft müsse in der Tat ein Tempel sein, kann ein solches Tor keinen günstigen Eindruck machen. Überhaupt nimmt das Alter der Universitätsbauten, die Düsternis der Korridore, der Lampenruß an den Wänden, der Lichtmangel, der trübe Anblick der Treppenstufen, Kleiderhaken und Bänke in der Geschichte des russischen Pessimismus in der Reihe der prädisponierenden Gründe einen der ersten Plätze ein ... Da ist auch unser Garten. Seit meiner Studentenzeit ist er anscheinend weder besser noch schlechter geworden. Ich liebe ihn nicht. Es wäre weit klüger, wenn an Stelle der schwindsüchtigen Linden, der gelben Akazien und des spärlichen, beschnittenen Fliederbaumes dort hohe Kiefern und gute Eichen ständen. Der Student, dessen Stimmung vorwiegend von der Umgebung bestimmt wird, sollte nur Hohes, Starkes und Schönes vor sich sehen . . . Gott bewahre ihn vor dürren Bäumen, zerschlagenen Fenstern, grauen Wänden und mit Wachstuch beschlagenen Türen.

Wenn ich die Treppe erreiche, öffnet sich die Tür, und mein alter Kamerad, Altersgenosse und Namensvetter, der Pförtner Nikolaj, kommt mir entgegen. Nachdem er mich hineingelassen hat, krächzt er und sagt: »Es ist kalt Ew. Exzellenz!«

Oder wenn mein Pelz naß ist, sagt er: »Es regnet, Ew. Exzellenz!«

Dann läuft er vor mir her und öffnet auf meinem Wege alle Türen. Im Kabinett nimmt er mir vorsichtig den Pelz ab und teilt mir währenddessen irgendeine Neuigkeit von der Universität mit. Dank der guten Beziehungen, die zwischen alle Pförtnern und Dienern der Universität bestehen, ist ihm alles bekannt, was an den vier Fakultäten, in der Kanzlei, im Rektorzimmer, in der Bibliothek vor sich geht. Was weiß er nicht? Wenn zum Beispiel die Demission des Rektors oder des Dekans eine brennende Tagesfrage ist, dann höre ich, wie er in der Unterhaltung mit den jungen Dienern die Kandidaten nennt und dabei erklärt, den einen würde der Minister nicht bestätigen, ein anderer werde selbst ablehnen; dann läßt er sich auf phantastische Einzelheiten aus geheimnisvollen in der Kanzlei eingegangenen Akten aus einem vertraulichen Gespräch ein, das angeblich zwischen dem Minister und dem Kurator stattfand, und so weiter. Wenn man solche Einzelheiten wegläßt, erweist er sich im allgemeinen als stets gut informiert. Seine Charakterisierung der einzelnen Kandidaten ist eigenartig, aber ebenfalls zuverlässig. Wenn man erfahren will, in welchem Jahr jemand die Dissertation verteidigte, den Dienst antrat, in Pension ging oder starb, so braucht man nur das riesige Gedächtnis dieses alten Soldaten zu Hilfe zu rufen, und er wird nicht nur das genaue Datum nennen, sondern auch Einzelheiten berichten, die das eine oder andere Ereignis begleiteten. So vermag sich nur jemand zu erinnern, der liebt.

Er ist der Hüter der Universitätstradition. Von seinen Vorgängern erbte er zahlreiche Legenden aus dem Universitätsleben, fügte diesem Reichtum viel eigenes Gut hinzu, das er während seines Dienstes erwarb, und wenn ihr wollt, wird er euch eine ganze Menge langer oder kurzer Geschichten erzählen. Er kann von ungewöhnlich gelehrten Männern erzählen, die *alles* wußten, von bedeutenden Arbeitssklaven, die wochenlang ohne Schlaf blieben, von zahlreichen Märtyrern und Opfern der Wissenschaft; das Gute triumphiert bei ihm über das Böse, der Schwache besiegt immer den Starken, der Weise den Dummen, der Bescheidene den Stolzen, der Junge den Alten ... Ihr braucht alle diese Legenden und unerhörten Begebenheiten nicht für bare Münze zu nehmen, seiht sie durch, und im Filter bleibt zurück, was ihr braucht: unsere gute Tradition und die Namen wahrhaftiger, allgemein anerkannter Helden.

In unsrer Gesellschaft beschränken sich alle Kenntnisse über die Gelehrtenwelt auf Anekdoten über die ungewöhnliche Zerstreutheit alter Professoren und auf zwei, drei Witze, die bald Gruber, bald mir, bald Babuchin zugeschrieben werden. Für eine gebildete Gesellschaft ist das zu wenig. Würde sie die Wissenschaft, die Gelehrten und Studenten lieben, wie Nikolaj es tut, so würde ihre Literatur längst voll von ganzen Epen, Sagen und Heiligenleben sein, die sie bedauerlicherweise jetzt nicht hat.

Nachdem mir Nikolaj die letzte Neuigkeit mitgeteilt hat, gibt er seinem Gesicht einen strengen Ausdruck, und wir beginnen ein sachliches Gespräch. Wenn zu dieser Zeit ein

Fremder hören würde, wie ungezwungen Nikolaj die Terminologie handhabt, könnte er am Ende denken, er habe einen als Diener verkleideten Gelehrten vor sich. Bei der Gelegenheit bemerke ich, daß die Gerüchte über die Gelehrsamkeit der Universitätsdiener stark übertrieben sind. Freilich, Nikolaj weiß mehr als hundert lateinische Namen, versteht ein Skelett zusammenzulegen, stellt bisweilen ein Präparat her, bringt die Studenten durch ein langes gelehrtes Zitat zum Lachen, aber die keineswegs schwierige Blutzirkulationstheorie zum Beispiel ist ihm heute genauso dunkel wie vor zwanzig Jahren.

Am Tisch des Kabinetts sitzt, tief über ein Buch oder ein Präparat gebeugt, mein Prospektor Pjotr Ignatjewitsch, ein arbeitsfreudiger, bescheidener, aber talentloser Mensch von etwa fünfunddreißig Jahren, schon kahlköpfig, mit einem Embonpoint. Er arbeitet von morgens bis in die Nacht, liest eine Masse, erinnert sich vorzüglich an alles Durchgelesene – und in dieser Beziehung hat er nicht Menschen-, sondern Goldeswert; in allem übrigen jedoch ist er ein Lastgaul oder, anders ausgedrückt, ein gelehrter Dummkopf. Die charakteristischen Züge, die ein Arbeitspferd vom Talent unterscheiden, sind folgende: sein Horizont ist eng und durch seine Spezialität scharf begrenzt; außerhalb dieses Spezialgebietes ist er naiv wie ein Kind. Ich erinnere mich, wie ich einmal morgens ins Kabinett kam und sagte: »Stellen Sie sich vor, welches Unglück! Man sagt, Skobelew sei gestorben.«

Nikolaj bekreuzigte sich, aber Pjotr Ignatjewitsch drehte sich zu mir um und fragte: »Was ist das für ein Skobelew?«

Ein andermal – das war etwas früher – teilte ich mit, daß Professor Perow gestorben sei. Pjotr Ignatjewitsch fragte: »Und worüber las er?«

Würde die Patti unmittelbar vor ihm zu singen beginnen, würden chinesische Heerscharen über Rußland herfallen, würde sich ein Erdbeben ereignen, er verzöge keine

Miene und blickte seelenruhig, ein Auge zukneifend, ins Mikroskop. Mit einem Worte, was ist ihm Hekuba? Ich gäbe viel dafür, wenn ich sehen könnte, wie dieser Klotz mit seinem Weibe schläft.

Ein anderer Zug: der fanatische Glaube an die Unfehlbarkeit der Wissenschaft und insbesondere an alles, was die Deutschen schreiben. Er glaubt fest an sich selbst, an seine Präparate, kennt das Ziel des Lebens, und die Zweifel und Enttäuschungen, von denen begabte Menschen graue Haare bekommen, sind ihm ganz fremd. Sklavische Verehrung der Autorität, vollständiger Mangel des Triebes zu selbständigem Denken. Ihn eines anderen überführen ist schwer, mit ihm zu streiten unmöglich. Versuchen Sie einmal mit jemand zu streiten, der fest davon überzeugt ist, die Medizin sei die beste aller Wissenschaften, die Ärzte die besten Menschen, die medizinischen Traditionen die besten Traditionen. Von der dunklen Vergangenheit der Medizin blieb doch nur eine Tradition übrig – die weiße Binde, die jetzt die Ärzte tragen; für einen gelehrten, überhaupt für einen gebildeten Menschen können nur die allgemeinen Traditionen der Universität, ohne Teilung in medizinische, juristische und andere, von Bedeutung sein, aber Pjotr Ignatjewitsch fällt es schwer, dem beizupflichten, und er ist bereit, mit Ihnen bis zum Jüngsten Gericht zu streiten.

Ich sehe seine Zukunft klar vor mir. Er wird im Laufe seines Lebens einige hundert Präparate von ungewöhnlicher Sauberkeit herstellen, vielleicht ein Dutzend gewissenhafte Übersetzungen anfertigen, aber das Pulver wird er nicht erfinden. Um das Pulver zu erfinden, braucht man Phantasie, Erfindungsgabe, Spürsinn, aber Pjotr Ignatjewitsch besitzt nichts dergleichen. Kurz und gut, er ist nicht Herr in der Wissenschaft, sondern Knecht.

Ich, Pjotr Ignatjewitsch und Nikolaj sprechen halblaut. Wir sind ein wenig erregt. Man fühlt etwas Besonderes, wenn hinter der Tür das Auditorium wie ein Meer braust. In dreißig Jahren habe ich mich nicht an dieses Gefühl gewöhnen können, und ich empfinde es jeden Morgen von neuem. Ich knöpfe nervös meinen Überrock zu, richte an Nikolaj überflüssige Fragen, ärgere mich ... Es sieht so aus, als ob ich Angst hätte, aber das ist keine Ängstlichkeit, sondern etwas anderes, was ich weder nennen noch beschreiben kann.

Überflüssigerweise schaue ich auf die Uhr und sage: »Nun? Wir müssen gehen.«

Und wir machen uns in folgender Reihenfolge auf den Weg: voran geht Nikolaj mit Präparaten oder Atlanten, hinter ihm ich, mir folgt der Arbeitsgaul, bescheiden den Kopf senkend; oder wenn es nötig ist, trägt man vorne auf einer Bahre eine Leiche hinein, hinter ihr geht Nikolaj und so weiter. Bei meinem Erscheinen stehen die Studenten auf, setzen sich dann, und das Meeresrauschen hört plötzlich auf. Völlige Stille tritt ein.

Ich weiß worüber ich lesen werde, weiß aber nicht, wie ich lesen, womit anfangen und womit enden werde. Ich habe in meinem Kopf keinen Satz fertig. Doch brauche ich nur das Auditorium zu betrachten – es ist bei mir amphitheatralisch angelegt – und die stereotype Phrase »In der vorigen Stunde blieben wir stehen bei ...« auszusprechen, so strömen die Sätze in langer Reihe aus mir heraus, und nun beginnt der Tanz. Ich spreche unaufhaltsam, schnell, leidenschaftlich, und keine Kraft kann anscheinend meinen Redefluß hemmen. Um gut, das heißt nicht langweilig, sondern gewinnbringend für die Hörer zu lesen, muß man außer Begabung auch Geschicklichkeit und Erfahrung besitzen, muß man eine ganz klare Vorstellung von den eigenenKräften, von den Menschen, für die man liest, und vor allem von dem Gegenstand haben, den man behandelt. Außerdem muß man umsichtig sein, die Zuhörer genau beobachten und keinen Augenblick außer acht lassen.

Ein guter Dirigent, der den Gedanken des Komponisten wiedergibt, tut zwanzig Dinge auf einmal: er liest die Partitur, winkt mit dem Taktstock, gibt auf den Sänger acht, macht Zeichen nach der Seite der Trommel, des Waldhorns und so weiter. Genauso verhalte ich mich auch, wenn ich lese. Vor mir sind hundertfünfzig Gesichter, die einander nicht gleichen, und dreihundert Augen, die mir direkt ins Gesicht sehen. Mein Ziel ist, diese vielköpfige Hydra zu besiegen. Wenn ich in jedem Augenblick, während ich lese, eine klare Vorstellung vom Grade ihrer Aufmerksamkeit, von der Kraft ihres Verständnisses habe, ist sie in meiner Macht. Mein zweiter Gegner sitzt in mir selbst. Das ist eine unendliche Vielgestaltigkeit von Formen, Erscheinungen und Gesetzen, sowie eine Menge durch sie bedingter eigener und fremder Gedanken. Jeden Augenblick muß ich die Gewandtheit aufbringen, aus diesem riesigen Material das Wichtigste, Notwendigste herauszugreifen und ebenso schnell, wie meine Rede strömt, meine Gedanken in die Form zu kleiden, die dem Verständnis der Hydra zugänglich ist und ihre Aufmerksamkeit weckt, wobei genau darauf zu achten ist, daß die Gedanken nicht so, wie sie auftauchen, sondern in jener bestimmten Reihenfolge wiedergegeben werden, die zur regelrechten Komposition des Bildes nötig ist, das ich entwerfen will. Ferner bemühe ich mich, meine Rede literarisch, die Definition kurz und exakt, die Satzbildung möglichst schlicht und schön zu gestalten. Jeden Augenblick muß ich mich zügeln und daran denken, daß mir nur eine Stunde und vierzig Minuten zur Verfügung stehen. Mit einem Wort, ich habe nicht wenig Arbeit. Zur selben Zeit muß ich Gelehrter, Pädagoge, Redner in einem sein; die Sache steht schlecht, wenn der Redner den Pädagogen und Gelehrten besiegt oder umgekehrt.

Ich lese eine viertel, eine halbe Stunde, und auf einmal bemerke ich, daß die Studenten anfangen, die Decke oder

Pjotr Ignatjewitsch anzusehen, einer greift nach dem Taschentuch, ein anderer setzt sich bequemer hin, ein dritter lächelt in seinen eigenen Gedanken ... Das zeigt mir an, daß die Aufmerksamkeit nachzulassen beginnt. Dagegen muß man etwas unternehmen. Ich benutze die erste Gelegenheit und mache einen Kalauer. Alle hundertfünfzig Gesichter lächeln breit, die Augen glänzen fröhlich, ein Weilchen hört man wieder das Meeresrauschen ... Ich lache auch, die Aufmerksamkeit ist wiederhergestellt, und ich kann fortfahren.

Kein Sport, keine Zerstreuungen und Spiele haben mir je solches Vergnügen bereitet, wie eine Vorlesung zu halten. Nur in den Vorlesungen konnte ich mich ganz meiner Leidenschaft hingeben, und ich weiß, daß die Inspiration keine Erfindung der Dichter ist, sondern tatsächlich existiert. Und ich denke, Herkules empfand nach dem pikantesten Abenteuer keine solche wollüstige Ermattung, wie ich sie jedesmal nach einer Vorlesung spürte.

So war es früher. Jetzt empfinde ich bei den Vorlesungen nur noch eine Qual. Es vergeht keine halbe Stunde, und ich merke eine unbezwingbare Schwäche in den Beinen und Schultern; ich setze mich in den Stuhl, aber ich bin nicht gewöhnt, im Sitzen Vorlesungen zu halten; nach einer Minute stehe ich wieder auf, fahre im Stehen fort, dann setze ich mich wieder hin. Mein Mund wird trocken, die Stimme heiser, der Kopf dreht sich mir ... Um meinen Zustand vor den Hörern zu verbergen, trinke ich jeden Augenblick Wasser, huste, schneuze mich oft, als ob mich ein Schnupfen störe, mache unpassende Witze, und schließlich breche ich die Vorlesung früher ab, als sich schickt. Vor allem aber schäme ich mich. Mein Gewissen und mein Verstand sagen mir, das beste, was ich jetzt tun könnte, wäre, den Jungens meine Abschiedsvorlesung zu halten, ihnen ein letztes Wort zu sagen, sie zu segnen und meinen Platz jemandem zu überlassen, der jünger und kräftiger ist als ich. Doch Gott mag mich richten, ich habe nicht genug Mut, meinem Gewissen zu folgen.

Unglücklicherweise bin ich kein Philosoph oder Theologe. Ich weiß sehr wohl, daß ich nicht länger als ein halbes Jahr leben werde; es könnte scheinen, daß mich jetzt die Frage nach dem Dunkel jenseits des Grabes und nach den Erscheinungen, die meinen Todesschlaf besuchen werden, am meisten beschäftigen müßte. Doch aus irgendeinem Grunde will meine Seele von diesen Fragen nichts wissen, obwohl mein Verstand ihre große Wichtigkeit erkennt. Wie vor zwanzig, dreißig Jahren, so interessiert mich auch jetzt vor dem Tode nur meine Wissenschaft. Und noch wenn ich den letzten Seufzer ausstoße, werde ich glauben, daß die Wissenschaft das Wichtigste, Schönste und Nötigste im menschlichen Leben ist, daß sie immer die höchste Offenbarung der Liebe war und sein wird und daß nur mit ihrer Hilfe der Mensch die Natur und sich selbst wird bewältigen können. Vielleicht ist dieser Glaube naiv und unbegründet. Doch bin ich nicht schuld daran, daß ich dies und nichts anderes glaube; meinen Glauben aber zu überwinden, vermag ich nicht.

Jedoch nicht darum handelt es sich. Ich weise nur auf meine Schwäche hin und bitte zu begreifen, daß es ebenso grausam ist, einen Menschen, den die Schicksale des Knochenmarkes mehr interessieren als das Endziel der Weltenschöpfung, vom Lehrstuhl und den Studenten loszureißen, wie wenn man ihn nähme und in einem Sarge einnagelte, ohne seinen Tod abzuwarten.

Infolge der Schlaflosigkeit und des anstrengenden Kampfes mit meiner zunehmenden Schwäche geht etwas Sonderbares mit mir vor. Mitten in der Vorlesung kommen mir plötzlich Tränen, die Augen beginnen zu jucken, und ich fühle den leidenschaftlichen, hysterischen Wunsch, meine Arme auszustrecken und mich laut zu beklagen. Ich möchte mit lauter Stimme hinausschreien, daß das Schicksal mich, den berühmten Mann, zur Todesstrafe verurteilt hat, daß nach einem halben Jahre hier bereits ein anderer Herr des Auditoriums sein wird. Ich möchte hinausschreien, daß ich vergiftet bin; neue Gedanken, wie ich sie früher nicht kannte, haben die letzten Tage meines Lebens vergiftet und fahren fort, gleich Moskitos mein Hirn zu stechen. Und dann tritt mir meine Lage so fürchterlich vor Augen, daß ich wünschte, alle meine Hörer möchten entsetzt von den Plätzen aufspringen und in panischem Schrecken, verzweifelt schreiend, zum Ausgang stürzen.

Solche Augenblicke zu überstehen, ist nicht leicht.

## 2

Nach der Vorlesung sitze ich zu Hause und arbeite. Ich lese Zeitschriften, Dissertationen oder bereite mich auf die folgende Vorlesung vor, bisweilen schreibe ich etwas. Ich arbeite mit Unterbrechungen, weil ich Besucher empfangen muß.

Man hört die Flurglocke. Da ist ein Kollege gekommen, um über eine bestimmte Sache zu sprechen. Er tritt mit Hut und Stock zu mir ins Zimmer, streckt mir beides entgegen und sagt: »Ich komme auf einen Augenblick, nur einen Augenblick. Bleiben Sie sitzen, collega! Nur zwei Worte.«

Zunächst bemühen wir uns beide mit ungewöhnlicher Höflichkeit, zu zeigen, daß wir sehr froh sind, einander zu sehen. Ich komplimentiere ihn in einen Sessel, auch er komplimentiert mich hinein; dabei streicheln wir einander vorsichtig über die Taille, berühren die Knöpfe, und es sieht aus, als ob wir einander betasten und uns dabei zu verbrennen fürchten. Wir lachen beide, obwohl wir nichts Lachhaftes sagen. Nachdem wir uns hingesetzt haben, stecken wir unsere Köpfe zusammen und fangen an, halblaut zu sprechen. So herzlich wir einander auch zugeneigt sind, so können wir doch nicht unterlassen, in unsere Rede allerhand chinesische Floskeln einfließen zu lassen wie: »Sie beliebten richtig zu bemerken« oder »wie ich bereits die Ehre hatte, Ihnen zu sagen«; wir können nicht umhin, laut loszulachen, sobald einer von uns einen Witz macht, mag er auch danebentreffen. Nachdem wir uns über die Angelegenheit ausgesprochen haben, steht der Kollege abrupt auf, schwenkt seinen Hut nach meiner Arbeit hin und beginnt sich zu verabschieden. Wiederum betasten wir einander und lachen. Ich geleite ihn ins Vorzimmer, dort helfe ich dem Kollegen den Pelz anziehen, aber er sperrt sich in jeder Weise gegen diese hohe Ehre. Wenn hernach Jegor die Türe öffnet, versichert mir der Kollege, ich werde mich erkälten, ich aber tue so, als ob ich bereit sei, ihm bis auf die Straße zu folgen. Und wenn ich schließlich in mein Kabinett zurückkehre, lächelt mein Gesicht immer noch, wahrscheinlich aus Beharrungsvermögen.

Nach einem Weilchen läutet es wiederum. Jemand kommt ins Vorzimmer, zieht sich lange aus und hustet. Jegor meldet, daß ein Student gekommen sei. Ich sage: »Bitte.« Nach einem Augenblick kommt ein junger Mann von angenehmem Äußeren zu mir herein. Schon seit einem Jahr befinden wir uns in gespannten Beziehungen: in den Prüfungen gibt er mir völlig ungenügende Antworten, und ich gebe ihm dafür »ungenügend«. Solcher jungen Burschen, die ich, um mich studentisch auszudrücken, »durchrasseln«, lasse, sammeln sich bei mir jährlich etwa sieben an. Die, welche aus Unfähigkeit oder Krankheit das Examen nicht bestanden, tragen gewöhnlich geduldig ihr Kreuz und handeln nicht mit mir; nur Sanguiniker, »weite Naturen«, die bei einer Verzögerung der Prüfungen den Appetit verlieren und gehindert werden, pünktlich die Oper zu besuchen, feilschen mit mir und besuchen mich. Den ersten gegenüber bin ich nachsichtig, die andern lasse ich das ganze Jahr hindurch zappeln.

»Setzen Sie sich«, sage ich zu meinem Gast. »Was wollen Sie?«

»Verzeihen Sie, Herr Professor, daß ich sie belästige . . .«, beginnt er stotternd, ohne mir ins Gesicht zu sehen. »Ich hätte nicht gewagt, Sie zu belästigen, wenn nicht . . . Ich bin schon fünfmal von Ihnen examiniert worden und . . . und bin durchgefallen. Ich bitte Sie, seien Sie so gut, geben Sie mir ›befriedigend‹, weil . . .«

Das Argument, das alle Faulpelze zu ihren Gunsten anführen, ist immer: sie haben in allen Fächern gut bestanden und sind nur bei mir durchgefallen, und das sei um so seltsamer, als sie gerade in meinem Fach immer sehr fleißig waren und es ausgezeichnet beherrschten; nur infolge eines unbegreiflichen Mißverständnisses seien sie durchgefallen.

»Verzeihen Sie, mein Lieber«, sage ich zu meinem Gast, »ich kann Ihnen nicht ›befriedigend‹ geben. Gehen Sie, arbeiten Sie die Vorlesungen noch einmal durch, und kommen Sie wieder. Dann werden wir sehen.«

Pause. Mich wandelt die Lust an, den Studenten ein wenig zu quälen, weil er das Bier und die Oper mehr als die Wissenschaft liebt, und ich sage seufzend: »Das beste, was Sie meiner Meinung nach tun können, ist, der Medizinischen Fakultät Lebewohl zu sagen. Wenn es Ihnen bei Ihrer Begabung nicht gelingt, das Examen zu bestehen, haben Sie augenscheinlich weder den Wunsch noch den inneren Trieb, Arzt zu werden.«

Das Gesicht des Sanguinikers wird lang.

»Verzeihen Sie, Herr Professor«, sagt er lächelnd, »das wäre von meiner Seite recht seltsam. Fünf Jahre studieren und plötzlich . . . es aufgeben!«

»Nun ja. Besser fünf Jahre verlieren als sich das ganze Leben mit einer Sache beschäftigen, die man nicht liebt.«

Aber sogleich tut er mir leid, und ich beeile mich hinzuzufügen: »Übrigens wie Sie meinen. Also, arbeiten Sie noch einiges und kommen Sie dann wieder.«

»Wann?« fragt der Faulpelz dumpf.

»Wann Sie wollen. Meinetwegen morgen.«

Und in seinen guten Augen lese ich: »Ich würde schon kommen, aber du dummes Vieh läßt mich ja wiederum durchrasseln!«

»Natürlich werden Sie«, sage ich, »durch ein fünfzehnmaliges Examinieren nicht gelehrter, aber es bildet Ihren Charakter. Und das hat auch einen Wert.«

Schweigen tritt ein. Ich stehe auf und warte, daß der Gast sich entfernt, aber er steht da, blickt durchs Fenster, zupft an seinem Bärtchen und denkt nach. Es wird langweilig.

Der Sanguiniker hat eine angenehme, kernige Stimme, kluge, spöttische Augen, ein gutmütiges, vom häufigen Biertrinken und von dem langen Liegen auf dem Sofa etwas schwammiges Gesicht; er könnte mir sicherlich viel Interessantes über die Oper erzählen, von seinen Liebesabenteuern, von den Kameraden, die er liebt, aber bedauerlicherweise ist es nicht Sitte, davon zu sprechen. Ich würde das gleichwohl gerne hören.

»Herr Professor! Ich gebe Ihnen mein Ehrenwort, wenn Sie mir die Note ›befriedigend‹ erteilen, werde ich . . .«

Sobald die Sache bis zum Ehrenwort gelangt ist, mache ich eine abwehrende Handbewegung und setze mich an den Tisch. Der Student denkt noch eine Minute lang nach und sagt mutlos: »In dem Falle leben Sie wohl . . . Entschuldigen Sie.«

»Leben Sie wohl, mein Lieber, alles Gute.«

Er geht unentschlossen ins Vorzimmer, zieht sich dort langsam an und denkt, wenn er auf der Straße ist, wahrscheinlich noch länger nach; aber er kommt auf nichts anderes als ein an meine Adresse gerichtetes »Alter Satan«, geht in ein schlechtes Restaurant, um zu speisen und Bier zu trinken; dann geht er nach Hause, um zu schlafen. Friede deiner Asche, du ehrlicher Arbeitssklave!

Es läutet zum dritten Male. Ein junger Arzt kommt herein mit neuen schwarzen Handschuhen, einer Goldbrille und natürlich mit weißer Binde. Ich bitte ihn Platz zu nehmen und frage, was ihn herführe. Nicht ohne Aufregung beginnt der junge Priester der Wissenschaft mir zu sagen, daß er in diesem Jahre die Doktorandenprüfung bestanden habe und jetzt nur noch seine Dissertation zu schreiben brauche. Er möchte bei mir, unter meiner Leitung arbeiten, er würde mir äußerst verpflichtet sein, wenn ich ihm ein Thema für die Dissertation gäbe.

»Freue mich sehr, Ihnen nützlich sein zu können, Kollege«, sage ich, »aber zuerst wollen wir uns darüber einigen, was eine Dissertation ist. Unter diesem Wort versteht man herkömmlicherweise ein Werk, das eine selbständige Leistung vorstellt. Nicht wahr? Ein Werk aber, das über ein fremdes Thema und unter fremder Leitung geschrieben wird, heißt anders ...«

Der Doktorand schweigt ... Ich gerate in Zorn und springe auf. »Ich begreife nicht, warum ihr alle zu mir kommt?« rufe ich ärgerlich. »Habe ich einen Laden, wie? Ich handle nicht mit Themen! Zum tausendsten Male bitte ich Sie alle, mich in Ruhe zu lassen! Verzeihen Sie den Mangel an Delikatesse, aber ich kriege das schließlich mal über!«

Der Doktorand schweigt, und nur an seinen Backenknochen tritt eine leichte Färbung zutage. Sein Gesicht drückt tiefe Achtung vor meinem berühmten Namen und meiner Gelehrsamkeit aus, aber seinen Augen sehe ich an, daß er sowohl meine Stimme wie meine klägliche Gestalt und die nervösen Gestikulationen verachtet. In meinem Zorn komme ich ihm wie ein seltsamer Kauz vor.

»Ich habe keinen Laden!« rufe ich ärgerlich. »Und ich staune! Warum wollt ihr nicht selbständig sein? Warum ist euch die Freiheit so zuwider?«

Ich spreche viel, aber er schweigt. Schließlich beruhige

ich mich nach und nach und ergebe mich natürlich. Der Doktorand erhält von mir ein Thema, das keinen Groschen wert ist, schreibt unter meiner Aufsicht eine ganz überflüssige Dissertation, hält würdevoll einen langweiligen Disput ab und erlangt den für ihn ganz unnötigen Doktorgrad.

Die Klingelzeichen könnten endlos aufeinander folgen, ich will mich hier auf vier beschränken. Es erfolgt ein viertes Klingelzeichen, und ich höre bekannte Schritte, das Rauschen eines Kleides, eine liebe Stimme . . .

Vor achtzehn Jahren starb mein Kollege, der Augenspezialist, und hinterließ ein siebenjähriges Töchterchen Katja und etwa sechzigtausend Rubel. In seinem Testament setzte er mich zum Vormund ein. Bis zu ihrem zehnten Jahr lebte Katja in meiner Familie, dann wurde sie in ein Institut gegeben und verbrachte bei uns nur während der Sommermonate die Ferien. Ich hatte keine Zeit, mich mit Katjas Erziehung abzugeben, beachtete sie höchstens in meiner Mußestunde und kann daher sehr wenig aus ihrer Kindheit berichten.

Das erste, woran ich mich erinnere und was ich noch in der Erinnerung liebe, ist das ungewöhnliche Zutrauen, mit dem sie in mein Haus kam und sich von den Ärzten behandeln ließ, und das immer aus ihrem Gesichtchen sprach. Sie saß häufig mit verbundener Backe abseits und stets schaute sie irgendeiner Sache sehr aufmerksam zu; ob sie zusah, wie ich schrieb und Bücher durchblätterte oder wie meine Frau sich abplackte oder wie die Köchin in der Küche arbeitete, beständig drückten ihre Augen eins aus: nämlich: »Alles, was in dieser Welt geschieht, ist wunderschön und vernünftig.« Sie war neugierig und redete sehr gerne mit mir. Sie saß häufig bei Tisch mir gegenüber, folgte meinen Bewegungen und stellte Fragen. Sie wollte wissen, was ich lese, was ich in der Universität tue, ob ich mich nicht vor Leichen fürchte, wo ich mein Gehalt lasse.

»Die Studenten schlagen sich in der Universität?« fragt sie.

»Das tun sie, Liebling.«

»Und Sie lassen sie zur Strafe niederknien?«

»Das stimmt.«

Und es kam ihr komisch vor, daß die Studenten sich schlügen und ich sie niederknien lasse, und sie lachte. Sie war ein sanftes, geduldiges, gutes Kind. Nicht selten mußte ich ansehen, wie man ihr etwas wegnahm, sie ohne Grund strafte oder ihre Neugierde nicht befriedigte; in solchen Augenblicken trat zu dem beständigen Ausdruck des Vertrauens auf ihrem Gesicht noch ein Ausdruck des Kummers – mehr nicht. Ich verstand nicht, für sie einzutreten, und nur, wenn ich ihren Kummer sah, regte sich in mir der Wunsch, sie an mich heranzuziehen und sie im Ton einer alten Kinderfrau zu bedauern: »Waisenkindchen, du mein liebes«.

Ich entsinne mich auch, daß sie sich gerne gut kleidete und parfümierte. In der Beziehung glich sie mir. Ich liebe ebenfalls schöne Kleider und gute Parfüms.

Ich bedauere, daß ich nicht Zeit und Lust hatte, den Anfang und die Entwicklung der Leidenschaft zu verfolgen, die Katja schon mit vierzehn, fünfzehn Jahren ganz beherrschte. Ich spreche von ihrer leidenschaftlichen Liebe zum Theater. Wenn sie aus dem Institut auf Ferien zu uns kam und bei uns wohnte, sprach sie von nichts mit solcher Freude und solcher Glut wie von Theaterstücken und Schauspielern. Mit ihren beständigen Gesprächen über das Theater ermüdete sie uns. Meine Frau und meine Kinder hörten nicht zu. Ich allein hatte nicht den Mut, ihr meine Aufmerksamkeit zu entziehen. Wenn es sie verlangte, ihre Begeisterung mit jemand zu teilen, kam sie zu mir ins Kabinett und sagte flehenden Tones: »Nikolaj Stepanytsch, erlauben Sie, daß ich mit Ihnen übers Theater spreche!«

Ich wies auf die Uhr und sagte: »Ich gebe dir eine halbe Stunde. Fang an.«

Später begann sie Photographien von Schauspielern und Schauspielerinnen, die sie anbetete, dutzendweise mit sich herumzuschleppen; dann versuchte sie sich einige Male bei Liebhaberaufführungen, und zu guter Letzt, nachdem sie das Institut beendet hatte, teilte sie mir mit, sie sei zur Schauspielerin geboren.

Ich habe Katjas Begeisterung für das Theater niemals geteilt. Nach meiner Meinung braucht man, wenn ein Stück gut ist, nicht die Schauspieler zu bemühen, um eine deutliche Vorstellung zu erlangen, man kann sich mit dem Vorlesen begnügen; wenn aber das Stück schlecht ist, wird es durch kein Spiel gut.

In meiner Jugend habe ich oft das Theater besucht. Jetzt nimmt meine Familie ein paarmal im Jahre eine Loge und schleppt mich mit, »damit ich mich auslüfte«. Natürlich genügt das nicht, um ein Urteil übers Theater abgeben zu können, aber ich will doch einiges darüber sagen. Meiner Meinung nach ist das Theater nicht besser als vor dreißig, vierzig Jahren. Wie früher kann ich weder in den Korridoren der Theater noch im Foyer ein Glas reines Wasser bekommen. Wie früher legen mir die Theaterdiener für meinen Pelz eine Geldstrafe von zwanzig Kopeken auf, obwohl das Tragen eines warmen Kleidungsstückes im Winter nichts Anstößiges ist. Wie früher spielt in den Zwischenakten überflüssigerweise die Musik, die dem Eindruck des Stückes noch einen neuen, unerwünschten hinzufügt. Wie früher gehen in den Zwischenpausen die Männer ans Büfett, um Spirituosen zu trinken. Wenn schon in diesen Kleinigkeiten kein Fortschritt zu sehen ist, so werde ich ihn vergebens in Wesentlicherem suchen. Wenn ein vom Kopf bis zu den Füßen in die Theatertraditionen und -vorurteile verstrickter Schauspieler sich müht, den einfachen, nüchternen Monolog »Sein oder nicht sein« nicht einfach, sondern unfehlbar zischend und am ganzen Leibe zitternd zu sprechen, oder wenn er mich um jeden Preis davon zu überzeugen sucht, daß Tschatzkij, der sich viel mit Dummköpfen unterhält und eine Törin liebt, ein sehr kluger Mann und »Verstand schafft Leiden« kein langweiliges Stück sei, so weht mich von der Bühne die gleiche Routine an, die mich schon vor vierzig Jahren langweilte, als man uns mit klassischem Geheul und Andiebrustschlagen traktierte. Und jedesmal verlasse ich das Theater noch konservativer als ich hineingegangen bin.

Der sentimentalen, vertrauensseligen Menge kann man weismachen, daß das Theater in seiner gegenwärtigen Gestalt eine Schule sei. Wer aber den wahren Sinn der Schule kennt, läßt sich mit dieser Angel nicht fangen. Ich weiß nicht, was nach fünfzig oder hundert Jahren sein wird, aber bei den gegenwärtigen Verhältnissen kann das Theater nur zur Zerstreuung dienen. Doch diese Zerstreuung ist viel zu teuer, als daß man weiterhin von ihr Gebrauch machen sollte. Sie raubt dem Staat Tausende von jungen, gesunden und talentierten Männern und Frauen, die gute Ärzte, Ackerbauer, Lehrerinnen, Offiziere werden könnten, wenn sie nicht zur Bühne gingen; sie raubt dem Publikum die Abendstunden, die beste Zeit zur geistigen Arbeit und für kameradschaftliche Unterhaltungen. Ich spreche gar nicht von den finanziellen Aufwendungen und den moralischen Verlusten, die der Zuschauer davonträgt, wenn er auf der Bühne Mord, Ehebruch und Verleumdung in falscher Darstellung sieht.

Katja war ganz anderer Meinung. Sie versicherte mir, daß das Theater, sogar in seiner gegenwärtigen Gestalt, über den Hörsälen und den Büchern, über allem auf der Welt stehe. Das Theater sei eine Kraft, die alle Künste in sich vereinige, und die Schauspieler seien Missionare. Keine Kunst und keine Wissenschaft in ihrer Isolierung sei imstande, so stark und sicher auf die Menschenseele einzuwirken wie die Bühne, und nicht umsonst genieße darum ein mittelmäßiger Schauspieler in der Gesellschaft eine viel größere Popularität als der beste Gelehrte oder Maler. Und keine öffentliche Tätigkeit könne solche Freude und Befriedigung gewähren wie die an der Bühne.

Und eines schönen Tages schloß sich Katja einer Schauspielergruppe an und fuhr, ich glaube, nach Ufa ab. Sie nahm viel Geld und eine Unmenge rosenroter Hoffnungen und aristokratischer Anschauungen mit.

Ihre ersten Briefe von der Reise waren wunderbar. Ich las sie und war einfach erstaunt, wie diese kleinen Papierbögen soviel Jugend, Seelenreinheit, heilige Einfalt und gleichzeitig soviele feine, tüchtige Urteile enthalten konnten, die einem männlichen Verstand alle Ehre gemacht hätten. Die Wolga, die Landschaft, die Städte, die sie besuchte, die Kollegen, die eigenen Erfolge und Mißerfolge beschrieb sie nicht, sondern besang sie geradezu; jede Zeile atmete die Zuversicht, die ich auf ihrem Gesicht zu sehen gewöhnt war – und bei alldem gab es eine Menge orthographischer Fehler, und Interpunktionszeichen gab es überhaupt nicht.

Es verging auch nicht ein halbes Jahr, da erhielt ich einen höchst poetischen und begeisterten Brief, der mit den Worten begann: »Ich habe mich verliebt.« Diesem Brief lag eine Photographie bei, die einen jungen Mann mit glattrasiertem Gesicht, breitkrempigem Hut und über die Schulter geworfenem Plaid darstellte. Die folgenden Briefe waren wie früher großartig, aber es erschienen darin schon Interpunktionszeichen, die grammatischen Fehler waren verschwunden, kurz, der Einfluß des Mannes war unverkennbar. Katja begann mir davon zu schreiben, wie gut es wäre, irgendwo an der Wolga ein großes Theater zu bauen, und zwar als Aktiengesellschaft, und zu diesem Unternehmen die reiche Kaufmannschaft und die Dampfschiffbesitzer heranzuziehen; so würde viel Geld zusammenkommen, es gäbe riesige Einnahmen, die Schauspieler würden sich genossenschaftlich organisieren ...

... Vielleicht war das tatsächlich gut, aber ich sagte mir, daß derartiges nur ein männlicher Kopf ausgedacht haben könne.

Wie dem aber auch sein mochte, anderthalb bis zwei Jahre ging anscheinend alles gut: Katja liebte, glaubte an ihre Sache und war glücklich; dann aber begann ich deutliche Anzeichen des Abgleitens in den Briefen zu bemerken. Es begann damit, daß sich Katja über ihre Kollegen beklagte – das war ein erstes unheilverkündendes Symptom; wenn ein junger Gelehrter oder Literat seine Tätigkeit damit beginnt, daß er sich bitter über die Gelehrten und Literaten beklagt, so heißt dies, daß er bereits schlappmacht und für seinen Beruf nicht taugt. Katja schrieb mir, daß ihre Kollegen die Proben nicht besuchten und ihre Rollen nie beherrschten; durch Inszenierung läppischer Stücke und die Art, wie sich jeder auf der Bühne benähme, werde bekundet, wie sehr man das Publikum verachte; um der besseren Einnahmen willen, um die sich alles drehe, erniedrigten sich die dramatischen Schauspielerinnen zu Chansonetten, und die Tragödinnen sängen Couplets, in denen die gehörnten Ehemänner und die Schwangerschaft untreuer Frauen verspottet würden. Man müsse sich überhaupt wundern, daß das Theaterwesen der Provinz noch nicht zugrunde gegangen sei und wie es in diesem krankhaften Zustande existieren könne.

Als Antwort darauf sandte ich Katja einen langen und, um es zu gestehen, sehr langweiligen Brief. Unter anderem schrieb ich ihr: »Ich hatte öfters Gelegenheit, mit alten Schauspielern, sehr edlen Menschen, die mir ihre Zuneigung schenkten, zu plaudern; aus den Gesprächen konnte ich entnehmen, daß nicht so sehr ihr eigener Verstand und Wille ihre Tätigkeit bestimmte, als die Mode und die Laune der Gesellschaft; die Besten von ihnen mußten zu ihrer

Zeit in der Tragödie ebenso wie in Operetten und Pariser Possen und Feerien auftreten, und sie schienen mir immer gleicherweise auf dem rechten Wege zu gehen und Nutzen zu stiften. Also muß man, wie du siehst, den Grund des Übels nicht in den Schauspielern, sondern tiefer, in der Kunst selbst und den Beziehungen der ganzen Gesellschaft zu ihr suchen.« Dieser Brief reizte Katja lediglich. Sie antwortete mir: »Wir zwei singen aus verschiedenen Opern. Ich schrieb Ihnen nicht von den sehr edlen Menschen, denen Sie Ihre Neigung schenken, sondern von einer Bande von Schlingeln, die mit edler Gesinnung nichts zu tun haben. Es ist eine Herde von Wilden, die nur deswegen auf die Bühne geraten sind, weil man sie an einer andern Stelle nicht angenommen hätte, und die sich nur aus Unverschämtheit Künstler nennen. Unter ihnen ist nicht ein Talent, wohl aber sind viel Unbegabte, Trinker, Intriganten und Klatschbasen vorhanden. Ich kann Ihnen nicht ausdrücken, wie bitter ich es empfinde, daß die Kunst, die ich so liebe, in die Hände mir verhaßter Menschen geraten ist; es ist bitter, daß die besten Menschen das Übel nur von weitem sehen und nicht näher herangehen wollen und, statt auf meine Seite zu treten, in schwerfälligem Stil allgemeine Phrasen machen und einem unnötigerweise Moral predigen.« Und so weiter, alles in dieser Weise.

Einige Zeit verging, und ich erhielt folgenden Brief: »Ich bin unmenschlich betrogen worden. Ich kann nicht länger leben. Verfügen Sie über meine Gelder, wie Sie es für nötig halten. Ich liebe Sie als meinen Vater und einzigen Freund. Leben Sie wohl.«

Es hatte sich gezeigt, daß ihr Er auch zur Herde der Wilden gehörte. Sodann konnte ich aus einigen Andeutungen schließen, daß sie einen Selbstmordversuch unternommen hatte. Vermutlich hatte Katja versucht, sich zu vergiften. Jedenfalls mußte ich annehmen, daß sie danach ernstlich krank geworden, weil der folgende Brief aus Jalta kam, wohin sie aller Wahrscheinlichkeit nach die Ärzte geschickt hatten. Ihr letzter Brief an mich enthielt die Bitte, ihr so rasch wie möglich tausend Rubel nach Jalta zu senden, und schloß so: »Verzeihen Sie, daß der Brief so düster ist. Gestern hab ich mein Kindchen begraben.« Nachdem sie etwa ein Jahr in der Krim gelebt hatte, kehrte sie nach Hause zurück.

Etwa vier Jahre reiste sie umher, und in all diesen Jahren spielte ich, um es zu gestehen, ihr gegenüber eine durchaus nicht beneidenswerte und höchst seltsame Rolle. Als sie mir damals mitteilte, sie wolle Schauspielerin werden, und mir dann über ihre Liebe schrieb, als zeitweilig die Verschwendungssucht sie überkam und ich ihr jeden Augenblick auf ihr Verlangen bald tausend, bald zweitausend Rubel schicken mußte, als sie mir von ihrer Absicht zu sterben und dann vom Tod ihres Kindes schrieb, verlor ich jedesmal die Fassung, und meine ganze Teilnahme an ihrem Schicksal drückte sich allein darin aus, daß ich viel über sie nachdachte und ihr lange, langweilige Briefe schrieb, die ich überhaupt nicht hätte zu schreiben brauchen! Und doch ersetzte ich ihr den leiblichen Vater und liebte sie wie eine Tochter!

Jetzt wohnt Katja eine halbe Werst von mir entfernt. Sie hat sich eine Fünfzimmerwohnung gemietet und ziemlich komfortabel in ihrem eigenen Geschmack ausgestattet. Würde jemand versuchen, ihre Einrichtung zu schildern, so wäre die vorherrschende Stimmung des Bildes die Faulheit. Für den trägen Körper weiche Couchetten, weiche Taburetts für die trägen Füße, Teppiche für den trägen Blick, verblichene, düstere oder matte Farben; für die träge Seele eine Unmenge billiger Fächer und kleiner Bilder an den Wänden, in denen die Originalität der Ausführung den Inhalt überwiegt, eine Unmenge von Tischchen und Regalen, die mit ganz überflüssigen, wertlosen Sächelchen bedeckt sind, formlose Lappen an Stelle von Vorhängen. All das zusammen mit der Furcht vor grellen Farben, vor Symmetrie und Geräumigkeit zeugt außer von seelischer Trägheit auch noch von einem verdorbenen Geschmack. Ganze Tage über liegt Katja auf einer Couchette und liest Bücher, vor allem Romane und Erzählungen. Das Haus verläßt sie nur einmal täglich, nachmittags, um mich zu besuchen.

Ich arbeite, und Katja sitzt weit von mir weg auf dem Sofa, schweigt und hüllt sich in einen Schal, als ob ihr kalt sei. Vielleicht habe ich mich an ihre häufigen Besuche gewöhnt, als sie noch ein kleines Mädchen war, jedenfalls stört mich ihre Gegenwart nicht in meiner Sammlung. Bisweilen richte ich mechanisch irgendeine Frage an sie, und sie gibt mir eine sehr kurze Antwort; oder aber ich drehe mich, um ein Weilchen auszuruhen, ihr zu und sehe, wie sie nachdenklich irgendeine medizinische Zeitschrift oder eine Zeitung durchsieht. Und in dem Augenblick bemerke ich, daß in ihrem Gesicht nicht mehr der frühere Ausdruck der Zuversicht liegt. Ihr Ausdruck ist jetzt kalt, gleichgültig, zerstreut, wie bei Reisenden, die lange auf den Zug warten müssen. Wie früher ist sie gut und schlicht, aber achtlos gekleidet; man sieht, daß Kleid und Frisur von den Couchetten und Schaukelstühlen, auf denen sie die ganzen Tage liegt, recht mitgenommen werden. Und sie ist nicht mehr neugierig wie früher. Fragen stellt sie nicht mehr, als ob sie schon alles im Leben erfahren habe und nicht erwarte, noch Neues zu hören.

Gegen vier wird es im Saal und Gästezimmer lebhaft. Lisa ist aus dem Konservatorium zurückgekehrt und hat einige Freundinnen mitgebracht. Man hört, wie sie Klavier spielen, wie sie ihre Stimmen versuchen und lachen; im Eßzimmer deckt Jegor den Tisch und klappert mit dem Geschirr.

»Leben Sie wohl«, sagt Katja. »Heute komme ich nicht zu den Ihren. Sie mögen mich entschuldigen. Ich habe keine Zeit. Besuchen Sie mich.«

Wie ich sie ins Vorzimmer begleite, sieht sie mich streng vom Kopf bis zu den Füßen an und sagt ärgerlich: »Und Sie werden immer magerer und magerer. Warum lassen Sie sich nicht behandeln? Ich werde zu Ssergej Fjodorowitsch fahren und ihn herbitten. Er soll Sie untersuchen.«

»Nicht nötig, Katja.«

»Ich begreife nicht, wie Ihre Familie das mit ansehen kann! Unglaublich, nichts zu sagen.«

Sie zieht ihren Pelz an, und dabei fallen aus ihrem nachlässig frisierten Haar bestimmt zwei oder drei Haarnadeln auf den Boden. Sie ist zu träge, ihre Frisur zu ordnen, und nimmt sich keine Zeit dazu; ungeschickt steckt sie die herausgefallenen Locken unter ihr Mützchen und geht fort.

Sowie ich ins Eßzimmer komme, fragt mich meine Frau: »Katja war soeben bei dir? Warum ist sie nicht zu uns gekommen? Das ist doch sonderbar . . .«

»Mama!« sagt Lisa vorwurfsvoll. »Wenn sie nicht will, so laß sie. Wir können doch nicht vor ihr niederknien.«

»Wie du willst. Darin liegt eine Geringschätzung. Drei Stunden im Herrenzimmer sitzen und nicht an uns denken. Nun, wie es ihr gefällt.«

Warja und Lisa hassen beide Katja. Dieser Haß ist mir unbegreiflich; wahrscheinlich muß man, um ihn zu begreifen, eine Frau sein. Ich bürge mit meinem Kopf dafür, daß unter den anderthalbhundert jungen Männern, die ich fast täglich in meinem Auditorium sehe, daß von den hundert bejahrten Männern, denen ich jede Woche begegne, kaum einer sich finden wird, der den Haß und den Abscheu vor Katjas Vergangenheit, das heißt vor ihrer außerehelichen Schwangerschaft und ihrem unehelichen Kinde zu begreifen vermag; und gleichzeitig kann ich mich an keine bekannte Frau, kein Mädchen erinnern, die nicht bewußt oder unbewußt jene Gefühle teilte. Und das kommt nicht daher, daß die Frau tugendhafter und reiner als der Mann ist: Tugend und Reinheit unterscheiden sich wenig vom Laster, solange sie nicht von bösartigen Gefühlen frei sind. Ich erkläre das einfach daraus, daß die Frauen zurückgeblieben sind. Das wehmütige Gefühl des Mitleids, die Gewissensbisse, die der Mann in unserer Zeit fühlt, sobald er Unglück sieht, beweisen weit mehr Kultur und sittliches Wachstum, als es Haß und Abscheu tun! Die Frau ist heute noch ebenso tränenreich und gefühlsroh wie im Mittelalter. Und nach meiner Meinung handelt jeder verständig, der ihnen rät, sich wie ein Mann erziehen zu lassen.

Meine Frau liebt Katja nicht, weil sie Schauspielerin war, und dann auch wegen ihrer Undankbarkeit, ihres Stolzes, ihrer Überspanntheit und all der zahlreichen Laster, die eine Frau immer in der andern zu entdecken weiß.

Außer mir und meiner Familie essen bei uns noch zwei oder drei Freundinnen meiner Tochter und Aleksandr Adolfowitsch Gnecker, Lisas Verehrer und Bewerber. Das ist ein junger blonder Mann von höchstens dreißig Jahren, mittlerem Wuchs, sehr stark, breitschultrig, mit roten Koteletten und gefärbtem Schnurrbart, der seinem vollen, glatten Gesicht einen spielzeughaften Ausdruck verleiht. Er hat einen sehr kurzen Rock an, eine bunte Weste, großkarierte, oben sehr weite, unten sehr enge Hosen, dazu gelbe Halbschuhe ohne Absätze. Seine Augen stehen wie bei einem Krebs hervor, die Halsbinde gleicht einem Krebshals, und mir kommt es sogar vor, als ob dieser ganze junge Mann den Geruch von Krebssuppe ausströmt. Er ist täglich bei uns, aber niemand in meiner Familie weiß, woher er stammt, wo er zur Schule ging und wovon er lebt. Er spielt nicht und singt nicht, hat aber irgendeine Beziehung zu Musik und Gesang, verkauft irgendwo an irgend jemand Klaviere, ist häufig im Konservatorium, mit allen Berühmtheiten bekannt und trifft die Anordnungen für die Konzerte; er urteilt über Musik mit großer Autorität, und wie ich bemerke, stimmen ihm alle willig zu.

Reiche Leute haben immer Schmarotzer um sich; Wissenschaften und Künste auch. Es gibt anscheinend keine Kunst oder Wissenschaft in der Welt, die von Parasiten der Art dieses Herrn Gnecker frei wäre. Ich bin kein Musikant, und vielleicht irre ich mich über Gnecker, den ich ja auch wenig kenne. Aber seine Autorität und die Würde, mit der er am Klavier steht und zuhört, wenn jemand singt oder spielt, sind mir verdächtig.

Ihr mögt hundertmal Gentleman oder Geheimrat sein, wenn ihr eine Tochter habt, seid ihr durch nichts vor jenem Spießertum sicher, das mit Courmachen, Freite und Hochzeit in euer Haus, in eure Stimmung eindringt. Ich kann mich jedenfalls ganz und gar nicht mit dem Ausdruck des Triumphes zufriedengeben, den meine Frau jedesmal hat, wenn Gnecker bei uns sitzt, ich kann mich auch nicht mit den Flaschen Lafitte, Portwein und Sherry versöhnen, die nur seinetwegen auf den Tisch kommen, damit er sich durch Augenschein überzeuge, wie groß und üppig wir leben. Ich vertrage auch Lisas abruptes Lachen nicht und ihre Manier, die Augen zusammenzukneifen, wenn Männer bei uns sind. Und vor allem kann ich gar nicht verstehen, warum ein Wesen tagtäglich zu mir kommen muß, das meinen Gewohnheiten, meiner Wissenschaft, meinem ganzen Lebenszuschnitt völlig fremd ist und mit den Menschen, die ich liebe, nichts gemein hat. Meine Frau und die Bediensteten flüstern geheimnisvoll: »Das ist der Bräutigam«, aber trotzdem begreife ich seine Anwesenheit nicht; er erweckt in mir das gleiche Unbehagen, das mir ein Zulu an meinem Tisch verursachte. Und mir ist auch sonderbar, daß meine Tochter, die ich bisher für ein Kind hielt, diese Halsbinde, diese Augen, diese weichen Backen liebt . . .

Früher war mir das Mittagessen angenehm oder wenigstens gleichgültig, aber jetzt bringt es mir nur noch Langeweile und Gereiztheit. Seit ich Exzellenz geworden und Dekan der Fakultät war, hält es meine Familie aus irgendeinem Grunde für nötig, unser Menü und die Tischsitten umzustoßen. Statt der einfachen Gerichte, an die ich als Student und Arzt gewöhnt war, setzt man mir jetzt eine »soupe purée« vor, in der irgendwelche weiße »Fleckerln« herumschwimmen, sowie Nieren in Madeira. Der Generalsrang und meine Berühmtheit entzogen mir für immer die Kohlsuppe und die wohlschmeckenden Piroggen und die mit Äpfeln gefüllte Gans und den Brachsen mit Kascha. Sie nahmen mir das Stubenmädchen Agascha, eine geschwätzige und komische Alte, an deren Stelle jetzt Jegor, ein stumpfer und aufgeblasener Kerl, mit einem weißen Handschuh an der rechten Hand das Essen serviert. Die Pausen zwischen den Gängen sind kurz, erscheinen aber übermäßig lang, weil man nicht weiß, wie man sie ausfüllen soll. Die alte Heiterkeit, die zwanglosen Gespräche, die Scherze, das Lachen sind vorbei, die gegenseitige Zärtlichkeit und die Freude, welche die Kinder, meine Frau, mich erfüllte, wenn wir uns im Eßzimmer zu versammeln pflegten, ist verschwunden; für mich, einen vielbeschäftigten Mann, war das Mittagessen die Zeit der Erholung und des Beisammenseins, für Frau und Kinder ein freilich kurzes, aber heiteres, frohes Fest, denn sie wußten, daß ich in dieser halben Stunde nicht der Wissenschaft, nicht den Studenten gehöre, sondern nur ihnen allein und sonst niemand. Verschwunden ist die Kunst, sich mit einem Weinglas zu berauschen, weder Agascha ist da noch der Brachsen mit Kascha, noch der Lärm, von dem immer die kleinen Skandale während des Mittagessens begleitet waren, wenn etwa unter dem Tisch Katze und Hund sich balgten oder der Verband von Katjas Wange in den Suppenteller fiel.

Das jetzige Mittagessen zu beschreiben ist ebenso unschmackhaft wie es zu genießen. Im Gesicht meiner Frau liegt Feierlichkeit und angenommene Würde, dazu der gewöhnliche sorgenvolle Ausdruck. Sie mustert unruhig unsere Teller und sagt: »Ich sehe, der Braten schmeckt euch nicht ... Sagt: er schmeckt euch doch nicht?« Und ich muß antworten: »Ganz grundlos beunruhigst du dich, meine Liebe, der Braten schmeckt sehr gut.« Und sie sagt: »Du trittst immer für mich ein, Nikolaj Stepanytsch, und sagst nie die Wahrheit. Warum hat denn Aleksandr Adolfowitsch so wenig gegessen?« Und in der Art geht es während der ganzen Mahlzeit. Lisa lacht abrupt und kneift die Augen zusammen. Ich sehe meine Frau und Lisa an, und jetzt erst beim Essen wird mir ganz klar, daß beider Innenleben mir längst entfremdet ist. Mich überschleicht das Gefühl, als habe ich einmal mit meiner wirklichen Familie in einem Heim gewohnt, sei aber jetzt bei einer Frau zu Gast und sehe eine fremde Lisa. Beide haben sich plötzlich verändert, den langen Prozeß aber, der diesen Wandel bewirkte, habe ich verschlafen, und es ist nicht verwunderlich, daß ich nichts begreife. Woher kam der Wechsel? Ich weiß es nicht. Vielleicht liegt die Schuld daran, daß Gott meiner Frau und Tochter nicht die gleiche Kraft wie mir gegeben hat. Von Kindheit an war ich gewohnt, äußeren Einflüssen zu widerstehen, und habe mich dabei genügend abgehärtet; solche Lebenskatastrophen wie Berühmtheit, Generalsrang, Übergang von einem behaglichen Dasein zu einer über meine Verhältnisse erhobenen Lebensführung, Umgang mit dem hohen Adel und so weiter haben mich kaum berührt, und so blieb ich heil und unverletzt; auf meine Frau und Lisa aber, die schwach und nicht abgehärtet sind, ist das alles niedergestürzt wie eine Schneelawine und hat sie erdrückt.

Die jungen Damen und Gnecker unterhalten sich von Fugen, Kontrapunkt, Sängern und Pianisten, von Bach und Brahms; meine Frau aber, die fürchtet, man könne sie musikalischer Unbildung zeihen, lächelte ihnen teilnehmend zu und murmelt: »Das ist reizend ... Wirklich! Sagt doch nur ...« Gnecker ißt solide, scherzt solide und hört herablassend die Bemerkungen der jungen Damen an. Bisweilen wandelt ihn die Lust an, in schlechtem Französisch zu sprechen, und dann hält er, Gott weiß warum, für nötig, mich »votre excellence« zu titulieren.

Ich aber bin mürrisch. Es ist klar, daß ich sie alle geniere und daß sie mich genieren. Früher war mir ein Standesunterschied fremd, jetzt aber quält mich so etwas Ähnliches. Ich suche schlechte Eigenschaften in Gnecker, finde sie rasch, und es quält mich, daß als Bräutigam an seiner Stelle nicht ein Mensch dasitzt, der zu meinem Kreise gehört. Seine Anwesenheit hat auch in anderer Beziehung eine schlechte Wirkung auf mich. Wenn ich allein oder in Gesellschaft von Menschen bin, die ich liebe, denke ich eigentlich nie über meine Verdienste nach, und wenn ich nicht daran erinnert werde, kommen sie mir so nichtig vor, als wäre ich erst gestern ein Gelehrter geworden; aber in Gegenwart solcher Leute wie Gnecker erscheinen mir meine Verdienste als ein sehr hoher Berg, dessen Gipfel sich in den Wolken verliert und an dessen Fuß, dem Auge kaum bemerkbar, die Gneckers kribbeln.

Nach dem Essen gehe ich in mein Kabinett und rauche dort ein Pfeifchen, das einzige am Tage, das von der längst vergangenen Gewohnheit, von morgens bis abends zu qualmen, übrigblieb. Wenn ich rauche, kommt meine Frau zu mir und setzt sich hin, um zu plaudern. Wie morgens weiß ich vorher schon, worüber wir uns unterhalten werden.

»Wir müssen uns ernsthaft besprechen, Nikolaj Stepanytsch«, beginnt sie. »Ich spreche von Lisa. Warum achtest du gar nicht darauf?«

»Das heißt?«

»Du tust, als ob du nichts bemerkst, aber das ist nicht recht. Man darf nicht sorglos sein . . . Gnecker hat in bezug auf Lisa bestimmte Absichten . . . Was sagst du dazu?«

»Daß er ein schlechter Mensch ist, kann ich nicht sagen,

weil ich ihn nicht kenne, aber daß er mir nicht gefällt, habe ich dir schon tausendmal erklärt.«

»Aber so geht das nicht . . .«

Sie steht auf und läuft erregt hin und her.

»So darf man sich bei einem ernsten Schritt nicht verhalten . . .«, sagt sie. »Wenn es sich um das Glück der Tochter handelt, muß man alles Persönliche aus dem Spiel lassen. Ich weiß, er gefällt dir nicht . . . Gut . . . Wenn wir ihn jetzt abweisen und alles zerstören – kannst du dafür bürgen, daß Lisa uns nicht ihr ganzes Leben lang Vorwürfe machen wird? Es gibt heutzutage nicht Gott weiß wieviel Bräutigams, und es kann geschehen, daß sich keine zweite Partie mehr bietet . . . Er liebt Lisa sehr und gefällt ihr augenscheinlich . . . Natürlich hat er keine gesicherte Position, aber was ist da zu machen? Mit der Zeit wird er irgendwo eine Stellung finden. Er ist aus guter Familie und reich.«

»Woher weißt du das?«

»Er sagt es selbst. Sein Vater besitzt in Charkow ein großes Haus und bei Charkow ein Gut. Kurz und gut, Nikolaj Stepanytsch, du mußt unbedingt nach Charkow reisen.«

»Warum?«

»Du mußt dort Nachforschungen anstellen. Du hast dort bekannte Professoren, die dir helfen werden. Ich würde selbst fahren, aber ich bin eine Frau. Ich kann es nicht . . .«

»Ich werde nicht nach Charkow fahren«, sage ich mürrisch.

Meine Frau erschrickt, und in ihrem Gesicht erscheint ein Ausdruck quälenden Schmerzes.

»Um Gottes willen, Nikolaj Stepanytsch!« fleht sie mich schluchzend an. »Um Gottes willen, nimm diese Last von mir! Ich leide!« Es schmerzt mich, wenn ich sie so sehe.

»Gut, Warja«, sage ich freundlich. »Wenn du willst,

bitte sehr, ich werde nach Charkow fahren und alles tun, was dir beliebt.«

Sie preßt das Taschentuch an die Augen und geht in ihr Zimmer, um zu weinen. Ich bleibe allein.

Nach einiger Zeit bringt man Licht. Von den Sesseln und dem Lampenschirm fallen die gewohnten, mir längst verhaßt gewordenen Schatten auf Wände und Fußboden, und wenn ich sie ansehe, fällt mir ein, daß es bereits finster ist und meine verdammte Schlaflosigkeit schon beginnt. Ich lege mich zu Bett, dann stehe ich auf und gehe im Zimmer umher, dann lege ich mich wieder hin . . . Gewöhnlich erreicht meine Nervosität nach dem Essen, bei Anbruch des Abends ihren Höhepunkt. Ich beginne ohne Veranlassung zu weinen und verberge den Kopf in dem Kissen. In diesem Moment fürchte ich, daß jemand hereinkommen könne; ich fürchte, plötzlich zu sterben, ich schäme mich meiner Tränen, und ein unerträglicher Zustand bemächtigt sich meiner ganzen Seele. Ich kann die Lampe, die Bücher, die Schatten auf dem Fußboden nicht mehr länger ansehen, ich kann die Stimmen nicht mehr ertragen, die aus dem Salon herübertönen. Eine unsichtbare, unbegreifliche Kraft treibt mich aus meiner Wohnung hinaus. Ich springe auf, ziehe mich eilig und vorsichtig an, damit es meine Leute nicht merken, und gehe auf die Straße. Wohin soll ich gehen? Die Antwort auf diese Frage steht seit langem fest. Zu Katja.

3

Gewöhnlich liegt sie auf dem Diwan oder auf einer Couchette und liest. Wenn sie mich sieht, erhebt sie träge ihren Kopf, setzt sich auf und reicht mir die Hand.

»Du liegst immer«, sage ich nach einer Weile des Schweigens und Verschnaufens. »Das ist ungesund. Du solltest dich mit etwas beschäftigen!«

»Wie?«

»Du solltest dich, sage ich, mit etwas beschäftigen.«

»Womit? Eine Frau kann nur einfache Arbeiterin oder Schauspielerin sein.«

»Je nun! Wenn du nicht Arbeiterin werden willst, so werde Schauspielerin.«

Sie schweigt.

»Du solltest heiraten«, sage ich halb im Scherz.

»Ich habe niemand, sehe auch keine Veranlassung.«

»So kann man nicht leben.«

»Ohne Mann? Was ist das schon! Männer wären genug vorhanden, wenn ich Lust hätte.«

»Katja, das ist nicht schön.«

»Was ist nicht schön?«

»Was du soeben gesagt hast.«

Sie merkt, daß ich gekränkt bin, will den schlechten Eindruck verwischen und sagt daher: »Kommen Sie, wir gehen hinüber.«

Sie führt mich in das kleine, sehr gemütliche Stübchen, zeigt auf den Schreibtisch und sagt: »Hier . . . Das habe ich für Sie eingerichtet. Hier können Sie arbeiten. Kommen Sie jeden Tag und bringen eine Arbeit mit. Zu Hause stört man Sie nur. Werden Sie hier arbeiten? Wollen Sie?«

Um sie nicht durch Ablehnung zu kränken, antworte ich, daß ich bei ihr arbeiten werde und daß mir das Zimmer sehr gefällt. Dann setzen wir uns beide in dem gemütlichen Stübchen nieder und beginnen uns zu unterhalten.

Es ist warm; die freundliche Umgebung und die Anwesenheit eines sympathischen Wesens wecken jetzt nicht mehr wie früher ein Gefühl der Zufriedenheit in mir, sondern ermuntern mich zum Klagen und Murren. Ich bilde mir ein, mir würde leichter ums Herz, wenn ich eine Weile murre und klage.

»Es steht schlimm, meine Liebe!« beginne ich seufzend. »Sehr schlimm . . .«

»Was gibt's?«

»Siehst du, Liebling: Das schönste, heiligste Recht der Könige ist das Recht der Barmherzigkeit. Und ich fühlte mich immer als König, weil ich über alles gern von diesem Recht Gebrauch machte. Ich habe nie gerichtet, ich war herablassend, ich verzieh bereitwillig allen rechts und links. Wo andere protestierten und sich aufregten, gab ich Ratschläge und suchte zu überzeugen. Mein Leben lang war ich bemüht, meine Gesellschaft für meine Familie, für die Studenten und Kollegen, für die Bedienten erträglich zu machen. Und dies mein Verhalten den Menschen gegenüber, ich weiß es sehr wohl, wirkte erzieherisch auf alle, die um mich waren. Aber jetzt bin ich kein König mehr. In mir regt sich etwas, was nur Sklaven eigen ist: In meinem Kopf gehen Tag und Nacht böse Gedanken um, und in meiner Seele haben sich Gefühle eingenistet, die ich früher nicht kannte. Ich hasse und verachte und bin ungehalten und erregt und fürchte mich. Ich bin übermäßig streng, anspruchsvoll, empfindlich, unliebenswürdig, mißtrauisch geworden. Selbst das, was mich früher nur bewog, beiläufig einen Kalauer zu machen und gutmütig zu lachen, erzeugt in mir jetzt ein bedrückendes Gefühl. Auch meine Denkweise ist anders geworden: früher verachtete ich das Geld nur, jetzt aber nähre ich ein böses Gefühl nicht gegen das Geld, sondern gegen die Reichen, als ob sie schuldig seien; früher haßte ich Gewalt und Willkür, jetzt hasse ich die Menschen, die Gewalt anwenden; als ob sie allein schuldig seien und nicht wir alle, die wir nicht verstehen, einander zu erziehen. Was bedeutet das? Wenn die neuen Gedanken und neuen Gefühle von einem Wechsel der Überzeugung gekommen sind, wie konnte ein solcher Wechsel vor sich gehen? Ist die Welt etwa schlechter, bin ich etwa besser geworden, oder war ich früher blind und gleichgültig? Wenn aber dieser Wechsel von dem allgemeinen Verfall meiner physischen und geistigen Kräfte kommt

– ich bin ja krank und verliere täglich an Gewicht –, so ist meine Lage beklagenswert: meine neuen Gedanken sind also unnormal, ungesund, ich muß mich ihrer schämen und sie für nichtswürdig halten . . .«

»Die Krankheit hat damit nichts zu tun«, unterbricht mich Katja. »Ihre Augen haben sich einfach aufgetan: das ist alles. Sie haben das gesehen, was Sie früher nicht bemerken wollten. Meiner Meinung nach müßten Sie vor allem endgültig mit Ihrer Familie brechen und fortgehen.«

»Du redest Unsinn.«

»Sie lieben sie nicht mehr, warum handeln Sie dann gegen ihr Gewissen? Oder ist das etwa eine Familie? Wenn Sie heute stürben, würden die morgen niemand vermissen.«

Katja verachtet meine Frau und Tochter ebensosehr, wie jene sie hassen. Man kann in unsrer Zeit nicht gut als Menschenrecht geltend machen, jemand zu verachten. Wenn man sich aber auf Katjas Standpunkt stellt und ihn gelten läßt, muß man zugeben, daß sie ebensoviel Recht hat, meine Frau und Lisa zu verachten, wie jene beiden, sie zu hassen.

»Diese kleinen Seelen!« sagt Katja. »Waren Sie heute zu Hause? Hat man wirklich nicht vergessen, Sie ins Eßzimmer zu rufen? Wie kommt es nur, daß die sich immer noch Ihrer Existenz erinnern?«

»Katja«, sage ich streng, »ich bitte dich zu schweigen.«

»Glauben Sie, mir ist es angenehm, von jenen zu sprechen? Ich wäre froh, wenn ich sie überhaupt nicht kennte. Hören Sie doch auf mich, mein Teurer: lassen Sie alles stehen und liegen und fahren Sie weg. Reisen Sie ins Ausland. Je schneller, desto besser.«

»Was für ein Unsinn! Und die Universität?«

»Lassen Sie auch die Universität. Was kann sie Ihnen sein? Es kommt ja doch nichts Gescheites dabei heraus. Sie halten schon dreißig Jahre Vorlesungen, aber wo sind Ihre

Schüler? Gibt es viele bedeutende Gelehrte unter ihnen? Zählen Sie sie doch einmal zusammen! Und diese Doktoren zu vermehren, die die Unwissenheit ausbeuten, um Hunderttausende zu verdienen, dazu braucht man keinen begabten und guten Menschen. Sie sind hier ganz überflüssig.«

»Mein Gott, wie scharf du bist!« sage ich entsetzt. »Wie scharf du bist! Schweig, sonst geh ich fort. Ich weiß nicht, wie ich auf deine scharfen Ausfälle antworten soll!«

Das Mädchen kommt herein und ruft uns zum Tee. Beim Samowar nimmt, Gott sei Dank, unser Gespräch eine andere Wendung. Nachdem ich mich beklagt habe, gebe ich einer andern greisenhaften Schwäche nach und krame Erinnerungen aus. Ich erzähle Katja von meiner Vergangenheit, und zu meinem eigenen großen Erstaunen teile ich ihr Einzelheiten mit, von denen ich gar nicht ahnte, daß sie noch in meinem Gedächtnis lebten. Sie hört mich verhaltenen Atems an, voll Rührung und Stolz. Besonders gern erzähle ich ihr davon, wie ich einst das Seminar besuchte und davon träumte, zur Universität zu gehn.

»Einmal gehe ich so in unserm Seminargarten spazieren . . . Der Wind trägt aus einer fernen Schenke die gezogenen Töne einer Harmonika und ein Lied herüber, oder am Seminarzaun jagt eine Troika mit einem Glockenspiel vorüber, und das genügt völlig, um ein Glücksgefühl plötzlich nicht nur in meine Brust, sondern sogar in den Bauch, in die Beine und Arme strömen zu lassen . . . Du lauschst der Harmonika oder den immer leiser werdenden Glöckchen und stellst dir vor, du seist Arzt, und malst dir Bilder aus – eins schöner als das andere. Und wie du siehst, gingen meine Träume in Erfüllung. Ich habe mehr erreicht, als ich zu träumen wagte. Dreißig Jahre war ich ein beliebter Professor, hatte ausgezeichnete Kollegen, war angesehen und berühmt. Ich liebte, heiratete aus leidenschaftlicher Liebe, hatte Kinder. Mit einem Wort, wenn ich zurückblicke, stellt sich mir mein ganzes Leben als eine schöne, talentvoll durchgeführte Komposition dar. Jetzt muß ich nur aufpassen, das Finale nicht zu verderben. Dazu muß man auf menschliche Weise sterben. Wenn der Tod tatsächlich eine Gefahr ist, muß man ihm begegnen, wie es einem Lehrer, Gelehrten, dem Bürger eines christlichen Staates ziemt: mutig und ruhigen Herzens. Aber ich fürchte, das Finale zu verderben. Ich ertrinke, ich fliehe zu dir, bitte um Hilfe, und du sagst mir: ertrinken Sie nur, so muß es auch sein.«

Aber da ertönt im Vorzimmer die Glocke. Wir hören es und sagen: »Das wird Michail Fjodorowitsch sein.«

Und tatsächlich, nach einer Minute tritt mein philologischer Kollege Michail Fjodorowitsch herein, ein hochgewachsener, gut gebauter Mann von etwa fünfzig Jahren mit dichten grauen Haaren, schwarzen Augenbrauen, glattrasiert. Er ist ein guter Mensch und ausgezeichneter Kollege. Er stammt aus einer alten, erfolgreichen, begabten Adelsfamilie, die in der Geschichte unserer Literatur und Bildung eine bemerkenswerte Rolle spielt. Er selbst ist klug, talentiert, sehr gebildet, aber nicht ohne Sonderlichkeiten. Bis zu einem gewissen Grade sind wir alle sonderbar, sind wir alle seltsame Käuze, doch seine Absonderlichkeiten sind außergewöhnlich und nicht ungefährlich für seine Bekannten. Ich kenne unter diesen nicht wenige, die über seinen Absonderlichkeiten seine vielfältigen Vorzüge übersehen.

Wenn er hereinkommt, nimmt er langsam die Handschuhe ab und sagt in seinem samtenen Baß: »Guten Tag. Sie trinken gerade Tee? Da komme ich ja recht. Höllisch kalt draußen.«

Dann setzt er sich an den Tisch, nimmt ein Glas Tee und beginnt sofort zu sprechen. Das Charakteristischste an seiner Art zu sprechen, ist ein beständig scherzhafter Ton, eine Mischung von Philosophie und Spaßmacherei, wie bei den Shakespeareschen Totengräbern. Er spricht stets über ernste Dinge, aber nie ernsthaft. Seine Urteile sind immer scharf, schmähend, doch dank dem weichen, ruhigen, scherzenden Tone kommen sie so heraus, daß Schärfe und Schmähung das Ohr nicht verletzen und man sich rasch daran gewöhnt. Jeden Abend bringt er einige Anekdoten aus dem Universitätsleben mit und erzählt sie gewöhnlich, sobald er sich gesetzt hat.

»Ach, mein Gott«, seufzt er und bewegt spöttisch seine schwarzen Augenbrauen. »Was für komische Leute es nur in der Welt gibt.«

»Wieso?« fragt Katja.

»Ich komme heute aus der Vorlesung, und auf der Treppe begegnet mir dieser alte Idiot, unser N. N. Er kommt daher, und wie gewöhnlich hat er sein Pferdekinn vorgestreckt und sucht jemand, bei dem er sich über seine Migräne, seine Frau und die Studenten beklagen kann, die seine Vorlesungen nicht besuchen wollen. Nun, denke ich, er hat mich gesehen, jetzt bin ich verloren, alles ist hin . . .«

Und in dieser Art erzählt er weiter. Oder er beginnt so: »Gestern war ich auf der öffentlichen Vorlesung unsres Z. Z. Ich wundere mich, wie unsre Alma mater – zur guten Stunde sei's gesagt – es fertigbringt, solche Dummköpfe und patentierte Tölpel, wie dieser Z. Z. einer ist, dem Publikum vorzuführen. Das ist ja ein geradezu europäischer Narr. Erbarmen Sie sich, einen zweiten von der Sorte findet man in ganz Europa mit der Laterne nicht! Er liest, können Sie sich das vorstellen, wie wenn er Kandis lutscht: sju-sju-sju . . . Er wird verlegen, findet sich in seinem Manuskript nicht zurecht, seine kümmerlichen Gedanken bewegen sich kaum vom Fleck – etwa mit der Geschwindigkeit eines Archimandriten, der Veloziped fährt –, vor allem aber kommt man gar nicht dahinter, was er eigentlich sagen will. Entsetzliche Langweile, die Fliegen sterben dabei! Diese Langeweile kann man nur mit der vergleichen, die in der Aula beim Jahresaktus herrscht, wenn die traditionelle Rede gehalten wird – der Teufel soll sie holen.«

Und dann kommt ein ganz plötzlicher Übergang: »Vor etwa drei Jahren, Nikolaj Stepanytsch wird sich erinnern, mußte ich diese Rede halten. Es war heiß, schwül, die Uniform drückte unter den Achseln – es war kaum zum Aushalten. Ich trage eine halbe Stunde, eine Stunde, anderthalb, zwei Stunden vor . . . Nun, denke ich, Gott sei Dank sind nur noch zehn Seiten übrig. Und der Schluß waren vier Seiten, die ich nicht unbedingt vorzutragen brauchte, und ich wollte sie denn auch weglassen. Bleiben also, denke ich, nur noch sechs. Aber stellen Sie sich vor, ich blicke flüchtig nach vorne und sehe: in der dritten Reihe sitzen nebeneinander ein General mit dem Ordensbande und der Bischof. Die armen Teufel sind vor Langeweile geradezu erstarrt, reißen die Augen auf, um nicht einzuschlafen, und bemühen sich nichtsdestoweniger, in ihren Gesichtern Aufmerksamkeit auszudrücken, und tun, als ob ihnen mein Vortrag verständlich sei und gefalle. Nun, denke ich, wenn er euch gefällt, dann sollt ihr auch alles hören! Und ihnen zum Trotz las ich nun auch noch die vier Seiten vor.«

Wenn er spricht, lächeln bei ihm, wie überhaupt bei spottlustigen Menschen, nur die Augen und Augenbrauen; in seinen Augen liegt dann weder Haß noch Bosheit, aber viel Witz und eine besondere Fuchsschlauheit, wie man sie nur bei scharf beobachtenden Menschen wahrnimmt. Wenn ich noch mehr von seinen Augen sagen soll, so habe ich eine andere Eigentümlichkeit bei ihnen wahrgenommen. Wenn er ein Glas Tee von Katja annimmt oder einer Bemerkung von ihr zuhört oder sie mit einem Blick begleitet, wenn sie, um etwas zu holen, auf kurze Zeit das Zimmer verläßt, dann bemerke ich in seinem Blicke etwas Sanftes, Flehendes, Reines . . .

Das Mädchen räumt den Samowar weg und stellt ein

Stück Käse, Obst und eine Flasche Schaumwein aus der Krim auf den Tisch, einen nicht schlechten Wein, den Katja während ihres Aufenthaltes in der Krim schätzengelernt hat. Michail Fjodorowitsch nimmt zwei Kartenspiele von der Etagere und legt Patience. Wie er versichert, erfordern einige Patiencen große Auffassungsgabe und Aufmerksamkeit, dennoch hört er beim Legen der Patiencen nicht auf, sich weiter zu unterhalten. Katja verfolgt aufmerksam seine Karten und hilft ihm mehr durch Mimik als mit Worten. Den ganzen Abend trinkt sie nur zwei Gläschen Wein, ich trinke ein Viertelglas, der ganze Rest der Flasche fällt Michail Fjodorowitsch zu, der viel verträgt, ohne je betrunken zu werden.

Während der Patience erörtern wir verschiedene Fragen, vor allem bedeutsame, wobei es gewöhnlich über das hergeht, was wir am meisten lieben, das heißt über die Wissenschaft.

»Die Wissenschaft hat Gott sei Dank ihr Dasein abgeschlossen«, sagt Michail Fjodorowitsch langsam und gemächlich. »Ihr Lied ist schon aus. Jawohl. Die Menschheit fühlt bereits das Bedürfnis, sie durch etwas anderes zu ersetzen. Sie ist auf dem Boden von Vorurteilen erstanden, unter Vorurteilen herangewachsen und stellt jetzt genau eine solche Quintessenz von Vorurteilen dar, wie ihre verstorbenen Großmütter: Alchemie, Metaphysik und Philosophie. Und tatäschlich, was hat sie den Menschen gegeben? Zwischen den gelehrten Europäern und den Chinesen, die keine Wissenschaft in unserm Sinne kennen, ist ein ganz geringfügiger und rein äußerlicher Unterschied; die Chinesen lernten unsere Wissenschaft nicht kennen, aber was haben sie daran verloren?«

»Auch die Fliegen kennen keine Wissenschaft«, sagte ich, »was folgt daraus?«

»Sie brauchen sich nicht zu ärgern, Nikolaj Stepanytsch. Ich sage das nur hier, unter uns . . . Ich bin vorsichtiger, als

Sie denken, und werde so etwas nicht öffentlich äußern, Gott bewahre ... In der Masse herrscht das Vorurteil, Wissenschaften und Künste stünden höher als Ackerbau, Handel und Handwerk. Unsre Sekte nährt sich von diesem Vorurteile, und es ist unser beider Sache nicht, es zu zerstören. Gott behüte!«

Nach der Patience bekommt auch die Jugend ihr Teil ab.

»Heutzutage ist unser Publikum verflacht«, seufzt Michail Fjodorowitsch. »Ich spreche nicht von den Idealen und so weiter, aber wenn man wenigstens vernünftig zu arbeiten und zu denken verstünde. Es trifft schon zu: ›Voll Trauer seh ich unsre Zeitgenossen an‹.«

»Ja, man ist entsetzlich verflacht«, stimmt Katja zu. »Sagen Sie, gab es in den letzten fünf bis zehn Jahren bei Ihnen auch nur einen hervorragenden Gelehrten?«

»Ich weiß nicht, wie es bei den andern Professoren steht, aber in meinem Fach kann ich mich an keinen einzigen erinnern.«

»Ich habe in meinem Leben bei euch viele Studenten und junge Gelehrte, dazu viele Schauspieler gesehen ... Und was? Nicht ein einziges Mal begegnete mir ein Held oder ein Talent, ja nicht einmal ein interessanter Mensch. Alles ist grau, unbegabt, eingebildet ...«

Diese ganze Unterhaltung über die Entartung der jungen Generation macht auf mich jedesmal den Eindruck, als ob ich häßlichen Äußerungen über meine Tochter ungewollt zuhöre. Es ärgert mich, daß die Beschuldigungen ganz allgemein in Bausch und Bogen vorgebracht werden und sich auf solchen längst abgenutzten Gemeinplätzen aufbauen wie Entartung, Mangel an Idealismus oder sich auf die wunderschöne Vergangenheit berufen. Jede Beschuldigung, selbst wenn sie in Damengesellschaft vorgebracht wird, muß so bestimmt als möglich formuliert sein, sonst ist sie keine Beschuldigung, sondern eine bloße, anständiger Menschen unwürdige Verleumdung.

Ich bin ein alter Mann, schon dreißig Jahre im Amt, aber ich bemerke weder etwas von Entartung noch Mangel an Idealismus und finde auch nicht, daß es jetzt schlimmer steht als früher. Mein Pförtner Nikolaj, dessen Erfahrungen in ihrer Art auch einen Wert haben, sagt, die jetzigen Studenten seien nicht besser und nicht schlechter als die früheren.

Wenn man mich fragt, was mir an meinen jetzigen Schülern nicht gefällt, so wüßte ich im ersten Augenblick keine rechte Antwort, aber dann wollte ich meine Antwort sehr bestimmt formulieren. Ihre Mängel kenne ich und brauche daher keine nebelhaften Gemeinplätze zu bemühen. Mir gefällt nicht, daß sie Tabak rauchen, Alkohol trinken und spät heiraten; daß sie sorglos und bisweilen derart gleichgültig sind, daß sie Kameraden in ihrer Mitte hungern lassen und ihre Schulden beim akademischen Unterstützungsverein nicht bezahlen. Sie kennen keine neuen Sprachen und drücken sich schlecht auf russisch aus; gestern erst klagte mir mein Kollege, der Hygieniker, daß er doppelte Vorlesungen halten müsse, weil sie von Physik wenig und von Meteorologie überhaupt nichts wissen. Sie ergeben sich bereitwillig dem Einfluß der neuesten Schriftsteller, und zwar nicht der besten, sind aber völlig gleichgültig gegenüber Klassikern wie Shakespeare, Marc Aurel, Epiktet oder Pascal, und in ihrer Unfähigkeit, das Große vom Kleinen zu unterscheiden, offenbart sich vor allem ihre Unerfahrenheit dem Leben gegenüber. Alle schwierigen Fragen, die einen mehr oder weniger öffentlichen Charakter haben, wie die Probleme der Auswanderung, entscheiden sie durch Subskriptionslisten statt auf dem Wege wissenschaftlicher Tatsachen und Ergebnisse, obwohl ihnen dieser Weg durchaus offensteht und am besten zum Ziele führt. Sie werden gerne Oberärzte, Assistenten, Laboranten, Externe und sind bereit, diese Stellen bis in ihr vierzigstes Lebensjahr zu bekleiden, obwohl Selbständigkeit, Freiheitsgefühl, persönliche Initiative in der Wissenschaft nicht weniger erforderlich sind als zum Beispiel in der Kunst oder im Handel. Ich habe Schüler und Hörer, aber keine Gehilfen und Nachfolger; ich liebe sie daher wohl und habe Mitleid mit ihnen, bin aber nicht stolz auf sie...

Derartige Mängel, so viele ihrer auch sind, können nur einen kleinmütigen, lebensfremden Menschen in pessimistische oder verbitterte Stimmung versetzen. Alle diese Mängel haben einen zufälligen, vorübergehenden Charakter und sind in hohem Maße von äußeren Lebensbedingungen abhängig; einige zehn Jahre genügen, um sie verschwinden zu lassen oder andern, neuen Mängeln Platz zu machen, ohne die es nun einmal nicht geht, und die dann wiederum neue Kleinmütige erschrecken. Die Fehler der Studenten ärgern mich oft, aber dieser Ärger ist nichts im Vergleich zu der Freude, die ich seit dreißig Jahren erlebe, wenn ich mit meinen Schülern plaudere, Vorlesungen halte, auf ihr geselliges Leben achte und sie mit Menschen anderer Kreise vergleiche. Michail Fjodorowitsch lästert, Katja hört zu, und beide bemerken nicht, in welchen tiefen Abgrund sie nach und nach durch eine scheinbar so harmlose Zerstreuung wie das Verurteilen ihrer Nächsten geraten. Sie fühlen nicht, wie ein einfaches Gespräch allmählich in Spott und Hohn übergeht, ja bis hart an die Grenze der Verleumdung streift.

»Sehr komische Subjekte begegnen einem«, sagt Michail Fjodorowitsch. »Gestern komme ich zu unserm Jegor Petrowitsch und treffe dort einen Studiosus des dritten Semesters, einen Ihrer Mediziner, glaube ich. Er hat so ein besonderes Gesicht ... Im Stil von Dobroljubow: auf der Stirn liegt der Stempel des Tiefsinns. Wir kamen ins Gespräch ... ›So geht's in der Welt, junger Mann‹, sage ich. ›Ich las einmal, daß ein Deutscher – seinen Familiennamen habe ich vergessen – aus dem Menschengehirn ein neues

Alkaloid Idiotin gewonnen hat.‹ Was denken Sie? Er glaubte mir, und auf seinem Gesicht erschien sogar ein Ausdruck der Achtung: da sieh mal einer an! – Ein andermal gehe ich ins Theater. Ich setze mich. Gerade in der Reihe vor mir sitzen zwei Personen: einer ›von unsre Leit'‹, augenscheinlich ein Jurist, der andere zottig – ein Mediziner. Der Mediziner ist betrunken wie ein Schuster. Auf die Bühne gibt er gar nicht acht. Er döst vor sich hin und sinkt immerzu mit dem Kopf vornüber. Sobald aber ein Schauspieler laut einen Monolog zu sprechen beginnt oder einfach die Stimme erhebt, fährt mein Mediziner zusammen, stößt seinen Nachbarn in die Seite und fragt: ›Was sagt er?‹ – ›Irgendwas Erhabenes‹, antwortete der ›von unsre Leit'‹, – ›Bravo!‹ brüllt der Mediziner. ›Wie erhaben! Bravo!‹ – Er, sehen Sie, kam stinkbesoffen, wie er war, ins Theater nicht um der Kunst, sondern um des ›Erhabenen‹ willen.«

Und Katja hört zu und lacht. Sie hat ein seltsames Lachen: Einatmungen und Ausatmungen wechseln einander rasch und rhythmisch ab – es hört sich an, als spiele sie auf einer Harmonika – und dabei lachen im Gesicht nur die Nasenflügel. Ich aber verliere allen Mut und weiß nicht, was ich sagen soll. Ich fahre aus der Haut, gerate in Zorn, springe auf und schreie: »Schweigt endlich still! Was sitzt ihr da wie zwei Kröten und verpestet die Luft mit eurem Hauch? Genug!«

Und ich mache mich fertig, nach Hause zu gehen, und will nicht warten, bis sie mit dem Lästern aufhören. Es ist auch Zeit: elf Uhr.

»Ich möchte noch etwas dableiben«, sagt Michail Fjodorowitsch. »Erlauben Sie, Jekaterina Wladimirowna?«

»Gerne«, antwortet Katja.

»Bene. In dem Falle lassen Sie noch eine Flasche bringen.«

Beide begleiten mich mit Kerzen ins Vorzimmer, und

während ich den Pelz anziehe, sagt Michail Fjodorowitsch: »Sie haben in der letzten Zeit entsetzlich abgenommen und sind sehr gealtert, Nikolaj Stepanytsch. Was ist mit Ihnen? Sind sie krank?«

»Ja, ich bin ein wenig krank . . .«

»Und er läßt sich nicht behandeln . . .«, sagt Katja traurig.

»Warum geben Sie sich nicht in Behandlung? Warum denn nicht? Wer sich behütet, mein Lieber, den behütet Gott. Grüßen Sie die Ihren, und entschuldigen Sie mich, daß ich noch nicht gekommen bin. Dieser Tage, ehe ich ins Ausland gehe, komme ich mich verabschieden. Unbedingt. In der kommenden Woche fahre ich.«

Ich verlasse Katja gereizt, erschreckt durch das Gespräch über meine Krankheit und unzufrieden mit mir. Ich frage mich: in der Tat, soll ich mich von einem meiner Kollegen behandeln lassen? Und sofort stelle ich mir vor, wie der Kollege, nachdem er mich behorcht hat, schweigend ans Fenster tritt, etwas nachdenkt, sich zu mir umwendet und dann, bemüht, mir auf seinem Gesicht nicht die Wahrheit zu verraten, in gleichgültigem Ton sagt: »Vorderhand finde ich nichts Besonderes, aber dennoch, Kollege, möchte ich Ihnen raten, mit Arbeiten aufzuhören . . .« Das würde mir die letzte Hoffnung rauben.

Wer lebt denn ohne Hoffnungen? Jetzt, da ich mir selbst die Diagnose stelle und mich selbst behandle, hoffe ich gelegentlich, daß mich meine Unwissenheit täuscht, daß ich mich irre, sowohl in bezug auf das Eiweiß und den Zucker, den ich bei mir feststelle, als auch in bezug auf das Herz und diese Schwellungen, die ich schon zweimal morgens an mir beobachtet habe; wenn ich mit dem Eifer eines Hypochonders die Lehrbücher der Therapie durchblättere und täglich mit den Arzneien wechsle, bilde ich mir immer ein, ich werde doch einmal auf etwas Tröstliches stoßen. All das ist recht erbärmlich.

Ob der Himmel mit Wolken bedeckt ist oder der Mond und die Sterne an ihm funkeln, jedesmal betrachte ich ihn auf meinem Heimweg und denke daran, daß der Tod mich bald holen wird. Man sollte meinen, in diesem Moment müßten meine Gedanken so tief wie der Himmel, hell und außergewöhnlich sein . . . Aber nein! Ich denke an mich selbst, an meine Frau, an Lisa, an Gnecker, an die Studenten, überhaupt an die Menschen: meine Gedanken sind schlecht und flach, ich spiele mir selbst etwas vor, und in solchen Augenblicken läßt sich meine Weltanschauung mit den Worten ausdrücken, die der berühmte Araktschejew in einem seiner Briefe aussprach: »Alles Gute in der Welt kann nicht ohne Böses sein, und es gibt immer mehr Böses als Gutes.« Das heißt: alles ist ekelhaft, es hat keinen Sinn zu leben, und die zweiundsechzig schon durchlebten Jahre sind als verloren zu betrachten. Ich ertappe mich bei diesen Gedanken, ich möchte mich gerne überreden, daß sie zufällig, vorübergehend seien und nicht tief in mir sitzen, aber sogleich denke ich: »Wenn dem so ist, warum zieht es dich dann allabendlich zu jenen zwei Kröten hin?«

Und ich schwöre mir, nie mehr zu Katja zu gehen, obwohl ich weiß, daß ich morgen wieder zu ihr gehe.

Während ich an meiner Tür die Glocke ziehe, fühle ich, daß ich keine Familie mehr habe und keine Lust verspüre, zu ihr zurückzukehren. Es ist klar, daß die neuen, die Araktschejewschen Gedanken nicht zufällig und nur vorübergehend in mir sitzen, sondern mein ganzes Wesen durchtränken. Mit schlechtem Gewissen, zerschlagen, träge, kaum imstande, meine Glieder zu bewegen, als ob ich tausend Pud zugenommen hätte, lege ich mich ins Bett und schlafe rasch ein.

Aber dann kommt die Schlaflosigkeit . . .

## 4

Der Sommer naht, und das Leben geht weiter.

Eines schönen Morgens kommt Lisa zu mir und sagt scherzhaften Tones: »Gehen wir, Ew. Exzellenz. Alles ist fertig!«

Man führt meine Exzellenz auf die Straße, setzt sie in eine Droschke und fährt sie davon. Ich fahre, und da ich nichts zu tun habe, lese ich die Aushängeschilder von rechts nach links. Aus dem Worte »Traktir« entsteht so »Ritkart«; das wäre ein guter freiherrlicher Familienname, »Baronesse Ritkart«. Weiter fahre ich, über Feld und an einem Friedhof vorüber; er macht nicht den geringsten Eindruck auf mich, obwohl ich bald auf ihm liegen werde; dann fahre ich durch Wald und wieder über Feld. Interessantes gibt es nicht. Nach zweistündiger Fahrt führt man meine Exzellenz in die untere Etage einer Sommervilla und bringt sie in einem kleinen, sehr lustigen Stübchen mit blauen Tapeten unter.

Nachts leide ich weiter unter Schlaflosigkeit, aber morgens fehlt mir der gute Mut, und ich höre meine Frau nicht an, sondern bleibe im Bett liegen. Ich schlafe nicht und liege in einem schlafähnlichen Zustand, in halber Bewußtlosigkeit, wo man weiß, daß man nicht schläft und doch Träume hat. Mittags stehe ich auf und setze mich gewohnheitsmäßig an meinen Tisch, arbeite aber nicht mehr, sondern zerstreue mich mit den französischen Heftchen in den gelben Umschlägen, die mir Katja schickt. Natürlich wäre es patriotischer, russische Autoren zu lesen, aber, offen gestanden, ich besitze keine besondere Zuneigung zu ihnen. Zwei, drei ältere Dichter ausgenommen, scheint mir die ganze zeitgenössische Literatur keine Literatur, sondern eine Art Hausindustrie zu sein, die man nur unterstützt, weil sie vorhanden ist, deren Erzeugnisse man aber ungern benutzt. Selbst das beste Erzeugnis der Hausindustrie kann man nicht bedeutend nennen, man kann es auch nicht ohne »aber« aufrichtig loben; das gleiche ist von all den literarischen Neuigkeiten zu sagen, die ich in den letzten zehn bis fünfzehn Jahren durchgelesen habe: keine einzige war bedeutend und ohne ein »aber«; sie war entweder klug, edel, aber nicht talentiert; talentiert, edel, aber nicht klug, oder endlich talentiert, klug, aber nicht edel.

Ich will nicht behaupten, daß die französischen Bücher talentiert, klug und edel seien. Auch sie befriedigen mich nicht. Aber sie sind nicht so fad wie die russischen, und nicht selten findet man in ihnen das Hauptelement schöpferischer Tätigkeit, das Gefühl persönlicher Freiheit, das es bei russischen Autoren nicht gibt. Ich erinnere mich an keine einzige Neuerscheinung, in der der Autor sich nicht von der ersten Seite an bemühte, sich aus allen Gewissenskonflikten herauszuhalten. Einer fürchtet sich, vom nackten Körper zu sprechen, der andere bindet sich Hände und Füße durch eine psychologische Analyse, der dritte braucht ein »warmes Verhältnis zum Menschen«, der vierte schmiert ganze Seiten voll von Naturbeschreibungen, um nicht der Tendenzschriftstellerei verdächtigt zu werden ... Einer will in seinen Erzeugnissen unbedingt Kleinbürger sein, der andere unbedingt Adliger und so weiter. Absicht, Vorsicht, Bedachtsamkeit herrschen, aber keine Freiheit, kein Mannestum, zu schreiben, wie es einem beliebt, und folglich gibt es auch keine schöpferische Tätigkeit.

All das bezieht sich auf die sogenannte schöne Literatur.

Was nun die ernsten russischen Artikel zum Beispiel über Soziologie und Kunst betrifft, so lese ich sie einfach aus Ängstlichkeit nicht. In meiner Kindheit und Jugend hatte ich aus irgendeinem Grunde Angst vor Pförtnern und Theaterdienern, und diese Angst ist mir bis heute geblieben. Ich fürchte sie jetzt noch. Man sagt, nur das erscheine schrecklich, was unbegreiflich sei. Und tatsächlich ist sehr schwer zu begreifen, aus welchem Grunde Pförtner und Theaterdiener so würdevoll, aufgeblasen, so majestätisch-unhöflich sind. Wenn ich ernste Artikel lese, fühle ich genau die gleiche unbestimmte Angst. Die ungewöhnliche Würde, der herablassende Generalston, der familiäre Umgang mit ausländischen Autoren, die erhabene Kunst, leeres Stroh zu dreschen – all das ist mir unbegreiflich, angsteinflößend, alles das gleicht nicht der Bescheidenheit und dem vornehm-ruhigen Ton, an den ich durch die Lektüre unsrer schriftstellernden Ärzte und Naturwissenschaftler gewöhnt bin. Nicht nur Artikel, sogar von ernsthaften Russen vorgenommene oder redigierte Übersetzungen zu lesen fällt mir schwer. Der hochnäsige, wohlwollende Ton der Vorworte, die Unmasse Anmerkungen des Übersetzers, die mich an der Konzentration hindern, Fragezeichen und »sic!« in Klammern, die der Übersetzer in dem Artikel oder das ganze Buch hindurch freigebig angebracht hat, kommen mir vor wie ein Anschlag auf die Persönlichkeit des Autors und auf meine Selbständigkeit als Leser.

Ich war einmal Experte bei einem Kreisgericht; in der Verhandlungspause lenkte einer der Kollegen meine Aufmerksamkeit auf das grobe Benehmen des Staatsanwalts gegen die Angeklagten, unter denen zwei gebildete Frauen waren. Mir scheint, ich übertrieb nicht, als ich dem Kollegen antwortete, das Benehmen sei nicht gröber, als es die Verfasser ernster Artikel gegeneinander zeigten. Tatsächlich ist dieses Verhalten so roh, daß man nur mit einem drückenden Gefühl darüber sprechen kann. Sie verhalten sich gegeneinander und gegen die Schriftsteller, die sie kritisieren, entweder, ohne die eigene Würde zu wahren, übermäßig ehrerbietig, oder sie gehen umgekehrt viel schärfer vor, als ich es in diesen Aufzeichnungen und Gedanken mit meinem zukünftigen Schwiegersohn Gnecker tue. Beschuldigungen der Unzurechnungsfähigkeit, unsauberer

Absichten und sogar jeder Art von Kriminalverbrechen bilden den gewöhnlichen Zierat der ernsten Artikel. Das aber ist, wie sich junge Ärzte in ihren Artikeln auszudrükken lieben, die Ultima ratio! Ein solches Verhalten muß sich natürlich in den Sitten der jungen Schriftstellergeneration widerspiegeln, und ich wundere mich durchaus nicht, daß in den Neuerscheinungen unsrer schönen Literatur während der letzten zehn bis fünfzehn Jahre die Helden soviel Schnaps trinken und die Heldinnen nicht hinreichend keusch sind.

Ich lese also französische Bücher und blicke durch das offene Fenster; ich kann die Spitzen meines Staketenzaunes und einige dünne Bäumchen sehen – und weiter hinter dem Zaun Weg, Feld und dann den breiten Streifen eines Kiefernwaldes. Oft freue ich mich, wenn zwei Kinder, Junge und Mädchen, beide hellblond und zerlumpt, auf den Zaun krabbeln und über meine Glatze lachen. In ihren leuchtenden Äuglein lese ich: »Komm her, du Kahlkopf!« Das sind beinahe die einzigen Wesen, die meine Berühmtheit und mein Rang nicht kümmert.

Besucher kommen jetzt nicht mehr täglich zu mir. Ich will nur die Besuche von Nikolaj und Pjotr Ignatjewitsch erwähnen. Nikolaj kommt gewöhnlich feierlich zu mir, angeblich zu einer bestimmten Sache, aber eigentlich mehr, um mich wiederzusehen. Er kommt ziemlich angeheitert, was im Winter niemals der Fall ist.

»Was hast du?« frage ich ihn, indem ich in den Flur gehe.

»Euer Exzellenz!« sagt er, drückt die Hand aufs Herz und blickt mich mit dem Entzücken eines Verliebten an. »Euer Exzellenz! Strafe mich Gott! Erschlage mich der Blitz auf der Stelle! Gaudeamus igitur juvenestus!«

Und er küßt mich gierig auf Schultern, Ärmel, Knöpfe.

»Steht drin bei uns alles gut?« frage ich.

»Ew. Exzellenz! Ich schwöre beim wahren . . .«

Er hört nicht auf, ohne jede Not Gott anzurufen, wird

mir bald lästig, und ich schicke ihn in die Küche, wo man ihm zu essen gibt. Pjotr Ignatjewitsch kommt auch feierlich, ausgesprochen in der Absicht, mich zu besuchen und Gedanken mit mir auszutauschen. Er sitzt gewöhnlich an meinem Tisch, bescheiden, sauber, vernünftig und kann sich nicht entschließen, ein Bein über das andere zu schlagen oder sich auf den Tisch zu stützen; und die ganze Zeit über erzählt er mir in einem leisen gleichmäßigen Tonfall eintönig wie ein Buch seiner Meinung nach sehr interessante und pikante Neuigkeiten, die er in Zeitschriften und Büchern gelesen hat. Diese Neuigkeiten gleichen alle einander und sind vom folgenden Typus: ein Franzose macht eine Entdeckung, ein anderer, ein Deutscher, überführt ihn und beweist, daß diese Entdeckung schon im Jahre 1870 von einem Amerikaner gemacht wurde, und ein Dritter, auch ein Deutscher, übertrumpft alle beide und weist nach, sie hätten sich beide blamiert, indem sie unter dem Mikroskop Luftkügelchen für dunkles Pigment hielten. Selbst wenn Pjotr Ignatjewitsch mich zum Lachen bringen will, erzählt er lang, umständlich, als ob er eine Dissertation verteidige, mit genauem Zitieren der literarischen Quellen, auf die er sich stützt, und ist bemüht, sich weder bei den Daten noch bei den Nummern der Zeitschriften, noch bei den Personennamen zu irren und nicht einfach Petit, sondern unbedingt Jacques Petit zu sagen. Es kommt vor, daß er bei uns zum Essen bleibt, und dann erzählt er während des ganzen Mittagessens immer dieselben pikanten Histörchen, und bringt den ganzen Tisch zur Verzweiflung. Wenn Gnecker und Lisa die Rede in seiner Gegenwart auf Fugen und Kontrapunkt bringen, auf Brahms und Bach, senkt er verschämt die Augen und ist betreten; er schämt sich, daß in Anwesenheit so ernsthafter Leute wie ihm und mir über abgeschmackte Dinge gesprochen wird.

In meiner gegenwärtigen Stimmung genügen fünf Minuten, ihn mir so überdrüssig zu machen, als sähe und hörte ich ihn schon eine Ewigkeit. Dann hasse ich den armen Kerl. Von seiner leise dahinfließenden Stimme, von seiner Büchersprache wird mir schwach, seine Erzählungen verblöden mich ... Er bringt mir die allerbesten Gefühle entgegen und spricht mit mir nur, um mir ein Vergnügen zu bereiten, und ich zahle ihm damit heim, daß ich ihn hartnäckig anblicke, als wolle ich ihn hypnotisieren, und daß ich denke: »Geh nur weg, geh weg, geh weg ...« Aber er reagiert nicht auf Gedankenübertragung und sitzt, sitzt ...

Solang er bei mir sitzt, kann ich von dem Gedanken nicht loskommen: »Leicht möglich, daß man ihn an meine Stelle setzt, wenn ich tot bin«, und mein armes Auditorium kommt mir vor wie eine Oase, in der die Quelle ausgetrocknet ist; und dann werde ich zu Pjotr Ignatjewitsch unliebenswürdig, schweigsam, mürrisch, wie wenn er an diesen Gedanken schuld wäre und nicht ich. Wenn er gewohnheitsmäßig die deutschen Gelehrten über den grünen Klee zu loben beginnt, scherze ich nicht mehr gutmütig wie früher, sondern brumme mürrisch: »Ihre Deutschen sind Esel ...«

Das erinnert mich daran, wie der verstorbene Nikita Krylow, als er einmal in Reval mit Pirogow badete und sich über das Wasser ärgerte, weil es sehr kalt war, losschimpfte: »Die Deutschen sind Schufte!« Ich benehme mich Pjotr Ignatjewitsch gegenüber schlecht, und erst wenn er weggeht und ich durchs Fenster sehe, wie sein grauer Hut hinter dem Staketenzaun zum Vorschein kommt, verlangt mich, ihn anzurufen und ihm zu sagen: »Verzeihen Sie mir, mein Lieber!«

Das Mittagessen verläuft jetzt noch langweiliger als im Winter. Der ewige Gnecker, den ich schon hasse und verachte, ist fast täglich bei uns. Früher duldete ich seine Gegenwart schweigend, jetzt aber richte ich Sticheleien an seine Adresse, die meine Frau und Lisa erröten lassen. In meiner Erbitterung sage ich oft einfach Sottisen und weiß nicht, warum ich sie sage. So sah ich einmal Gnecker lange verächtlich an und schoß auf einmal los:

»Der Adler mag einmal auch in den Tiefen schweben,
Doch niemals wird das Huhn zum Himmel sich erheben.«

Und am ärgerlichsten ist, daß sich das Huhn Gnecker als viel klüger erweist denn der Adler Professor. Da er weiß, daß meine Frau und meine Tochter auf seiner Seite stehen, hält er sich an die Taktik, auf meine Sticheleien mit herablassendem Schweigen zu antworten – »Der Alte hat augenscheinlich den Verstand verloren, was soll man mit ihm reden?« – oder gutmütig über mich zu scherzen. Man muß sich wundern, bis zu welchem Grad ein Mensch versimpeln kann! Ich träume während der ganzen Mahlzeit davon, wie Gnecker sich als Abenteurer entpuppt, wie Lisa und meine Frau ihren Irrtum einsehen und ich sie dann hänseln kann – und ähnliche abgeschmackte Gedanken zu einer Zeit, wo ich mit einem Fuße schon im Grabe stehe!

Jetzt kommt es auch zu Mißhelligkeiten, die ich früher nur vom Hörensagen kannte. So peinlich mir die Sache ist, will ich doch etwas erzählen, was sich dieser Tage nach dem Essen ereignete.

Ich sitze in meinem Zimmer und rauche eine Pfeife. Wie gewöhnlich kommt meine Frau herein, setzt sich und beginnt davon zu sprechen, wie gut es wäre, wenn ich jetzt, solange es warm ist und ich freie Zeit habe, nach Charkow führe, um dort Erkundigungen über Gnecker einzuziehen. »Gut, ich werde fahren . . .« antworte ich. Zufrieden steht meine Frau auf und geht zur Tür, kehrt aber gleich wieder um und sagt: »Bei dieser Gelegenheit noch eine Bitte. Ich weiß, du wirst dich ärgern, aber es ist meine Pflicht, dich zu warnen . . . Verzeih, Nikolaj Stepanytsch, aber alle unsere Bekannten und Nachbarn beginnen sich schon darüber aufzuhalten, daß du so oft bei Katja bist. Sie ist klug, gebildet, ich will es nicht bestreiten, es ist angenehm, mit ihr die Zeit zu verbringen; aber in deinen Jahren und bei deiner gesellschaftlichen Stellung ist es, weißt du, irgendwie seltsam, an ihrer Gesellschaft Vergnügen zu finden. Außerdem hat sie einen solchen Ruf, daß . . .«

Das ganze Blut fließt plötzlich aus meinem Hirn zum Herzen, aus den Augen sprühen Funken, ich springe auf, fasse mich an den Kopf, stampfe mit den Füßen und schreie mit wütender Stimme: »Laßt mich in Ruhe! Laßt mich in Ruhe!«

Wahrscheinlich ist mein Gesicht schrecklich, meine Stimme unnatürlich; denn meine Frau erbleicht plötzlich und schreit mit verzweifelter Stimme laut auf. Auf unser Geschrei kommen Lisa, Gnecker, dann Jegor gelaufen . . .

»Laßt mich in Ruhe!« schreie ich. »Hinaus! Verlaßt mich!«

Meine Beine werden taub, als ob sie gar nicht da wären, ich fühle, wie ich jemand in die Arme sinke, dann höre ich kurze Zeit weinen und falle in eine Ohmacht, die mehrere Stunden dauert.

Nun zu Katja. Sie kommt täglich gegen Abend zu mir, und natürlich bemerken das meine Nachbarn und Bekannten. Sie kommt nur auf ein Weilchen und nimmt mich zum Spazierenfahren mit. Sie hat ein eigenes Pferd und einen neuen, in diesem Sommer gekauften Wagen. Überhaupt lebt sie auf großem Fuß: sie hat für den Sommer eine teure Einzelvilla mit großem Garten gemietet und ihre ganze städtische Einrichtung herübergenommen; sie hat zwei Mädchen und einen Kutscher . . . Oft frage ich sie: »Katja, wovon willst du leben, wenn du die väterlichen Gelder durchgebracht hast?«

»Das wird sich schon finden«, antwortet sie.

»Mit diesem Geld, meine Liebe, muß man achtsam umgehen. Ein guter Mensch hat es durch ehrliche Arbeit erworben.«

»Davon sprachen Sie bereits. Ich weiß es.«

Zunächst fahren wir durch Felder, dann durch den Kiefernwald, den ich von meinem Fenster aus sehe. Die Natur erscheint mir wie stets wunderschön, obwohl ein Teufel mir zuflüstert, daß diese Kiefern und Tannen, Vögel und weißen Wolken am Himmel nach drei oder vier Monaten, wenn ich sterbe, mich nicht vermissen werden. Katja hat Spaß am Kutschieren, das schöne Wetter und meine Gesellschaft tun ihr wohl. Sie ist guter Laune und ohne Schroffheit.

»Sie sind ein sehr guter Mensch, Nikolaj Stepanytsch«, sagt sie. »Sie sind ein seltenes Exemplar. Es gibt keinen Schauspieler, der Sie darzustellen vermöchte. Mich oder zum Beispiel Michail Fjodorowitsch kann sogar ein schlechter Schauspieler spielen, Sie aber niemand. Und ich beneide Sie, beneide Sie schrecklich! Was stelle ich zum Beispiel dar? Was?«

Sie denkt einen Augenblick nach und fragt mich: »Nikolaj Stepanytsch, ich bin eine negative Erscheinung, nicht wahr?«

»Ja«, antworte ich.

»Hm ... Was soll ich tun?«

Was soll ich ihr antworten? »Arbeite« oder »Verteile deinen Besitz unter die Armen« oder »Erkenne dich selbst« ist leicht gesagt, und weil das so leicht zu sagen ist, weiß ich nicht, was ich antworten soll.

Meine Kollegen von der Medizin raten, wenn sie im Heilverfahren unterrichten, »jeden Fall zu individualisieren«. Wenn man diesen Rat befolgt, wird man finden, daß die Mittel, die in den Lehrbüchern als die besten, im Normalfall unfehlbar wirkenden empfohlen werden, für Sonderfälle ganz ungeeignet sind. Dasselbe gilt bei seelischen Leiden.

Aber ich muß etwas antworten, und so sage ich: »Meine Liebe, du hast zuviel freie Zeit. Du mußt dich mit irgend etwas beschäftigen. In der Tat, warum solltest du nicht von neuem Schauspielerin werden, wenn du den Beruf dazu hast?«

»Ich kann es nicht.«

»Du hast einen Ton und eine Art, als ob du ein Opfer wärst. Das gefällt mir nicht, meine Liebe. Du selbst bist schuld. Besinne dich, du fingst damit an, daß du dich über Menschen und Zustände ärgertest, aber du tatest nichts, die einen oder das andere zu bessern. Du kämpftest nicht mit dem Bösen, sondern wurdest müde, und du bist nicht ein Opfer des Kampfes, sondern deiner eigenen Schwäche. Nun, natürlich, damals warst du jung und unerfahren, jetzt aber kann alles anders gehen. Wirklich, handle jetzt. Du wirst dich plagen, aber der heiligen Kunst dienen!«

»Versuchen Sie nicht, mich zu überlisten, Nikolaj Stepanytsch«, unterbricht mich Katja. »Wir wollen ein für allemal abmachen: von Schauspielern, Schauspielerinnen, Schriftstellern dürfen wir sprechen, die Kunst aber lassen wir in Ruhe. Sie sind ein vortrefflicher, seltener Mann, aber Sie verstehen nicht genug von der Kunst, um sie ernstlich für heilig anzusprechen. Für die Kunst fehlt ihnen Gefühl und Instinkt. Ihr ganzes Leben lang waren Sie tätig und hatten gar nicht die Zeit, jenen Instinkt zu entwickeln. Überhaupt . . . ich liebe Gespräche über Kunst nicht!« fuhr sie nervös fort. »Ich liebe es nicht! Man hat sie ohnehin genug banalisiert!«

»Wer hat sie banalisiert?«

»Die einen banalisieren sie mit ihrer Trunksucht, die Zeitungen durch die familiäre Art, in der sie mit ihr umspringen, die klugen Leute durch Philosophie.«

»Die Philosophie hat hier nichts zu schaffen.«

»Doch. Wenn jemand philosophiert, so beweist er, daß er nichts kapiert.«

Damit es zu keinen Schroffheiten kommt, beeile ich mich, das Thema zu wechseln und schweige dann lange. Erst wenn wir aus dem Wald herauskommen und auf

Katjas Sommervilla zuhalten, kehre ich auf das abgebrochene Gespräch zurück und frage: »Du hast mir aber noch nicht geantwortet: warum willst du nicht Schauspielerin werden?«

»Nikolaj Stepanytsch, das ist wirklich grausam!« schreit sie auf und wird plötzlich ganz rot. »Sie wollen, daß ich Ihnen laut die Wahrheit sage? Bitte sehr . . . Sie wollen sie ja hören! Ich habe kein Talent! Habe gar kein Talent und . . . und besitze viel Ehrgeiz! Das ist es!«

Nach diesem Geständnis wendet sie ihr Gesicht weg und zieht, um das Beben ihrer Hände zu verbergen, die Zügel heftig an.

Während wir uns ihrem Haus nähern, sehen wir Michail Fjodorowitsch schon von weitem, wie er am Tor auf und ab geht und uns ungeduldig erwartet.

»Schon wieder dieser Michail Fjodorowitsch!« sagt Katja ärgerlich. »Befreien Sie mich bitte von ihm! Er ist mir zuwider, ich habe ihn gründlich satt! Hol ihn der Teufel!«

Michail Fjodorowitsch sollte längst ins Ausland reisen, doch schiebt er seine Abreise von Woche zu Woche auf. In letzter Zeit sind gewisse Veränderungen in ihm vorgegangen: er sieht irgendwie zusammengefallen aus, er betrinkt sich an Wein, was früher nie vorkam, und seine schwarzen Augenbrauen fangen an zu ergrauen. Wenn unser Wagen am Tor haltmacht, verbirgt er seine Freude und Ungeduld nicht. Er hilft Katja und mir geschäftig heraus, stellt hastig Fragen, lacht, reibt seine Hände, und all das Sanfte, Flehende, Reine, das ich früher nur in seinem Blicke wahrnahm, liegt jetzt über seinem ganzen Gesicht. Er freut sich und schämt sich gleichzeitig über seine Freude, schämt sich über seine Gewohnheit, allabendlich Katja zu besuchen, und hält für nötig, sein Kommen mit irgendeinem augenscheinlichen Unsinn zu motivieren, etwa »Ich fuhr zufällig in Besorgungen vorüber und gedachte nur auf eine Minute hereinzuschauen.«

Wir gehen alle drei ins Haus; zuerst trinken wir Tee, dann erscheinen die zwei mir längst bekannten Kartenspiele auf dem Tisch, ein großes Stück Käse, Obst und eine Flasche Schaumwein aus der Krim. Unsere Gesprächsthemen haben sich nicht geändert, es sind die gleichen wie im Winter. Es geht über die Universität und die Studenten, über die Literatur und das Theater her; die Luft wird vom Lästern dumpfer, stickiger, und nicht zwei Kröten, wie im Winter, verpesten sie, sondern ganze drei. Außer dem samtenen Baritonlachen und dem harmonikaähnlichen Gelächter hört das Dienstmädchen noch ein unangenehmes, klirrendes Lachen, wie es in den Singspielen die Generale ausstoßen: »He-he-he . . .«

5

Es gibt furchtbare Nächte mit Donner, Blitz, Regen und Sturm, die im Volke »Sperlingsnächte« heißen. Eine derartige »Sperlingsnacht« gab es auch in meinem Leben.

Ich wache nach Mitternacht auf und fahre plötzlich im Bett empor. Es ist mir, als ob ich gleich sterben werde. Wie komme ich darauf? Im Körper ist keine einzige Empfindung zu spüren, die auf ein rasches Ende schließen ließe, aber meine Seele ist voll eines solchen Entsetzens, als hätte ich auf einmal eine riesige, unheilverkündende Feuersbrunst gesehen.

Ich mache schnell Licht, trinke gleich aus der Karaffe Wasser und eile ans offene Fenster. Draußen ist herrliches Wetter. Es duftet nach Heu und nach noch etwas sehr Schönem. Ich sehe die Staketen meines Gartenzaunes, die schläfrigen, hageren Bäumchen vor dem Fenster, den Weg, den dunklen Waldstreifen; am Himmel steht ein ruhiger, sehr klarer Mond, kein einziges Wölkchen. Völlige Stille, es rührt sich kein Blatt. Mir kommt es vor, als ob alles mich anschaut und lauscht, wie ich nun sterben werde.

Mir wird bange. Ich schließe das Fenster und eile zum Bett zurück. Ich fühle meinen Puls, und da ich ihn an den Handgelenken nicht finde, suche ich ihn an den Schläfen, dann am Kinn und von neuem am Handgelenk, und überall bin ich kalt und glitschig vor Schweiß. Mein Atem wird immer kürzer und kürzer, mein Körper bebt, alle Eingeweide sind in Bewegung, im Gesicht und auf der Glatze habe ich das Gefühl von Spinneweben.

Was soll ich tun? Soll ich die Meinen rufen? Nein, das ist nicht das richtige. Ich kann mir nicht vorstellen, was meine Frau und Lisa tun würden, wenn sie zu mir hereinkämen.

Ich stecke den Kopf unters Kissen, schließe die Augen und warte, warte ... Meinen Rücken überläuft es kalt, er zieht sich gleichsam nach innen, und mich überfällt das Gefühl, der Tod schleiche unentrinnbar, ganz leise von hinten an mich heran ...

»Kiwi, Kiwi!« ertönt auf einmal ein Ruf in der nächtlichen Stille, und ich weiß nicht, wo das ist: in meiner Brust oder auf der Straße? »Kiwi – Kiwi!«

Mein Gott, wie schrecklich! Ich möchte noch Wasser trinken, aber ich habe Angst, die Augen zu öffnen, und ich fürchte mich, den Kopf zu erheben. Ein namenloser tierischer Schrecken packt mich, ich kann nicht begreifen, weswegen mir so bang ist: weil ich leben will, oder weil mich ein neuer, noch unbekannter Schmerz erwartet?

Oben über der Zimmerdecke stöhnt jemand, dann wieder lacht es ... Ich lausche. Nach einer Weile erklingen auf der Treppe Schritte. Jemand geht eilig herunter dann wieder hinauf. Nach einer Minute hört man die Tritte wiederum unten; jemand bleibt an meiner Tür stehen und lauscht.

»Wer ist dort?« rufe ich.

Die Tür tut sich auf, ich öffne mutig die Augen und sehe meine Frau. Ihr Gesicht ist bleich, die Augen sind verweint.

»Du schläfst nicht, Nikolaj Stepanytsch?« fragte sie.

»Was willst du?«

»Um Gottes willen komm zu Lisa und schau sie dir an. Es ist etwas mit ihr nicht in Ordnung . . .«

»Gut . . . gerne . . .«, murmele ich, zufrieden, daß ich nicht allein bin. »Gut . . .sofort.«

Ich folge meiner Frau, höre, was sie mir sagt, verstehe aber vor Aufregung nichts. Helle Flecken hüpfen vor ihrer Kerze über die Treppenstufen, unsre langen Schatten zittern, meine Beine verwickeln sich in die Falten des Schlafrocks, ich komme außer Atem und habe das Gefühl, daß etwas hinter mir herjagt und mich am Rücken packen will. »Ich werde gleich hier auf der Treppe sterben«, denke ich, »sofort . . .« Aber nun haben wir die Treppe hinter uns, den dunklen Korridor mit dem italienischen Fenster, und wir treten in Lisas Zimmer. Sie sitzt im bloßen Hemd auf dem Bett, läßt die nackten Beine herabhängen und stöhnt.

»Ach, mein Gott . . . ach, mein Gott!« murmelt sie, von unserm Licht geblendet. »Ich kann nicht, ich kann nicht.«

»Lisa, mein Kind«, sage ich.

»Was hast du?«

Sowie sie mich sieht, schreit sie auf und wirft sich mir an den Hals.

»Mein guter Papa«, schluchzt sie, »mein bester Papa. Mein Liebling . . . Ich weiß nicht, was mit mir ist . . . Mir ist so schwer!«

Sie umarmt und küßt mich und stammelt Liebkosungen, die ich von ihr nicht mehr hörte, seit sie ein Kind war.

»Beruhige dich, mein Kind, Gott ist mit dir!« sage ich. »Du brauchst nicht zu weinen. Mir ist selbst schwer genug.«

Ich bemühe mich, sie zuzudecken, meine Frau gibt ihr zu trinken, und wir machen uns beide um das Bett herum zu schaffen, wir stoßen mit den Schultern zusammen und da fällt mir ein, wie wir früher miteinander unsere Kinder badeten.

»Hilf ihr doch, hilf ihr!« fleht meine Frau. »Tue irgend etwas!«

Was kann ich denn tun? Nichts kann ich tun. Auf Lisas Seele liegt irgendeine Last, aber ich begreife nichts davon, weiß nichts und kann nur murmeln: »Nichts, nichts ... Das wird schon vergehen ... Schlaf nur, schlaf ...«

Als ob es dazugehöre, ertönt plötzlich auf unserm Hofe Hundegeheul, anfangs leise und unentschlossen, dann laut, zweistimmig. Ich habe niemals Vorzeichen wie Hundegeheul oder Eulenschrei ernst genommen, doch jetzt preßt sich mein Herz qualvoll zusammen, und ich versuche, mir dies Geheul zu erklären. »Unsinn ...«, denke ich. »Einwirkung eines Organismus auf den andern. Meine heftige Nervosität übertrug sich auf meine Frau, auf Lisa, auf den Hund, das ist alles ... Durch solche Übertragungen erklären sich die Ahnungen und Vorgesichte ...«

Wie ich nach einer Weile in mein Zimmer zurückkehre, um ein Rezept für Lisa zu schreiben, denke ich nicht mehr ans Sterben, aber meine Seele ist schwer und qualbedrückt, und es tut mir sogar leid, daß ich nicht schon gestorben bin. Lange stehe ich unbeweglich im Zimmer und überlege, was ich wohl Lisa verschreiben solle, aber das Stöhnen über der Decke verstummt allmählich, ich entschließe mich, nichts zu verschreiben, und stehe dennoch da ...

Es herrscht Totenstille, eine solche Stille, daß sie, wie sich einmal ein Schriftsteller ausdrückte, sogar in den Ohren klingt. Die Zeit vergeht langsam, die Streifen des Mondlichts auf dem Fensterbrett verändern ihre Lage nicht, sie sind wie erstarrt. Die Morgendämmerung wird nicht so bald kommen.

Aber nun knarrt die Gartentür, jemand schleicht näher, bricht von einem der hageren Bäumchen ein Zweiglein ab und klopft damit vorsichtig an das Fenster.

»Nikolaj Stepanytsch!« höre ich ein Flüstern. »Nikolaj Stepanytsch!«

Ich öffne das Fenster und mir ist, als sähe ich einen Traum: an die Wand gedrückt steht unter dem Fenster eine Frau in schwarzem Kleide, grell vom Mond beschienen, und sieht mich mit großen Augen an. Ihr Gesicht ist blaß, streng, sonderbar, wie marmorn sieht es im Mondschein aus, ihr Kinn bebt.

»Ich bin's . . .«, sagt sie, »ich . . . Katja!«

Bei Mondlicht sehen alle Frauenaugen groß und schwarz aus, die Menschen größer und blasser, und das ist wohl auch der Grund, warum ich sie nicht gleich erkannte.

»Was fehlt dir?«

»Verzeihen Sie«, sagt sie. »Mir wurde plötzlich unerträglich schwer zumute . . . Ich hielt es nicht aus und kam hierher. In Ihrem Fenster war Licht . . . und ich entschloß mich, anzuklopfen . . . Entschuldigen Sie . . . Ach, wenn Sie wüßten, wie schwer mir war. Was tun Sie jetzt?«

»Nichts. Ich kann nicht schlafen.«

»Ich hatte irgendein Vorgefühl. Aber das ist ja Unsinn.«

Sie zieht die Augenbrauen in die Höhe, ihre Augen schimmern von Tränen, und über ihrem ganzen Gesicht liegt wie ein heller Schein der mir so wohlbekannte, seit langem nicht mehr gesehene Ausdruck des Vertrauens.

»Nikolaj Stepanytsch!« sagte sie flehentlich und streckt mir beide Hände entgegen. »Mein Teurer, ich bitte Sie . . . ich flehe Sie an . . . Wenn Sie meine Freundschaft nicht verachten und meine Verehrung für Sie, so erhören Sie meine Bitte!«

»Was gibt es denn?«

»Nehmen Sie mein Geld!«

»Nun, was hast du dir da ausgedacht! Wozu brauche ich dein Geld?«

»Sie sollen irgendwohin zur Kur fahren. Sie müssen sich kurieren. Nehmen Sie es? Ja? Mein Lieber, ja?«

Sie blickt gespannt in mein Gesicht und wiederholt.

»Ja? Nehmen Sie es?«

»Nein, mein Kind, ich nehme es nicht«, sage ich »Danke.«

Sie kehrt mir den Rücken zu und senkt den Kopf. Wahrscheinlich lehnte ich in einem Tone ab, der keine weiteren Gespräche über Geld zuließ.

»Fahre heim und schlafe«, sage ich. »Morgen werden wir uns wiedersehen.«

»Also legen Sie keinen Wert auf meine Freundschaft?« fragt sie niedergeschlagen.

»Das sag ich doch nicht. Aber dein Geld brauche ich jetzt nicht.«

»Verzeihen Sie . . .«, sagt sie und senkt ihre Stimme um eine ganze Oktave. »Ich verstehe Sie . . . Schulden machen bei einem Menschen wie mir . . . bei einer verkrachten Schauspielerin . . . Leben Sie wohl . . .«

Und sie geht so rasch fort, daß ich ihr nicht einmal Lebewohl sagen kann.

## 6

Ich bin in Charkow.

Weil es aussichtslos ist, gegen meinen jetzigen Zustand anzukämpfen, und ich auch nicht mehr die Kraft dazu habe, nehme ich mir vor, meine letzten Lebenstage wenigstens formal tadellos zu beschließen; bin ich meiner Familie gegenüber im Unrecht, was ich in jedem Betracht zugebe, so will ich mich bemühen, ganz nach ihren Wünschen zu handeln. Muß ich nach Charkow fahren, so fahre ich eben. Außerdem bin ich in letzter Zeit allem gegenüber so gleichgültig geworden, daß mir vollkommen einerlei ist, wohin ich reise, ob nach Charkow oder nach Paris oder nach Berditschew.

Ich kam um zwölf Uhr mittags hier an und stieg in

einem Gasthaus nicht weit von der Kathedrale ab. Im Waggon wurde ich tüchtig durcheinandergerüttelt, vom Zugwind durchgeblasen, und nun sitze ich auf dem Bett, halte mir den Kopf und warte auf den Tic. Ich müßte heute noch zu den mir bekannten Professoren fahren, aber ich habe keine Lust und keine Kraft dazu.

Der alte Zimmerkellner kommt herein und fragt, ob ich Bettwäsche mithabe. Ich halte ihn fünf Minuten auf und stelle ihm einige Fragen in bezug auf Gnecker, dessentwegen ich hierhergereist bin. Der Kellner ist aus Charkow gebürtig, kennt die Stadt wie seine Hosentasche, besinnt sich aber durchaus nicht auf ein Haus, das einer Familie Gnecker gehört. Ich erkundige mich nach dem Gute – das gleiche Ergebnis.

Im Korridor schlägt die Uhr eins, dann zwei, dann drei . . . Diese letzten Lebensmonate, in denen ich auf meinen Tod warte, erscheinen mir viel länger als mein ganzes Leben. Und niemals verstand ich früher, mich so mit der Langsamkeit der Zeit abzufinden wie jetzt. Wenn ich früher auf dem Bahnhof auf den Zug warten mußte oder Examen hielt, schien eine Viertelstunde eine Ewigkeit zu dauern, jetzt dagegen kann ich die ganze Nacht unbeweglich auf dem Bette sitzen und völlig gleichmütig darüber nachdenken, daß morgen eine ebenso lange farblose Nacht sein werde, und ebenso übermorgen . . .

Im Korridor schlägt es fünf, sechs, sieben . . . Es wird dunkel.

Ich fühle einen dumpfen Schmerz in der Wange – nun beginnt der Tic. Um meine Gedanken abzulenken, stelle ich mich auf meinen früheren Standpunkt, als mir noch nicht alles gleichgültig war, und frage: warum sitze ich, ein berühmter Mann, ein Geheimrat, in einem kleinen Hotelzimmer, auf diesem Bett mit der fremden grauen Decke? Warum sehe ich dieses billige Waschbecken aus Blech an und lausche, wie im Korridor die elende Uhr schlägt? Ist das alles etwa meines Ruhmes und meiner hohen Stellung unter den Menschen würdig? Und ich beantworte die Fragen mit einem spöttischen Lächeln. Wie lächerlich erscheint mir die Naivität, mit der ich einst in meiner Jugend die Bedeutung des Ruhms, der Ausnahmestellung überschätzte, welche berühmte Leute angeblich genießen. Ich bin berühmt, mein Name wird mit Ehrfurcht genannt, mein Bild war in der »Niwa« und der »Weltillustration«, meine Biographie hab ich sogar in einer deutschen Zeitschrift gelesen – und was folgt daraus? Ich sitze mutterseelenallein in einer fremden Stadt, auf einem fremden Bett und reibe mit der Handfläche meine kranke Backe ... Häuslicher Kleinkram, die Unbarmherzigkeit der Gläubigen, die Grobheit der Eisenbahnangestellten, die Scherereien mit dem Paß, das kostspielige, ungesunde Essen an den Büfetts der Wartesäle, die allgemeine Ungeschliffenheit und Grobheit im Verkehr – alles das und vieles andere, was aufzuzählen zu lange dauern würde, trifft mich nicht minder als einen x-beliebigen Kleinbürger, der nur in seiner Gasse bekannt ist. Worin besteht also meine Ausnahmestellung?

Zugegeben, daß ich tausendfach berühmt, daß ich ein Held bin, auf den mein Vaterland stolz ist, daß man in allen Zeitungen Bulletins über meine Krankheit druckt, daß mir durch die Post schon teilnahmsvolle Schreiben von Kollegen, Schülern und aus dem Publikum zugehen, alles das verhindert nicht, daß ich auf einem fremden Bett, voll Kummer, in völliger Einsamkeit sterbe ... Natürlich ist niemand daran schuld, aber ich sündiger Mensch liebe nun einmal die Popularität meines Namens nicht. Mir kommt es vor, als hätte sie mich betrogen.

Etwa um zehn Uhr schlummere ich ein und schlafe trotz meines Tics fest, und ich hätte lange geschlafen, wenn man mich nicht aufweckte. Kurz nach ein Uhr wird an meine Tür geklopft.

»Wer ist da?«

»Ein Telegramm!«

»Das hättet ihr bis morgen lassen können«, sage ich ärgerlich, während ich vom Zimmerkellner das Telegramm entgegennehme. »Ein zweitesmal werde ich nicht einschlafen.«

»Verzeihung, Herr. Bei Ihnen brannte Licht, ich glaubte, daß Sie nicht schlafen.«

Ich öffne das Telegramm und sehe zuerst auf die Unterschrift: es kommt von meiner Frau. Was will sie?

»Gestern hat sich Gnecker heimlich mit Lisa trauen lassen. Kehre zurück.«

Ich lese dieses Telegramm und erschrecke nur für einen Augenblick. Nicht die Handlungsweise Gneckers und Lisas erschreckt mich, sondern die Gleichgültigkeit, mit der ich die Nachricht von ihrer Heirat aufnehme. Man sagt, Philosophen und wahre Weise seien gleichgültig. Nein, Gleichgültigkeit ist die Paralyse der Seele, der vorzeitige Tod.

Von neuem lege ich mich zu Bett und überlege, womit ich meine Gedanken beschäftigen soll. Woran soll ich denken? Alles scheint bereits durchdacht zu sein, und es gibt nichts, was jetzt fähig wäre, meine Gedanken anzuregen. Als der Morgen dämmert, sitze ich im Bett, halte mit beiden Händen die Knie umklammert und versuche, da ich nichts zu tun habe, mich selbst zu erkennen. »Erkenne dich selbst« ist ein wunderschöner und nützlicher Rat, nur schade, daß die Alten nicht darauf verfallen sind, uns mitzuteilen, wie man von diesem Rat Gebrauch machen soll.

Wenn mich früher die Lust anwandelte, jemand anders oder mich selbst zu begreifen, so zog ich nicht die Handlungen, bei denen alles bedingt ist, in Erwägung, sondern die Wünsche. Sage mir, was du willst, und ich sage dir, wer du bist.

Und jetzt prüfe ich mich: Was will ich?

Ich will, daß unsere Frauen, Kinder, Freunde und Schüler in uns nicht den Namen und nicht die Etikette lieben, sondern einfach den Menschen. Was noch? Ich möchte Gehilfen und Nachfolger haben. Was noch? Ich möchte nach etwa hundert Jahren aufwachen und wenigstens mit einem Auge ansehen können, was aus der Wissenschaft geworden ist. Ich möchste noch etwa zehn Jahre leben ... Was weiter?

Doch weiter nichts. Ich denke, denke lange nach und kann mir nichts ausdenken. Und wieviel ich auch ausdenke und wohin auch meine Gedanken schweifen, mir ist klar, daß meinen Wünschen etwas Wesentliches, etwas sehr Wichtiges fehlt. In meiner leidenschaftlichen Liebe zur Wissenschaft, in meinem Wunsche zu leben, in diesem Sitzen auf einem fremden Bett und in dem Streben, mich selbst zu erkennen, in den Gedanken, Gefühlen und Begriffen, die ich mir bilde, fehlt ein Allgemeines, das alles dies zu einem Ganzen verbindet. Jedes Gefühl, jeder Gedanke lebt in mir abgesondert, und in meinen Urteilen über Wissenschaft, Theater, Literatur, Schüler und in den kleinen Bildern, die mir meine Phantasie malt, wird selbst der erfahrenste Analytiker nicht das finden, was man eine allgemeine Idee oder den Gott des lebendigen Menschen nennt.

Und wenn das fehlt, so ist überhaupt nichts da.

Bei einer solchen Armut genügen ernstliche Krankheit, Todesfurcht, Eindrücke von Umständen und Menschen, damit alles, was ich früher für meine Weltanschauung hielt und worin ich den Sinn und die Freude meines Lebens erblickte, durcheinanderwirbelt und in Fetzen davonfliegt. Es ist daher gar nicht verwunderlich, daß die letzten Monate meines Lebens durch Gedanken und Gefühle verdunkelt wurden, die eines Sklaven und Barbaren würdig sind, daß ich jetzt gleichgültig bin und die Morgendämmerung nicht wahrnehme. Wenn im Menschen nicht das lebt, was höher und stärker als alle äußeren Umstände ist, dann freilich genügt für ihn ein ordentlicher Schnupfen, um das Gleichgewicht zu verlieren und in jedem Vogel eine Eule zu sehen, in jedem Laut Hundegeheul zu hören. Und sein ganzer Pessimismus oder Optimismus samt seinen großen und kleinen Gedanken haben nur noch die Bedeutung von Symptomen und sonst nichts.

Ich bin besiegt. Wenn dem so ist, besteht kein Anlaß, weiterhin nachzudenken, kein Grund, weiterhin zu diskutieren. Ich werde sitzen und schweigend erwarten, was kommt.

Am Morgen bringt mir der Zimmerkellner Tee und die Nummer des Lokalblattes. Mechanisch lese ich die Mitteilungen auf der ersten Seite, durch den Leitartikel, die Auszüge aus Zeitungen und Zeitschriften; die Tageschronik . . . Unter anderm finde ich in der Chronik folgende Mitteilung: »Gestern traf mit dem Kurierzug in Charkow unser berühmter Gelehrter, der hochverdiente Professor Nikolaj Stepanytsch Soundso ein und stieg in dem und dem Gasthause ab.«

Anscheinend sind die bedeutenden Namen dazu bestimmt, selbständig, abgesondert von denen zu leben, die sie tragen. Jetzt geht mein Name ungestört in Charkow spazieren; in etwa drei Monaten wird er mit goldenen Lettern auf einem Grabdenkmal stehen und wie die Sonne glänzen – zu einer Zeit, da ich schon mit Erde bedeckt sein werde . . .

Leichtes Klopfen an der Tür. Jemand will zu mir.

»Wer ist dort? Herein!«

Die Tür tut sich auf. Verwundert weiche ich einen Schritt zurück und schlage geschwind die Schöße meines Schlafrockes übereinander. Vor mir steht Katja.

»Guten Tag«, sagt sie, vom Treppensteigen noch schwer atmend. »Sie haben mich nicht erwartet? Ich bin auch . . . bin auch hierhergekommen.«

Sie setzt sich hin und fährt fort, stotternd, ohne mich anzusehen: »Was begrüßen Sie mich denn nicht? Ich bin auch hergekommen . . . heute . . . Erfuhr, daß Sie in diesem Gasthaus sind, und kam zu Ihnen.«

»Freue mich sehr, dich zu sehen«, sage ich und zucke die Achseln, »aber ich bin erstaunt . . . Du bist wie vom Himmel gefallen. Was tust du hier?«

»Ich? So . . . ich machte mich einfach auf und fuhr her.«

Schweigen. Plötzlich steht sie hastig auf und kommt näher zu mir.

»Nikolaj Stepanytsch!« sagt sie erbleichend und die Hände an die Brust drückend. »Nikolaj Stepanytsch! Ich kann so nicht länger leben! Ich kann es nicht! Um Gottes willen, sagen Sie mir so rasch wie möglich, sofort, was soll ich tun? Sagen Sie, was soll ich tun?«

»Was kann ich sagen?« antworte ich zögernd. »Nichts kann ich sagen.«

»Sagen Sie es doch, ich flehe Sie an!« fährt sie fort, außer Atem und am ganzen Leibe zitternd. »Ich schwöre Ihnen, daß ich so nicht länger leben kann! Es geht über meine Kraft.«

Sie sinkt auf einen Stuhl und beginnt zu schluchzen. Sie hat den Kopf zurückgeworfen, ringt die Hände, stampft mit den Füßen; ihr Hut ist vom Kopf gefallen und baumelt am Gummiband, die Frisur ist zerzaust.

»Helfen Sie mir! Helfen Sie!« fleht sie. »Ich kann nicht mehr!«

Sie nimmt aus ihrem Reisetäschchen ein Taschentuch und zieht mit ihm zusammen einige Briefe heraus, die von ihren Knien auf den Fußboden fallen. Ich sammle sie vom Fußboden auf und erkenne auf einem der Briefe die Handschrift Michail Fjodorowitschs und lese unabsichtlich das Bruchstück eines Wortes »leidenscha . . .«

»Ich kann dir nichts sagen, Katja.«

»Helfen Sie doch!« schluchzt sie, ergreift meine Hand und küßt sie. »Sie sind doch mein Vater, mein einziger Freund! Sie sind doch klug, gebildet, haben lange gelebt!

Sie waren Lehrer! Sagen Sie mir: was soll ich tun?«

»Auf Ehre und Gewissen, Katja, ich weiß es nicht.«

Ich verliere völlig den Kopf, so verwirrt und rührt mich ihr Schluchzen, und kann kaum auf den Beinen stehen.

»Komm, Katja, laß uns frühstücken«, sage ich, angespannt lächelnd. »Genug geweint!«

Und alsbald füge ich mit gesenkter Stimme hinzu.

»Ich werde nicht mehr lange leben, Katja ...«

»Wenigstens ein Wort, wenigstens ein Wort!« sagt sie weinend und streckt mir ihre Hände entgegen. »Was soll ich tun?«

»Seltsames Ding, wirklich ...«, murmele ich. »Ich verstehe nicht! Eine so kluge Person, und plötzlich – da hast du's nun! Bist ins Weinen gekommen ...«

Es herrscht Schweigen. Katja richtet ihre Frisur, setzt den Hut auf, knüllt dann die Briefe zusammen und steckt sie in ihr Täschchen – alles das tut sie schweigend und langsam. Gesicht, Brust und Handschuhe sind von Tränen feucht, aber ihr Gesichtsausdruck ist nüchtern und herb ... Ich sehe sie an und schäme mich, daß ich glücklicher bin als sie. Ich habe die Abwesenheit dessen, was meine Kollegen, die Philosophen, eine allgemeine Idee nennen, erst jetzt am Ende meiner Lebenstage bemerkt, nicht lange vor dem Tode; aber die Seele dieser armen Kreatur kannte ihr Leben lang ihr ganzes Leben lang keine Zuflucht und wird sie auch nie finden!

»Komm frühstücken, Katja«, sage ich.

»Nein, danke«, antwortet sie kühl.

Noch eine Minute vergeht in Stillschweigen.

»Charkow gefällt mir nicht«, sage ich. »Es ist gar zu farblos. Was für eine farblose Stadt.«

»Ja. Freilich ... Unschön ... Ich bleibe nicht lange hier ... Bin auf der Durchreise. Heute noch fahr ich ab.«

»Wohin?«

»In die Krim ... das heißt in den Kaukasus.«

»So. Auf lange?«

»Ich weiß es nicht.«

Katja steht auf; kühl lächelnd, ohne mich anzusehen, streckt sie mir die Hand entgegen.

Ich habe Lust, sie zu fragen: »Du wirst also bei meinem Begräbnis nicht da sein?« Aber sie sieht mich nicht an, ihre Hand ist kalt und fremd. Ich geleite sie schweigend zur Tür. Nun hat sie mich verlassen, sie geht über den langen Korridor, ohne sich umzusehen. Sie weiß, daß ich ihr nachschaue, wahrscheinlich wird sie sich an der Ecke umsehen.

Nein, sie hat sich nicht umgesehen. Zum letzten Male ist das schwarze Kleid davongehuscht, die Tritte sind verklungen . . . Leb wohl, mein Liebling!

# IM ALTER

Der Architekt Staatsrat Uselkow fuhr in seine Vaterstadt, wohin man ihn zur Restaurierung der Friedhofskirche gerufen hatte. In dieser Stadt war er geboren und aufgewachsen, war dort zur Schule gegangen und hatte geheiratet; als er aber den Zug verlassen hatte, erkannte er die Stadt kaum wieder. Alles hatte sich verändert ... Als er vor achtzehn Jahren nach Petersburg übersiedelte, fingen zum Beispiel an der Stelle, wo jetzt der Bahnhof steht, die Knaben Ziesel; jetzt erhebt sich an der Einfahrt zur Hauptstraße das vierstöckige Hotel »Wien«, doch damals zog sich hier ein häßlicher grauer Zaun hin. Aber noch mehr als die Zäune und Häuser hatten sich die Menschen verändert. Vom Zimmerkellner erfuhr Uselkow, daß mehr als die Hälfte der Menschen, an die er sich erinnerte, gestorben, verarmt, vergessen war.

»Aber an Uselkow erinnerst du dich?« fragte er den alten Kellner nach sich selbst. »An Uselkow, den Architekten, der sich von seiner Frau scheiden ließ ... Er besaß doch ein Haus in der Sswirebejewstraße ... Sicherlich erinnerst du dich an ihn!«

»Nein, ich erinnere mich nicht.«

»Nun, wie kannst du dich nicht daran erinnern! Die Sache war doch überall bekannt, sogar alle Droschkenkutscher kannten sie. Denke etwas nach! Der Anwalt Schapkin, der Lump, führte die Scheidung durch, der bekannte Falschspieler, den man im Klub verprügelte ...«

»Iwan Nikolaitsch?«

»Nun, ja, ja ... Was, lebt er noch? Ist er tot?«

»Er lebt, gottlob. Er ist jetzt Notar und hat ein Büro. Es geht ihm recht gut. Zwei Häuser in der Ziegelstraße. Vor kurzem hat er eine Tochter verheiratet.«

Uselkow ging aus einer Ecke in die andere, dachte nach

und nahm sich vor, aus Langeweile Schapkin zu besuchen. Als er das Hotel verließ und langsam zur Ziegelstraße schlenderte, war es Mittag. Er traf Schapkin im Büro und erkannte ihn kaum wieder. Aus dem einst so schlanken, gewandten Anwalt Schapkin mit seiner beweglichen, frechen, ewig betrunkenen Physiognomie war ein bescheidener, grauhaariger, hinfälliger Greis geworden.

»Sie erkennen mich wohl nicht und haben mich vergessen«, begann Uselkow, »ich bin Ihr ehemaliger Klient Uselkow . . .«

»Uselkow? Was für ein Uselkow? Ach!«

Schapkin erinnerte sich, erkannte ihn und geriet ganz außer sich. Ausrufe und Fragen wurden laut, Erinnerungen ausgetauscht.

»Das habe ich wirklich nicht erwartet! Daran habe ich nicht gedacht!« gackerte Schapkin. »Was kann ich Ihnen vorsetzen? Wünschen Sie Champagner? Wollen Sie vielleicht Austern? Mein Lieber, ich habe Ihnen seinerzeit so viel Geld abgenommen, daß ich gar nicht weiß, womit ich Sie bewirten soll . . .«

»Bitte, bemühen Sie sich nicht«, sagte Uselkow. »Ich habe keine Zeit. Ich muß sofort auf den Friedhof fahren, um die Kirche zu besichtigen. Ich habe einen Auftrag erhalten.«

»Ausgezeichnet! Wir wollen einen Imbiß nehmen, etwas trinken und fahren dann zusammen. Ich habe vortreffliche Pferde! Ich bringe Sie hin und mache Sie mit dem Kirchenvorsteher bekannt . . . werde alles einrichten . . . Was halten Sie sich, mein Lieber, von mir so fern, als fürchteten Sie mich? Rücken Sie doch etwas näher! Jetzt brauchen Sie mich nicht mehr zu fürchten . . . He-he! . . . Früher war ich tatsächlich ein fixer Junge, ein geriebener Kerl . . . Niemand durfte mir zu nahe kommen, aber jetzt bin ich stiller als Wasser, niedriger als Gras . . .; bin alt und Familienvater geworden . . ., habe Kinder . . ., Zeit zu sterben!«

Die Freunde nahmen einen Imbiß, tranken etwas und fuhren im zweispännigen Schlitten zur Stadt auf den Friedhof hinaus.

»Ja, das war eine Zeit!« sagte Schapkin in Erinnerungen vertieft, als er im Schlitten saß. »Man glaubt's kaum, wenn man daran denkt. Und erinnern Sie sich, wie Sie sich von Ihrer Gattin scheiden ließen? Es sind schon fast zwanzig Jahre her, und wahrscheinlich haben Sie alles vergessen, aber ich weiß alles noch so genau, als hätte ich Sie erst gestern geschieden. Mein Gott, wie ist mir damals die Galle übergelaufen! Ich war ein fixer Junge, ein Kasuist, ein Rechtsverdreher, ein verteufelter Bursche. Wie bemühte ich mich, einen ungewöhnlichen Fall in die Hand zu bekommen, besonders wenn das Honorar gut war, wie zum Beispiel in Ihrem Prozeß. Was haben Sie mir doch damals gezahlt? Fünf- oder sechstausend! Nun, wie soll einem da nicht die Galle überlaufen? Sie fuhren damals nach Petersburg und legten die ganze Sache in meine Hände: mach's, wie du es verstehst! Und Ihre verstorbene Gattin Ssofja Michailowna, war, wenn sie auch aus einem Kaufmannshause stammte, stolz und selbstbewußt. Sie zu bestechen, daß sie die Schuld auf sich nahm, war schwer . . . schrecklich schwer! Manchmal, wenn ich zu ihr zu Verhandlungen ging, kam es vor, daß sie bei meinem Anblick dem Mädchen zurief: ›Mascha, ich habe dir doch befohlen, keinen Lumpen anzunehmen!‹ Ich versuchte es auf diese und jene Weise . . ., schrieb ihr Briefe und legte alles darauf an, sie unerwartet irgendwo zu treffen – sie biß nicht an! Ich mußte durch einen Mittelsmann unterhandeln. Lange habe ich mich mit ihr abgeplagt, und erst als Sie bereit waren, ihr zehntausend zu geben, ergab sie sich . . . Zehntausend gegenüber hielt sie nicht stand . . .

Sie fing an zu weinen, spie mir ins Gesicht, stimmte aber doch zu und nahm die Schuld auf sich!«

»Sie bekam, glaube ich, von mir nicht zehntausend, sondern fünfzehntausend«, sagte Uselkow.

»Ja, ja . . . fünfzehntausend, ich habe mich versprochen!« sagte Schapkin verwirrt. – »Übrigens ist ja alles vorbei und verjährt, was soll ich die Sünde verheimlichen! Ich gab ihr zehntausend, die übrigen fünftausend habe ich mir gutgeschrieben. Euch beide habe ich betrogen . . . Das alles ist längst verjährt, kein Anlaß, sich zu schämen . . . Ja, und von wem hätte ich denn nehmen sollen, Boris Petrowitsch, wenn nicht von Ihnen, urteilen Sie selbst . . . Sie waren ein reicher, satter Mann . . . Aus Übermut haben Sie geheiratet, aus Übermut ließen Sie sich scheiden . . . Sie verdienten eine Unmenge . . . Ich erinnere mich, bei einem Unternehmen schluckten Sie zwanzigtausend. Von wem hätte ich es nehmen sollen, wenn nicht von Ihnen? Und aufrichtig gesagt, auch der Neid plagte mich . . . Wenn Sie etwas erwischten, nahm man den Hut vor Ihnen ab, mich aber verprügelte man für einige Rubel und ohrfeigte mich im Klub . . . Nun, was soll man daran noch denken! Es wird Zeit, es zu vergessen.«

»Sagen Sie, bitte, wie lebte später Ssofja Michailowna?«

»Mit den zehntausend Rubeln? Schlechtissime . . . Gott weiß, ob sie eine Wut gepackt hatte, oder Gewissen und Stolz sie zu quälen begannen, weil sie sich für Geld verkauft hatte, oder vielleicht, ob sie Sie geliebt hatte, nur, wissen Sie, fing sie zu trinken an . . . Kaum hatte sie das Geld erhalten, begann sie auf Troikas mit Offizieren herumzufahren. Trinken, Ausschweifung, Laster . . . Wenn sie mit den Offizieren ins Gasthaus kam, trank sie nicht etwa Portwein oder sonst etwas Leichteres, nein, sie war darauf aus, Kognak zu nehmen, daß es brannte und sie betäubte.« »Ja, sie war sehr exzentrisch . . . Ich habe genug durch sie zu leiden gehabt. Wie oft war sie über etwas gekränkt und bekam Nervenanfälle . . . Und was geschah später?

So vergingen eine Woche und zwei . . . Ich sitze einmal zu Hause und schreibe etwas. Plötzlich öffnet sich die Tür und sie tritt herein – betrunken. ›Nehmen Sie‹, sagte sie, ›Ihre verfluchten Gelder zurück!‹ und warf mir das Päckchen ins Gesicht. Sie hielt es also nicht aus! Ich las das Geld auf und zählte nach. Es fehlten fünfhundert. Erst fünfhundert hatte sie durchzubringen vermocht.«

»Wo ließen Sie denn das Geld«?

»Das alles ist ja verjährt . . . ich brauche es nicht zu verheimlichen . . . Natürlich behielt ich es für mich! Was sehen Sie mich so an? Warten Sie, was weiter kommt . . . Ein ganzer Roman, die reinste Psychiatrie! So etwa nach zwei Monaten komme ich einmal nachts nach Hause, betrunken, in garstigem Zustande . . . Ich mache Licht und sehe: auf dem Sofa sitzt Ssofja Michailowna, auch betrunken, aufgewühlt, wild, wie aus dem Tollhaus entsprungen . . . ›Geben Sie‹, sagt sie, ›mir mein Geld zurück, ich habe es mir anders überlegt. Soll man sinken, dann schon, wie es sich gehört, in den tiefsten Schlamm! Tummeln Sie sich, Sie Lump, geben Sie das Geld her!‹ Garstige Geschichte!«

»Und Sie . . . gaben es ihr?«

»Ich gab, erinnere ich mich, zehn Rubel . . .«

»Ach, ist das möglich?« sagte Uselkow und runzelte die Stirn. »Wenn Sie selbst es ihr nicht geben konnten oder wollten, so hätten Sie mir doch schreiben sollen . . . Ich habe das gar nicht gewußt! Ah? ich habe das gar nicht gewußt!«

»Mein Lieber, wozu sollte ich denn schreiben, da sie doch selber an Sie schrieb, als sie hernach im Krankenhause lag?«

»Übrigens war ich damals so mit meiner neuen Ehe beschäftigt, wirbelte nur so herum, daß mir nicht nach Briefen zumute war . . . Sie aber, ein fremder Mensch, Sie konnten gegenüber Ssofja keine Antipathie empfinden . . . Warum reichten Sie ihr nicht die Hand?«

»Mit jetzigem Maß darf man nicht messen, Boris Petrowitsch. Jetzt denken wir so, aber damals waren wir ganz andrer Ansicht ... Jetzt würde ich ihr vielleicht auch tausend Rubel geben, aber damals gab ich diese zehn ... auch nicht umsonst. Schmutzige Geschichte! Wäre besser, sie zu vergessen ... Nun, da sind wir angelangt ...«

Der Schlitten hielt am Friedhofstor. Uselkow und Schapkin stiegen aus, gingen durch das Tor hinein und schritten eine lange, breite Allee hinunter. Entlaubte Kirschbäume und Akazien, die grauen Kreuze und Grabsteine waren silbrig von Reif. In jeder Schneeflocke spiegelte sich der klare Sonnentag wider. Es roch, wie auf allen Friedhöfen überhaupt: nach Weihrauch und frisch aufgegrabener Erde ...

»Einen hübschen Friedhof haben wir«, sagte Uselkow. »Ganz wie ein Garten!«

»Ja, nur schade, daß Diebe die Denkmäler stehlen ... Da rechts, hinter jenem Denkmal aus Eisen, ist Ssofja Michailowna begraben. Wollen Sie das Grab sehen?«

Die Freunde bogen rechts ein und gingen durch den tiefen Schnee zum Denkmal hin.

»Hier ist es ...«, sagte Schapkin und wies auf einen kleinen Grabstein aus weißem Marmor: »Ein Fähnrich hat ihn auf ihrem Grabe aufstellen lassen.«

Uselkow nahm langsam seine Mütze ab und zeigte der Sonne seine Glatze. Auch Schapkin, der ihn anblickte, nahm seine Mütze ab, und eine zweite Glatze glänzte in der Sonne auf. Es herrschte ringsumher Grabesstille, als wäre die Luft auch tot. Die Freunde sahen den Grabstein an, schwiegen und waren in Gedanken versunken.

»So schläft sie nun!« unterbrach Schapkin das Schweigen. »Und sie hat keinen Kummer mehr davon, daß sie die Schuld auf sich genommen und Kognak getrunken hat. Geben Sie es zu, Boris Petrowitsch!«

»Was?« fragte düster Uselkow.

»Nun, das ... Wie häßlich auch die Vergangenheit ist, sie ist immer besser als dieses hier ...«

Und Schapkin wies auf sein graues Haar.

»Früher dachte ich niemals an die Sterbestunde ... Wäre ich dem Tode begegnet, so hätte ich ihm zehn Punkte voraus gegeben, aber jetzt ... Nun, lassen wir's!«

Uselkow erfaßte tiefer Gram. Ihn verlangte plötzlich danach zu weinen, und genauso leidenschaftlich, wie ihn einst nach Liebe verlangt hatte ... Und er fühlte, daß dies Weinen auf ihn beruhigend und erfrischend gewirkt hätte. Seine Augen wurden feucht, und es schnürte ihm schon die Kehle zusammen, aber ... neben ihm stand Schapkin, und Uselkow schämte sich, vor einem Zeugen kleinmütig zu sein. Er kehrte sich hastig um und ging zur Kirche hin.

Erst zwei Stunden später, nachdem er mit dem Kirchenvorsteher verhandelt und die Kirche besichtigt hatte, erhaschte er einen Augenblick, als Schapkin sich mit dem Geistlichen unterhielt, und ging zum Grabe, um zu weinen ... Er schlich sich heimlich wie ein Dieb an das Denkmal heran, jeden Augenblick sich umschauend. Der kleine weiße Leichenstein sah ihn nachdenklich, traurig an und so unschuldsvoll, als läge unter ihm ein kleines Mädchen, und nicht eine vom Wege abgeirrte, geschiedene Frau.

»Weinen, weinen!« dachte Uselkow.

Aber der Augenblick zum Weinen war schon vorbei. Sosehr der Alte mit den Augen blinzelte, sosehr er sich in Stimmung zu setzen versuchte, die Tränen flossen nicht, und die Kehle schnürte sich nicht mehr zusammen ... Nachdem er etwa zehn Minuten dagestanden hatte, machte Uselkow resigniert eine Handbewegung und ging, um Schapkin aufzusuchen.

# DAS ALTE HAUS

*Erzählung des Hausbesitzers*

Man wollte das alte Haus abbrechen, um ein neues an seiner Stelle zu errichten. Ich führte den Baumeister durch die leeren Zimmer und erzählte ihm währenddessen ein paar Geschichten. Die abgerissenen Tapeten, die trüben Fenster, die dunklen Öfen – all das trug Spuren eines noch vor kurzem flutenden Lebens und rief Erinnerungen wach.

Über diese Treppe zum Beispiel trugen einmal betrunkene Leute eine Leiche. Sie stolperten und kollerten mit dem Sarg zusammen nach unten: die Lebenden verletzten sich schmerzhaft, der Tote aber blieb sehr ernst, so, als ob nichts geschehen wäre, und schüttelte nur den Kopf, als man ihn von der Diele aufhob und wieder in den Sarg legte.

Dort die drei Türen nebeneinander: da wohnten einige Fräuleins, die oft Gäste bei sich empfingen und sich darum sauberer als die übrigen Hausbewohner kleideten und ihre Miete pünktlich bezahlten. Die Tür am Ende des Korridors führte in die Waschküche, wo man tagsüber die Wäsche wusch, nachts aber lärmte und Bier trank.

In dieser kleinen, aus drei Zimmern bestehenden Wohnung hier ist alles von Bakterien und Bazillen verseucht. Es ist hier nicht gut wohnen. Viele Mieter sind umgekommen, und ich behaupte fest, daß diese Wohnung einmal von jemandem verflucht wurde und daß in ihr neben den Mietern stets noch ein unsichtbares Wesen gewohnt hat.

Besonders auf das Schicksal einer Familie besinne ich mich. Stellen Sie sich einen ganz unbedeutenden, ganz gewöhnlichen Menschen vor, der mit Mutter, Frau und vier Kindern zusammen wohnt. Er hieß Putochin, war Schreiber bei einem Notar und bekam monatlich fünfunddreißig Rubel Gehalt. Er war nüchtern, religiös, ernst. Wenn er mir die Miete brachte, entschuldigte er sich immer, daß er schlecht gekleidet sei, entschuldigte sich, daß er die Miete drei Tage zu spät zahle; und wenn ich ihm die Quittung überreichte, lächelte er gutmütig und sagte: »Nun, wozu ist das nötig! Ich liebe Quittungen nicht!« Er lebte ärmlich, aber sauber. In diesem Mittelzimmer waren die vier Kinder und ihre Großmutter untergebracht; man kochte und schlief hier, empfing Gäste und tanzte sogar. In diesem Stübchen wohnte Putochin selbst; er hatte einen Tisch, an dem er private Aufträge erledigte, Theaterrollen, Berichte und so weiter abschrieb. Rechts von ihm wohnte sein Untermieter, der Schlosser Jegorytsch, ein gesetzter, aber dem Trunke ergebener Mann: ihm war immer heiß, und deswegen ging er immer barfuß und in der Weste. Jegorytsch reparierte Schlösser, Pistolen, Kinderfahrräder; er lehnte nicht ab, billige Wanduhren zu machen, verfertigte für fünfundzwanzig Kopeken Schlittschuhe, aber er verachtete solche Arbeiten und sah sich als einen Spezialisten für Musikinstrumente an. Auf seinem Tisch konnte man zwischen Stahl- und Eisengerümpel immer eine Harmonika mit einer abgebrochenen Klappe oder eine verbeulte Trompete liegen sehen. Er zahlte Putochin für das Zimmer dreieinhalb Rubel, saß immer an seinem Werktisch und verließ das Zimmer nur, um irgendein Eisenstück in den Ofen zu schieben.

Wenn ich –was sehr selten geschah – abends in diese Wohnung kam, sah ich jedesmal folgendes Bild: Putochin saß an seinem Tisch und schrieb etwas ab, seine Mutter und seine Frau, ein hageres Weib mit müdem Gesicht, saßen bei der Lampe und nähten; Jegorytsch arbeitete geräuschvoll mit einer Raspel, und der heiße, noch nicht ganz erloschene Ofen strömte eine stickige Hitze aus; die schwere Luft roch nach Kohlsuppe, nach Windeln und nach Jegorytsch. Armselig war es und stickig, aber über den arbeitenden Gesichtern, den am Ofen aufgehängten Kinderhöschen, über Jegorytschs Eisenstücken lag dennoch Friede, Zärtlichkeit, Wohlbehagen ... Hinter der Tür, im Korridor, liefen die Kinderchen herum, gekämmt, fröhlich und fest davon überzeugt, daß in dieser Welt alles wohlbestellt sei und daß es bis zum Ende so bleiben werde – nur müsse man morgens und vor dem Schlafengehen zu Gott beten.

Jetzt stellen Sie sich vor, daß inmitten eben dieses Zimmers, zwei Schritte vor dem Ofen, ein Sarg steht, in dem Putochins Frau liegt. Es gibt keinen Mann, dessen Frau ewig lebt, aber dieser Tod hier hatte etwas Besonderes. Als ich während der Totenmesse das ernste Gesicht des Mannes, seine strengen Augen sah, da dachte ich: »O weh, mein Lieber!«

Mir schien es, als ob er selbst, seine Kinderchen, die Großmutter, Jegorytsch von dem unsichtbaren Wesen gezeichnet seien, das mit ihnen in dieser Wohnung lebte. Ich bin ein sehr abergläubischer Mensch, vielleicht weil ich Hausbesitzer bin und es vierzig Jahre lang mit vielen Hausbewohnern zu tun hatte. Ich glaube, wenn Sie beim Kartenspielen nicht von Anfang an Glück haben, werden Sie bis zum Ende verlieren; wenn es dem Schicksal gefällt, Sie und Ihre Familie vom Antlitz der Erde wegzufegen, dann bleibt es stets unerbittlich konsequent, und das erste Unglück ist gewöhnlich nur der Anfang einer langen Kette ... Mit Unglücksfällen ist es wie mit Steinen. Ein Stein braucht nur von einem hohen Ufer herabzurollen, gleich folgen ihm andere nach. Kurz und gut, als ich Putochin nach der Totenmesse verließ, war ich überzeugt, daß es ihm und seiner Familie nicht gut gehen werde ...

Tatsächlich, eine Woche vergeht, und der Notar gibt Putochin unerwartet den Laufpaß und stellt für ihn ein Fräulein ein. Was nun? Nicht so sehr der Verlust der Stelle regt Putochin auf als die Tatsache, daß man statt seiner gerade ein Fräulein und nicht einen Mann genommen hatte. Warum ein Fräulein? Das beleidigte ihn so, daß er, nach Hause zurückgekehrt, seine Kinderchen durchprügelte, seine Mutter ausschimpfte und sich betrank. Zur Gesellschaft betrank sich Jegorytsch mit.

Putochin brachte mir die Miete, entschuldigte sich aber nicht mehr, obwohl er sie achtzehn Tage zu spät zahlte, und schwieg, als ich ihm die Quittung übergab. Im folgenden Monat brachte schon seine Mutter das Geld: sie gab mir nur die Hälfte und versprach, die andere in einer Woche zu bringen. Im dritten Monat bekam ich keine Kopeke mehr und der Hausmann beklagte sich bei mir, daß die Bewohner der Wohnung Nr. 23 sich ungehörig aufführten. Das waren keine guten Aussichten.

Stellen Sie sich folgendes Bild vor: ein finsterer Petersburger Morgen sieht in diese trüben Fenster hinein. Am Ofen gibt die alte Großmutter den Kindern Tee zu trinken. Nur der Älteste, Waßja, trinkt aus einem Glase, den übrigen wird der Tee gleich in die Untertasse gegossen. Vor dem Ofen hockt Jegorytsch und steckt ein Eisenstück ins Feuer. Von dem gestrigen Rausch hat er einen schweren Kopf und trübe Augen: er krächzt, zittert und hustet.

»Er hat mich ganz vom Wege abgebracht, der Teufel!« knurrt er. »Er trinkt und verführt auch noch andere.«

Putochin sitzt in seinem Zimmer auf dem Bett, auf dem längst keine Decke, kein Kopfkissen mehr liegen, und blickt, mit den Händen in den Haaren wühlend, stumpf zu Boden. Er ist zerlumpt, ungekämmt, krank.

»Trink, trink rasch, sonst kommst du zu spät zur Schule!« treibt die Alte Waßja an. »Auch für mich wird's Zeit, die Dielen bei den Juden zu scheuern . . .«

In der ganzen Wohnung ist es die Alte allein, die den Kopf nicht verloren hat. Sie dachte der vergangenen Zeiten und übernahm schmutzige, harte Arbeit. Freitags scheuert sie bei den Juden in der Darlehnskasse die Dielen, samstags wäscht sie bei Kaufleuten, und am Sonntag läuft sie von morgens bis abends in der Stadt herum und sucht Wohltä-

terinnen. Tagtäglich hat sie irgendeine Arbeit vor. Sie besorgt Wäsche und reinigt Dielen, sie macht die Brautwerberin, sie bettelt sogar. Freilich ist auch sie nicht abgeneigt, vor lauter Kummer zu trinken, aber selbst wenn sie betrunken ist, vergißt sie ihre Verpflichtungen nicht. In Rußland gibt es viele solche kräftigen alten Frauen, und wieviel Glück hängt von ihnen ab!

Wenn Waßja Tee getrunken hat, packt er seine Bücher in den Ranzen und geht hinter den Ofen: dort muß neben Großmutters Kleidern sein Mantel hängen. Einen Augenblick später kommt er hinter dem Ofen hervor und fragt: »Wo ist denn mein Mantel?«

Die Großmutter und die übrigen Kinderchen beginnen zugleich nach dem Mantel zu suchen, sie suchen lange, aber der Mantel ist wie ins Wasser gefallen. Wo ist er? Großmutter und Waßja sind blaß und bekümmert. Sogar Jegorytsch stutzt. Nur Putochin schweigt und rührt sich nicht. Sonst gegen jede Art von Unordnung empfindlich, tut er diesmal, als ob er nichts höre und sehe. Das ist verdächtig.

»Er hat ihn vertrunken!« erklärt Jegorytsch.

Putochin schweigt – also ist es wahr. Waßja ist entsetzt. Sein Mantel, sein schöner Mantel, der aus einem Tuchkleide seiner verstorbenen Mutter genäht war und ein schönes Futter hatte, in der Schenke vertrunken! Natürlich wurde zusammen mit dem Mantel auch der Blaustift vertrunken, der in der Seitentasche steckte, und das Notizbuch mit den Goldlettern »Nota bene«. Im Notizbuch steckte noch ein zweiter Bleistift mit einem Gummi und außerdem lagen Abziehbilder darin.

Waßja würde gern weinen, aber er darf nicht. Wenn Vater bei seinem schweren Kopf das Weinen hört, fängt er an zu schreien, mit den Füßen zu stampfen und zu prügeln – und nach einem Rausche prügelt er entsetzlich. Großmutter wird dann für Waßja eintreten, aber Vater wird auch die Großmutter schlagen. Das Ganze würde damit enden, daß Jegorytsch sich einmischt, den Vater festhält und mit ihm zusammen zu Boden fällt. Beide würden sich auf der Diele herumwälzen, sich voll tierischer Wut, der Wut betrunkener Menschen, herumbalgen, Großmutter würde weinen, die Kinder würden heulen und die Nachbarn den Hausmann holen. Nein, lieber nicht weinen.

Weil er nicht weinen oder sich laut empören darf, stöhnt Waßja dumpf auf, ringt die Hände und strampelt mit den Beinen, oder er beißt sich in den Ärmel und zerrt mit den Zähnen daran wie der Hund an einem Hasen. Seine Augen blicken ratlos, sein Gesicht ist von Verzweiflung verzerrt. Wie ihn die Großmutter so sieht, reißt sie sich das Tuch vom Kopf und beginnt ebenfalls mit den Armen und Beinen herumzufuchteln, indem sie mit den Augen geradeaus starrt. Und in diesem Augenblick sind, glaube ich, der Junge und die Alte fest davon überzeugt, daß ihr Leben verloren ist, daß es keine Hoffnung mehr gibt . . . Putochin hört zwar kein Weinen, kann aber von seinem Stübchen aus alles sehen. Als nach einer halben Stunde Waßja, in Großmutters Schal gewickelt, in die Schule läuft, geht Putochin mit einem Gesicht, das ich mir nicht zu beschreiben getraue, auf die Straße und folgt ihm nach. Er möchte seinen Jungen zurückrufen, ihn trösten, um Verzeihung bitten, ihm ein Versprechen geben und die verstorbene Mutter zur Zeugin anrufen, aber statt der Worte entringt sich nur ein Schluchzen seiner Brust. Der Morgen ist feucht und kalt. Als Waßja an der städtischen Schule angelangt ist, wickelt er, damit die Kameraden nicht sagen, er sehe wie ein Weib aus, den Schal ab und betritt in bloßer Jacke das Schulgebäude. Putochin aber, nach Hause zurückgekehrt, schluchzt, murmelt irgendwelche unzusammenhängende Worte, verbeugt sich tief vor seiner Mutter und vor Jegorytsch und dessen Werktisch. Als er etwas zu sich gekommen ist, läuft er zu mir und fleht mich ganz außer Atem an, ihm um Gottes willen irgendeine Stelle zu verschaffen. Natürlich machte ich ihm Hoffnungen . . .

»Endlich bin ich erwacht!« sagt er. »Es ist an der Zeit, seinen Verstand zusammenzunehmen. Wie gemein habe ich mich aufgeführt!«

Wie freut er sich, wie dankt er mir! Ich aber, der ich die ganze Zeit über, die ich mein Haus besitze, diese Herren Mieter gründlich kennengelernt habe, sehe ihn an und möchte ihm sagen: »Zu spät, mein Lieber! Dein Leben ist ja schon vorbei!«

Von mir läuft Putochin zur städtischen Schule. Dort geht er auf und ab und wartet, bis sein Junge herauskommt.

»Hör an, Waßja!« sagt er freudig, als dieser schließlich aus der Schule kommt, »mir hat man eben eine Stelle versprochen. Warte nur, ich werde dir einen schönen Pelz kaufen . . . ich werde dich ins Gymnasium schicken! Verstehst du? Ins Gymnasium! Ich werde dir helfen, einmal in den Adelsstand zu kommen. Ich werde nicht mehr trinken. Mein Ehrenwort darauf, ich tue es nicht mehr.«

Und er glaubt fest an eine lichte Zukunft. Doch nun kommt der Abend heran. Als die Alte, ermüdet und zerschlagen, mit einem Zwanzigkopekenstück von den Juden heimgekehrt ist, macht sie sich an die Kinderwäsche. Waßja sitzt da und sucht eine Rechenaufgabe zu lösen. Jegorytsch arbeitet nicht. Durch Putochin verleitet, hat auch er sich dem Trunk ergeben und fühlt jetzt die unbezwingliche Lust, trinken zu gehn. In den Zimmern ist es stickig und heiß. Aus dem Trog, in dem die Alte wäscht, steigt heißer Dampf auf.

»Gehen wir, ja?« fragt Jegorytsch hartnäckig. Putochin schweigt. Nach der Aufregung des Vormittages fühlt er sich unsäglich bedrückt. Er kämpft mit dem Wunsch, zu trinken, und mit dem Gram . . . und natürlich siegt der Gram. Eine bekannte Geschichte . . .

Bei Einbruch der Nacht gehen Jegorytsch und Putochin fort, und am Morgen kann Waßja Großmutters Schal nicht finden.

All das hat sich in dieser Wohnung zugetragen. Als Putochin den Schal vertrunken hatte, kehrte er nicht mehr nach Hause zurück. Wohin er verschwand, weiß ich nicht. Als er verschwunden war, begann zunächst die Alte zu trinken, dann legte sie sich hin. Man brachte sie ins Krankenhaus, die jüngeren Kinder nahm eine Verwandte zu sich. Waßja jedoch trat hier in diese Wäscherei ein. Am Tage reichte er die Bügeleisen zu, nachts mußte er Bier holen. Als man ihn aus der Wäscherei fortjagte, trat er bei einem der Fräuleins in Dienst. Er mußte in den Nächten herumlaufen und irgendwelche Aufträge erledigen; man nannte ihn bereits »Pförtner«. Was weiter mit ihm geschah, weiß ich nicht.

Und hier in diesem Zimmer lebte zehn Jahre lang ein Bettelmusikant: als er starb, fand man in seinem Federbett zwanzigtausend Rubel.

# IN DER SCHLUCHT

Das Kirchdorf Uklejewo lag in der Schlucht, so daß von der Chaussee und der Eisenbahnstation aus nur der Glokkenturm und die Schornsteine der Kattundruckerei zu sehen waren. Wenn Passanten fragten, was das für ein Dorf sei, so sagte man ihnen: »Das ist eben das Dorf, wo der Küster bei der Beerdigung den ganzen Kaviar aufgegessen hat.«

Einst auf einem Leichenschmaus beim Fabrikanten Kostjukow sah der alte Küster inmitten der Sakuski großkörnigen Kaviar stehen und begann gierig von ihm zu essen; man stieß ihn, zupfte ihn am Ärmel, aber er war wie erstarrt im Genuß: er fühlte nichts und aß nur. Er aß den ganzen Kaviar auf, und doch waren in der Büchse etwa vier Pfund gewesen. Seitdem war viel Zeit vergangen, der Küster längst gestorben, aber an den Kaviar erinnerte man sich immer noch. Ob das Leben hier so armselig war oder die Menschen nichts außer diesem unbedeutenden Ereignis, das sich vor zehn Jahren zugetragen hatte, zu bemerken verstanden – kurz und gut, vom Dorf Uklejewo wußten sie nichts anderes zu erzählen.

Im Dorf hörte das Fieber niemals auf, und sogar im Sommer gab es tiefen Schmutz, besonders an den Zäunen, über die sich die alten, breite Schatten werfenden Weidenbäume neigten. Hier roch es immer nach Fabrikabfällen und Essigsäure, die bei der Kattundruckerei gebraucht wurde. Die Fabriken – drei Kattunfabriken und eine Lederfabrik – befanden sich nicht im Dorfe selbst, sondern an seinem Rande und etwas von ihm entfernt. Die Fabriken waren nicht groß, und alle zusammen beschäftigten gegen vierhundert Arbeiter, nicht mehr. Von der Lederfabrik wurde das Wasser im Flüßchen häufig stinkend; die Abfälle verpesteten die Wiese, das Vieh der Bauern litt an sibirischer Pest, und man hatte verfügt, die Fabrik zu schließen. Sie galt auch als geschlossen, arbeitete aber heimlich weiter mit Wissen des Landpolizeimeisters und des Kreisarztes, denen der Besitzer monatlich je zehn Rubel zahlte.

Im ganzen Dorf gab es nur zwei ordentliche Steinhäuser mit einem Eisendach; in dem einen befand sich die Gemeindeverwaltung, in dem andern, zweistöckigen, das gerade der Kirche gegenüberlag, lebte Grigorij Petrow Zybukin, Kleinbürger aus Jepifanj.

Grigorij unterhielt eine Materialwarenhandlung, aber nur zum Schein, in Wirklichkeit handelte er mit Schnaps, Vieh, Häuten, Getreide, Schweinen, handelte mit allem nur Erdenklichen, und wenn man zum Beispiel für das Ausland Elstern zu Damenhüten brauchte, verdiente er an jedem Paar dreißig Kopeken; er kaufte Wald zum Abholzen auf, lieh Geld auf Zinsen – überhaupt war er ein wendiger alter Mann.

Er hatte zwei Söhne. Der ätere Anissim war bei der Polizei in der Detektivabteilung angestellt und selten zu Hause. Der jüngere Stepan war Kaufmann und half beim Vater, aber eine wirkliche Hilfe erwartete man nicht von ihm, weil er kränklich und taub war; seine Frau Aksinja, ein hübsches, schlankes Weib, das feiertags im Hut und mit einem Sonnenschirm ging, stand in der Frühe auf, legte sich spät zu Bett und lief den ganzen Tag über mit aufgeschürzten Röcken und mit den Schlüsseln klappernd bald in den Speicher, bald in den Keller, bald in den Laden, und der alte Zybukin guckte ihr fröhlich, mit leuchtenden Augen zu; und in solchen Augenblicken bedauerte er, daß nicht sein älterer Sohn mit ihr verheiratet war, sondern sein jüngerer, tauber, der offenbar wenig Verständnis für weibliche Schönheit besaß.

Der Alte hatte immer Neigung zum Familienleben gehabt und liebte seine Familie über alles in der Welt, besonders seinen älteren Sohn, den Detektiv, und seine Schwiegertochter. Kaum hatte Aksinja den Tauben geheiratet, da offenbarte sie ungewöhnliche Geschäftstüchtigkeit: sie wußte, wem man etwas auf Kredit verabfolgen durfte, wem nicht, behielt die Schlüssel bei sich und vertraute sie nicht einmal ihrem Manne an, klapperte mit dem Rechenbrett, sah den Pferden wie ein Bauer ins Maul und lachte beständig oder schrie herum; und was sie auch tat oder sprach, der Alte war immer nur entzückt und murmelte: »Das ist eine Schwiegertochter! Das ist eine schöne Person, die Liebe . . .«

Er war verwitwet, aber ein Jahr nach der Hochzeit des Sohnes hielt er es nicht aus und heiratete selbst wieder. Dreißig Werst von Uklejewo fand man für ihn als Frau Warwara Nikolajewna, ein Mädchen aus guter Familie, nicht mehr ganz jung, aber hübsch und ansehnlich. Kaum hatte sie sich in ihrem Stübchen im Oberstock niedergelassen, da hellte sich alles im Hause auf, gerade als wären in alle Fenster neue Scheiben eingesetzt worden. Die Lämpchen vor den Heiligenbildern fingen zu leuchten an, die Tische bedeckten sich mit schneeweißen Tüchern, auf den Fensterbrettern und im Gärtchen erschienen Blumen mit schönen Knospen, und mittags aß man nicht mehr aus einer gemeinsamen Schüssel, sondern vor jeden wurde ein besonderer Teller hingestellt.

Warwara Nikolajewna lächelte freundlich und angenehm, und alles schien jetzt im Hause zu lächeln. Und was früher niemals geschehen war – auf den Hof kamen jetzt Bettler, Wanderer und Pilgerinnen; man vernahm unter den Fenstern die klagenden, singenden Stimmen der Weiber von Uklejewo und das schuldbewußte Husten der schwachen, erschöpften Bauern, die man wegen Trunksucht aus der Fabrik entlassen hatte. Warwara half mit Geld, Brot, alten Kleidern, und später, sobald sie sich eingelebt hatte, begann sie auch aus dem Laden dies und jenes beiseite zu schaffen.

Einmal sah der Taube, wie sie zwei Achtel Tee wegnahm, und das brachte ihn aus der Fassung.

»Mamachen hat da zwei Achtel Tee genommen«, teilte er dann dem Vater mit, »wo soll ich das anschreiben?«

Der Alte antwortete nicht, stand eine Weile nachdenklich mit zusammengezogenen Brauen da und ging zu seiner Frau hinauf.

»Warwaruschka, wenn du, Mütterchen, etwas aus dem Laden brauchst«, sagte er freundlich, »so nimm es dir. Nimm, so viel du magst, geniere dich nicht.«

Und am folgenden Tage rief der Taube, über den Hof laufend, ihr zu: »Wenn Sie, Mamachen, etwas brauchen, nehmen Sie es sich nur!«

In der Tatsache, daß sie Almosen gab, lag etwas Neues, etwas Heiteres und Leichtes, so wie in den Lämpchen und schönen Blumen. Wenn man zu Fastnacht oder am Fest des Kirchenheiligen, das drei Tage währte, den Bauern verdorbenes Pökelfleisch von so üblem Geruch, daß man kaum an der Tonne stehen konnte, verkaufte und von den Betrunkenen Sensen, Mützen, die Kopftücher ihrer Frauen als Pfand nahm, wenn die vom Fusel betäubten Fabrikarbeiter sich im Schmutz wälzten, und die Sünden gleichsam verdichtet bereits wie eine Nebelwolke in der Luft standen, dann wurde es einem irgendwie leichter bei dem Gedanken, daß es dort im Hause eine stille, saubere Frau gab, die mit dem Pökelfleisch und dem Schnaps nichts zu schaffen hatte; ihr Almosengeben wirkte in diesen lastenden, nebelverhangenen Tagen wie das Sicherheitsventil einer Maschine.

Die Tage vergingen im Zybukinschen Hause in Sorge und Geschäftigkeit. Noch war die Sonne nicht aufgegangen, da wusch sich Aksinja schon prustend im Flur, der Samowar kochte in der Küche und summte, als wollte er Unheil verkünden. Der alte Grigorij Petrow, in einen langen schwarzen Rock und in Kattunhosen gekleidet, in hohen, blanken Stiefeln, so sauber und klein, ging in den

Zimmern umher, und klapperte mit den Absätzen, wie der Schwiegervater in dem bekannten Liede. Der Laden wurde geöffnet. Wenn es hell wurde, fuhr der Rennwagen an der Treppe vor, und der Alte setzte sich stolz hinein, stülpte seine große Mütze über die Ohren, und niemand, der ihn sah, hätte gesagt, daß er bereits sechsundfünfzig Jahre alt war. Frau und Schwiegertochter geleiteten ihn hinaus, und jetzt, wenn er den guten, sauberen Rock anhatte und der gewaltige Rapphengst, der dreihundert Rubel gekostet hatte, an den Wagen gespannt war, liebte es der Alte nicht, wenn die Bauern mit ihren Bitten und Klagen zu ihm kamen; er haßte die Bauern und verachtete sie, und wenn er sah, daß ein Bauer am Tor auf ihn wartete, so rief er zornig: »Was stehst du da? Geh weiter.« Oder er rief, wenn es ein Bettler war: »Gott wird dir helfen!«

Er fuhr in Geschäften fort; seine Frau in dunklem Kleid und schwarzer Schürze räumte dann die Zimmer auf oder half in der Küche. Aksinja verkaufte im Laden, und man hörte auf dem Hof, wie die Flaschen und das Geld klapperten, wie sie lachte oder schrie, und wie die Kunden, die sie zu übervorteilen versuchte, ärgerlich schimpften; und zugleich war zu bemerken, daß im Laden der heimliche Schnapsverkauf schon vor sich ging. Der Taube saß auch im Laden oder ging ohne Mütze, die Hände in den Hosentaschen, auf der Straße umher und sah zerstreut bald zu den Hütten hin, bald zum Himmel empor. Etwa sechsmal am Tage trank man im Hause Tee, etwa viermal setzte man sich zum Essen hin. Abends berechnete und buchte man den Erlös; und dann schlief man fest.

In Uklejewo waren alle drei Kattunfabriken und die Wohnungen der Fabrikanten Chrymin Senior, Chrymin Junior und Kostjukow miteinander durch Telephon verbunden. Auch in die Gemeindeverwaltung hatte man Telephon gelegt, aber dort versagte es bald, weil sich Wanzen und Schaben in ihm eingenistet hatten. Der Gemeindevorsteher konnte nicht recht lesen und schreiben und schrieb in den amtlichen Schreiben jedes Wort mit großem Anfangsbuchstaben, als aber das Telephon nicht mehr ging, sagte er: »Ja, ohne Telephon wird es für uns recht schwierig werden.«

Chrymins die Älteren prozessierten beständig mit Chrymins den Jüngeren, bisweilen verzankten sich auch diese untereinander und begannen zu prozessieren, und dann arbeitete ihre Fabrik einen oder zwei Monate lang nicht, bis sie sich wieder vertragen hatten, und all das unterhielt die Einwohner von Uklejewo, weil es bei jedem Streit viel Gerüchte und Klatschereien gab.

An Feiertagen veranstalteten Chrymins die Jüngeren und Kostjukow Spazierfahrten, jagten durch Uklejewo und fuhren Kälber tot. Aksinja ging, mit ihren frischgestärkten Röcken raschelnd, fein ausgeputzt vor ihrem Laden auf der Straße spazieren; Chrymins die Jüngeren ergriffen und entführten sie mit Gewalt. Dann kam auch der alte Zybukin herausgefahren, um sein neues Pferd zu zeigen, und nahm Warwara mit.

Abends, nach der Spazierfahrt, wenn sich die Menschen schlafen legten, wurde im Hof bei Chrymins den Jüngeren auf einer kostbaren Ziehharmonika gespielt, und wenn Mondschein war, wurde einem von diesen Klängen das Herz erregt und freudevoll – und Uklejewo sah dann nicht mehr wie eine Grube aus.

## 2

Der ältere Sohn Anissim kam sehr selten, nur an hohen Feiertagen, nach Hause, dafür schickte er aber häufig durch seine Landsleute Geschenke und Briefe; die Briefe waren wie Bittgesuche jedesmal auf einem Bogen Briefpapier in einer fremden, sehr schönen Handschrift geschrieben; in ihnen standen Worte, wie sie Anissim niemals in der Unterhaltung gebrauchte: »Teure Eltern, ich sende Ihnen ein Pfund Blumentee zur Befriedigung Ihrer physischen Bedürfnisse.«

Unten war auf jedem Brief wie mit einer verdorbenen Feder »Anissim Zybukin« hingekritzelt, und darunter wieder stand in der gleichen vorzüglichen Handschrift: »Agent«.

Die Briefe wurden einige Male laut vorgelesen, und der Alte sagte gerührt und rot vor Erregung: »Nun, also, er hatte keine Lust, zu Hause zu bleiben, da hat er einen gelehrten Beruf erwählt. Jeder treibt's so, wie er's kann.«

Einstmals vor der Butterwoche fiel heftiger Regen, mit Schloßen gemischt; der Alte und Warwara traten ans Fenster, um sich das anzusehen, und siehe da – Anissim kam im Schlitten von der Station angefahren. Er kam ganz unerwartet. Unruhig und irgendwie erregt, betrat er das Zimmer und blieb die ganze Zeit über so unruhig; dabei hielt er sich recht ungezwungen. Es eilte ihm auch nicht wegzufahren, und es sah aus, als ob man ihn aus seiner Stellung entlassen hätte. Warwara freute sich über sein Kommen; sie blickte ihn schelmisch an, seufzte und schüttelte den Kopf.

»Wie steht das denn nun, meine Lieben?« sagte sie. »Der Bursche ist schon achtundzwanzig Jahre alt, und immer noch treibt er sich unverheiratet herum. Ei-ei-ei!«

Aus dem Nebenzimmer hörte sich ihre ruhige, gleichmäßige Rede wie ein beständiges Ei-ei-ei an. Sie begann mit dem Alten und Aksinja sich flüsternd zu unterhalten, und deren Gesichter nahmen auch einen schelmischen und geheimnisvollen Ausdruck wie den von Verschwörern an. Man beschloß, Anissim zu verheiraten.

»Ei-ei-ei! Den jüngeren Bruder hat man schon lange verheiratet«, sagte Warwara, »und du bist immer noch unbeweibt wie ein Hahn auf dem Markt. Wie verhält sich denn das! Bist du, so Gott will, erst verheiratet, dann kannst du machen, was du willst, kannst in deinen Dienst fahren, und die Frau bleibt als Helferin zu Hause. Unordentlich lebst du, Bursche, und hast, wie ich sehe, alle Ordnung vergessen. Ei-ei-ei, nichts als Sünde ist bei euch Stadtleuten.«

Wenn die Zybukins heirateten, so suchte man für sie als reiche Leute die hübschesten Bräute aus. Auch für Anissim trieb man eine hübsche Braut auf. Er selbst hatte ein uninteressantes, unansehnliches Äußeres; von schwacher, kränklicher Konstitution und kleinem Wuchs hatte er volle Pausbacken, so als ob er sie aufbliese; seine Augen blinzelten nicht, und sein Blick war scharf, sein rotes Bärtchen war spärlich, und wenn er über etwas nachdachte, steckte er es in den Mund und biß an ihm; dazu liebte er, häufig zu trinken, und das war an seinem Gesicht und Gang zu bemerken. Als man ihm aber mitteilte, daß man für ihn bereits eine Braut, und zwar eine sehr hübsche, habe, sagte er: »Nun, auch ich bin ja nicht schief. Wir Zybukins, man darf das wohl sagen, sind alle hübsche Menschen.«

Unmittelbar bei der Stadt war das Kirchdorf Torgujewo. Eine Hälfte war jüngst mit der Stadt vereinigt worden, die andere als Dorf bestehengeblieben. In der mit der Stadt vereinigten Hälfte lebte im eigenen Häuschen eine Witwe; sie hatte eine ganz arme Schwester, die als Tagelöhnerin auf Arbeit ging, und diese Schwester hatte eine Tochter Lipa, die ebenfalls Tagelöhnerin war. Von Lipas Schönheit sprach man in Torgujewo bereits, und nur ihre entsetzliche Armut stieß alle zurück; man rechnete darauf, daß ein bejahrter oder verwitweter Mann sie unbekümmert um ihre Armut heiraten oder sie »so« zu sich nehmen und dann bei ihr auch ihre Mutter versorgt sein würde. Warwara erfuhr durch die Heiratsvermittlerinnen von Lipa und begab sich nach Torgujewo.

Dann fand im Hause der Tante die Brautschau statt, wie es sich schickt, mit Schnaps und einem Imbiß, und Lipa trug ein neues, rosafarbenes, eigens für die Brautschau genähtes Kleid; ein hochrotes Bändchen leuchtete wie eine Flamme in ihrem Haar. Sie war hager, schwächlich, blaß, mit feinen, zarten Gesichtszügen, von der Arbeit im Freien sonnenverbrannt; ein schwermütiges, schüchternes Lächeln wich nicht von ihrem Gesicht, und ihre Augen schauten kindlich drein – zutraulich und voller Neugier.

Sie war jung und noch ganz mädchenhaft, mit kaum wahrnehmbarer Brust, aber man konnte sie schon verheiraten, weil sie die erforderlichen Jahre hatte. Tatsächlich war sie schön, und nur eines hätte an ihr nicht gefallen können – das waren ihre großen Männerhände, die jetzt müßig wie große Krebsscheren herabhingen.

»Daß es keine Mitgift gibt, das beachten wir nicht«, sagte der Alte zur Tante; »für unsern Sohn Stepan nahmen wir die Frau auch aus einer armen Familie, und jetzt können wir sie nicht genug loben. Im Hause und im Geschäft hat sie geradezu goldene Hände.«

Lipa stand an der Türe, als wollte sie sagen: »macht mit mir, was ihr wollt, ich vertraue euch«, aber ihre Mutter Praskowja, die Tagelöhnerin, hatte sich in der Küche versteckt und verging fast vor Schüchternheit. Einst, noch in ihrer Jugend, hatte ein Kaufmann, bei dem sie die Fußböden scheuerte, ärgerlich vor ihr mit den Füßen gestampft, sie war heftig erschrocken, war ohnmächtig geworden, und der Schreck blieb ihr das ganze Leben lang in den Gliedern stecken. Und aus Angst zitterten immer ihre Hände und Füße, zitterten ihre Wangen. In der Küche sitzend, bemühte sie sich, das zu erlauschen, worüber die Gäste sprachen, und bekreuzte sich immerzu, die Finger an die Stirn drückend und auf das Heiligenbild schauend. Anissim, der leicht angetrunken war, öffnete die Küchentüre und sagte in ungezwungenem Tone: »Was sitzen Sie denn da, teures Mamachen? Ohne Sie ist's uns langweilig.«

Praskowja aber antwortete, eingeschüchtert, die Hände

an ihre magere Brust pressend: »Was sagen Sie da, erbarmen Sie sich ... Ich danke Ihnen vielmals ...«

Nach der Brautschau wurde der Hochzeitstag festgesetzt. Danach ging Anissim zu Hause immer durch die Zimmer und pfiff vor sich hin; oder es fiel ihm plötzlich etwas ein, er wurde nachdenklich und blickte unbeweglich, starr zu Boden, als wollte er mit seinem Blick tief die Erde durchbohren. Er bezeigte weder Freude daran, daß er heiratete, schnell heiratete, am Sonntag nach Ostern schon, noch äußerte er den Wunsch, seine Braut zu sehen, sondern pfiff nur immer vor sich hin. Und es war offenkundig, daß er nur darum heiratete, weil Vater und Stiefmutter es wollten, und weil es im Dorf nun einmal so hergebracht war: der Sohn heiratet, damit im Hause eine Helferin sei. Mit dem Fortfahren beeilte er sich nicht und benahm sich überhaupt nicht so, wie bei seinen früheren Besuchen – er war irgendwie besonders ungezwungen und sprach nicht das, was notwendig war.

3

Im Dorfe Schikalowa lebten zwei zur Geißlersekte gehörige Schwestern, die Schneiderinnen waren. Ihnen wurde die Herstellung der neuen Kleider zur Hochzeit übertragen, und sie kamen häufig zu Anproben und tranken dann ausgiebig Tee. Warwara nähten sie ein braunes Kleid mit schwarzen Spitzen und Jet, Aksinja ein hellgrünes mit gelbem Einsatz und Schleppe. Als die Schneiderinnen fertig waren, bezahlte Zybukin sie nicht mit Geld, sondern mit Waren aus seinem Laden, und sie gingen traurig von ihm fort, in den Händen die Bündelchen mit Stearinkerzen und Sardinenbüchsen, die sie nicht brauchten; und als sie das Dorf hinter sich hatten und ins Freie gekommen waren, setzten sie sich auf ein Hügelchen und weinten.

Anissim kam drei Tage vor der Hochzeit, ganz neu

eingekleidet. Er trug glänzende Gummigaloschen und statt einer Halsbinde eine rote Schnur mit Kügelchen; ein gleichfalls neuer Paletot hing ihm lose über die Schultern.

Nachdem er würdevoll vor den Heiligenbildern gebetet hatte, begrüßte er seinen Vater und gab ihm zehn silberne Rubel- und zehn Halbrubelstücke, und Warwara gab er ebensoviel, Aksinja zwanzig silberne Viertelrubelstücke. Der Hauptreiz bei diesem Geschenk bestand darin, daß alle Münzen wie ausgesucht neu waren und in der Sonne funkelten. Anissim bemühte sich, würdevoll und ernst zu erscheinen, straffte sein Gesicht und blies die Backen auf. Er roch nach Schnaps: wahrscheinlich war er auf jeder Station ans Büfett gegangen. Und wiederum war an ihm eine gewisse Ungebundenheit, irgendein Zuviel bemerkbar. Später tranken Anissim und der Alte Tee und aßen etwas dazu; Warwara aber nahm die neuen Rubel in ihre Hände und erkundigte sich nach den in der Stadt lebenden Landsleuten.

»Nun, es geht gottlob so, es geht ihnen gut«, antwortete Anissim. »Nur Iwan Jegorow starb seine Alte Ssofja Nikiforowna. An Schwindsucht. Den Leichenschmaus hatte man beim Konditor bestellt, zweieinhalb Rubel für jeden. Es gab auch richtigen Wein. Für die Bauern, unsere Landsleute, für sie hatte man auch für zweiundeinhalb Rubel bestellt – aber sie aßen nichts davon. Was versteht auch ein Bauer von Sauce!«

»Zweiundeinhalb Rubel!« sagte der Alte und schüttelte den Kopf.

»Nun was? Es ist ja kein Dorf. Man geht etwa in ein Restaurant, um ein wenig zu essen, verlangt dies und jenes, dann findet sich alsbald eine Kumpanei zusammen, man trinkt etwas – ehe man sich's versieht, ist der Morgen da, und nun hat jeder drei oder vier Rubel zu zahlen. Wenn man mit Ssamorodow zusammenkommt, so liebt der es, daß nach allem noch Kaffee mit Kognak getrunken wird, und der Kognak kostet sechs Zehner das Gläschen.«

»Alles ist geschwindelt«, rief der Alte entzückt aus. »Alles ist geschwindelt.«

»Ich bin jetzt immer mit Ssamorodow zusammen. Das ist derselbe Ssamorodow, der an euch meine Briefe schreibt. Er schreibt großartig. Und wenn ich erzählen wollte, Mamachen«, fuhr heiter Anissim, zu Warwara gewendet, fort, »was dieser selbe Ssamorodow für ein Mensch ist, Ihr würdet es nicht glauben. Wir alle nennen ihn Muchtar, weil er ganz schwarz wie ein Armenier ist. Ich durchschaue ihn ganz und gar, kenne alle seine Angelegenheiten wie meine fünf Finger da, Mamachen, und er fühlt das und folgt mir auf Schritt und Tritt, bleibt nicht zurück, und jetzt kann uns kein Wasser mehr auseinanderbringen. Ihm ist es wohl etwas unbehaglich zumute, aber ohne mich kann er nicht leben. Wohin ich gehe, dahin geht auch er. Ich habe, Mamachen, ein sicheres, zuverlässiges Auge. Ich sehe etwa auf dem Trödelmarkt: ein Bauer verkauft ein Hemd. – Halt, das Hemd ist gestohlen! – Und tatsächlich stellt sich heraus, daß das Hemd gestohlen ist.«

»Woher weißt du das?« fragte Warwara.

»Von nirgends woher; ich habe eben ein Auge dafür. Ich weiß nicht, was das für ein Hemd ist, aber irgend etwas zieht mich zu ihm hin: es ist gestohlen und damit basta. In der Detektivabteilung bei uns heißt es immerzu: ›Nun, Anissim, geh Waldschnepfen schießen!‹ Das heißt, Gestohlenes suchen. Ja . . . Stehlen kann jeder, aber wie es aufbewahren! Die Erde ist groß, aber Gestohlenes kann man doch nirgends verstecken.«

»In unserm Dorf hat man in voriger Woche den Guntorews einen Hammel und zwei junge Schafe weggetrieben«, sagte Warwara und seufzte. »Und niemand ist da, um nachzuforschen . . . Ei – ei – ei!«

»Was? Natürlich kann man nachforschen. Das ist doch nichts.«

Der Hochzeitstag war gekommen. Es war ein kühler, aber klarer, heiterer Apriltag. Schon vom frühen Morgen an fuhren in Uklejewo, mit den Schellen läutend, Troikas und Zweispänner mit verschiedenartigen Bändern an Krummholz und Mähnen. In den Weiden lärmten, durch dies Hin- und Herfahren aufgescheucht, die Saatkrähen, und die Stare sangen angestrengt und unaufhörlich, als freuten sie sich, daß bei Zybukins Hochzeit sei.

Im Hause standen auf den Tischen bereits große Fische, Schinken und gefüllte Vögel, Kistchen mit Sprotten, verschiedenes Eingesalzenes und Marinaden, eine Menge Schnaps- und Weinflaschen, es duftete nach Räucherwurst und marinierten Hummern. Und der Alte ging um die Tische herum, mit den Absätzen klappernd und Messer an Messer wetzend. Ständig rief man Warwara, forderte irgend etwas, und mit verstörtem Gesicht, schwer atmend, lief sie immerfort in die Küche, wo seit dem frühen Morgen Kostjukows Koch und die herrschaftliche Köchin von Chrymins den Jüngeren arbeiteten. Aksinja, mit gelocktem Haar, ohne Kleid, im Korsett und in neuen knarrenden Schuhchen, eilte wie ein Wirbelwind über den Hof, und nur ihre nackten Knie und ihre Brust schimmerten auf. Es ging laut zu, man hörte Schimpfworte und Schwüre; die Vorübergehenden blieben vor dem weit geöffneten Tore stehen, und man merkte an allem, daß etwas Ungewöhnliches im Anzuge sei.

Die Braut wird abgeholt.

Die Schellen begannen zu tönen und erstarben weit draußen vor dem Dorf ... Nach zwei Uhr lief das Volk zusammen, wieder hörte man die Schellen: man brachte die Braut! Die Kirche war überfüllt, der Kronleuchter brannte, die Sänger sangen, wie der alte Zybukin es gewünscht hatte, nach Noten. Der Lichterglanz und die grellen Kleider blendeten Lipa, es schien ihr, als hämmerten die Sänger mit ihren lauten Stimmen auf ihrem Kopf herum; das

Korsett, das sie zum ersten Male in ihrem Leben anhatte, und die Halbstiefel drückten sie; sie sah aus, als wäre sie soeben aus einer Ohnmacht erwacht – sie blickte nur vor sich hin und schien nichts zu bemerken.

Anissim, im schwarzen Rock mit der roten Schnur an Stelle der Halsbinde, sah nachdenklich aus und starrte auf einen Punkt; und jedesmal, wenn die Sänger laut aufschrien, bekreuzigte er sich rasch. Sein Herz war gerührt, und er wollte weinen. Diese Kirche war ihm seit seiner frühen Kindheit bekannt; einst hatte ihn seine verstorbene Mutter hierher zum Abendmahl gebracht, hier hatte er auf dem Chore mit den Knaben gesungen, an jede Ecke, an jedes Heiligenbild erinnerte er sich. Da traut man ihn nun, man muß ihn der Ordnung halber verheiraten, aber er dachte nicht mehr daran, erinnerte sich kaum noch daran und hatte die Hochzeit völlig vergessen. Tränen hinderten ihn, die Heiligenbilder anzusehen, an seinem Herzen nagte etwas, er sprach ein Gebet und bat Gott, daß das unvermeidliche Unglück, das, wenn nicht heute, so doch morgen, über ihn hereinbrechen mußte, irgendwie an ihm vorüberginge, so wie zur Zeit der Dürre Gewitterwolken ein Dorf umgehen und nicht einen Regentropfen bringen. Und so viele Sünden hatte er in der Vergangenheit angehäuft, so viele Sünden – so ausweglos, so unverbesserlich war alles, daß es geradezu unziemlich schien, um Vergebung zu bitten. Aber er bat doch um Vergebung und schluchzte sogar einmal laut auf, aber niemand beachtete das, da man meinte, daß er angetrunken sei. Man hörte aufgeregtes Kinderweinen.

»Liebes Mütterchen, bring mich von hier fort!«

»Still dort!« rief der Geistliche.

Als man aus der Kirche heimkehrte, lief das Volk hinterher; vor dem Laden, am Hoftor und im Hof unter den Fenstern stand auch eine Menschenschar. Die Weiber kamen, um Lieder auf das junge Paar zu singen. Kaum hatten die Neuvermählten die Schwelle überschritten, da schrien die Sänger, die mit ihren Noten bereits im Flur standen, laut und aus allen Kräften; die eigens aus der Stadt bestellte Musikkapelle begann zu spielen. Man reichte schon Donschen Schaumwein in hohen Gläsern herum, und der Polier Jelisarow, ein hochgewachsener, hagerer Alter mit so dichten Brauen, daß die Augen kaum zu sehen waren, sagte, zu den Neuvermählten gewandt: »Anissim und du, Kindchen, liebet einander, lebet fromm, ihr Kindlein, und die Himmlische Königin wird euch nicht verlassen.« Er sank dem Alten an die Schulter und schluchzte auf. »Grigorij Petrow, weinen wir, weinen wir vor Freude!« sagte er mit dünnem Stimmchen und lachte plötzlich auf und fuhr mit lauter Baßstimme fort: »Ho-ho-ho! Auch diese Schwiegertochter ist hübsch! Alles ist nämlich bei ihr am rechten Fleck, alles ganz glatt, es klappert nicht, der ganze Mechanismus ist in Ordnung, Schrauben genug . . .«

Er stammte aus dem Kreise Jegorjew, arbeitete aber seit jungen Jahren in den Fabriken von Uklejewo und im Kreise überhaupt und hatte sich hier eingelebt. Man kannte ihn schon lange als alten, genauso hageren und langen Mann und nannte ihn schon immer »Krückstock«. Vielleicht weil er seit mehr als vierzig Jahren in den Fabriken sich nur mit Reparaturen befassen mußte, urteilte er über jeden Menschen oder jedes Ding nur vom Gesichtspunkte der Haltbarkeit: ob nicht eine Reparatur erforderlich sei. Und ehe er sich an den Tisch setzte, probierte er einige Stühle, ob sie auch haltbar seien, und sogar einen großen Felchen betastete er.

Nach dem Schaumwein setzten sich alle zu Tisch. Die Gäste unterhielten sich, rückten mit den Stühlen. Im Flur sangen die Sänger, die Kapelle spielte, und gleichzeitig priesen die Weiber einstimmig auf dem Hofe die Neuvermählten – und ein so entsetzliches, wildes Gemisch von Klängen entstand, daß einem der Kopf dröhnte.

Krückstock drehte sich auf seinem Stuhl hin und her und stieß die Nachbarn mit den Ellenbogen, hinderte sie am Reden, bald weinend, bald lachend.

»Kindlein, Kindlein, Kindlein«, murmelte er schnell: »Aksinjuschka, Liebes, Warwaruschka, laßt uns alle in Frieden und Eintracht leben, meine geliebten Äxtlein . . .«

Er trank sonst wenig und war jetzt von einem Gläschen englischem Bittern betrunken. Dieser ekelhafte, wer weiß woraus hergestellte Bittere betäubte alle, die ihn tranken, als ob er ihnen einen Hieb versetzt hätte. Die Zungen begannen sich zu verwirren.

Die Geistlichkeit war auch anwesend, die Angestellten aus den Fabriken mit ihren Frauen, die Händler und Gastwirte aus den andern Dörfern. Der Gemeindevorsteher und der Gemeindeschreiber, die schon vierzehn Jahre zusammen dienten und in der ganzen Zeit nicht ein Schriftstück unterzeichnet, nicht einen Menschen aus der Gemeindeverwaltung herausgelassen hatten, ohne ihn zu betrügen oder zu beleidigen, saßen jetzt nebeneinander, beide dick und satt, und es schien, als wären sie schon derart mit Unrecht durchtränkt, daß sogar die Haut auf ihren Gesichtern ganz besonders schurkenhaft geworden war. Die Frau des Schreibers, ein abgemagertes, schielendes Weib, hatte alle ihre Kinder mitgebracht, und wie ein Raubvogel schielte sie nach den Tellern und raffte alles, was ihr unter die Hände kam, zusammen und steckte es sich und ihren Kindern zu.

Lipa saß wie versteinert da, mit dem gleichen Ausdruck, wie in der Kirche. Anissim hatte, seit er sie kennengelernt, mit ihr noch kein Wort gesprochen, so daß er bis jetzt nicht einmal wußte, was für eine Stimme sie hatte; auch jetzt, da er neben ihr saß, schwieg er und trank den englischen Bittern, und als er ganz betrunken war, sagte er, zur Tante, die ihm gegenübersaß, gewandt: »Ich habe einen Freund mit Namen Ssamorodow. Ein ganz besonderer Mensch. Persönlicher Ehrenbürger, versteht sich zu unterhalten. Aber ich, Tantchen, durchschaue ihn ganz und gar, und er fühlt es. Erlauben Sie, daß ich mit Ihnen, Tantchen, auf Ssamorodows Gesundheit anstoße!«

Warwara ging um den Tisch herum, die Gäste bewirtend, ermüdet, verwirrt, aber sichtlich zufrieden, daß es so viele Gerichte gab und alles so reichlich war – jetzt könnte niemand etwas aussetzen. Die Sonne war untergegangen, aber das Mahl hörte nicht auf; man merkte schon nicht mehr, was man aß und trank; man konnte nicht mehr verstehen, was gesprochen wurde, und nur zuweilen, wenn die Musik verstummte, war deutlich zu hören, wie draußen ein Weib schrie: »Mit unserm Blut habt ihr euch vollgesogen, ihr Lumpen, daß euch der Teufel hole!«

Abends wurde getanzt, Chrymins die Jüngeren kamen mit ihrem eigenen Weine und, während man Quadrille tanzte, hielt einer von ihnen in jeder Hand eine Flasche und im Munde ein Weinglas, und das brachte alle zum Lachen. Mitten in der Quadrille hockten sich einige nieder, um den »Russischen« zu tanzen; die grüne Aksinja schwirrte nur so herum, und ihre Schleppe fegte im Wind. Jemand trat ihr unten den Kleidersaum ab, und Krückstock rief: »Hei, da unten hat man die Plinthe losgerissen! Kinderchen!«

Aksinja hatte graue, naive Augen, die selten blinzelten, und auf ihrem Gesicht spielte beständig ein naives Lächeln. Und in diesen kaum einmal blinzelnden Augen, in dem kleinen Kopf auf dem langen Hals und in ihrer Schlankheit lag etwas Schlangenhaftes; grün, mit gelber Brust, lächelnd schaute sie, wie eine Natter im Frühjahr aus dem jungen Roggen die Vorübergehenden anblickt, lang ausgestreckt und mit erhobenem Kopf. Chrymins die Jüngeren gingen ziemlich frei mit ihr um, und es war unverkennbar, daß sie zu dem Älteren von ihnen schon lange in nahen Beziehungen stand. Aber der Taube merkte nichts und sah nicht nach ihr; er saß da, ein Bein über das andere geschlagen, aß Nüsse und zerknackte sie so laut, als schösse er mit der Pistole.

Doch nun trat auch der alte Zybukin selber in die Mitte und schwenkte das Tuch zum Zeichen, daß auch er den Russischen tanzen wolle, und durch das ganze Haus und im Hofe hörte man in der Menge zustimmende Rufe: »Der Herr selbst will tanzen! Der Herr selber!«

Warwara tanzte, der Alte aber schwenkte immerfort nur das Tuch und schlug mit den Absätzen auf, aber die, welche dort im Hofe, einer über den andern gebeugt, in die Fenster schauten, waren entzückt und vergaben ihm für einen Augenblick alles – seinen Reichtum und alles Böse ...

»Ein Fescher Kerl, der Grigorij Petrow!« hörte man in der Menge. »So, gib dir Mühe! Du kannst also auch noch was! Ha-ha!«

All das endete spät, erst nach ein Uhr nachts. Anissim ging schwankend, um sich zu verabschieden, durch die Reihen der Sänger und Musikanten und schenkte jedem ein neues Halbrubelstück. Und der Alte begleitete, nicht schwankend, aber immer auf einen Fuß tretend, die Gäste und sagte zu jedem: »Die Hochzeit hat zweitausend gekostet.«

Als die Gäste auseinandergingen, vertauschte jemand dem Schikalowschen Gastwirt sein neues Wams gegen ein altes, und Anissim flammte plötzlich auf und begann zu rufen: »Halt! Ich werde ihn sofort finden! Ich weiß, wer es gestohlen hat. Halt!«

Er lief auf die Straße hinaus, hinter jemandem her; aber man ergriff ihn, nahm ihn unter die Arme und brachte ihn nach Hause. Betrunken, rot vor Zorn, naß, stieß man ihn in das Zimmer, wo die Tante Lipa bereits auskleidete, – und schloß ihn dort ein ...

## 4

Fünf Tage waren vergangen. Anissim hatte sich zur Abfahrt bereitgemacht und ging hinauf zu Warwara, um sich zu verabschieden. Bei ihr brannten alle Lämpchen vor den Heiligenbildern, es roch nach Weihrauch, sie saß am Fenster und strickte an einem Strumpf aus roter Wolle.

»Du bist nur kurze Zeit bei uns gewesen«, sagte sie. »Es ist dir wohl langweilig geworden, was? Ei-ei-ei ... Wir führen ein gutes Leben, haben von allem genug und haben deine Hochzeit ordentlich gefeiert, wie es sich gehört; der Alte sagt, daß sie zweitausend gekostet habe. Mit einem Wort, wir leben, wie es Kaufleute tun, nur ist es bei uns langweilig. Auch übervorteilen wir das Volk gar zu sehr. Das Herz tut mir weh, Lieber, – mein Gott, wie wir es übervorteilen! Ob wir Pferde tauschen oder etwas einkaufen oder Arbeiter dingen – bei allem ist Betrug im Spiele, Betrug, nichts wie Betrug! Das Fastenöl im Laden ist bitter und verdorben – bei anderen Leuten ist der Teer besser. Sag mir doch bitte, ist es denn nicht möglich, mit gutem Öl zu handeln?«

»Jeder treibt's so, wie er's kann, Mamachen.«

»Aber wir müssen doch einmal sterben! Ach, wirklich, du solltest einmal mit Vater sprechen! ...«

»Sie könnten ja selber sprechen.«

»Nun – nun! Ich sag ihm schon meine Meinung, aber er antwortet geradeso wie du immer mit dem einen: Jeder treibt's, wie er's kann. In jener Welt wird man danach nicht fragen ... Gott ist ein gerechter Richter.«

»Natürlich wird niemand danach fragen«, sagte seufzend Anissim. »Einen Gott, Mamachen, gibt's ja gar nicht. Wonach also wird man dort fragen?«

Warwara blickte ihn verwundert an, schlug die Hände zusammen und lachte auf. Als sie sich so aufrichtig über seine Worte wunderte und ihn wie einen wunderlichen Kauz anblickte, wurde er verlegen.

»Vielleicht gibt es auch einen Gott, nur fehlt mir der Glaube«, sagte er. »Als man mich traute, war mir's nicht recht geheuer zumute. Wie wenn man unter dem Huhn ein Ei wegnimmt und in ihm ein Küchlein piepst, so fing auch in mir das Gewissen zu piepsen an, und während ich getraut wurde, dachte ich immer: Es gibt einen Gott! Als ich aber aus der Kirche heraus war, war alles aus ... Und woher soll ich auch wissen, ob es einen Gott gibt oder nicht? Uns lehrte man von Kindheit an das nicht ... das Kindchen saugte noch die Mutterbrust, und schon lehrte man uns nur das eine: jeder treibt's, wie er's kann. Papachen glaubt ja auch nicht an Gott. Sie erzählten neulich, daß man bei Gustorew Schafe gestohlen habe ... Ich habe es herausgekriegt: ein Bauer aus Schikalowa stahl sie; er stahl sie, die Felle aber waren bei Papachen ... Da haben Sie Ihren Glauben!«

»Anissim blinzelte sie mit einem Auge an und schüttelte den Kopf.

»Und der Gemeindevorsteher glaubt auch nicht an Gott«, fuhr er fort: »der Schreiber auch nicht und der Mesner auch nicht. Und wenn sie in die Kirche gehen und die Fasten einhalten, so geschieht es nur, damit die Leute nicht schlecht über sie reden, und für den Fall, daß es vielleicht wirklich ein Jüngstes Gericht geben sollte. Jetzt redet man so, als ob das Weltende bevorstünde, weil das Volk schwach geworden ist, die Eltern nicht ehrt und so weiter. Das ist alles Unsinn. Ich, Mamachen, sehe das so an, daß alles Unglück daher kommt, daß die Leute kein Gewissen haben ... Ich durchschaue das ganz und gar und begreife es. Wenn ein Mensch ein gestohlenes Hemd anhat, so sehe ich es. Der Mann sitzt im Wirtshaus, und es scheint Ihnen so, als ob er Tee trinke und weiter nichts; ich aber lasse Tee Tee sein und sehe noch dazu, daß er kein Gewissen hat.

Man kann einen ganzen Tag so herumgehen – und sieht keinen Menschen, der ein Gewissen hat. Das hat alles seinen Grund darin, daß man nicht weiß, ob es einen Gott gibt oder nicht . . . Nun aber leben Sie wohl, Mamachen. Bleiben Sie gesund, und denken Sie nicht schlecht von mir.«

Anissim verneigte sich vor Warwara bis zur Erde.

»Ich danke Ihnen für alles, Mamachen«, sagte er. »Unsere Familie hat viel Nutzen von Ihnen, Sie sind eine vortreffliche Frau, und ich bin sehr glücklich über Sie.«

Gerührt ging Anissim hinaus, kehrte aber noch einmal um und sagte: »Ssamorodow hat mich in eine besondere Sache verwickelt: entweder werde ich reich werden oder zugrunde gehen. Wenn etwas passieren sollte, Mamachen, trösten Sie bitte meinen Vater.«

»Na nun, was ist denn das? Ei-ei-ei . . . Gott ist gnädig. Aber du, Anissim, solltest deine Frau liebevoll behandeln; ihr seht euch ja beide ganz böse an; wenn ihr nur einmal lachen wolltet, wirklich:«

»Ja, sie ist recht sonderbar . . .«, sagte Anissim und seufzte. »Sie scheint gar kein Verständnis zu haben und schweigt immerzu. Sie ist noch sehr jung, muß erst etwas älter werden.«

An der Treppe stand schon der große, feiste Schimmelhengst, vor den Scharaban gespannt.

Der alte Zybukin sprang mit einem Anlauf hinein, setzte sich stolz hin und ergriff die Zügel. Anissim küßte sich mit Warwara, Aksinja und seinem Bruder. Auf der Veranda stand auch Lipa; sie stand unbeweglich da und blickte zur Seite, als wäre sie nicht, um ihm das Geleit zu geben, sondern aus irgendeinem andern Grunde herausgekommen; Anissim trat an sie heran und berührte mit den Lippen leise, kaum merklich, ihre Wange.

»Leb wohl«, sagte er.

Und sie lächelte auf sonderbare Art, ohne ihn anzusehen; in ihrem Gesicht zuckte es, und allen wurde es irgendwie leid um sie. Anissim setzte sich auch mit einem Anlauf hin und stemmte die Hände in die Seiten; denn er hielt sich für schön.

Während sie aus der Schlucht hinauffuhren, sah sich Anissim immerfort nach dem Dorfe um. Es war ein warmer, heiterer Tag. Das Vieh wurde zum ersten Male ausgetrieben, und feiertäglich gekleidete Frauen und Mädchen gingen um die Herde herum. Der braune Stier brüllte voll Freude über seine Freiheit und warf mit den Vorderfüßen die Erde auf. Überall, oben und unten, sangen die Lerchen. Anissim sah sich nach der schlanken weißen Kirche um – sie war vor kurzem geweißt worden – und dachte daran, wie er vor fünf Tagen dort gebetet hatte; er sah sich auch nach der Schule mit dem grünen Dach um, nach dem Flüßchen, in dem er einstmals gebadet und geangelt hatte, und Freude regte sich in seiner Brust, und er hätte gewünscht, es möchte plötzlich aus der Erde eine Mauer aufsteigen und ihn nicht weiterlassen, und er bliebe dann hier nur mit seiner Vergangenheit.

Auf der Eisenbahnstation gingen sie ans Büfett und tranken ein Glas Sherry. Der Alte fuhr in die Tasche nach dem Geldbeutel, um zu zahlen.

»Ich halte Sie frei!« sagte Anissim.

Der Alte klopfte ihn gerührt auf die Schulter und blinzelte dem Büfettier zu: »Sieh nur, was ich für einen Sohn habe.«

»Du solltest zu Hause bleiben, im Geschäft«, sagte er; »da wärest du uns unschätzbar. Ich würde dich von oben bis unten vergolden, Söhnchen!«

»Das geht unmöglich, Papachen.«

Der Sherry war säuerlich, er roch nach Siegellack; sie tranken aber noch ein Glas.

Als der Alte von der Station zurückgekehrt war, erkannte er im ersten Augenblick seine jüngere Schwiegertochter nicht wieder. Kaum war ihr Mann vom Hof gefahren, da war Lipa ganz verändert und plötzlich heiter geworden.

Barfuß, in einem alten, abgetragenen Unterrock, die Ärmel bis zu den Schultern aufgekrempelt, wusch sie im Flur die Treppe und sang mit ihrer feinen, silbernen Stimme. Und wenn sie den großen Eimer mit dem Spülichtwasser hinaustrug und mit ihrem kindlichen Lächeln in die Sonne blickte, dann sah sie auch wie eine Lerche aus.

Der alte Knecht, der an der Veranda vorbeiging, schüttelte den Kopf und räusperte sich.

»Was du doch für Schwiegertöchter hast, Grigorij Petrow! Gott selbst hat sie dir gesandt!« sagte er. »Das sind keine Weiber, sondern ein wahrer Schatz!«

5

Freitag, den achten Juli, kehrten Jelisarow, genannt Krückstock, und Lipa aus dem Dorf Kasanskoje heim, wohin sie anläßlich des Kirchweihfestes, des Festes der Kasanschen Mutter Gottes, gepilgert waren. Weit hinter ihnen kam Lipas Mutter Praskowja, die immerfort zurückblieb, da sie krank war und ihr der Atem ausging. Es war gegen Abend.

»A-aa!« rief Krückstock verwundert aus, indem er Lipa zuhörte. »A-a! . . . Nun!«

»Ich, Ilja Makarytsch, bin eine große Freundin von Warenje«, sagte Lipa. »Ich setze mich dann in ein Eckchen und trinke immer Tee mit Warenje. Oder ich trinke zusammen mit Warwara Nikolajewna, und sie erzählt uns etwas Rührendes. Sie hat viel Warenje – vier Gläser voll. ›Iß nur, Lipa‹, sagt sie, ›genier dich nicht.‹«

»A-aa! . . . Vier Gläser!«

»Sie leben üppig. Tee mit Weißbrot, und Rindfleisch auch, soviel man will. Sie leben üppig, nur ist's unheimlich bei ihnen, Ilja Makarytsch. Hu, wie unheimlich!«

»Was ist dir denn unheimlich;« fragte Krückstock und hielt Ausschau, ob Praskowja weit zurückgeblieben sei.

»Anfangs, nachdem die Hochzeit gewesen war, fürchtete ich mich vor Anissim Grigorjitsch. Er tat mir nichts und kränkte mich nicht, aber wenn er mir nur nahe kam, lief mir ein Schauer durch alle Glieder. Und keine einzige Nacht habe ich geschlafen, ich zitterte immer und betete zu Gott. Und jetzt fürchte ich mich vor Aksinja, Ilja Makarytsch. Sie tut mir nichts und lächelt immerzu, aber zuweilen, wenn sie zum Fenster hinausblickt, sind ihre Augen so böse und funkeln so grün, wie bei einem Schaf im Stall ... Chrymins, die Jüngeren, bedrängen sie immerfort: ›Euer Alter‹, sagen sie, ›besitzt das Grundstück Butjokino, an vierzig Deßjatinen groß, Sand und Wasser sind da, so baue du‹, sagen sie, ›Aksjuscha, dort eine Ziegelei, und wir beteiligen uns daran.‹ Der Ziegel steht jetzt auf zwanzig Rubel das Tausend. Ein vorteilhaftes Geschäft. Gestern beim Mittagessen sagte auch Aksinja zum Alten: ›Ich will‹, sagte sie, ›in Butjokino eine Ziegelei bauen, ich werde selber Kaufmann werden.‹ Sagt's und lacht. Grigorij Petrow aber wurde im Gesicht ganz dunkel; man sah, daß es ihm nicht gefiel. ›Solange ich lebe‹, sagt er, ›soll keine Trennung erfolgen, alle müssen zusammen bleiben.‹ Doch sie funkelte mit den Augen, begann mit den Zähnen zu knirschen ... Als man Oladjen auftrug, aß sie nichts davon!«

»A-aa! ...« rief Krückstock erstaunt. »Aß nichts davon!«

»Und dann sag mir bitte einer, wann sie eigentlich schläft!« fuhr Lipa fort. »Wenn sie ein halbes Stündchen schläft, dann springt sie auf, geht herum, geht überall herum, guckt nach, ob nicht die Bauern Feuer gelegt, ob sie nicht etwas gestohlen haben ... Unheimlich ist's mit ihr, Ilja Makarytsch! Und Chrymins die Jüngeren gingen nach der Hochzeit gar nicht zu Bett, sondern fuhren zur Stadt ins Gericht, und das Volk sagt, daß dies alles Aksinjas wegen geschah. Zwei der Brüder hatten ihr versprochen, die Ziegelei zu bauen, aber der dritte fühlte sich benachteiligt; die Fabrik stand fast einen Monat lang still; und mein Onkel Prochor bettelte ohne Arbeit in den Höfen umher. ›Du solltest doch‹, sage ich, ›Onkelchen, vorläufig pflügen gehen oder Holz sägen, brauchst dich nicht zu schämen!‹ ›Ich habe‹, sagt er, ›bäuerliche Arbeit verlernt, verstehe nichts mehr, Lipynjka!‹«

An einem jungen Espenhain machten sie halt, um auszuruhen und auf Praskowja zu warten. Jelisarow war schon lange Polier, hielt sich aber kein Pferd, sondern ging zu Fuß im ganzen Kreis umher mit einem Säckchen, in welchem Brot und Zwiebeln waren; er schritt, mit den Armen schlenkernd, weit aus, und es war schwer, mit ihm Schritt zu halten.

Beim Eintritt in den Hain stand ein Grenzpfosten. Jelisarow rührte ihn an, ob er auch dauerhaft sei . . . Praskowja kam außer Atem heran. Ihr gerunzeltes, immer erschrecktes Gesicht strahlte vor Glück: sie war heute, wie alle, in der Kirche gewesen, hatte dann den Jahrmarkt besucht und dort Birnenkwas getrunken! Das war ihr selten geschehen, und es schien ihr jetzt sogar, als ob sie heute zum ersten Male in ihrem Leben einen vergnügten Tag gehabt habe. Nachdem sie sich ausgeruht hatten, gingen alle drei zusammen weiter. Die Sonne sank schon, ihre Strahlen drangen in den Wald und glänzten auf den Baumstämmen. Vorn ertönten laute Stimmen. Die Uklejewschen Mädchen waren schon lange vorausgegangen, hatten sich aber hier im Hain aufgehalten: wahrscheinlich waren sie beim Pilzsammeln.

»He, Mädels!« schrie Jelisarow. »He, ihr Schönen.«

Als Antwort ertönte Gelächter.

»Der Krückstock kommt, der Krückstock kommt! Der alte Knacker!«

Und das Echo lachte zurück.

Nun lag auch der Wald hinter ihnen. Man sah schon die

Spitzen der Fabrikschornsteine, auf dem Kirchturm blinkte das Kreuz: es war das »Dorf, eben das Dorf, wo der Mesner bei der Beerdigung den ganzen Kaviar aufgegessen hatte«. Da waren beinahe schon die Häuser, man brauchte nur noch in die große Schlucht hinabzusteigen. Lipa und Praskowja, die barfuß gegangen waren, setzten sich ins Gras und zogen die Schuhe an; auch Jelisarow setzte sich hin. Von oben gesehen, schien Uklejewo mit seinen Weidensträuchern, der weißen Kirche und dem Flüßchen schön und ruhig zu sein – nur die Fabrikdächer, die aus Sparsamkeit mit düsterer und unbestimmter Farbe angestrichen waren, störten den Eindruck. Auf dem gegenüberliegenden Abhang der Schlucht sah man ein frischgemähtes Roggenfeld – die Haufen und Garben hie und da wie vom Sturm auseinandergeworfen; auch der Hafer war schon reif und schimmerte jetzt wie Perlmutter in der Sonne. Es war Erntezeit. Heute war Feiertag, morgen am Samstag mußte der Roggen eingebracht, das Heu abgefahren werden; dann kam der Sonntag, also wieder Feiertag; täglich grollte in der Ferne der Donner; es war schwül und sah nach Regen aus, und jeder, der jetzt aufs Feld sah, dachte daran, daß Gott das Korn rechtzeitig einbringen lassen möchte; im Herzen war's heiter und fröhlich und unruhig zugleich.

»Die Schnitter sind heutzutage teuer«, sagte Praskowja. »Ein Rubel vierzig den Tag!«

Vom Jahrmarkt in Kasanskoje kam immer mehr Volk zurück; Weiber, Fabrikarbeiter in neuen Mützen, Bettler, Kinder . . . Bald fuhr ein Bauernwagen, Staub aufwirbelnd, vorbei, und hinten lief ein unverkauftes Pferd, das froh zu sein schien, daß man es nicht verkauft hatte; bald führte man an den Hörnern eine störrische Kuh, bald kam wieder ein Wagen mit betrunkenen Bauern, die ihre Beine herabhängen ließen. Eine Alte führte einen Knaben mit einer großen Mütze und in großen Stiefeln; der Knabe war durch die Hitze und seine schweren Stiefel, die ihm die Knie nicht zu bewegen erlaubten, erschöpft, aber dennoch blies er unaufhörlich und aus Leibeskräften auf einer Kindertrompete; man war schon in die Schlucht hinabgekommen und bog in die Straße ein, aber immer noch hörte man die Trompete.

»Mit unsern Fabrikanten ist etwas nicht in Ordnung . . .«, sagte Jelisarow. »Eine wahre Not! Kostjukow hat sich über mich geärgert: ›Für die Gesimse sind zuviel Bretter verbraucht worden.‹ – ›Wieso zuviel? Soviel, wie nötig waren, Wassilij Danilytsch, wurden auch verbraucht‹, sagte ich. ›Ich esse sie doch nicht mit der Kascha zusammen, die Bretter.‹ – ›Wie kannst du‹: sagt er, ›mir so erwidern? Trottel, Esel! Du vergißt dich. Ich‹, schreit er, ›habe dich zum Polier gemacht!‹ – ›Na nun‹, sage ich, ›so ein Wunder! Als ich noch nicht Polier war, habe ich auch jeden Tag Tee getrunken.‹ ›Ihr alle‹, sagt er, ›seid Spitzbuben . . .‹ Ich schwieg still. Wir sind in dieser Welt Spitzbuben, denke ich bei mir, ihr werdet in jener Welt Spitzbuben sein. Ho-ho-ho! Am andern Tage war er schon weich geworden. ›Sei mir nicht böse, Makarytsch, wegen meiner Worte‹, sagte er. ›Wenn ich auch etwas zuviel gesagt habe, so bin ich doch sozusagen Kaufmann der ersten Gilde, höher als du – da mußt du schweigen!‹ ›Sie‹, sage ich, ›sind Kaufmann der ersten Gilde, und ich bin Zimmermann, das ist schon richtig. Auch der heilige Joseph‹, sage ich, ›war Zimmermann. Mein Handwerk ist ein ehrliches, Gott wohlgefälliges, wenn's aber Ihnen gefällt, vornehmer zu sein, so bitte sehr, Wassilij Danilytsch.‹ Nachher, nach diesem Gespräch, dachte ich bei mir: Wer ist denn höher? Ein Kaufmann der ersten Gilde oder ein Zimmermann? Doch wohl der Zimmermann, Kinderchen!«

Krückstock dachte eine Weile nach und sagte dann: »So ist's, Kinderchen. Wer sich abmüht, wer duldet, der ist auch höher.«

Die Sonne war schon untergegangen, und über dem Fluß, in der Umfriedung der Kirche und auf den Wiesen bei den Fabriken breitete sich dichter Nebel aus, weiß wie Milch. Jetzt, als die Dunkelheit schnell hereinbrach, begannen unten Lichter aufzuglänzen, und jetzt, da es schien, daß der Nebel einen bodenlosen Abgrund überdecke, stieg Lipa und ihre Mutter, die als Bettlerinnen geboren und auch bereit waren, bis zu ihrem Ende so weiterzuleben, indem sie den andern alles hingaben, außer ihren erschrokkenen, sanften Seelen – jetzt stieg ihnen vielleicht für einen Augenblick der Gedanke auf, daß in dieser riesenhaften, geheimnisvollen Welt, in der endlosen Reihe von Lebewesen auch sie eine Kraft seien und höher stehen als jemand anderes; sie fühlten sich wohl, als sie hier oben saßen, sie lächelten glücklich und vergaßen, daß sie trotz alledem herabsteigen und heimkehren mußten.

Endlich kamen sie nach Hause. Am Tore und neben dem Laden saßen die Schnitter auf der Erde. Gewöhnlich gingen die Leute von Uklejewo nicht zu Zybukin auf Arbeit, er mußte fremde Arbeiter mieten, und jetzt schien es im Dunkeln, als säßen da Männer mit langen, schwarzen Bärten. Der Laden war offen, und man konnte durch die Tür sehen, wie der Taube mit dem Ladenjungen Dame spielte. Die Schnitter sangen leise, kaum hörbar, oder baten laut, sie für den gestrigen Tag abzulohnen, aber man zahlte ihnen nicht, damit sie bis morgen blieben.

Der alte Zybukin, ohne Rock, nur mit Weste, und Aksinja tranken vor der Treppe unter der Birke Tee; auf dem Tisch brannte die Lampe.

»Großväterchen!« rief vor dem Tore ein Schnitter, als ob er ihn necken wollte. »Zahl wenigstens die Hälfte, Großväterchen!«

Und sofort ertönte Gelächter, und dann sang man wieder kaum hörbar . . . Krückstock setzte sich auch hin, um Tee zu trinken.

»Wir waren also auf dem Jahrmarkt«, begann er zu erzählen. »Wir amüsierten uns, Kinderchen, amüsierten uns gottlob sehr gut. Und da ist etwas Unangenehmes passiert: der Schmied Ssaschka kaufte Tabak und gab dem Kaufmann ein Halbrubelstück. Das Stück aber war falsch«, fuhr Krückstock fort und blickte sich um; er wollte im Flüsterton sprechen, aber er sprach mit gedämpfter, heiserer Stimme, so daß ihn alle hören konnten. »Das Halbrubelstück erwies sich als falsch. Man fragte ihn: ›Wo hast du's her?‹ ›Das hat mir‹, sagt er, ›Anissim Zybukin gegeben. Als ich‹, sagt er, ›bei ihm auf der Hochzeit zechte . . .‹ Man rief den Polizisten und führte ihn ab . . . Sieh zu, Petrowitsch, daß da nicht etwas daraus entsteht, irgendein unnützes Gerede . . .«

»Großväterchen!« neckte immer dieselbe Stimme vor dem Tore. »Großväterchen!« Dann trat Schweigen ein.

»Ach, Kinderchen, Kinderchen, Kinderchen«, murmelte Krückstock hastig und stand auf; der Schlaf übermannte ihn. »Nun, ich danke für Tee und Zucker, Kinderchen. Es ist Zeit, schlafen zu gehen. Ich bin schon morsch geworden, die Balken in mir sind alle angefault. Ho-ho-ho!«

Und im Fortgehen sagte er: »Es ist sicher Zeit zum Sterben!«

Und er schluchzte auf. Der alte Zybukin trank seinen Tee nicht aus, blieb aber noch sitzen und dachte nach; sein Gesichtsausdruck war so, als horche er auf Jelisarows Schritte, der schon fern auf der Straße war.

»Ssaschka, der Schmied, hat vermutlich gelogen«, sagte Aksinja, die seine Gedanken erriet.

Er ging ins Haus und kehrte nach einer Weile mit einer Rolle Geld zurück; er wickelte sie auf – und nagelneue Rubelstücke blinkten ihm entgegen. Er nahm eines, probierte es mit den Zähnen und warf es auf das Tablett; dann warf er noch einen Rubel hin . . . »Die Rubel sind wirklich falsch . . .«, sagte er und blickte voll Bestürzung Aksinja an. »Das sind jene . . . Anissim brachte sie damals mit, sein Geschenk. Nimm sie, Töchterchen«, flüsterte er und drückte ihr die Rolle in die Hand: »nimm sie und wirf sie in den Brunnen . . . Hol sie der Kuckuck! Und sieh zu, daß es kein Gerede gibt und nicht etwas daraus entsteht . . . Räume den Samowar weg, mach das Feuer aus . . .«

Lipa und Praskowja, die in der Scheune saßen, sahen, wie die Lichter eins nach dem andern erloschen; nur oben bei Warwara brannten die blauen und roten Lämpchen der Heiligenbilder, und Ruhe, Zufriedenheit und Unschuld wehten von dort her. Praskowja konnte sich durchaus nicht daran gewöhnen, daß ihre Tochter mit einem reichen Mann verheiratet war, und wenn sie zu Besuch kam, drückte sie sich schüchtern auf dem Flur herum, lächelte flehentlich, und man schickte ihr Tee und Zucker heraus. Auch Lipa konnte sich nicht daran gewöhnen und schlief, nachdem ihr Mann weggefahren war, nicht in ihrem Bett, sondern, wie es gerade kam – in der Küche oder im Schuppen, und jeden Tag scheuerte sie die Diele oder sie wusch, und es kam ihr vor, als arbeite sie für Tagelohn. Auch jetzt, vom Kirchgang zurückgekehrt, tranken sie mit der Köchin zusammen in der Küche Tee, gingen dann in den Schuppen und legten sich auf der Diele zwischen dem Schlitten und der Wand nieder. Es war dort dunkel und roch nach den Kumten. Um das Haus herum erloschen die Lichter, dann konnte man hören, wie der Taube den Laden schloß, wie die Schnitter sich auf dem Hofe zum Schlafen einrichteten. In der Ferne, bei Chrymins den Jüngeren spielte man auf der teuren Ziehharmonika . . . Praskowja und Lipa begannen einzuschlafen . . . Und als irgendwelche Schritte sie weckten, war es bereits hell vom Mondschein; beim Eingang zum Schuppen stand Aksinja und hielt Bettzeug in den Händen.

»Hier ist's wohl kühler . . .«, sagte sie, kam herein und

legte sich fast an der Schwelle nieder, und der Mond beleuchtete ihre ganze Gestalt.

Sie schlief nicht und seufzte schwer; sich vor Hitze hin und her wälzend und fast alles von sich abwerfend – sah sie im zauberischen Mondschein wie ein schönes, stolzes Tier aus. Es verging einige Zeit, und wieder hörte man Schritte: in der Tür erschien der Alte, im Mondlicht ganz weiß.

»Aksinja!« rief er. »Bist du hier?«

»Nun ja!« antwortete sie ärgerlich.

»Ich sagte dir vorhin, daß du das Geld in den Brunnen werfen solltest. Hast du es getan?«

»So was, Geld ins Wasser werfen! Ich habe es den Schnittern gegeben . . .«

»Ach, mein Gott!« rief der Alte erstaunt und erschreckt. »Du bist ein freches Frauenzimmer . . . Ach, mein Gott!«

Er schlug die Hände zusammen und ging fort und murmelte im Gehen immerfort vor sich hin. Nach einem Weilchen richtete sich Aksinja auf, seufzte tief und voll Ärger, stand auf und ging, ihr Bettzeug in den Armen, fort.

»Ach, warum hast du mich hierher gegeben, Mamachen!« sagte Lipa.

»Man muß doch heiraten, Töchterchen. Das haben nicht wir so eingerichtet.«

Und ein Gefühl untröstlichen Leides wollte sich ihrer bemächtigen. Aber es schien ihnen, als blicke jemand von der Höhe des Himmels herab, aus dem Himmelsblau, von dorther, wo die Sterne sind, als sähe er alles, was in Uklejewo geschehe, und wache darüber. Und wie groß auch das Übel sei, die Nacht ist doch still und wunderbar, und in der Gotteswelt gibt es doch eine Wahrheit und wird es stets eine geben, ebenso still und wunderbar, und alles auf der Welt wartet nur darauf, mit dieser Wahrheit zusammenzufließen, wie das Mondlicht mit der Nacht zusammenfließt.

Beruhigt und aneinandergeschmiegt schliefen sie ein.

## 6

Schon längst war die Nachricht gekommen, daß Anissim wegen Herstellung und Vertriebes falschen Geldes ins Gefängnis gesetzt sei. Monate vergingen, es verging mehr als ein halbes Jahr, der lange Winter war vorüber und der Frühling gekommen – und man hatte sich im Hause und im Dorf daran gewöhnt, daß Anissim im Gefängnis saß. Und wenn jemand nachts am Hause oder Laden vorüberging, so erinnerte er sich daran, daß Anissim im Gefängnis saß, und wenn in der Kirche die Glocken geläutet wurden, dachte man aus irgendeinem Grunde daran, daß er im Gefängnis sitze und auf das Urteil warte.

Wie ein Schatten lag es über dem Hofe. Das Haus wurde dunkler, das Dach begann zu rosten, die schwere, mit Eisen beschlagene, grüngestrichene Ladentür zog sich zusammen oder wurde, wie der Taube sagte, »schrumpelig«; auch der alte Zybukin wurde gleichsam dunkler. Schon lange ließ er Haar und Bart nicht mehr scheren, er wurde ganz dicht behaart, setzte sich schon ohne Anlauf in den Tarantas und rief nicht mehr den Bettlern zu: »Gott wird dir helfen!« Seine Kräfte hatten nachgelassen, und das merkte man an allem. Die Leute fürchteten ihn schon nicht mehr so, und der Polizeibeamte hatte im Laden ein Protokoll aufgenommen, obwohl er wie früher bekam, was ihm gebührte . . .

Dreimal wurde der Alte wegen heimlichen Branntweinhandels in die Stadt zitiert, immer wieder wurde der Termin wegen Nichterscheinens der Zeugen hinausgeschoben, und der Alte war schon ganz zerquält.

Er fuhr oft zum Sohne hin, nahm Anwälte, reichte bei irgend jemandem Bittgesuche ein und stiftete irgendwohin eine Kirchenfahne. Dem Inspektor des Gefängnisses, in dem Anissim saß, brachte er einen silbernen Teeglasuntersatz mit der emaillierten Aufschrift: »Der Mensch kennt sein Maß« und mit einem langstieligen Löffelchen.

»Man hat niemand, der sich ordentlich der Sache annehmen würde«, sagte Warwara. »Ei-ei-ei ... Man müßte einen der Herren bitten, müßte dem obersten Vorgesetzten schreiben ... Bis zum Urteilsspruch könnte man ihn dann freibekommen! Was muß sich der Bursche jetzt schon abquälen!«

Auch sie war betrübt, war aber voller und weißer geworden; so wie früher zündete sie bei sich die Lämpchen vor den Heiligenbildern an und sah zu, daß im Hause alles sauber war, und bewirtete die Gäste mit Warenje und Apfelpaste. Der Taube und Aksinja bedienten im Laden. Man fing ein neues Unternehmen an – die Ziegelei in Butjokino –, und Aksinja fuhr fast täglich im Tarantas dorthin; sie kutschierte selbst und, wenn ihr Bekannte begegneten, streckte sie den Hals aus, wie eine Natter aus dem jungen Korn, und lächelte naiv und rätselhaft. Lipa aber spielte immerfort mit ihrem Kind, das vor den Fasten geboren war. Es war ein winziges, hageres, klägliches Kindchen, und es schien sonderbar, daß es schrie und um sich sah, und daß man es für einen Menschen hielt und sogar Nikifor nannte. Es lag in der Wiege, und Lipa pflegte zur Türe zurückzutreten und unter Verbeugungen zu sagen: »Grüß dich Gott, Nikifor Anissimytsch!«

Er aber streckte seine roten Beinchen in die Höhe und weinte und lachte durcheinander wie der Zimmermann Jelisarow.

Endlich war der Tag der Gerichtsverhandlung festgesetzt. Der Alte fuhr etwa fünf Tage vorher fort. Dann hörte man, daß die als Zeugen vorgeladenen Bauern aus dem Dorf gezwungen wurden, sich auf den Weg zu machen; auch der alte Knecht, der eine Vorladung erhalten hatte, fuhr hin.

Die Gerichtsverhandlung fand am Donnerstag statt, aber der Sonntag war schon vergangen, und der Alte kehrte noch immer nicht zurück, hatte auch keine Nachricht gesandt. Am Dienstag gegen Abend saß Warwara am offenen Fenster und horchte, ob der Alte nicht käme. Im Nebenzimmer spielte Lipa mit ihrem Kind. Sie wiegte es in den Armen und sprach mit Entzücken: »Du wirst groß, ganz groß werden! Wirst ein Bauer werden, und dann gehen wir zusammen auf Tagelohn! Auf Tagelohn gehen wir!«

»Nun!« sagte Warwara beleidigt. »Was schwatzest du noch von Tagelohn, Dummchen? Er wird Kaufmann werden!« Lipa begann leise zu singen, nach einem Weilchen aber vergaß sie sich und begann wiederum: »Du wirst groß, ganz groß werden, wirst ein Bauer werden, und dann gehen wir zusammen auf Tagelohn!«

»Nun! Immer das alte Lied!«

Lipa blieb mit Nikifor auf den Armen in der Tür stehen und fragte: »Mamachen, warum liebe ich ihn so sehr? Warum tut er mir so leid?« fuhr sie mit zitternder Stimme fort, und Tränen glänzten in ihren Augen. »Wer ist er? Wie sieht er aus? Leicht wie ein Federchen, wie ein Krümchen, und ich liebe ihn wie einen wirklichen Menschen. Er kann ja nichts, er spricht nicht, und ich verstehe alles, was er mit seinen Äuglein will.«

Warwara horchte auf; man vernahm das Geräusch des sich der Station nähernden Abendzuges. Ob nicht der Alte mitgekommen ist? Sie hörte und verstand nicht mehr, worüber Lipa sprach, achtete nicht auf die Zeit, sondern zitterte nur, aber nicht aus Furcht, sondern vor heftiger Neugier. Sie sah, wie ein Wagen voller Bauern rasch und polternd vorüberfuhr. Das waren die Zeugen, die von der Station kamen. Als der Wagen am Laden vorüberfuhr, sprang der alte Knecht von ihm ab und ging in den Hof. Man hörte, wie man sich mit ihm begrüßte, wie man ihn nach etwas fragte . . .

»Verlust aller bürgerlichen Rechte und des ganzen Vermögens«, sagte er laut, »und auf sechs Jahre nach Sibirien zur Zwangsarbeit.«

Man sah, wie aus dem Laden durch die Hintertür Aksinja herauskam; sie hatte eben Petroleum verkauft und hielt in der einen Hand die Flasche, in der andern den Trichter, und im Mund hatte sie einige Silbermünzen.

»Und wo ist Papachen?« fragte sie lispelnd.

»Auf der Station«, antwortete der Knecht. – »›Wenn es etwas dunkler sein wird‹, sagte er, ›werde ich kommen.‹«

Und als es auf dem Hofe bekannt wurde, das Anissim zur Zwangsarbeit verurteilt war, begann in der Küche die Köchin plötzlich zu klagen wie um einen Verstorbenen, da sie dachte, daß das der Anstand erfordere.

»Wem hast du uns gelassen, Anissim Grigorjewitsch, mein lichter Falke . . .«

Die erschreckten Hunde begannen zu bellen. Warwara lief ans Fenster, und vor Kummer sich windend, rief sie der Köchin zu, so laut sie schreien konnte: »Hör auf, Stepanida, hör auf! Quäle uns um Christi willen nicht!«

Man vergaß, den Samowar aufzustellen, und dachte schon an nichts mehr. Nur Lipa war nicht imstande, zu begreifen, worum es sich handele, und fuhr fort, sich mit ihrem Kinde abzugeben.

Als der Alte von der Station zurückgekehrt war, fragte man ihn nach nichts mehr. Er grüßte und ging schweigend durch die Zimmer; er aß nichts zu Abend.

»Niemand war da, um sich der Sache anzunehmen . . .«, fing Warwara an, als sie alleingeblieben waren. »Ich sagte doch, man müsse die Herren bitten – aber man hörte damals nicht . . . Eine Bittschrift hätte . . .«

»Ich habe mich tüchtig abgeplagt!« sagte der Alte und machte eine resignierte Handbewegung. »Als man Anissim verurteilt hatte, ging ich zu dem Herrn, der ihn verteidigte. ›Jetzt kann man nichts mehr machen‹, sagte er, ›es ist zu spät.‹ Auch Anissim selbst sagte es: zu spät. Aber dennoch habe ich, als ich aus dem Gericht ging, einen Advokaten genommen und ihm Handgeld gegeben . . . Ich warte noch eine Woche, dann fahre ich wieder hin. Wie es Gott beliebt.«

Der Alte ging wieder schweigend durch alle Zimmer, und als er wieder zu Warwara gekommen war, sagte er: »Ich bin wohl krank. Mein Kopf ist benebelt ... Die Gedanken verwirren sich.«

Er schloß die Tür, damit Lipa nichts höre, und fuhr leise fort: »Mit dem Gelde steht es bei mir nicht gut. Du erinnerst dich, Anissim brachte mir vor der Hochzeit am Thomassonntag neue Rubel- und Halbrubelstücke? Eine Rolle verwahrte ich damals besonders, die andern vermischte ich mit meinem eigenen Geld ... Als mein Onkel Dmitrij Filatytsch – Gott hab ihn selig – noch lebte, reiste er zum Wareneinkauf bald nach Moskau, bald in die Krim. Er hatte eine Frau, und eben diese Frau trieb sich, wenn er nämlich zum Wareneinkauf wegreiste, mit andern Männern herum. Er hatte sechs Kinder. Und da nun pflegte der Onkel, wenn er etwas angetrunken war, lachend zu sagen: ›Ich kann es‹, sagte er, ›durchaus nicht herausbekommen, welches hier meine Kinder und welches die fremden sind.‹ Er nahm eben alles leicht ... So kann auch ich jetzt nicht herausbekommen, welches mein echtes und welches mein falsches Geld ist. Und es scheint mir, daß es alles falsch ist.«

»Nun, Gott behüte dich!«

»Ich kaufe mir auf dem Bahnhof ein Billett, gebe drei Rubel, und es scheint mir, daß sie falsch sind. Und ich bekomme Angst. Ich muß wohl krank sein.«

»Was soll man da sagen, wir alle stehen in Gottes Hand ... Ei – ei – ei ...«, sagte Warwara und schüttelte den Kopf. »Man muß schon darüber nachdenken, Petrowitsch ... Zur unglücklichen Stunde könnte etwas sich ereignen ... du bist nicht mehr jung. Stirbst du, dann sieh zu, daß man ohne dich nicht den Enkel benachteilige. Ich fürchte, man wird Nikifor benachteiligen. Einen Vater, darf man sagen, hat er nicht, die Mutter ist jung und dumm . . . Du solltest ihm, dem Jungen, wenigstens das Grundstück Butjokino vermachen, Petrowitsch, wirklich! Überleg es dir!« fuhr Warwara den Alten zu überreden fort. »Ein netter Junge, es wäre schade um ihn. Morgen fahr hin und setze ein Schriftstück auf. Warum willst du warten?«

»Ich hatte das Enkelchen vergessen«, sagte Zybukin. »Ich muß ihn begrüßen gehen. So meinst du also, der Junge ist nett? Nun, so mag er heranwachsen, Gott gebe es!«

Er öffnete die Tür und winkte mit gekrümmtem Finger Lipa zu sich heran. Sie trat an ihn heran, das Kind auf den Armen.

»Du, Lipynjka, wenn du etwas brauchst, so frage nur«, sagte er. »Und wenn du etwas willst, so iß es nur, uns ist's nicht leid, wenn du nur gesund bist . . .« Er bekreuzigte das Kind. »Und hüte das Enkelchen gut. Habe ich keinen Sohn mehr, so bliebe mir doch noch das Enkelchen.«

Tränen rannen über seine Wangen; er schluchzte auf und ging fort. Nach einem Weilchen legte er sich schlafen und schlief fest ein nach sieben schlaflosen Nächten.

## 7

Der Alte blieb nicht lange in der Stadt. Jemand erzählte Aksinja, daß er zum Notar gefahren sei, sein Testament zu machen, und daß er dasselbe Butjokino, auf dem sie Ziegel brannte, dem Enkel Nikifor vermacht habe. Das teilte man ihr morgens mit, als der Alte und Warwara vor der Treppe unter der Birke saßen und Tee tranken. Sie schloß den Laden von der Straße und vom Hofe aus zu, nahm alle Schlüssel zusammen, die sie bei sich hatte, und warf sie dem Alten vor die Füße.

»Ich will nicht mehr länger für euch arbeiten!« schrie sie

laut und begann plötzlich zu schluchzen. »Es kommt darauf heraus, daß ich nicht eure Schwiegertochter, sondern eure Arbeiterin bin! Alle Leute lachen schon: ›Seht‹, sagen sie, ›was die Zybukins für eine Arbeiterin gefunden haben!‹ Ich habe mich bei euch nicht verdingt! Ich bin keine Bettlerin, bin keine Magd, ich habe Vater und Mutter.«

Ohne die Tränen abzuwischen, starrte sie mit tränenerfüllten, bösen, vor Zorn schielenden Augen den Alten an; ihr Gesicht und Hals waren rot und angespannt, da sie aus allen Kräften schrie.

»Ich will nicht mehr dienen!« fuhr sie fort. »Ich habe mich genügend hier abgerackert! Wenn es um Arbeit geht, tagtäglich im Laden zu stehen, nachts Branntwein zu schmuggeln – da bin ich gut dazu, aber wird Land verschenkt, dann kriegt's die Zwangsarbeiterin mit ihrem Teufelsbalg! Sie ist hier Wirtin und Herrin, ich aber bin ihre Magd! Gebt ihr nur alles, der Arrestantin, mag sie dran ersticken, ich gehe nach Hause. Sucht euch eine andere Dumme, ihr verdammten Luder!«

Der Alte hatte nie im Leben seine Kinder gescholten oder gestraft und ließ nicht einmal den Gedanken zu, daß ihm irgend jemand von seiner Familie Grobheiten sagen oder sich ihm gegenüber unehrerbietig verhalten könne, und jetzt erschrak er sehr, lief ins Haus und versteckte sich dort hinter einem Schrank. Warwara aber war so eingeschüchtert, daß sie nicht von ihrem Platz aufstehen konnte und nur mit den Armen herumfuchtelte, als wehre sie eine Biene ab.

»Ei, was ist denn das, ihr Lieben?« stammelte sie entsetzt. »Was schreit sie denn so? Ei – ei – ei . . . Die Leute hören es ja! Leiser doch . . . Ach, leiser doch!«

»Habt ihr der Zwangsarbeiterin Butjokino gegeben«, fuhr Aksinja zu schreien fort, »so gebt ihr jetzt alles – ich brauche von euch nichts! Der Teufel hole euch! Ihr alle seid eine einzige Bande; ich habe genug gesehen, es genügt mir! Ihr habt jedermann ausgeplündert, ihr Räuber, alt und jung! Und wer hat Branntwein ohne behördliche Genehmigung verkauft! Und das falsche Geld? Habt euch die Kisten mit falschem Gelde vollgestopft – und jetzt braucht ihr mich nicht mehr!«

Vor dem weit geöffneten Tor sammelte sich bereits eine Menge an und sah in den Hof hinein.

»Sollen die Leute nur sehen!« schrie Aksinja. »Ich werde euch schon blamieren! Ihr sollt vor Scham vergehen! Ihr sollt euch mir zu Füßen wälzen! He, Stepan!« rief sie den Tauben. »Wir fahren sofort nach Hause! Wir fahren zu meinem Vater, zu meiner Mutter, mit Sträflingen will ich nicht leben! Mach dich fertig!«

Auf dem Hof hing auf ausgespannten Seilen Wäsche; sie riß ihre noch feuchten Röcke und Jacken herunter und warf sie dem Tauben in die Arme. Dann eilte sie wütend auf dem Hof um die Wäsche herum, riß alles herunter, und das, was ihr nicht gehörte, warf sie auf die Erde und trat es mit Füßen.

»Ach, ihr Lieben, besänftigt sie doch!« stöhnte Warwara. »Was will sie denn? Gebt ihr doch Butjokino, um des Himmels willen gebt es ihr!«

»Nun, das ist ja ein Teufelsweib!« sprach man am Tore. »So ein Frauenzimmer! Ist die aber ins Toben gekommen!«

Aksinja lief in die Küche hinein, wo um diese Zeit gewaschen wurde. Lipa wusch allein, die Köchin war zum Fluß gegangen, um die Wäsche zu spülen. Aus dem Trog und aus dem Kessel am Herde stieg Dampf auf, und in der Küche war es schwül und düster von Nebel. Auf dem Boden lag noch ein Haufen ungewaschener Wäsche, und neben ihr auf der Bank, seine roten Beinchen in die Höhe streckend, Nikifor, so daß er sich nicht verletzen konnte, wenn er fiele. Gerade als Aksinja hereintrat, nahm Lipa ihr Hemd aus dem Haufen und legte es in den Trog, und schon streckte sie die Hand nach dem großen Krug voll kochenden Wassers aus, der auf dem Tische stand ...

»Gib es her!« rief Aksinja, sie haßerfüllt anblickend, und riß das Hemd aus dem Trog heraus. »Es ist nicht deine Sache, meine Wäsche anzurühren! Du bist eine Sträflingsfrau und mußt wissen, wer du bist!«

Lipa sah sie ganz eingeschüchtert an und verstand zunächst nichts ... plötzlich aber fing sie den Blick auf, den Aksinja auf ihr Kind geworfen hatte, begriff auf einmal und erstarrte völlig ...

»Du nahmst mir mein Land, so nimm dir das dafür!«

Mit diesen Worten ergriff Aksinja den Krug mit siedendem Wasser und goß ihn auf Nikifor aus.

Danach hörte man einen Schrei, wie man ihn noch niemals in Uklejewo gehört hatte, und es schien kaum glaublich, daß ein kleines, schwaches Wesen wie Lipa so schreien könne. Draußen aber wurde es plötzlich still ... Aksinja ging ins Haus, schweigend, mit ihrem gewohnten naiven Lächeln ... Der Taube lief immer noch auf dem Hof umher und hielt die Wäsche in seinen Armen, dann begann er, sie von neuem aufzuhängen, schweigend und langsam.

Bis aber die Köchin vom Flusse zurückkehrte, wagte niemand, in die Küche zu gehen und nachzuschauen, was dort geschehen war.

## 8

Nikifor brachte man ins Landkrankenhaus, und gegen Abend starb er dort. Lipa wartete nicht, bis der Wagen sie abholen würde, sondern wickelte das tote Kindlein in ein Deckchen und trug es nach Hause.

Das neue, eben erbaute, mit großen Fenstern versehene Krankenhaus stand hoch auf einem Berg; die untergehende Sonne beleuchtete es ganz, und es schien, als stünde es in

Flammen. Unten lag das Dorf. Lipa ging den Weg hinunter und setzte sich, kurz vor dem Dorfe, an einem kleinen Teich nieder. Ein Weib brachte ein Pferd zur Tränke, aber das Pferd trank nicht.

»Was willst du denn noch?« sprach das Weib leise und erstaunt. »Was willst du denn?«

Ein Junge in rotem Hemd saß hart am Wasser und wusch seines Vaters Stiefel. Und weiter war kein Mensch zu sehen, weder im Dorf noch auf dem Berge.

»Es trinkt nicht . . .«, sagte Lipa, das Pferd betrachtend.

Doch nun gingen das Weib und der Junge mit den Stiefeln fort, und jetzt sah man niemand mehr. Die Sonne legte sich schlafen und bedeckte sich mit purpurnem Goldbrokat, und langgestreckte Wolken, rot und lila, bewachten ihre Ruhe, sich über den Himmel ausbreitend. Irgendwo in der Ferne schrie eine Rohrdommel, wie eine im Stall eingesperrte Kuh, melancholisch und dumpf. Den Schrei dieses geheimnisvollen Vogels hörte man in jedem Frühling, doch wußte man nicht, wie er aussah und wo er lebte. Oben beim Krankenhaus, unmittelbar am Teich im Gebüsch, hinter dem Dorf und rings auf dem Felde schlugen die Nachtigallen. Der Kuckuck zählte die Jahre irgend jemandes, irrte sich immer in der Rechnung und begann wieder von neuem. Im Teich quakten mißmutig, alle ihre Kräfte anstrengend, die Frösche einander zu, und man konnte sogar Worte unterscheiden . . . Was war das für ein Lärm! Es war, als schrien und sängen alle diese Geschöpfe absichtlich, damit niemand an diesem Frühlingsabend schlafe, damit alle, sogar die mißmutigen Frösche, jeden Augenblick schätzten und auskosteten: das Leben wird ja nur einmal gegeben!

Am Himmel leuchtete der silberne Halbmond, und es waren viele Sterne zu sehen. Lipa wußte nicht, wie lange sie am Teiche saß, doch als sie aufstand und weiterging, schliefen schon alle im Dorf, und kein einziges Licht brannte. Bis nach Hause waren es wahrscheinlich an die zwölf Werst, aber ihre Kräfte reichten nicht aus, und sie konnte sich nicht darüber schlüssig werden, wie sie gehen müsse; der Mond leuchtete bald von vorn, bald von rechts, immer noch rief derselbe Kuckuck, schon mit heiserer Stimme, gleichsam lachend und neckend: »Ei, sieh zu, wirst abkommen vom Weg!« Lipa ging rasch und verlor ihr Kopftuch ... Sie blickte den Himmel an und dachte darüber nach, wo jetzt die Seele ihres Söhnchens sei, ob sie ihr nachfolge oder ob sie dort oben zwischen den Sternen schwebe und schon nicht mehr an ihre Mutter denke? Oh, wie einsam ist es im Felde in der Nacht, inmitten dieses Singens, wenn man selbst nicht singen kann, inmitten der ununterbrochenen Freudenschreie, wenn man selbst sich nicht freuen kann, wenn vom Himmel der Mond schaut, der ebenfalls einsame, dem alles gleich ist – ob es jetzt Frühling ist oder Winter, ob die Menschen lebendig sind oder tot ... Wenn die Seele voll Kummers ist, ist es schwer, ohne Menschen zu sein. Wäre doch jemand bei ihr, ihre Mutter Praskowja oder Krückstock oder die Köchin oder irgendein Bauer auch nur!

»Bu-uh!« rief die Rohrdommel. »Bu-uh!«

Und plötzlich vernahm sie menschliche Rede: »Spann an, Wawila!«

Vorn, hart am Wege, brannte ein Feuer; eine Flamme sah man nicht mehr, und nur die roten Kohlen glühten noch. Man konnte hören, wie die Pferde kauten. In der Dunkelheit hoben sich zwei Wagen ab – der eine mit einem Faß, der andere etwas niedriger, mit Säcken, auch zwei Menschen konnte man sehen: der eine führte ein Pferd, um es anzuspannen, der andere stand unbeweglich am Feuer, die Hände auf den Rücken gelegt. Ein Hund begann zu knurren. Der, welcher das Pferd führte, blieb stehen und sagte: »Jemand kommt wohl des Weges.«

»Scharik, kusch!« rief der andere dem Hunde zu.

Und an der Stimme konnte man erkennen, daß dieser zweite ein alter Mann war. Lipa blieb stehen und sagte: »Gott helf!«

Der Alte trat an sie heran und antwortete nach einem Weilchen: »Grüß Gott!«

»Euer Hund wird mich nicht beißen, Großväterchen?«

»Er tut nichts, komm nur. Er rührt dich nicht an.«

»Ich war im Krankenhaus«, sagte Lipa nach einigem Schweigen. »Mein Söhnchen ist dort gestorben. Jetzt trage ich es nach Hause.«

Dem Alten war es wahrscheinlich nicht angenehm, dies zu hören; denn er ging weg und sagte hastig: »Das macht nichts, Liebe. Gottes Wille. Was trödelst du, Junge!« sagte er, zu seinem Reisegefährten gewandt. »Du könntest schneller sein.«

»Dein Krummholz ist nicht da«, sagte der Bursche. »Ich kann es nicht sehen.«

»Ein Dummkopf bist du, Wawila!«

Der Alte nahm eine Kohle auf, blies sie an – nur seine Augen und seine Nase wurden beleuchtet; als sie das Krummholz gefunden hatten, ging er mit dem Feuer zu Lipa und blickte sie an; und sein Blick drückte Mitleid und Zärtlichkeit aus.

»Du bist Mutter«, sagte er. »Einer jeden Mutter ist es leid um ihr Kind.«

Und dabei seufzte er und schüttelte den Kopf, Wawila warf etwas ins Feuer und trat darauf – und sofort wurde es sehr dunkel; alles, was zu sehen war, verschwand, und wie vorhin war nur noch das Feld und der Himmel mit den Sternen da, und es lärmten die Vögel, einander den Schlaf verscheuchend. Auch eine Schnarrwachtel schrie, wie es schien, gerade an der Stelle, wo das Feuer war.

Aber einen Augenblick später sah man wieder die Wagen und den Alten und den langen Wawila. Die Wagen knarrten, als sie auf den Weg hinausfuhren.

»Seid ihr Heilige?«

»Nein. Wir sind aus Firssanowo.«

»Du sahst mich vorhin an, da ward es mir leichter ums Herz. Auch der Bursche ist so still. So dachte ich: sind wohl Heilige.«

»Hast du es weit?«

»Bis Uklejewo.«

»Setz dich hinauf, wir bringen dich bis Kusjmjonki. Von dort gehst du geradeaus, wir fahren nach links.«

Wawila setzte sich auf den Wagen mit dem Faß, der Alte und Lipa setzten sich auf den andern. Sie fuhren im Schritt, Wawila voraus.

»Mein Söhnchen quälte sich den ganzen Tag«, sagte Lipa. »Schaut mit seinen Äuglein und schweigt, will etwas sagen und kann es nicht. Herr Gott! Himmlische Königin! Ich fiel vor Kummer nur so immer auf die Diele hin. Ich stehe und falle neben dem Bette hin. Und sagt mir doch, Großväterchen, warum muß sich so ein Kindchen vor dem Tode quälen? Wenn sich ein erwachsener Mensch abquält, Mann oder Frau, dann werden ihm die Sünden vergeben, doch warum ein Kind, wenn es keine Sünden hat? Warum?«

»Wer kann das wissen!« antwortete der Alte.

Etwa eine halbe Stunde fuhren sie schweigend.

»Man kann nicht alles wissen, warum und wie«, sagte der Alte. »Dem Vogel sind nicht vier Flügel verliehen, sondern nur zwei, weil er auch mit zweien fliegen kann; so ist auch dem Menschen nicht gegeben, alles zu wissen, sondern nur die Hälfte oder ein Viertel. Soviel er nötig hat zu wissen, um das Leben zu verbringen, soviel weiß er auch.«

»Großväterchen, es wäre für mich leichter, zu Fuß zu gehen. Jetzt bebt mein Herz.«

»Macht nichts. Bleib sitzen!«

Der Alte gähnte und bekreuzigte sich den Mund.

»Macht nichts . . .«, wiederholte er. »Dein Kummer ist nur ein halber Kummer. Das Leben ist lang, es wird noch Gutes bringen und Schlimmes, alles wird es bringen. Groß ist Mütterchen Rußland!« sagte er und sah sich nach beiden Seiten um. »Ich bin in ganz Rußland gewesen und habe alles in ihm gesehen, und du, glaube meinem Wort, Liebe. Es wird Gutes geben und Schlimmes. Ich bin als Landstreicher in Sibirien gewesen, war auch am Amur und am Altai, und ich siedelte nach Sibirien über, pflügte dort den Acker, sehnte mich dann nach Mütterchen Rußland und kehrte ins Heimatdorf zurück. Wir gingen zu Fuß nach Rußland zurück; und ich entsinne mich, wir schwammen auf der Fähre, und ich war ganz abgemagert, ganz zerlumpt, barfuß, halb erfroren, lutschte an einer Brotrinde, und auf der Fähre war ein Herr – wenn er gestorben ist, so habe Gott ihn selig –, er sah mich an, seine Tränen strömten. ›Ach‹, sagte er, ›schwarz ist dein Brot, deine Tage sind schwarz . . .‹ Und ich kam nach Hause, wie man sagt, ohne Haus und ohne Hof; ich hatte eine Frau, die blieb in Sibirien, man beerdigte sie dort. So lebe ich hier jetzt als Knecht. Und was nun? Ich will dir sagen: hernach gab es Schlimmes, es gab auch Gutes. Und jetzt habe ich keine Lust, zu sterben, möchte noch so zwanzig Jährchen leben; Gutes gab es also doch mehr. Groß ist Mütterchen Rußland!« sagte er und blickte sich wiederum nach allen Seiten hin um.

»Großväterchen«, fragte Lipa, »wenn ein Mensch stirbt, wieviel Tage geht dann seine Seele noch auf der Erde um?«

»Wer kann das wissen! Wir wollen Wawila fragen – er ging in die Schule. Jetzt wird ja alles gelehrt. Wawila!« rief der Alte.

»He!«

»Wawila, wenn ein Mensch stirbt, wieviel Tage geht seine Seele noch auf der Erde um?«

Wawila hielt das Pferd an und antwortete erst dann.

»Neun Tage. Als mein Onkel Kirill starb, lebte seine Seele in unserer Hütte noch dreizehn Tage.«

»Woher weißt du das?«

»Dreizehn Tage lang hat es im Ofen gepocht.«

»Nun gut. Fahr zu!« sagte der Alte, und man sah ihm an, daß er an all das nicht glaubte.

Bei Kusjmjonki bogen die Wagen auf die Chaussee, und Lipa ging weiter. Es begann schon zu dämmern. Als sie in die Schlucht hinabstieg, waren Hütten und Kirche von Uklejewo im Nebel versteckt. Es war kalt, und ihr schien, daß immer noch derselbe Kuckuck rufe.

Als Lipa nach Hause kam, war das Vieh noch nicht ausgetrieben: alle schliefen noch. Sie saß auf der Treppe und wartete. Als erster kam der Alte heraus; sofort beim ersten Blick verstand er, was geschehen war, konnte lange kein Wort hervorbringen und schmatzte nur mit den Lippen.

»Ach Lipa«, sagte er: »hast das Enkelchen nicht zu behüten gewußt . . .«

Sie weckten Warwara auf. Sie schlug die Hände zusammen und begann zu schluchzen, und sofort machte sie sich daran, das Kind aufzubahren.

»Ein nettes Knäblein war es . . .« sagte sie dabei. »Ei – ei – ei . . . Ein Söhnchen hattest du, und auch das hast du nicht behütet, du dumme Lipa . . .«

Morgens und abends hielt man Totenmessen ab. Am andern Tage begrub man ihn, und nach dem Begräbnis aßen die Gäste und die Geistlichkeit viel und mit solcher Gier, als hätten sie schon lange nichts gegessen. Lipa bediente bei Tisch, und der Priester sagte ihr, indem er die Gabel mit einem gesalzenen Pilz erhob: »Betrübt Euch nicht um das Knäblein. Ihrer ist das Himmelreich.«

Und erst, als alle gegangen waren, begriff Lipa vollkommen, daß Nikifor nicht mehr da war und nie mehr da sein würde, sie begriff es und brach in Schluchzen aus. Und sie wußte nicht, in welches Zimmer sie gehen solle, um zu weinen, weil sie fühlte, daß nach dem Tode des Knaben in diesem Hause für sie kein Platz mehr, daß sie hier fremd und überflüssig sei; und auch die anderen empfanden das.

»Nun, was heulst du denn hier?« schrie plötzlich Aksinja, in der Tür erscheinend; für die Beerdigung hatte sie ein ganz neues Kleid an und war gepudert.

»Schweig still!«

Lipa wollte aufhören, konnte aber nicht und begann noch heftiger zu schluchzen.

»Hörst du!« schrie Aksinja und stampfte wütend mit dem Fuß. »Mit dir spreche ich! Mach, daß du aus dem Hause kommst und daß du deinen Fuß nicht mehr hersetzest, du Sträflingsfrau! Hinaus mit dir!«

»Nun, nun, nun!« versuchte der Alte sich einzumischen. »Aksjuta, beruhige dich, Liebe . . . Sie weint, das ist doch verständlich . . . ihr Kind ist gestorben . . .«

»Das ist doch verständlich . . .«, äffte Aksinja ihm nach. »Mag sie hier noch übernachten, und morgen soll sie machen, daß sie fortkommt! Das ist doch verständlich!« äffte sie nochmals nach und ging lachend in den Laden. Am andern Tage in der Frühe ging Lipa zur Mutter nach Torgujewo.

## 9

Heutigentags sind das Dach über dem Laden und die Tür frisch gestrichen und blitzen wie neu; an den Fenstern blühen wie früher heitere Geranien und das, was vor drei Jahren in Zybukins Haus und Hof geschah, ist schon fast vergessen.

Wie damals gilt auch jetzt noch der alte Grigorij Petrowitsch als Besitzer, in Wirklichkeit aber ist alles in die Hände Aksinjas übergegangen; sie verkauft und kauft ein, und ohne ihre Zustimmung kann nichts geschehen. Die

Ziegelei arbeitet gut; weil man Ziegel für die Eisenbahn braucht, ist ihr Preis auf vierundzwanzig Rubel das Tausend gestiegen; Weiber und Mädchen fahren die Ziegel zur Station und laden sie in die Waggons und bekommen dafür fünfundzwanzig Kopeken den Tag.

Aksinja ist Teilhaberin am Geschäft der Chrymins geworden, und ihre Fabrik heißt jetzt: »Gebrüder Chrymin jun. und Co.«. Bei der Station wurde ein Wirtshaus eröffnet, und auf der teuren Ziehharmonika wird nicht mehr in der Fabrik, sondern in diesem Wirtshaus gespielt; häufig kommen hierher der Postvorsteher, der auch irgendeinen Handel angefangen hat, sowie der Stationsvorsteher. Dem tauben Stepan haben Chrymins die Jüngeren eine goldene Uhr geschenkt, und jeden Augenblick zieht er sie aus der Tasche und hält sie ans Ohr.

Im Dorfe erzählt man von Aksinja, daß sie große Macht gewonnen habe; und wirklich, wenn sie morgens auf ihre Ziegelei fährt, mit ihrem naiven Lächeln, schön und glücklich, und wenn sie dann in der Ziegelei Anordnungen trifft, so vermutet man in ihr eine starke Kraft. Alle fürchten sie, im Hause und im Dorf und auf der Ziegelei. Wenn sie auf die Post kommt, springt der Postvorsteher auf und sagt zu ihr: »Bitte, nehmen Sie Platz, Ksenija Abramowna!«

Ein bereits bejahrter, eleganter Gutsbesitzer in einem Wams aus feinem Tuch und in hohen Lackstiefeln wurde einst, als er ihr ein Pferd verkaufte, durch ein Gespräch mit ihr so hingerissen, daß er im Preise so viel abließ, als sie wünschte. Er hielt lange ihre Hand, sah ihr in ihre fröhlichen, schelmischen, naiven Augen und sagte: »Einer Frau wie Ihnen, Ksenija Abramowna, bin ich bereit, alles zum Vergnügen zu tun. Nur sagen Sie, wann wir uns sehen können, ohne daß uns jemand stört?«

»Nun, jederzeit, wenn's Ihnen beliebt!«

Und seitdem kommt der alte Geck fast jeden Tag in den Laden, um Bier zu trinken. Und das Bier ist fürchterlich, bitter wie Wermut. Der Gutsbesitzer schüttelt den Kopf, trinkt es aber doch.

Der alte Zybukin kümmert sich schon nicht mehr um die Geschäfte. Er behält das Geld nicht bei sich, weil er echtes und falsches nicht mehr unterscheiden kann, aber er schweigt und spricht zu niemandem von dieser seiner Schwäche. Er ist seltsam vergeßlich geworden, und wenn man ihm nicht zu essen gibt, fragt er selbst nicht danach; man hat sich daran gewöhnt, ohne ihn zu Mittag zu essen, und Warwara sagt oft: »Gestern hat sich der Alte wieder ohne Essen zu Bett gelegt.«

Und sie sagt es gleichgültig, weil sie sich daran gewöhnt hat. Im Sommer und im Winter geht er gleichmäßig im Pelz, und nur an sehr heißen Tagen geht er nicht aus, sondern sitzt zu Hause. Gewöhnlich spaziert er im Dorf auf dem Wege zur Station mit angezogenem Pelz und aufgeschlagenem Kragen, ganz eingemummelt, oder er sitzt von morgens bis abends auf der Bank am Kirchentor. Sitzt da und bewegt sich nicht. Die Vorübergehenden grüßen ihn, doch antwortet er nicht, weil er wie früher die Bauern nicht liebt. Wenn man ihn nach etwas fragt, so antwortet er ganz vernünftig und höflich, aber kurz.

Im Dorf spricht man davon, daß die Schwiegertochter ihn aus dem eigenen Hause gejagt habe und ihm nichts zu essen gebe und er von Almosen lebe; die einen freuen sich, die andern bemitleiden ihn.

Warwara ist noch voller und weißer geworden und übt weiterhin gute Werke, und Aksinja stört sie dabei nicht. Warenje ist jetzt so viel vorhanden, daß man es bis zu den neuen Beeren nicht aufessen kann; es verzuckert, und Warwara weint fast, da sie nicht weiß, was sie mit ihm anfangen soll.

Anissim begann man zu vergessen. Einmal kam von ihm ein Brief in Versen, auf ein großes Blatt Papier in Form eines Gesuches geschrieben, immer in derselben großartigen Handschrift. Offenbar büßte auch sein Freund Ssamorodow mit ihm zusammen die Strafe ab. Unter den Versen war in einer unschönen, kaum leserlichen Handschrift eine Zeile geschrieben: »Ich bin hier immer krank, mir ist schwer zumute, helft um Christi willen!«

Einmal – es war an einem klaren Herbsttage gegen Abend – saß der alte Zybukin am Kirchentor mit aufgeschlagenem Pelzkragen, so daß man nur seine Nase und den Schirm seiner Mütze sah. Am andern Ende der langen Bank saß der Polier Jelisarow und neben ihm der Schuldiener Jakow, ein zahnloser Greis von etwa siebzig Jahren. Krückstock und der Schuldiener unterhielten sich.

»Die Kinder müssen den Alten zu essen und zu trinken geben . . . Ehre deinen Vater und deine Mutter«, sagte Jakow gereizt. »Sie aber, die Schwiegertochter, hat den Schwiegervater aus dem eigenen Hause gejagt. Der Alte hat weder zu essen noch zu trinken – wohin soll er gehen? Den dritten Tag hat er nicht gegessen.«

»Den dritten Tag!« rief erstaunt Krückstock.

»So sitzt er nun da und schweigt. Ist ganz schwach geworden. Und warum soll man schweigen? Man muß es dem Gericht anzeigen – man würde bei Gericht sie nicht freisprechen.«

»Wen würde man bei Gericht freisprechen?« fragte Krückstock, der nicht recht gehört hatte.

»Was?«

»Kein übles Weib, tüchtig ist sie . . . In ihrem Geschäft geht es nicht ohne das ab . . . ohne Sünde nämlich . . .«

»Aus dem eigenen Hause«, fuhr Jakow gereizt fort. »Erwirb dir ein eigenes Haus und treib einen hinaus. So eine, das ist schon die rechte, das Luder!«

Zybukin hörte zu und rührte sich nicht.

»Eigenes oder fremdes Haus, das ist ganz gleich, wenn's nur warm ist, und die Weiber nicht keifen . . .«, sagte Krückstock lachend. »Als ich jung war, liebte ich meine

Nastaßja sehr. Sie war ein stilles Weib. Und immerzu sagte sie: ›Makarytsch, kauf ein Haus! Makarytisch, kauf ein Haus! Makarytsch, kauf ein Pferd!‹ Sie lag schon im Sterben und sagte immerzu: ›Makarytsch, kauf dir einen Reitwagen, damit du nicht zu Fuß zu gehen brauchst.‹ Aber ich kaufte ihr nur Pfefferkuchen, sonst nichts.«

»Ihr Mann ist taub und dumm«, fuhr Jakow fort, ohne auf Krückstock zu hören. »Ein richtiger Narr, genau wie eine Gans. Kann der denn was begreifen? Schlag eine Gans mit dem Stock auf den Kopf – auch dann begreift sie nichts.«

Krückstock erhob sich, um nach Hause in die Fabrik zu gehen. Jakow stand ebenfalls auf, und beide gingen zusammen und setzten ihre Unterhaltung fort. Als sie etwa dreißig Schritt weit gegangen waren, stand auch der alte Zybukin auf und schleppte sich ihnen nach mit unentschlossenen Schritten, als ginge er über Glatteis.

Das Dorf verschwamm schon in der Abenddämmerung, und die Sonne leuchtete nur noch oben auf dem Wege, der wie eine Schlange am Abhang von unten nach oben lief. Die alten Frauen kehrten aus dem Walde heim, mit ihnen die Kinder; sie trugen Körbe voller Reizker und Pfifferlinge, Frauen und Mädchen kehrten in Scharen von der Station zurück, wo sie Waggons mit Ziegeln beladen hatten, und ihre Nasen und Wangen unter den Augen waren mit rotem Ziegelstaub bedeckt. Sie sangen. Allen voran ging Lipa und sang mit ihrer feinen Stimme; sie sang laut und blickte zum Himmel empor, als triumphiere und jubele sie, daß gottlob der Tag zu Ende sei und man jetzt ausruhen könne. In der Schar war auch ihre Mutter, die Tagelöhnerin Praskowja, die mit einem Bündelchen in der Hand ging und wie allezeit schwer atmete.

»Guten Abend, Makarytsch«, sagte Lipa, als sie Krückstock erblickt hatte. – »Guten Abend, mein Lieber.«

»Guten Abend, Lipynjka!« sagte Krückstock erfreut.

»Weiberchen, Mädchen, habt den reichen Zimmermann gern! Ho – Ho! Meine Kinderchen, Kinderchen«, Krückstock schluchzte auf. »Meine geliebten Äxtlein.«

Krückstock und Jakow gingen weiter, und man konnte hören, wie sie sich unterhielten. Nach ihnen begegnete dem Haufen der alte Zybukin, und plötzlich wurde es still, ganz still. Lipa und Praskowja blieben ein wenig zurück, und als der Alte mit ihnen zusammentraf, grüßte Lipa ihn tief und sagte: »Guten Abend, Grigorij Petrowitsch!«

Und ihre Mutter grüßte auch. Der Alte blieb stehen und sah sie beide an, ohne ein Wort zu sprechen; seine Lippen bebten und seine Augen waren voller Tränen. Lipa holte aus dem Bündelchen der Mutter ein Stück Grützkuchen hervor und reichte es ihm. Er nahm es und begann zu essen.

Die Sonne war schon völlig untergegangen; ihr Glanz erlosch auch oben auf dem Wege. Es wurde dunkel und kühl. Lipa und Praskowja gingen weiter und bekreuzigten sich noch lange danach.

# DIE STACHELBEEREN

Regenwolken bedeckten schon vom frühen Morgen an den ganzen Himmel; es war still, nicht schwül und eintönig, wie es an grauen, trüben Tagen zu sein pflegt, wenn über dem Felde lange schon Wolken hängen, und man auf den Regen wartet, der immer nicht kommt. Der Veterinärarzt Iwan Iwanytsch und der Gymnasiallehrer Burkin waren des Gehens müde geworden, und das Feld schien ihnen unendlich. Weit vor ihnen konnte man die Windmühlen des Dorfes Mironossizkoje kaum noch sehen, rechts zog sich eine Hügelkette hin und verschwand dann weit jenseits des Dorfes; sie wußten, daß dies das Flußufer sei, daß es dort Wiesen, grüne Weidensträucher, Gutshöfe gebe – und stellte man sich auf einen der Hügel, so konnte man von dort ein ebensoweit ausgedehntes Feld, Telegraphenstangen und den Zug sehen, der von weitem einer kriechenden Raupe ähnlich schien, ja bei klarem Wetter war sogar die Stadt zu sehen. Jetzt, bei dem stillen Wetter, da die ganze Natur sanft und nachdenklich schien, waren Iwan Iwanytsch und Burkin von Liebe zu diesen Feldern erfüllt, und beide dachten daran, wie groß, wie wunderschön doch dies Land sei.

»Das letztemal, als wir beim Starosten Prokofij in der Scheune saßen«, sagte Burkin, »wollten Sie mir eine Geschichte erzählen.«

»Ja, ich wollte damals von meinem Bruder erzählen.«

Iwan Iwanytsch seufzte schwer und steckte sich seine Pfeife an, um mit der Erzählung zu beginnen, aber gerade in diesem Augenblick setzte der Regen ein. Und nach einigen Minuten strömte aus dem grauen Himmel ein kräftiger Regen herab, und es war schwer vorauszusehen, wann er aufhören werde. Iwan Iwanytsch und Burkin blieben nachdenklich stehen; die Hunde, bereits ganz naß, standen mit eingezogenen Schwänzen da und blickten wehmutsvoll ihre Herren an.

»Wir müssen uns irgendwo unterstellen«, sagte Burkin. »Gehen wir zu Alechin. Es ist nicht weit.«

»Einverstanden.«

Sie bogen seitwärts ab und schritten über ein abgeerntetes Feld, zuerst geradeaus, dann sich rechts haltend, bis sie die Straße erreicht hatten. Bald tauchten Pappeln, der Garten, dann die roten Dächer der Speicher auf; der Fluß erglänzte, und es öffnete sich die Aussicht auf einen breiten See mit einer Mühle und einer weißgestrichenen Badeanstalt.

Es war Sofjino, wo Alechin wohnte.

Die Mühle arbeitete und übertönte das Rauschen des Regens; das Wehr schütterte. Dort an den Bauernwagen standen nasse Pferde mit gesenkten Köpfen, Leute, die sich mit Säcken bedeckt hatten, gingen hin und her. Es war feucht, schmutzig, ungemütlich, und die Luft am Flusse war kalt und unfreundlich. Iwan Iwanytsch und Burkin verspürten bereits am ganzen Leibe das Gefühl von Nässe, Unsauberkeit, Unbehagen, die Füße waren durch den Schmutz schwer geworden, und als sie das Wehr passierten und zu den herrschaftlichen Speichern hinaufstiegen, schwiegen sie, als ob sie aufeinander böse wären.

In einem der Speicher tönte eine Futterschwinge; die Türe war offen, und Staub wirbelte heraus. Auf der Schwelle stand Alechin selbst, ein Mann von etwa vierzig Jahren, hochgewachsen, stark, mit langen Haaren, mehr einem Professor oder Künstler als einem Gutsbesitzer ähnlich. Er hatte ein weißes, schon lange nicht gewaschenes Hemd an mit einem hänfenen Gürtel, statt Hosen trug er Unterhosen; auch seine Stiefel starrten von Schmutz und Stroh. Nase und Augen waren schwarz von Staub. Er erkannte Iwan Iwanytsch und Burkin und freute sich sichtlich, sie zu sehen.

»Gehen Sie bitte ins Haus, meine Herren«, sagte er lächelnd.

»Ich komme im Augenblick.«

Das Haus war groß und zweistöckig. Alechin bewohnte unten zwei Zimmer mit Gewölben und kleinen Fenstern, wo einst die Verwalter gewohnt hatten. Die Einrichtung war einfach, es roch nach Roggenbrot, billigem Schnaps und Pferdegeschirr. Im oberen Stockwerk aber, in den Paradezimmern, hielt er sich selten auf, nur wenn Gäste kamen. Iwan Iwanytsch und Burkin empfing im Haus das Zimmermädchen, ein junges, so schönes Geschöpf, daß sie beide zugleich stehenblieben und sich ansahen.

»Sie können sich nicht vorstellen, wie ich mich freue, Sie zu sehen, meine Herren«, sagte Alechin, der nach ihnen in den Flur getreten war. »Das hatte ich nicht erwartet! Pelageja«, wandte er sich an das Zimmermädchen: »sorgen Sie dafür, daß die Gäste sich umkleiden können. Übrigens werde auch ich das tun. Nur muß man zuerst baden gehen. Ich glaube, ich habe seit dem Frühjahr nicht gebadet. Meine Herren, wollen Sie nicht zum Flußbad gehen; inzwischen wird hier alles vorbereitet werden.«

Die schöne Pelageja, die so anziehend und dem Äußeren nach so weich war, brachte Laken und Seife, und Alechin begab sich mit seinen Gästen ins Bad.

»Ja, ich habe schon lange nicht mehr gebadet«, sagte er, während er sich auszog. »Ich habe, wie Sie sehen, ein hübsches Bad, noch mein Vater hat es erbaut, aber zum Baden habe ich immer keine Zeit.«

Er setzte sich auf eine Stufe hin und seifte seine langen Haare und seinen Hals ein, und das Wasser um ihn wurde ganz braun.

»Ja, ich muß gestehen . . .«, sagte Iwan Iwanytsch bedeutsam und betrachtete Alechins Haare . . .

»Schon lange habe ich mich nicht gewaschen . . .« wiederholte Alechin etwas verwirrt und seifte sich noch einmal ein, und das Wasser wurde um ihn herum dunkelblau wie Tinte.

Iwan Iwanytsch ging hinaus, warf sich geräuschvoll ins Wasser und schwamm während des Regens, mit den Armen weit ausholend; von ihm gingen Wellen aus, und auf den Wellen schaukelten weiße Lilien; er schwamm bis zur Mitte des Sees, tauchte unter, erschien nach einem Augenblick an einer anderen Stelle, schwamm weiter, tauchte wieder unter und versuchte, den Grund zu erreichen. »Ach, mein Gott . . .«, rief er fortwährend voll Entzücken aus. »Ach, mein Gott . . .« – Er schwamm zur Mühle, unterhielt sich dort mit den Bauern und kehrte dann um, legte sich in der Mitte des Sees auf den Rücken, sein Gesicht dem Regen aussetzend. Burkin und Alechin hatten sich bereits angezogen und machten sich daran, fortzugehen, aber er schwamm und tauchte noch immer unter.

»Ach, mein Gott . . .«, sagte er. »Ach, Gott erbarme dich.«

»Nun haben Sie aber genug!« rief ihm Burkin zu.

Sie kehrten ins Haus zurück. Und erst, nachdem man in der oberen Etage im großen Salon die Lampe angezündet hatte, und Burkin und Iwan Iwanytsch, mit seidenen Schlafröcken und warmen Pantoffeln versehen, in den Lehnstühlen saßen, Alechin selbst, gewaschen, frisiert, in einem neuen Rock, im Salon auf und ab ging, sichtlich voller Genuß die Wärme, Sauberkeit, die trockene Kleidung, das leichte Schuhwerk an sich fühlend, als die schöne Pelageja, geräuschlos über den Teppich gehend und weich lächelnd, auf einem Tablett Tee mit Warenje herumreichte, erst da machte sich Iwan Iwanytsch an seine Erzählung, und man hatte den Eindruck, daß ihn nicht nur Burkin und Alechin anhörten, sondern auch die alten und jungen Damen und Offiziere, die ruhig und streng aus ihren goldenen Rahmen herausschauten.

»Wir sind zwei Brüder«, begann er, »ich, Iwan Iwanytsch und Nikolai Iwanytsch, der zwei Jahre jünger ist. Ich ergriff einen gelehrten Beruf und wurde Veterinär, während Nikolai Iwanytsch schon mit neunzehn Jahren im Steueramt diente. Unser Vater Tschischma Gimalaiskij war Soldat, er verdiente sich aber den Offiziersrang und hinterließ uns den Erbadel und ein kleines Erbgut. Das Gütchen prozessierte man uns nach seinem Tode wegen der Schulden weg, aber, wie dem auch sei, unsere Kindheit verlebten wir in voller Freiheit auf dem Lande. Ganz wie Bauernkinder verbrachten wir Tage und Nächte im Feld, im Wald, hüteten die Pferde, schälten Bast, fingen Fische und taten dergleichen mehr . . . Und Sie wissen, wer auch nur einmal im Leben einen Kaulbarsch fing oder im Herbst die wandernden Drosseln sah, wie sie an klaren, kühlen Tagen in Schwärmen über das Dorf ziehen, der ist kein rechter Stadtbewohner mehr, und bis zum Lebensende wird er sich nach Freiheit sehnen. Mein Bruder härmte sich im Steueramt ab. Die Jahre gingen dahin, und immer saß er auf einem Fleck, schrieb immer ein und dieselben Papiere und dachte immer an ein und dasselbe, nämlich, wie er auf das Land gelangen könnte. Und diese Sehnsucht nahm nach und nach die Form eines bestimmten Wunsches, eines Traumbildes an, sich ein kleines Gütchen irgendwo am Ufer von Fluß oder See zu kaufen.

Er war ein herzensguter, sanfter Mensch, ich liebte ihn, aber ich sympathisierte niemals mit diesem Wunsch, sich für das ganze Leben auf einem eigenen Besitz zu vergraben. Herkömmlicherweise sagt man, daß der Mensch nur drei Arschin Land brauche. Aber drei Arschin Land braucht doch der Leichnam und nicht der lebende Mensch. Man sagt jetzt auch, daß es gut sei, wenn unsere Intelligenz jetzt zum Landleben neigt und nach Landbesitz strebt. Aber dieser Landbesitz bedeutet doch eben diese drei Arschin Land. Die Stadt fliehen, den Kampf, den Lärm des Lebens, dem zu entfliehen und sich auf seinem Landgut zu verstecken – das ist kein Leben, das ist Egoismus, Trägheit, das ist eine besondere Art Mönchtum, aber ein Mönchtum ohne Heldentum. Der Mensch braucht nicht drei Arschin Land, nicht ein Landgut, sondern den ganzen Erdball, die ganze Natur, wo er im freien weiten Raum alle Eigenschaften und Besonderheiten seines freien Geistes offenbaren kann.

Mein Bruder Nikolai träumte, wenn er in seiner Kanzlei saß, davon, wie er seine eigene Kohlsuppe essen würde, von deren so verlockendem Geruch der ganze Hof erfüllt sein würde – träumte, wie er auf dem grünen Rasen essen, in der Sonne schlafen, ganze Stunden am Tor auf dem Bänkchen sitzen und in Feld und Wald hinausschauen würde. Landwirtschaftliche Bücher und alle die Ratschläge in den Kalendern bildeten seine Freude, seine geistige Lieblingsnahrung; er schätzte es auch, Zeitungen zu lesen, aber er las in ihnen nur die Anzeigen, daß so und so viel Deßjatinen Ackerland und Wiesen samt Hof, Fluß, Garten, Mühlen, mit von Bächen durchzogenen Teichen zu verkaufen seien. Und er stellte sich in seinem Kopf die Gartenwege, Blumen, Obstbäume, Starkästen, Karauschen in den Teichen vor und, wissen Sie, lauter solche Dinge ... Diese Bilder seiner Phantasie waren verschiedenartig je nach den Anzeigen, die ihm vor die Augen kamen, aber aus irgendeinem Grunde kamen in jeder Vorstellung unbedingt Stachelbeeren vor. Kein Landgut, keinen poetischen Winkel konnte er sich vorstellen, ohne daß es dort Stachelbeeren gab.

›Das Landleben hat seine großen Vorzüge‹, sagte er häufig. ›Man sitzt auf dem Balkon und trinkt Tee, auf dem Teich schwimmen deine Enten, es riecht so gut, und ... und die Stachelbeeren reifen.‹

Er zeichnete einen Plan seines Gutes, und jedesmal kam auf dem Plan ein und dasselbe heraus: a) das Herrenhaus, b) das Leutehaus, c) der Gemüsegarten, d) die Stachelbeeren. Er lebte knickrig, aß und trank sich nicht satt, kleidete sich Gott weiß wie, beinahe wie ein Bettler, häufte alles Geld auf und brachte es auf die Bank. Er war schrecklich habgierig. Mich schmerzte es, ihn anzusehen, und ich gab ihm das eine und das andere, schickte ihm auch zu den Festen etwas – aber auch das sparte er auf. Wenn ein Mensch in eine Idee verrannt ist, kann man nichts machen. Die Jahre vergingen, man versetzte ihn in ein anderes Gouvernement, er war bereits über vierzig Jahre alt, und immer noch las er die Zeitungsanzeigen und häufte Geld auf. Dann hörte ich, daß er sich verheiratet hätte. Alles mit dem gleichen Ziel, sich ein Gut mit Stachelbeersträuchern zu kaufen; er verheiratete sich mit einer alten, häßlichen, ganz gefühllosen Witwe, und nur, weil sie Geld hatte. Auch mit ihr lebte er knickrig, ließ sie halb verhungern, ihre Gelder aber gab er unter seinem Namen auf die Bank. Früher war sie die Frau eines Postmeisters gewesen und an Piroge und Liköre gewöhnt, bei ihrem zweiten Mann aber bekam sie nicht einmal genug schwarzes Brot; bei einem solchen Leben begann sie hinzusiechen, und nach etwa drei Jahren starb sie. Und natürlich dachte mein Bruder auch nicht einen Augenblick daran, daß er an ihrem Tode schuld sei. Das Geld genauso wie der Schnaps machen den Menschen zum Sonderling. In unsrer Stadt starb ein Kaufmann. Vor dem Tode ließ er sich einen Teller Honig reichen und aß alle seine Banknoten und Gewinnlose zusammen mit dem Honig auf, damit niemand etwas bekäme. Einst besah ich auf dem Bahnhof die Viehherden; in diesem Augenblick geriet ein Viehhändler unter die Lokomotive, und ein Bein wurde ihm abgefahren. Wir tragen ihn in den Wartesaal, das Blut fließt in Strömen – es war schrecklich, er aber bittet immerzu, man möge sein Bein suchen, und ist in Unruhe: im Stiefel des abgerissenen Beines waren zwanzig Rubel – er fürchtete, sie könnten verlorengehen.«

»Das ist nun schon ein anderes Lied«, sagte Burkin.

»Nach dem Tode seiner Frau«, fuhr Iwan Iwanytsch fort, nachdem er kurze Zeit nachgedacht hatte, »begann sich mein Bruder ein Gut auszusuchen. Natürlich, wenn man auch fünf Jahre sich etwas aussucht, zu guter Letzt irrt man sich doch und kauft gar nicht das, wovon man träumte. Bruder Nikolai kaufte durch einen Kommissionär unter Übertragung der Schuld hundertundzwölf Deßjatinen Land mit Herrenhaus, Leutehaus, Park, aber es waren weder ein Obstgarten noch Stachelbeersträucher dabei, noch Teiche mit Entlein; es war wohl ein Fluß da, aber das Wasser war kaffeebraun, weil auf der einen Seite des Gutes eine Ziegelei, auf der andern eine Knochenbrennerei war. Jedoch mein Nikolai Iwanytsch kümmerte sich nicht darum; er bestellte sich zwanzig Stachelbeersträucher, pflanzte sie an und begann, als Gutsbesitzer zu leben.

Im vorigen Jahre fuhr ich zu ihm auf Besuch. Will doch einmal hinfahren, denke ich, und mir ansehen, wie er lebt und was dort los ist. In seinen Briefen hatte mein Bruder sein Gut die Tschumbaroklsche Wildnis, auch Gimalaiskoje benannt.

Ich langte nachmittags in ›Gimalaiskoje‹ an. Es war heiß. Überall Gräben, Bretter- und Stangenzäune, Tannen sind reihenweise angepflanzt, so daß man nicht weiß, wie man in den Hof fahren, wo man das Pferd lassen soll. Ich gehe zum Hause, ein roter, dicker, einem Schwein ähnlicher Hund läuft mir entgegen. Er möchte wohl bellen, ist aber zu faul dazu. Aus der Küche kommt die Köchin, barfuß, dick, auch einem Schweine ähnlich, und sagt, daß der Herr nach dem Essen der Ruhe pflege. Ich gehe zum Bruder hinein; er sitzt im Bett, die Knie mit einer Decke bedeckt; er ist alt und voll geworden, wie aufgedunsen; Backen, Nase und Lippen springen nach vorne vor – ehe man sich's versieht, wird er zu grunzen anheben.

Wir umarmten uns, weinten vor Freude und aus Trauer darüber, daß wir einst jung waren und beide jetzt alt sind und es Zeit zum Sterben sei. Er zog sich an und führte mich, um mir sein Gut zu zeigen.

›Nun, wie geht es dir denn?‹ fragte ich.

›Es macht sich, Gott sei Dank; ich lebe gut!‹

Das war nicht mehr der frühere schüchterne, arme Beamte, sondern ein richtiger Gutsbesitzer und Herr. Er hatte sich hier ganz eingelebt, sich eingewöhnt und war auf den Geschmack gekommen; er aß reichlich, wusch sich in der Badestube, war dick geworden, prozessierte bereits mit der Gemeinde und beiden Fabriken und war sehr gekränkt, wenn die Bauern ihn nicht ›Euer Hochwohlgeboren‹ anredeten. Auch für seine Seele sorgte er in solider Herrenart und tat gute Werke nicht schlicht, sondern voller Würde. Und was waren das für gute Werke? Er heilte die Bauern von allen Krankheiten mit Solda und Rizinusöl, an seinem Namenstage ließ er inmitten des Dorfes einen Dankgottesdienst abhalten und spendierte dann einen halben Eimer Schnapps, weil er das für nötig hielt. Ach, diese schrecklichen halben Eimer! Heute schleppt der dicke Gutsbesitzer seine Bauern zum Landeshauptmann, weil ihr Vieh auf seinen Ländereien gegrast hat, morgen aber, am Feiertag, spendiert er ihnen einen halben Eimer – und sie trinken und schreien hurra, und betrunken verbeugen sie sich vor ihm bis zur Erde . . . Die Verbesserung der Lebensmöglichkeiten, Sattheit und Müßiggang entwickeln in uns Russen den unverschämtesten Eigendünkel. Nikolai Iwanytsch, der einst im Steueramt Angst hatte, sogar rein persönlich für sich eigene Meinungen zu haben, äußerte jetzt nur noch ›Wahrheiten‹ im Ton eines Ministers. ›Bildung ist notwendig, aber für das Volk verfrüht, körperliche Strafen sind im allgemeinen schädlich, in besonderen Fällen aber nützlich und unersetzlich.‹

›Ich kenne das Volk und verstehe mit ihm umzugehen‹, sagte er. ›Mich liebt das Volk. Ich brauche nur den Finger zu rühren, und das Volk tut für mich alles, was ich will.‹

Und all das, wohlgemerkt, war von einem klugen und freundlichen Lächeln begleitet. An die zwanzigmal wiederholte er: ›wir Adligen‹, ›ich als Adliger‹; er erinnerte sich augenscheinlich nicht mehr daran, daß unser Großvater Bauer und unser Vater Soldat gewesen war. Sogar unser Familienname, der im Grunde unvereinbar war mit Adel, erschien ihm jetzt tönend, vornehm und angenehm.

Aber es handelt sich eigentlich nicht um ihn, sondern um mich selbst. Ich will Ihnen erzählen, was für eine Veränderung in diesen wenigen Stunden, die ich auf seinem Landgut verbrachte, mit mir vorging. Als wir abends Tee tranken, stellte die Köchin einen Teller voller Stachelbeeren auf den Tisch. Es waren nicht gekaufte, sondern eigene, zum ersten Male, seit die Sträucher gepflanzt waren, gepflückte Beeren. Nikolai Iwanytsch lachte fröhlich auf und sah einen Augenblick schweigend, Tränen in den Augen, die Stachelbeeren an – er konnte vor Aufregung nicht sprechen, legte dann eine Beere in den Mund, blickte mich triumphierend an wie ein Kind, das endlich sein Lieblingsspielzeug erhalten hat, und sagte: ›Wie schmackhaft!‹

Und gierig aß er sie und wiederholte immerzu: ›Ach, wie schmackhaft! Probiere sie nur!‹

Sie waren hart und sauer; aber, wie Puschkin sagte: ›Teurer als alle Wahrheit ist uns ein uns erhebender Betrug.‹ Ich sah einen glücklichen Menschen vor mir, dessen heiligster Traum sich so ganz offensichtlich verwirklicht, der sein Lebensziel erreicht und das bekommen hatte, was er wollte, der mit seinem Schicksal, mit sich selbst zufrieden war.

Meinen Gedanken über das menschliche Glück hatte sich stets ein Gefühl der Wehmut beigesellt, jetzt aber, beim Anblick dieses glücklichen Menschen, beherrschte mich ein schweres, der Verzweiflung nahes Gefühl. Besonders schwer war mir nachts zumute. Man schlug mir das Bett im Zimmer neben der Schlafstube meines Bruders auf, und ich konnte hören, wie er nicht schlief, wie er aufstand und zu dem Teller mit Stachelbeeren ging und immer eine Beere nahm. Ich überlegte bei mir, wie viele im Grunde zufriedene und glückliche Menschen es gibt! Was ist das für eine überwältigende Macht! Schauen Sie sich dieses Leben an: die Unverfrorenheit und der Müßiggang der Starken, die Ignoranz und Tierähnlichkeit der Schwachen, ringsum eine unmögliche Armut, Bedrängtheit, Entartung, Trunksucht, Heuchelei, Lügensucht ... Dabei herrscht in allen Häusern und auf den Straßen Stille und Ruhe; von fünfzigtausend Stadtbewohnern nicht einer, der aufschreien und sich laut erregen würde. Wir sehen nur die, die auf den Markt gehen, um ihre Lebensmittel einzukaufen, die am Tage essen, in der Nacht schlafen, die all ihr dummes Zeug zusammenreden, sich verheiraten, alt werden und seelenruhig ihre Verstorbenen auf den Friedhof bringen; aber wir sehen und hören nichts von denen, die leiden, und das, was schrecklich am Leben ist, spielt sich irgendwo hinter den Kulissen ab. Alles geht still und ruhig vor sich, und nur die stumme Statistik protestiert: soundso viele sind wahnsinnig geworden, soundso viele Tonnen Schnaps wurden ausgetrunken, soundso viele Kinder kamen infolge Unterernährung um ... Und anscheinend ist eine derartige Ordnung notwendig; anscheinend fühlt sich der Glückliche nur darum wohl, weil die Unglücklichen ihre Last schweigend tragen, und ohne dies Schweigen wäre Glück unmöglich. Das ist eine allgemeine Hypnose. An der Türe jedes zufriedenen, glücklichen Menschen müßte irgend jemand mit einem Hämmerchen stehen und ihn beständig klopfend mahnen, daß es Unglückliche gibt, daß das Leben, so glücklich er auch sei, ihm früher oder später seine Klauen zeigen werde, daß über ihn allerhand Not – Krankheit, Armut, Verluste – hereinbrechen werde, und daß ihn niemand sehen und hören werde, so wie er jetzt die andern nicht sehe und nicht höre. Jedoch diesen Menschen mit dem Hämmerchen gibt es nicht, der Glückliche lebt für sich dahin, und die kleinlichen Lebenssorgen erregen ihn nur leichthin, so wie der Wind die Espe – und alles steht vollkommen gut . . .«

»In jener Nacht wurde es mir deutlich, wie auch ich zufrieden und glücklich war«, fuhr Iwan Iwanytsch fort und erhob sich. »Auch ich pflegte beim Mittagessen und auf der Jagd zu lehren, wie man leben, was man glauben, wie man das Volk regieren solle. Auch ich pflegte zu sagen, daß Unterricht ein Licht, daß Bildung notwendig sei, daß aber für die einfachen Leute einstweilen das Schreiben- und Lesenkönnen genüge. Die Freiheit sei ein Gut, so sagte ich, ohne das man ebensowenig wie ohne Luft leben könne – aber man müsse mit ihr noch warten. Ja, so pflegte ich zu reden, und jetzt frage ich: Weshalb soll man dann warten?« fragte Iwan Iwanytsch und blickte ärgerlich Burkin an. – »Weshalb soll man warten, frage ich Sie? Aus welchen Gründen? Man sagt mir, daß nicht alles auf einmal gehe, daß jegliche Idee im Leben nur Schritt für Schritt, zu ihrer Zeit verwirklicht werde. Aber wer sagt denn das? Wo sind die Beweise dafür, daß das richtig ist? Sie berufen sich auf die natürliche Ordnung der Dinge, auf die Gesetzmäßigkeit der Erscheinungen; aber liegt denn darin Ordnung und Gesetzmäßigkeit, daß ich, der lebende und denkende Mensch, am Graben stehe und warte, daß er von selbst zuwachse oder von Schlamm ausgefüllt werde, währenddessen ich vielleicht über ihn hinüberspringen oder eine Brücke über ihn schlagen kann? Und noch einmal: Weshalb sollen wir warten? Warten, bis man zum Leben keine Kraft mehr hat – und mittlerweile muß man und will man leben!

Ich fuhr damals frühmorgens von meinem Bruder fort, und seitdem wurde es mir unerträglich, in der Stadt zu leben. Mich bedrücken die Stille und Ruhe, ich fürchte mich, in die Fenster zu schauen, weil es für mich jetzt keinen schwereren Augenblick gibt als eine glückliche Familie, die am Tisch sitzt und Tee trinkt. Ich bin schon alt und tauge nicht zum Kampf, ich bin sogar unfähig zu hassen. Ich härme mich nur in meiner Seele ab, ich bin gereizt und ärgerlich, in den Nächten glüht mir der Kopf infolge des Zustroms der Gedanken, und ich kann nicht schlafen . . . Ach, wenn ich jung wäre!«

Iwan Iwanytsch ging aufgeregt aus einer Ecke in die andere und wiederholte: »Wenn ich doch jung wäre!«

Plötzlich trat er an Alechin heran und begann ihm bald die eine, bald die andere Hand zu drücken.

»Pawel Konstantinytsch«, sagte er mit flehender Stimme, »ergeben Sie sich nicht der Ruhe, lassen Sie nicht zu, daß Sie in Schlaf versinken! Hören Sie nicht auf, Gutes zu wirken, solange sie jung, stark und frisch sind! Es gibt kein Glück und es soll auch keins geben, aber wenn im Leben ein Sinn und ein Ziel liegt, so liegt dieser Sinn und dieses Ziel durchaus nicht in unserm Glück, sondern in etwas Vernünftigerem und Größerem. Wirken Sie Gutes!«

Und alles das sagte Iwan Iwanytsch mit einem kläglichen, flehenden Lächeln, so als ob er es persönlich für sich erbäte.

Dann saßen alle drei an verschiedenen Enden des Salons in ihren Lehnstühlen und schwiegen. Die Erzählung von Iwan Iwanytsch befriedigte weder Burkin noch Alechin. Während Generale und Damen, die in der Abenddämmerung lebendig schienen, aus ihren Goldrahmen herausschauten, war es langweilig, die Erzählung von dem armen Teufel von Beamten, der Stachelbeeren aß, anzuhören. Sie wollten etwas von vornehmen Menschen, von Frauen hören. Und daß sie jetzt im Salon saßen, wo alles – der verhüllte Lüster, die Lehnstühle, die Teppiche unter den Füßen – davon erzählte, daß einstmals hier dieselben Leute gingen, saßen, Tee tranken, die jetzt aus den Rahmen schauten, und auch daß jetzt hier die schöne Pelageja geräuschlos umherging – alles das war besser als alle Erzählungen.

Alechin sehnte sich sehr nach Schlaf; er war früh, in der dritten Morgenstunde aufgestanden, um nach der Wirtschaft zu sehen, und jetzt fielen ihm die Augen fast zu, aber er fürchtete, die Gäste könnten in seiner Abwesenheit etwas Interessantes erzählen, und so ging er nicht weg. Ob das klug, ob das gerecht war, was Iwan Iwanytsch soeben geäußert hatte, das prüfte er nicht, die Gäste sprachen nicht von Grütze, nicht von Heu oder Teer, sondern von etwas, das keine unmittelbare Beziehung zu seinem Leben hatte, und er freute sich dessen und wollte, daß sie weitererzählten ...

»Jedoch, nun ist es Schlafenszeit«, sagte Burkin und erhob sich. »Erlauben Sie, daß ich Ihnen gute Nacht wünsche.«

Alechin verabschiedete sich und ging zu sich hinunter, während die Gäste oben blieben. Man hatte ihnen für die Nacht ein großes Zimmer angewiesen, wo zwei alte Holzbetten mit Schnitzereien standen, und in der Ecke hing ein Kruzifix aus Elfenbein; ihre breiten und kühlen Betten, die ihnen die schöne Pelageja gemacht hatte, dufteten angenehm nach frischer Wäsche.

Iwan Iwanytsch zog sich schweigend aus und legte sich nieder.

»Herr Gott, sei uns Sündern gnädig!« sagte er und zog die Decke über den Kopf.

Von seiner Pfeife, die auf dem Tisch lag, duftete es stark nach Tabaksüberresten, und Burkin schlief lange nicht ein und konnte immer nicht begreifen, woher dieser schwere Geruch kam.

Der Regen schlug an die Fenster während der ganzen Nacht ...

# DER MENSCH IM FUTTERAL

Ganz am Rande des Dorfes Mironossizkoje ließen sich verspätete Jäger in der Scheune des Starosten Prokofij zur Nacht nieder. Es waren nur zwei: der Tierarzt Iwan Iwanytsch und der Gymnasiallehrer Burkin. Iwan Iwanytsch hatte einen recht seltsamen, doppelten Familiennamen – Tschimscha-Himalaiskij, der gar nicht zu ihm paßte, und im ganzen Gouvernement nannte man ihn einfach mit Vor- und Vatersnamen. Er wohnte nahe der Stadt auf einem Gestüt und war jetzt auf die Jagd gefahren, um frische Luft zu schöpfen. Der Gymnasiallehrer Burkin dagegen war jeden Sommer Gast der Grafen P. und fühlte sich in dieser Gegend schon lange heimisch.

Sie schliefen nicht. Iwan Iwanytsch, ein hochgewachsener, hagerer älterer Mann mit langem Schnurrbart, saß draußen am Eingang und rauchte seine Pfeife; der Mond beleuchtete ihn. Burkin lag drinnen auf dem Heu, in der Dunkelheit konnte man ihn nicht sehen.

Sie erzählten sich allerhand Geschichten. Unter anderem sprachen sie davon, daß des Starosten Weib, Mawra, eine gesunde und gar nicht dumme Frau, in ihrem ganzen Leben nie aus ihrem Heimatdorf herausgekommen sei, nie eine Stadt oder eine Eisenbahn gesehen, die letzten zehn Jahre immer hinter dem Ofen gesessen habe und nur nachts auf die Straße ginge.

»Was ist daran Seltsames!« sagte Burkin. »Menschen, die von Natur einsam sind, sich wie Einsiedlerkrebse oder Schnecken gerne in ihr Gehäuse zurückziehen, sind gar nicht so selten auf dieser Welt. Vielleicht liegt hier ein Atavismus vor, eine Rückkehr zu der Zeit, als der Vorfahr des Menschen noch kein geselliges Tier war und einsam in seiner Höhle lebte, oder vielleicht ist es einfach eine Varietät des menschlichen Charakters, wer weiß? Ich bin kein

Naturwissenschaftler, und es ist nicht meine Sache, solche Fragen anzuschneiden; ich will nur sagen, daß solche Menschen wie Mawra gar keine seltene Erscheinung sind. Nun, wir brauchen nicht weit zu suchen: Vor etwa zwei Monaten starb in unserer Stadt mein Kollege Belikow, der Lehrer für Griechisch. Natürlich haben Sie von ihm gehört. Er fiel dadurch auf, daß er immer, sogar bei sehr schönem Wetter, mit Galoschen und Regenschirm und unfehlbar in einem warmen, wattierten Mantel ausging. Sein Schirm steckte in einem Futteral, die Uhr war in einem Futteral aus grauem Leder, und wenn er sein Federmesser herausnahm, um den Bleistift zu spitzen, so steckte auch das Messer in einem Futteral; auch sein Gesicht schien in einer Hülle zu stecken, weil er es ständig in dem aufgeschlagenen Mantelkragen verbarg. Er trug eine dunkle Brille, eine Strickjacke, die Ohren hatte er mit Watte verstopft, und wenn er sich in eine Droschke setzte, ließ er das Verdeck hochschlagen. Mit einem Wort, dieser Mensch hatte das beständige, unüberwindliche Bestreben, sich mit einer Hülle zu umgeben, sich sozusagen ein Futteral zu schaffen, das ihn isolierte und vor äußeren Einflüssen schützte. Die Wirklichkeit beunruhigte und schreckte ihn, hielt ihn in ständiger Aufregung, und um seine Zaghaftigkeit und Abneigung gegen die Gegenwart zu rechtfertigen, lobte er vielleicht immer die Vergangenheit und solche Dinge, die niemals existiert hatten; die alten Sprachen, die er unterrichtete, waren für ihn im Grunde ebenfalls nur Galoschen und Schirme, mit denen er sich vor dem wirklichen Leben schützte.

›Oh, wie klangvoll, wie schön ist die griechische Sprache!‹ pflegte er mit süßlichem Gesichtsausdruck zu sagen; und zum Beweise seiner Worte kniff er die Augen zusammen, hob den Finger in die Höhe und sprach: ›Anthropos!‹

Auch seine Ansichten suchte Belikow in ein Futteral zu

verpacken. Klar waren für ihn nur die Verordnungen und Zeitungsartikel, in denen etwas verboten wurde. Wenn in einer Verordnung den Schülern verboten wurde, sich nach neun Uhr abends auf der Straße sehen zu lassen, oder wenn in einem Zeitungsartikel das Verbot der fleischlichen Liebe gefordert wurde, so war das für ihn klar und bestimmt: es war verboten – und damit basta. In einer Genehmigung aber, in einer Erlaubnis verbarg sich für ihn immer etwas Zweifelhaftes, etwas Unausgesprochenes und Unklares. Wenn in der Stadt ein dramatischer Zirkel, eine Lesehalle oder eine Teestube genehmigt wurde, pflegte er den Kopf zu schütteln und leise zu sagen: ›Das ist natürlich alles ganz schön und gut, aber wenn da nur nichts passiert!‹

Jede Störung, Umgehung, Abweichung von der Regel machte ihn niedergeschlagen, auch wenn es ihn eigentlich gar nichts anging. Wenn sich ein Kollege bei der Andacht verspätete oder Gerüchte über irgendeinen Gymnasiastenstreich umgingen oder wenn man eine Lehrerin spätabends mit einem Offizier gesehen hatte, geriet er in große Erregung und sagte fortwährend: ›Wenn da nur nichts passiert ist!‹ Und bei den Lehrerkonferenzen fiel er uns einfach lästig mit seiner Vorsicht, seinem Argwohn und seinen futteralhaften Hinweisen, daß zum Beispiel die Jugend im Knaben- und Mädchengymnasium sich schlecht aufführe, in den Klassen lärme – ach, daß das nur nicht zur vorgesetzten Behörde gelange und etwas daraus entstehe! – Und wenn man aus der zweiten Klasse den Petrow, aus der vierten den Jegorow ausschließe, so wäre das sehr gut. Und was meinen Sie? Mit seinen Seufzern, seiner Ängstlichkeit, seiner dunklen Brille auf dem bleichen, kleinen Gesicht – wissen Sie, so einem kleinen Iltisgesicht – bedrückte er uns alle und wir gaben nach, erteilten Petrow und Jegorow im Betragen schlechte Noten, sperrten sie in Arrest und jagten beide schließlich von der Schule.

Er hatte die seltsame Gewohnheit, uns einen nach dem

andern in unseren Wohnungen aufzusuchen: er kommt zu einem Kollegen, setzt sich und schweigt, als wolle er etwas ausspionieren. So sitzt er stumm ein, zwei Stunden lang und geht dann wieder. Das nannte er, ›gute Beziehungen zu den Kollegen aufrechterhalten‹; es fiel ihm augenscheinlich schwer, zu uns zu gehen und bei uns zu sitzen, und er kam nur, weil er es für seine kollegiale Pflicht hielt. Wir Lehrer fürchteten ihn. Ja, sehen Sie, unsre Lehrer sind doch denkende, tüchtige Leute, die Turgenjew und Schtschedrin gelesen haben, aber dieses Männchen mit Galoschen und Regenschirm tyrannisierte das ganze Gymnasium volle fünfzehn Jahre! Was sage ich, das Gymnasium? Die ganze Stadt! Unsre Damen wollten samstags keine Liebhaberaufführungen mehr veranstalten, weil sie fürchteten, er könnte davon Kenntnis erhalten; auch die Geistlichkeit genierte sich, während der Fastenzeit in seiner Gegenwart Verbotenes zu essen und Karten zu spielen. Unter dem Einfluß solcher Leute wie Belikow begann man sich in den letzten zehn, fünfzehn Jahren in unsrer Stadt vor allem zu fürchten; man fürchtete sich, laut zu sprechen, Briefe zu schreiben. Bekanntschaften zu machen, Bücher zu lesen, man fürchtete sich, den Armen zu helfen und den Leuten das Lesen und Schreiben beizubringen . . .«

Iwan Iwanytsch wollte etwas sagen, räusperte sich, zündete sich erst seine Pfeife an, sah zum Mond empor und sagte dann gedehnt: »Ja, denkende, tüchtige Leute lesen Schtschedrin und Turgenjew und Buckle und so weiter – und dann ordnen sie sich unter und dulden alles . . . Ja, so ist's.«

»Belikow wohnte im selben Hause wie ich«, fuhr Burkin fort. »Auf derselben Etage, Tür an Tür; wir sahen uns häufig, und ich kannte sein häusliches Leben. Auch zu Hause dieselbe Geschichte: Schlafrock, Nachtmütze, Fensterläden, Riegel, eine ganze Reihe Verbote, Beschränkungen, und – ach! daß nur nichts passiert! Fastenspeisen essen ist schädlich, aber zur Fastenzeit Fleischspeisen essen, geht auch nicht, weil man möglicherweise sagen könnte, daß Belikow die Fasten nicht halte; also aß er Zander mit Kuhbutter – keine Fastenspeise, aber auch keine Fleischspeise. Weibliche Bedienung hielt er nicht, aus Furcht, man könne schlecht von ihm denken; er hielt sich den Koch Afanasij, einen alten Mann von etwa sechzig Jahren, der meist betrunken und halb verrückt war; er war Offiziersbursche gewesen und verstand sich etwas aufs Kochen. Dieser Afanasij stand gewöhnlich mit gekreuzten Armen vor der Tür und murmelte seufzend immer dasselbe vor sich hin: ›Heutzutage haben *die* sich schon tüchtig eingenistet!‹

Belikow hatte ein Schlafzimmer, klein wie eine Truhe; sein Bett hatte einen Vorhang. Wenn er sich schlafen legte, zog er die Decke über den Kopf; es war heiß und schwül darin, der Wind rüttelte an den verschlossenen Türen, im Ofen summte es; aus der Küche klangen Seufzer, unheilverkündende Seufzer . . .

Und er hatte Angst unter seiner Decke. Er fürchtete, es könne etwas geschehen, Afanasij ihn ermorden, Diebe sich einschleichen, und wenn er dann einschlief, hatte er schreckliche Träume; morgens aber, wenn wir zusammen ins Gymnasium gingen, war er unlustig, blaß, und man konnte sehen, daß das Gymnasium mit seinen vielen Menschen seinem ganzen Wesen schrecklich zuwider und daß es ihm, dem von Natur einsamen Menschen, eine Qual war, neben mir zu gehen.

›Es ist jetzt immer sehr laut bei uns in den Klassen‹, sagte er, indem er sich bemühte, für seine gedrückte Stimmung sozusagen eine Erklärung zu geben. ›Es ist wirklich ganz ungehörig.‹

Und dieser Lehrer des Griechischen, dieser Mensch im Futteral, können Sie sich das vorstellen, hätte beinahe geheiratet.«

Iwan Iwanytsch sah sich rasch um und sagte: »Machen Sie keinen Spaß!«

»Ja, er hätte beinahe geheiratet, so komisch das klingt. Wir bekamen einen neuen Lehrer für Geschichte und Geographie, einen gewissen Michail Sawwitsch Kowalenko, einen Ukrainer. Er kam nicht allein, sondern mit seiner Schwester Warinjka. Er war jung, hochgewachsen, brünett und hatte riesige Hände; man sah es seinem Gesicht an, daß er eine Baßstimme hatte, und tatsächlich kam seine Stimme wie aus einem Faß: bu-bu-bu ... Warinjka war nicht mehr jung, ungefähr dreißig Jahre, aber auch hochgewachsen, schlank, mit schwarzen Augenbrauen und roten Wangen, mit einem Wort, kein Mädchen, sondern ein Bonbon, und sehr lebhaft, laut, sang immer ukrainische Romanzen und lachte. Kaum sagte man etwas, so klang auch schon ihr lautes Lachen: ha-ha-ha!

Unsere erste nähere Bekanntschaft mit den Kowalenkos machten wir, wie ich mich entsinne, bei der Namenstagsfeier des Direktors. Inmitten der mürrischen, strengen, langweiligen Pädagogen, die zum Namenstag auch nur aus Pflichtgefühl erschienen waren, erlebten wir plötzlich, wie eine neue Aphrodite aus dem Schaum geboren ward: sie ging, die Hände in die Seiten gestemmt, lachte, sang, tanzte ... Sie sang gefühlvoll auf ukrainisch. ›Die Winde wehen‹, dann noch eine Romanze, und noch eine, und bezauberte uns alle – alle, sogar Belikow. Er setzte sich neben sie und sagte mit seinem süßesten Lächeln: ›Der ukrainische Dialekt erinnert in seiner Zartheit und seinem Wohlklang an das Altgriechische.‹

Das schmeichelte ihr, und sie begann gefühlvoll und anschaulich davon zu erzählen, daß sie im Kreise Hadjatsch einen Gutshof besäße und daß dort ihr Mamachen lebe, und dort gebe es solche Birnen, solche Zuckermelonen, solche ›Kabaken‹! Bei den Ukrainern heißen die Kürbisse nämlich ›Kabaken‹, die Wirtshäuser aber Schenken, und man koche bei ihnen einen Borschtsch aus roten und blauen Rüben, und ›der schmecke einfach schrecklich schön‹.

Wir hörten zu und hörten zu, und plötzlich kam uns allen derselbe Gedanke.

›Es wäre doch gut, die beiden zu verheiraten‹, sagte die Frau Direktor leise zu mir.

Wir erinnerten uns plötzlich daran, daß unser Belikow nicht verheiratet sei, und es kam uns jetzt merkwürdig vor, daß wir bisher eine so wichtige Einzelheit seines Lebens gar nicht bemerkt und gänzlich außer acht gelassen hatten. Wie verhält er sich überhaupt zum weiblichen Geschlecht, wie löst er für sich diese wichtige Frage? Früher hätte uns das überhaupt nicht interessiert; vielleicht hielten wir es gar nicht für möglich, daß ein Mensch, der bei jedem Wetter in Galoschen ging und unter einem Bettvorhang schlief, lieben könne.

›Er ist schon längst über Vierzig und sie ist dreißig . . .‹, sagte die Frau Direktor zur Erläuterung ihres Gedankens. ›Ich glaube, sie würde ihn nehmen.‹

Was geschieht nicht alles aus Langweile bei uns in der Provinz, wieviel Unnötiges und Törichtes! Und zwar nur, weil da, was notwendig wäre, eben nicht geschieht. Nun also, was hatten wir plötzlich für eine Veranlassung, diesen Belikow zu verheiraten, den man sich als Ehemann überhaupt nicht vorstellen konnte? Die Frau Direktor, die Frau Schulinspektor und alle unsere Damen vom Gymnasium lebten förmlich auf, wurden sogar hübscher, als ob sie plötzlich ein Lebensziel vor sich sähen. Die Direktorsfrau nimmt im Theater eine Loge, und wir sehen – in ihrer Loge sitzt Warinjka mit einem Fächer, strahlend, glücklich, und neben ihr Belikow, klein, zusammengekrümmt, als hätte man ihn mit Zangen aus seiner Behausung geschleppt. Ich gebe eine Abendgesellschaft, und die Damen verlangen, ich solle unbedingt Belikow und Warinjka dazu einladen. Mit einem Worte, die Maschine begann zu arbeiten.

Es erwies sich, daß Warinjka nicht abgeneigt war zu heiraten. Bei ihrem Bruder war das Leben nicht besonders gemütlich, man wußte, daß sie ganze Tage lang disputierten und sich zankten. Zum Beispiel: Kowalenko geht auf der Straße, ein hochgewachsener, gesunder Tölpel in gesticktem Hemd, eine Haarsträhne hängt ihm unter der Mütze hervor; mit der einen Hand hält er einen Stoß Bücher, in der andern einen dicken Knotenstock. Hinter ihm geht seine Schwester, ebenfalls mit Büchern.

›Aber, Michajlik, du hast es doch gar nicht gelesen!‹ schreit sie laut. ›Ich sage dir, ich schwöre, du hast es überhaupt nicht angesehn!‹

›Und ich sage dir, ich habe es gelesen!‹ ruft Kowalenko und stößt den Stock auf den Boden.

›Ach, mein Gott, Mintschik! Was regst du dich auf, wir führen doch ein sachliches Gespräch!‹

›Und ich sage dir: ich habe es gelesen!‹ schreit Kowalenko noch lauter.

Zu Haus herrschte auch Streit, wenn Besuch da war. So zu leben war ihr offenbar langweilig geworden, sie verlangte nach einem eigenen Heim, und man mußte ja auch ihr Alter berücksichtigen: die Zeit, wo sie nur zu wählen brauchte, war vorbei, sie mußte den ersten besten heiraten, und sei es auch ein Griechischlehrer. Und man muß sagen, der Mehrzahl unserer jungen Damen ist es ganz gleich, wen sie heiraten, wenn sie nur überhaupt heiraten. Wie dem nun auch sei, jedenfalls begann Warinjka Belikow deutlich ihre Gunst zu zeigen.

Und Belikow? Er kam zu Kowalenko ebenso wie zu uns. Er kam zu ihm, saß da und schwieg. Er schwieg, und Warinjka sang ihm auf ukrainisch vor ›Die Winde wehen‹ oder sah ihn mit ihren dunklen Augen nachdenklich an oder lachte plötzlich los: ›Ha-ha-ha!‹

In Liebessachen und besonders beim Heiraten spielt die Überredung eine große Rolle. Alle – sowohl die Kollegen als auch die Damen – begannen Belikow zuzureden, daß er unbedingt heiraten müsse, daß ihm nichts anderes mehr im Leben übrigbleibe, als zu heiraten: wir alle wünschten ihm Glück, sagten mit ernsten Gesichtern allerhand Banalitäten, zum Beispiel, die Ehe sei ein ernster Schritt im Leben. Zudem war Warinjka keineswegs häßlich, sie war interessant, Tochter eines Staatsrats, besaß einen Gutshof, und vor allem war sie die erste Frau, die ihm freundlich, ja herzlich entgegenkam – sein Kopf begann sich zu drehen, und er kam zu der Überzeugung, er müsse in der Tat heiraten.«

»Da hätte man ihm aber Galoschen und Regenschirm wegnehmen sollen«, sagte Iwan Iwanytsch.

»Nein, stellen Sie sich vor, das erwies sich als unmöglich. Er stellte Warinjkas Porträt auf seinen Schreibtsich, kam dann zu mir und sprach von Warinjka, vom Familienleben und davon, daß die Ehe im Leben ein ernsthafter Schritt sei; er war häufig bei den Kowalenkos, änderte aber seine Lebensart in keiner Weise. Im Gegenteil: der Entschluß zu heiraten wirkte geradezu krankhaft auf ihn, er magerte ab, wurde blaß und schien sich noch tiefer in sein Futteral zu verkriechen.

›Warwara Sawwischna gefällt mir‹, sagte er einmal mit einem schwachen, schiefen Lächeln zu mir, ›und ich weiß, daß sich jeder Mensch unbedingt verheiraten muß, aber ... wissen Sie, das ist alles so plötzlich gekommen ... Man muß sich das gründlich überlegen.‹

›Was ist dabei schon zu überlegen?‹ sagte ich zu ihm. ›Heiraten Sie, und damit gut.‹

›Nein, die Ehe ist ein ernster Schritt im Leben, man muß zuvor die Verpflichtungen, die einen erwarten, die Verantwortung abwägen ... damit nachher nicht irgendwas passiert. Das beunruhigt mich so, ich kann jetzt keine Nacht mehr schlafen. Und ich habe Angst, aufrichtig gesagt: sie und ihr Bruder haben so merkwürdige Ansichten, sie haben, wissen Sie, so seltsame Urteile, und sie hat einen sehr lebhaften Charakter. Man heiratet, aber später, ehe man sich's versieht, gerät man in wer weiß was für Verhältnisse.‹

Und er machte ihr keinen Antrag, schob ihn zum großen Ärger der Frau Direktor und aller unserer Damen immer wieder hinaus; ständig erwog er die bevorstehenden Verpflichtungen und die Verantwortung, ging aber inzwischen fast jeden Tag mit Warinjka spazieren: vielleicht dachte er, in seiner Lage wäre das seine Pflicht. Ständig kam er zu mir, um über das Familienleben zu sprechen. Und aller Wahrscheinlichkeit nach hätte er ihr ja zu guter Letzt seinen Antrag gemacht, und es wäre eine der unnötigen, törichten Ehen zustande gekommen, wie sie bei uns aus Langweile und Müßiggang zu Tausenden geschlossen werden, wenn nicht plötzlich ein ›kolossaler Skandal‹ entstanden wäre. Ich muß hinzufügen: Warinjkas Bruder Kowalenko haßte Belikow vom ersten Tage ihrer Bekanntschaft an und konnte ihn nicht ausstehen.

›Ich begreife nicht‹, sagte er zu uns und zuckte die Achseln, ›ich begreife nicht, wie Sie diesen Schleicher verdauen können, diese widerliche Fratze. Ach, meine Herren, wie können Sie hier überhaupt leben! Bei Ihnen herrscht ja eine ekelhafte, erstickende Atmosphäre. Sind Sie etwa Pädagogen, Lehrer? Sie sind Stellenjäger, bei Ihnen ist kein Tempel der Wissenschaft, sondern eine Wohlfahrtsbehörde, und es stinkt so säuerlich wie auf einer Polizeiwache. Nein, meine Lieben, ein Weilchen mache ich das noch mit, und dann fahre ich auf meinen Gutshof und fange Krebse und unterrichte die Bauernkinder. Ich fahre weg, aber Sie! Bleiben Sie nur hier mit Ihrem Judas – hol ihn der Teufel!‹

Oder er schüttelte sich vor Lachen, lachte bis zu Tränen bald in tiefem Baß, bald mit dünner, piepender Stimme und fragte mich: ›Was hockt er nur immer bei mir? Was will er? Hockt und glotzt!‹

Er gab Belikow den Spitznamen ›die Spinne‹. Natürlich vermieden wir, mit ihm darüber zu sprechen, daß seine Schwester Warinjka drauf und dran war, ›die Spinne‹ zu heiraten. Und als die Frau Direktor einmal darauf anspielte, es wäre doch gut, seine Schwester bei einem so soliden, allgemein geachteten Menschen wie Belikow an den Mann zu bringen, runzelte er die Stirn und brummte: ›Das geht mich nichts an. Meinetwegen mag sie eine Viper heiraten, ich mische mich nicht in fremder Leute Sachen.‹

Hören Sie jetzt, was weiter geschah. Irgendein Spaßvogel zeichnete eine Karikatur: Belikow geht in Galoschen und aufgekrempelten Hosen unter aufgespanntem Regenschirm und an seiner Seite Warinjka; darunter die Unterschrift: ›Der verliebte Anthropos‹. Der Ausdruck, wissen Sie, war großartig getroffen. Der Zeichner mußte mehr als ein Nacht dran gearbeitet haben, weil alle Lehrer des Knaben- und Mädchengymnasiums, die Seminarlehrer, die Beamten je ein Exemplar erhielten. Auch Belikow erhielt eines. Auf ihn machte die Karikatur einen furchtbaren Eindruck.

Wir gingen zusammen aus dem Hause – es war gerade der erste Mai, ein Sonntag, und wir alle, Lehrer und Gymnasiasten, hatten verabredet, uns beim Gymnasium zu treffen und dann zusammen zu Fuß zur Stadt hinaus in das Wäldchen zu gehen –, wir gingen also zusammen, er aber war verdüstert, finsterer als eine Regenwolke.

›Was gibt es doch für schlechte, böse Menschen!‹ sagte er, und seine Lippen bebten.

Er tat mir geradezu leid. Wie wir so nebeneinander hingehen, fährt plötzlich – können Sie sich das vorstellen! –, also da fährt Kowalenko auf dem Veloziped an uns vorüber hinter ihm Warinjka, auch zu Rad, rot, erhitzt, aber strahlend und vergnügt.

›Wir fahren voraus!‹ ruft sie. ›Es ist so herrliches Wetter, herrlich, einfach toll!‹

Und beide verschwanden. Mein Belikow wechselte die Gesichtsfarbe und wurde schneeweiß, er war wie erstarrt. Er blieb stehen und sah mich an . . . ›Erlauben Sie, was bedeutet das?‹ fragte er. ›Aber vielleicht täuscht mich mein Gesichtssinn? Schickt es sich denn für einen Gymnasiallehrer und für eine Dame, Veloziped zu fahren?‹

›Was ist denn Unschickliches dabei?‹ sagte ich. ›Lassen Sie sie doch spazierenfahren, soviel sie wollen.‹

›Aber ist denn so was möglich!‹ rief er, über meine Ruhe erstaunt.

›Was sagen Sie da?!‹

Und er war so betroffen, daß er nicht weitergehen wollte und umkehrte.

Am andern Tage rieb er sich immerzu nervös die Hände und fuhr oft zusammen – man sah seinem Gesicht an, daß er sich schlecht fühlte. Er brach sogar den Unterricht ab, das erstemal in seinem Leben. Zu Mittag aß er nichts. Gegen Abend aber zog er sich so warm als möglich an, obwohl draußen ganz sommerliches Wetter war, und schleppte sich zu den Kowalenkos hin. Warinjka war nicht zu Hause, er traf nur ihren Bruder an.

›Setzen Sie sich, bitte‹, sagte Kowalenko kalt und runzelte die Augenbrauen; er sah verschlafen aus, er hatte gerade seinen Mittagsschlummer gehalten und war sehr schlechter Laune.

Belikow saß etwa zehn Minuten schweigend da und fing dann an: ›Ich bin zu Ihnen gekommen, um mein Herz zu erleichtern. Ich bin betrübt, sehr betrübt. Irgendein Spötter hat mich in lächerlicher Gestalt karikiert und dazu noch eine uns beiden sehr nahestehende Person. Ich halte es für meine Pflicht, Ihnen zu versichern, daß ich daran ganz unschuldig bin . . . Ich habe zu solchem Spott nicht den geringsten Anlaß gegeben – im Gegenteil, die ganze Zeit über habe ich mich als ein durchaus korrekter Mensch benommen.‹

Kowalenko, voll heimlicher Wut, saß da und schwieg. Belikow wartete ein Weilchen und fuhr dann leise, mit trauriger Stimme fort: ›Und dann muß ich Ihnen noch etwas anderes sagen. Ich bin ein alter Lehrer, Sie aber stehen erst am Anfang Ihrer Laufbahn, und ich halte es für meine Pflicht als älterer Kollege, Sie zu warnen. Sie fahren Rad, aber dieses Vergnügen ist für einen Erzieher der Jugend durchaus unschicklich.‹

›Warum denn?‹ fragte Kowalenko mit tiefer Baßstimme.

›Ja, muß man denn noch etwas erklären, Michail Sawwitsch, ist das nicht ganz selbstverständlich? Wenn ein Lehrer Veloziped fährt, was bleibt dann für die Schüler übrig? Auf den Händen zu gehen? Solange es nicht durch eine Verordnung erlaubt ist, darf man das eben nicht. Ich war gestern entsetzt! Als ich dann noch Ihr Fräulein Schwester sah, wurde mir schwarz vor den Augen. Eine Frau oder ein junges Mädchen auf dem Veloziped – das ist entsetzlich!‹

›Was wollen Sie eigentlich von mir?‹

›Ich will nur eins – Sie warnen, Michail Sawwitsch. Sie sind jung, Sie haben noch eine Zukunft vor sich, Sie müssen sich sehr, sehr vorsichtig aufführen, aber Sie hauen so oft daneben, ach, wie Sie danebenhauen! Sie laufen im gestickten Hemd herum, gehen auf der Straße beständig mit irgendwelchen Büchern unterm Arm, und nun fahren Sie auch noch Veloziped! Daß Sie und Ihre Schwester radfahren, wird der Direktor erfahren, dann kommt es vor den Schulrat . . . Was kann da Gutes herauskommen?‹

›Daß ich und meine Schwester radfahren, geht keinen Menschen was an!‹ sagte Kowalenko und wurde dunkelrot. ›Und wer sich in meine häuslichen und familiären Angelegenheiten mischt, den soll der Teufel holen!‹

Belikow erbleichte und erhob sich.

›Wenn Sie in diesem Ton mit mir sprechen, kann ich nicht fortfahren‹, sagte er. ›Ich bitte Sie, in meiner Gegenwart niemals in dieser Weise von unseren Vorgesetzten zu sprechen. Sie haben die Pflicht, sich der Obrigkeit gegenüber respektvoll zu verhalten.‹

›Hab ich denn etwas Schlechtes über die Obrigkeit gesagt?‹ fragte Kowalenko und sah ihn wütend an. ›Lassen Sie mich gefälligst in Ruhe. Ich bin ein gerader Kerl und habe keine Lust, mich mit Leuten wie Ihnen zu unterhalten. Denunzianten kann ich nicht leiden.‹

Belikow begann sich in nervöser Erregung rasch anzukleiden, den Ausdruck höchsten Schreckens im Gesicht. Zum erstenmal in seinem Leben hatte man ihm solche Grobheiten gesagt.

›Meinetwegen können Sie sagen, was Ihnen beliebt‹, sagte er, aus dem Flur auf den Treppenabsatz tretend. ›Ich muß Sie nur darauf aufmerksam machen: Vielleicht hat uns jemand gehört, und damit man unsere Unterhaltung nicht falsch auslegt und etwas daraus entsteht, muß ich dem Herrn Direktor den Inhalt unserer Unterhaltung mitteilen ... wenigstens in den Hauptzügen. Das ist meine Pflicht.‹

›Berichten? Dann geh nur, berichte nur!‹

Kowalenko ergriff ihn hinten am Kragen und gab ihm einen Stoß, so daß Belikow mit klappernden Galoschen die Treppe herunterkollerte. Die Treppe war hoch und steil, aber er kam wohlbehalten unten an, stand auf und faßte sich an die Nase, ob die Brille noch heil wäre. Aber gerade in dem Augenblick, als er die Treppe herunterkollerte, trat Warinjka mit zwei Damen ins Haus; sie standen unten und sahen alles mit an, und für Belikow war dies das entsetzlichste. Lieber hätte er Hals und Beine gebrochen, als daß er zum Gespött der Leute wurde: jetzt wird es die ganze Stadt erfahren, es wird bis zum Direktor, bis zum Schulrat dringen – ach, wenn da bloß nichts daraus entsteht! – Man wird eine neue Karikatur zeichnen, und alles wird damit enden, daß man ihm befiehlt, seinen Abschied einzureichen ... Als er sich erhob, erkannte ihn Warinjka, und als sie sein lächerliches Gesicht, den zerdrückten Mantel, die Galoschen sah – denn sie begriff nicht gleich, um was es sich handelte, und meinte, daß er aus Versehen heruntergefallen wäre –, da konnte sie sich nicht halten und begann laut zu lachen, daß es das ganze Haus hörte: ›Ha-ha-ha!‹

Und dieses schallende, schmetternde ›Ha-ha-ha‹ machte allem ein Ende: der Heirat und der irdischen Existenz Belikows. Er hörte schon nicht mehr, was Warinjka sagte, und sah nichts mehr. Nach Hause gelangt, nahm er vor allem ihr Bild vom Schreibtisch, legte sich ins Bett und stand nicht mehr auf.

Nach etwa drei Tagen kam Afanasij zu mir und fragte, ob man nicht nach dem Doktor schicken sollte, mit seinem Herrn sei etwas nicht in Ordnung. Ich ging zu Belikow. Er lag hinter seinem Bettvorhang mit der Decke zugedeckt und schwieg; wenn man ihn fragte, sagte er nur ja oder nein – sonst keinen Ton. Er lag da, und in der Nähe ging Afanasij auf und ab, düster, finster; er seufzte schwer, und ein Schnapsgeruch strömte von ihm aus wie von einer Kneipe.

Einen Monat darauf starb Belikow. Wir alle begruben ihn, das heißt beide Gymnasien und das Seminar. Jetzt, da er im Sarge lag, hatte sein Gesicht einen sanften, angenehmen, beinahe heiteren Ausdruck, als wäre er froh, daß man ihn endlich in ein Futteral gelegt hat, das er nie wieder zu verlassen braucht. Ja, er hatte sein Ideal erreicht! Während der Beerdigung herrschte sozusagen ihm zu Ehren düsteres Regenwetter, und wir alle trugen Galoschen und Schirme. Warinjka nahm auch an dem Begräbnis teil, und als man den Sarg ins Grab herunterließ, vergoß sie ein paar Tränen. Ich habe die Beobachtung gemacht, daß Ukrainerinnen nur weinen oder lachen, eine mittlere Stimmung gibt es bei ihnen nicht.

Ich muß gestehen, es bereitet einem großes Vergnügen, solche Leute wie Belikow zu beerdigen. Als wir vom Friedhof zurückkehrten, zogen wir demütige, scheinheilige Gesichter, niemand wollte zeigen, daß ihn ein Gefühl der Erleichterung überkam – ähnlich dem, das wir vor langer Zeit, in unserer Kindheit, empfanden, wenn die Großen das Haus verlassen hatten und wir ein paar Stunden im Garten herumtollen und die volle Freiheit genießen durften! Auch eine Freiheit, Freiheit! Schon die bloße Ahnung, die schwächste Hoffnung, sie zu erlangen, verleiht der Seele Flügel, nicht wahr?

Wir kehrten in lustiger Stimmung vom Friedhof zurück. Aber es verging kaum eine Woche, und das Leben rann wieder wie früher dahin, dasselbe grobe, ermüdende, sinnlose Leben, ein zwar nicht durch Verordnungen verbotenes, aber auch kein eigentlich gestattetes Leben: nichts war besser geworden. Und in der Tat – Belikow hatten wir begraben, aber wieviel von solchen Futteral-Menschen waren noch vorhanden! Wieviel wird es noch geben!«

»Das ist's ja eben«, sagte Iwan Iwanytsch und zündete sich eine Pfeife an.

»Wieviel wird es noch geben!« wiederholte Burkin.

Der Gymnasiallehrer trat aus der Scheune heraus. Er war klein, dick, ganz kahl, mit einem schwarzen Bart, der fast bis zum Gürtel reichte; zwei Hunde kamen mit ihm aus der Scheune.

»Der Mond, der Mond!« sagte er und sah zum Himmel empor.

Es war schon Mitternacht. Rechts sah man das ganze Dorf, die lange Straße dehnte sich weit hin, etwa fünf Werst. Alles war in stillen, tiefen Schlaf versunken; keine Bewegung, kein Laut, es schien kaum glaublich, daß es in der Natur so still sein könne. Wenn man in einer Mondnacht eine breite Dorfstraße mit ihren Hütten, Heuschobern und schlummernden Weidensträuchern sieht, wird es in der Seele still; in dieser Ruhe, unter den nächtlichen Schatten geborgen vor Mühen, Sorgen und Kummer, wie ist da alles so sanft, so melancholisch, so schön! Als ob selbst die Sterne freundlich und gerührt herniederblickten, als gebe es nichts Böses mehr auf der Welt und wäre nur Glück und tiefer Frieden. Links am Dorfrand hin dehnten sich die Felder; man sah weit über sie hin bis an den Horizont, und in der ganzen endlosen Weite dieser Felder im Mondlicht regte sich nichts, kein einziger Laut.

»Das ist's ja eben«, wiederholte Iwan Iwanytsch, »daß wir in den Städten in Dumpfheit und Enge leben, unnützes Papier vollschreiben und Karten spielen – ist das etwa kein Futteral? Und daß wir das ganze Leben mitten unter Tagedieben, Intriganten, dummen, unnützen Frauen verbringen, allen möglichen Unsinn reden und anhören – ist das etwa kein Futteral?«

»Nein, es ist Zeit zum Schlafen«, sagte Burkin. »Bis morgen.«

Beide gingen in die Scheune und legten sich aufs Heu. Schon hatten sie sich zugedeckt und waren am Einschlummern, als sie plötzlich leichte Schritte hörten: »Tap, tap . . .«

»Das ist Mawra, die da rumläuft«, sagte Burkin.

Die Schritte verstummten.

»Sehen und hören, wie gelogen wird«, sagte Iwan Iwanytsch und drehte sich auf die andere Seite, »und dann noch ein Dummkopf genannt werden, weil man diese Lügen duldet; Kränkungen und Demütigungen ertragen, nicht offen zu erklären wagen, daß man auf seiten der ehrlichen und freien Menschen steht, und selbst lügen und lächeln, und all das für ein Stückchen Brot, für einen warmen Winkel und irgendeinen kleinen Titel, der nicht einen Groschen wert ist, nein, so kann man doch nicht weiterleben!«

»Nun, das ist schon ein Lied aus einer andern Oper,

Iwan Iwanytsch«, sagte der Lehrer. »Lassen Sie uns lieber schlafen.«

Und nach etwa zehn Minuten war Burkin bereits eingeschlafen. Iwan Iwanytsch aber drehte sich von einer Seite auf die andre und seufzte. Schließlich stand er auf, ging wieder hinaus, setzte sich vor die Tür und rauchte seine Pfeife.

# DIE FEINDE

An einem dunklen Septemberabend starb gegen zehn Uhr des Kreisarztes Kirilow einziger Sohn, der sechsjährige Andrej, an Diphtherie. Als die Frau des Doktors vor dem Bett des toten Kindes in tiefer Verzweiflung auf den Knien lag, ertönte schrill die Glocke im Vorzimmer.

Der Ansteckungsgefahr wegen hatte man alle Dienstboten schon am Morgen aus dem Hause entfernt. Kirilow ging, wie er war, ohne Rock, mit aufgeknöpfter Weste und ohne sich das nasse Gesicht und die von Karbol verätzten Hände abzuwischen, selber die Tür öffnen. Im Vorzimmer war es dunkel, und von dem Menschen, der eintrat, konnte man nur sehen, daß er mittelgroß war, ein weißes Halstuch trug und eine großes, ungemein bleiches Gesicht hatte, so bleich, daß das Vorzimmer durch das Erscheinen dieses Gesichtes heller zu werden schien ...

»Ist der Doktor zu Hause?« fragte eilig der Eintretende.

»Ich bin zu Hause«, antwortete Kirilow. »Was wünschen Sie?«

»Ach, Sie sind es? Das freut mich sehr!« sagte der Eintretende erfreut und suchte im Dunkeln die Hand des Doktors, fand sie und drückte sie fest mit seinen Händen.

»Freue mich sehr ... sehr! Wir kennen uns ... Mein Name ist Abogin ... ich hatte das Vergnügen, Sie im Sommer bei Gnutschew zu sehen. Ich freue mich sehr, daß ich Sie zu Hause antreffe ... Um Gottes willen, schlagen Sie mir nicht ab, sofort mitzukommen ... Meine Frau ist ernstlich erkrankt ... Ich bin mit meiner Kutsche hier ...«

Der Stimme und den Bewegungen des Eingetretenen merkte man an, daß er sich in großer Aufregung befand. Wie jemand, der durch eine Feuersbrunst oder durch einen tollen Hund erschreckt ist, konnte er kaum seines raschen Atems Herr werden; er sprach schnell, mit bebender

Stimme, und etwas ungekünstelt Aufrichtiges, kindlich Verzagtes lag in seinen Worten. Wie alle Erschreckten und Benommenen sprach er in kurzen, abgerissenen Sätzen und machte viele überflüssige Worte, die gar nicht zur Sache gehörten.

»Ich fürchtete, Sie nicht anzutreffen«, fuhr er fort. »Während ich zu Ihnen fuhr, zerquälte ich mich so ... Ziehen Sie sich an und fahren wir, um Gottes willen ... Es ging so zu. Mich besuchte Alexander Ssemonjonowitsch Paptschinskij, Sie kennen ihn ... Wir plauderten ein wenig ... dann setzten wir uns zum Tee, plötzlich schreit meine Frau auf, greift sich ans Herz und fällt auf die Stuhllehne zurück. Wir trugen sie auf das Bett und ... ich rieb ihr mit Salmiakspiritus die Schläfen ein und bespritzte sie mit Wasser ... sie liegt wie tot da ... Ich fürchte, daß es Aneurysma ist ... Fahren wir doch ... Ihr Vater ist auch an Aneurysma gestorben ...«

Kirilow hörte zu und schwieg, als ob er kein Russisch verstünde.

Als Abogin noch einmal Paptschinskij und den Vater seiner Frau erwähnte und noch einmal im Dunkeln seine Hand zu fassen suchte, schüttelte der Doktor den Kopf und sagte, jedes Wort apathisch dehnend: »Entschuldigen Sie, ich kann nicht kommen ... Vor etwa fünf Minuten ist mir ... ist mir mein Sohn gestorben.«

»Ist's möglich?« flüsterte Abogin, einen Schritt zurücktretend. »Mein Gott, in welcher schlimmen Stunde bin ich hergekommen! Ein überaus unglücklicher Tag ... überaus unglücklich. Welch ein Zusammentreffen, wie verhext!«

Abogin griff nach der Türklinke und ließ nachdenklich den Kopf sinken. Er schwankte offenbar und wußte nicht, was tun: ob er fortgehen oder den Doktor noch weiter bitten solle.

»Hören Sie«, sagte er leidenschaftlich und faßte Kirilow am Ärmel, »ich verstehe Ihre Lage vollkommen! Ich schäme mich, weiß Gott, daß ich in einem solchen Augenblick Ihre Aufmerksamkeit in Anspruch nehmen, aber ... was soll ich denn tun? Bedenken Sie selbst, zu wem soll ich fahren? Außer Ihnen gibt es ja hier keinen Arzt. Fahren wir, um Gottes willen! Ich bitte ja nicht für mich ... nicht ich bin krank.«

Es trat Schweigen ein. Kirilow wandte Abogin den Rücken zu, blieb ein Weilchen stehen und ging langsam aus dem Vorzimmer in den Saal. Nach seinem unsicheren, mechanischen Gang zu urteilen, nach der Aufmerksamkeit, mit der er im Saal an der nicht brennenden Lampe den Schirm mit den Fransen zurechtrückte und in das dicke, auf dem Tische liegende Buch sah, hatte er jetzt keine Absichten und Wünsche, dachte er an nichts und erinnerte sich wahrscheinlich gar nicht mehr daran, daß sich in seinem Vorzimmer ein fremder Mann befand. Die Dämmerung und die Stille im Saal vermehrten offenbar seine Benommenheit. Als er aus dem Saal in sein Kabinett ging, hob er das rechte Bein höher als nötig, suchte mit den Händen die Türpfosten, und seine ganze Gestalt drückte Erstaunen aus, als sei er in eine fremde Wohnung geraten, oder als habe er sich das erstemal im Leben betrunken und gebe sich nun verwundert diesem neuen Gefühl hin. Längs der einen Wand des Kabinetts zog sich über die Bücherschränke hinweg ein breiter Lichtstreifen, der zugleich mit dem beklemmenden Geruch von Karbol und Äther aus der ein wenig geöffneten Tür des Schlafzimmers kam. Der Doktor ließ sich in den Sessel vor dem Tisch nieder; eine Minute lang betrachtete er wie im Traum seine beleuchteten Bücher, dann erhob es sich und ging ins Schlafzimmer.

Im Schlafzimmer herrschte Totenstille. Alles, jede Kleinigkeit zeugte beredt von dem unlängst durchlebten Sturm, und alles ruhte nun aus. Die Kerze, die auf dem Taburett neben einer ganzen Menge von Gläsern, Schächtelchen und Fläschchen stand, sowie die große Lampe auf der Kommode erleuchteten das ganze Zimmer hell. Auf dem Bett, unmittelbar neben dem Fenster, lag der Knabe mit offenen Augen und erstauntem Gesichtsausdruck. Er rührte sich nicht, aber seine offenen Augen schienen mit jeder Sekunde dunkler zu werden und sanken immer tiefer in ihre Höhlen ein. Die Hände auf den Körper des Knaben gelegt, das Gesicht in Falten des Lagers verborgen, kniete die Mutter vor dem Bett. Gleich dem Knaben rührte sie sich nicht, und doch, wieviel lebensvolle Bewegung sprach aus den Linien ihres Körpers und aus ihren Händen! Sie hatte sich vor dem Bett mit ihrem ganzen Wesen, mit aller Kraft und Leidenschaft niedergeworfen, als wolle sie die ruhige, bequeme Lage, die ihr ermüdeter Körper endlich gefunden hatte, nie wieder aufgeben. Die Bettdecken, die Lappen, die Waschbecken, die Wasserlachen auf dem Fußboden, die überall herumliegenden Pinsel und Löffel, die weiße Flasche mit Kalkwasser, sogar die stickige und schwere Luft – alles schien erstarrt, in Leblosigkeit versunken zu sein.

Der Doktor blieb neben seiner Frau stehen, steckte die Hände in die Hosentaschen und hielt gesenkten Hauptes den Blick auf seinen Sohn gerichtet. Sein Gesicht sah gleichgültig aus; nur an den Tropfen, die an seinem Bart glänzten, merkte man, daß er unlängst geweint hatte.

Jenes abstoßende Grauen, an das man denkt, wenn man vom Tode spricht, war in dem Schlafzimmer nicht vorhanden. In der allgemeinen Erstarrung, in der Haltung der Mutter und in dem gleichgültigen Gesichtsausdruck des Doktors lag etwas Rührendes, Herzbewegendes, nämlich jene feine, kaum faßbare Schönheit des menschlichen Leides, die sich schwer verstehen und beschreiben läßt und nur durch Musik wiederzugeben ist. Diese Schönheit machte sich in der düsteren Stille fühlbar; Kirilow und seine Frau schwiegen, sie weinten nicht; es war, als ob sie sich außer der Schwere ihres Verlustes auch der ganzen

Tragik ihrer Situation bewußt wären: so wie einst ihre Jugend vergangen war, so ging jetzt zusammen mit diesem Knaben für alle Ewigkeit ihr Recht dahin, Kinder zu haben! Der Doktor war vierundvierzig Jahre alt, er war schon grau und sah aus wie ein alter Mann; seine verwelkte, kranke Frau zählte fünfunddreißig Jahre. Andrej war nicht nur ihr einziges Kind, es war auch ihr letztes.

Im Gegensatz zu seiner Frau gehörte der Doktor zu den Naturen, die in einem seelischen Schmerze das Bedürfnis nach Bewegung verspüren. Nachdem er etwa fünf Minuten bei seiner Frau gewesen war, ging er, das rechte Bein hochhebend, aus dem Schlafzimmer in die kleine Stube, die zur Hälfte von einem großen breiten Sofa ausgefüllt wurde; von da ging er in die Küche. Nachdem er am Ofen und am Bett der Köchin vorbeigegangen war, bückte er sich und ging durch eine kleine Tür in das Vorzimmer.

Hier sah er wieder das weiße Halstuch und das bleiche Gesicht.

»Endlich!« seufzte Abogin und erfaßte die Türklinke. »Fahren wir, bitte!«

Der Doktor fuhr zusammen, sah ihn an und erinnerte sich seiner.

»Hören Sie, ich habe Ihnen ja gesagt, daß ich nicht fahren kann!« sagte er lebhaft. »Das ist doch seltsam!«

»Doktor, ich bin kein Klotz, ich begreife vollkommen Ihre Lage ... ich fühle mit ihnen!« sagte Abogin mit flehender Stimme, indem er seine Hand an sein Halstuch legte. »Doch bitte ich ja nicht für mich ... Meine Frau liegt im Sterben! Hätten Sie ihr Gesicht gesehen, so würden Sie meine Hartnäckigkeit begreifen! Mein Gott, ich dachte schon, Sie hätten sich angekleidet! Doktor, die Zeit ist kostbar! Fahren wir doch, ich flehe Sie an!«

»Ich kann nicht fahren!« sagte gedehnt Kirilow und ging in den Saal.

Abogin folgte ihm und faßte ihn am Ärmel.

»Sie haben schweres Leid? ich verstehe das, aber ich fordere Sie auch nicht auf, Zahnschmerzen zu heilen oder als Sachverständiger zu fungieren, sondern ein Menschenleben zu retten!« fuhr er wie ein Bettler zu flehen fort. »Ein Menschenleben steht über allem persönlichen Leid! Nun, ich bitte um Mannesmut, um eine Heldentat! Im Namen der Menschenliebe!«

»Die Menschenliebe ist ein Stock mit zwei Enden!« sagte Kirilow gereizt. »Im Namen derselben Menschenliebe bitte ich Sie, mich nicht mitzunehmen. Wie seltsam ist das doch, bei Gott! Ich kann kaum auf den Beinen stehen, und Sie schrecken mich mit der Menschenliebe auf! Zu nichts bin ich im Augenblick fähig . . . ich fahre um keinen Preis, und wie sollte ich meine Frau allein lassen? Nein, nein . . .«

Kirilow wehrte mit den Händen ab und trat einen Schritt zurück.

»Und . . . und bitten Sie nicht!« fuhr er erschreckt fort. »Entschuldigen Sie mich . . . Gemäß dem dreizehnten Bande des ›Gesetzbuches‹ bin ich verpflichtet zu fahren, und Sie haben das Recht, mich am Kragen zu packen und mitzuschleppen . . . Bitte, schleppen Sie mich mit, aber . . . ich bin zu nichts fähig . . . Nicht einmal sprechen kann ich . . . Entschuldigen Sie . . .«

»Doktor, warum reden Sie mit mir in diesem Ton!« sagte Abogin und faßte wieder den Arzt am Ärmel. »Der dreizehnte Gesetzesband hat hiermit nichts zu schaffen. Sie zu zwingen habe ich gar kein Recht. Wollen Sie – so kommen Sie mit, wollen Sie nicht, so Gott befohlen, aber ich wende mich ja nicht an Ihren Willen, sondern an Ihr Gefühl. Eine junge Frau liegt im Sterben! Soeben, sagen Sie, starb Ihr Sohn, wer als Sie könnte mein Entsetzen besser verstehen?«

Abogins Stimme bebte vor Erregung; dieses Beben und der Ton seiner Stimme hatten weit mehr Überzeugungskraft als seine Worte. Abogin war aufrichtig, aber seltsamerweise waren alle Worte, die er wählte, affektiert, seelenlos, unangemessen, blumenreich und beleidigten sozusagen die Atmosphäre in der Wohnung des Arztes und auch die irgendwo sterbende junge Frau. Er fühlte das selbst, und darum, aus Furcht, mißverstanden zu werden, bemühte er sich mit allen Kräften, seiner Stimme einen weichen und zarten Klang zu geben, um, wenn nicht durch die Worte, so wenigstens durch die Aufrichtigkeit des Tones zu überzeugen. Überhaupt wirken Worte, so schön und tief sie auch sein mögen, nur auf gleichmütige Menschen, aber sie befriedigen selten die, welche glücklich oder unglücklich sind; eben deshalb erscheint uns als höchster Ausdruck von Glück oder Unglück meistens das Schweigen; Liebende verstehen einander besser, wenn sie schweigen, und eine warme, leidenschaftlich gehaltene Grabrede rührt nur die Unbeteiligten, der Witwe aber und den Kindern des Verstorbenen kommt sie kalt und nichtssagend vor.

Kirilow stand da und schwieg. Als Abogin noch einige Worte vom hohen Beruf des Arztes, von Selbstaufopferung und anderem sprach, fragte der Doktor verdrießlich: »Ist es weit zu fahren?«

»Ungefähr dreizehn, vierzehn Werst. Ich habe ausgezeichnete Pferde, Doktor! Ich gebe Ihnen mein Ehrenwort, daß ich Sie in einer Stunde hin und zurück bringe. Nur ein Stunde!«

Die letzten Worte wirkten stärker auf den Doktor als die Berufungen auf Menschenliebe und ärztliche Pflicht. Er dachte ein wenig nach und sagte seufzend: »Gut, fahren wir!«

Er ging schnell und schon sicheren Schrittes in sein Kabinett und kehrte nach einem Weilchen im langen Rock zurück. Der erfreute Abogin half ihm, trippelnd und mit den Füßen scharrend, beim Anziehen des Paletots und verließ mit ihm zusammen das Haus.

Draußen war es dunkel, doch heller als im Vorzimmer. Von der Dunkelheit hob sich die hohe, etwas vornübergebeugte Gestalt des Arztes mit dem langen, schmalen Bart und der Adlernase deutlich ab. Von Abogin sah man jetzt außer dem blassen Gesicht seinen großen Kopf und die kleine Studentenmütze, die kaum seinen Scheitel bedeckte. Das weiße Halstuch schimmerte nur vorne, hinten wurde es von den langen Haaren verdeckt.

»Glauben Sie mir, ich verstehe Ihre Hochherzigkeit zu schätzen«, murmelte Abogin, während er den Doktor im Wagen unterbrachte. »Wir werden rasch hingelangen. Du, Luka, mein Lieber, fahre so rasch du kannst! Bitte!«

Der Kutscher fuhr schnell. Zu Beginn des Weges zog sich eine Reihe unansehnlicher Bauten hin, die längs des Krankenhauses standen; überall war es dunkel, nur im Innern des Hofes drang durch den kleinen Garten aus irgendeinem Fenster grelles Licht, und drei Fenster der oberen Etage des Krankenhauses erschienen heller als die Luft. Dann fuhr die Kalesche in dichte Finsternis hinein; hier roch es nach Feuchtigkeit und Pilzen, man hörte das Rauschen der Bäume; die vom Lärm der Räder aufgescheuchten Krähen begannen sich im Laub zu regen und erhoben ein ängstliches, klagendes Geschrei, als wüßten sie, daß dem Doktor der Sohn gestorben und Abogins Frau krank sei. Aber nun tauchten einzelne Bäume und Sträucher auf; ein Teich, auf dem große, schwarze Schatten ruhten, schimmerte düster – dann rollte die Kalesche auf glatter Ebene dahin. Das Schreien der Krähen klang nur noch leise von weit hinten und verstummte bald ganz.

Fast während der ganzen Fahrt saßen Kirilow und Abogin schweigend. Nur einmal seufzte Abogin tief und murmelte etwas.

»Ein qualvoller Zustand! Nie liebt man die Seinen so sehr, als wenn man Gefahr läuft, sie zu verlieren.«

Als die Kalesche langsam durch den Fluß fuhr, richtete

sich Kirilow plötzlich auf, als hätte ihn das Plätschern des Wassers erschreckt, und begann sich hin und her zu bewegen.

»Hören Sie, lassen Sie mich fort«, sagte er traurig. »Ich komme später zu Ihnen. Ich möchte nur den Feldscher zu meiner Frau schicken. Sie ist ja ganz allein!«

Abogin schwieg. Schwankend und an Steine stoßend fuhr die Kalesche das sandige Ufer hinauf und rollte dann weiter. Kirilow bewegte sich, von Kummer erfüllt, hin und her und blickte sich um. Hinten waren im spärlichen Sternenschimmer der Weg und die im Dunkel verschwindenden Uferweiden sichtbar. Zur Rechten lag eine Ebene, die ebenso einförmig und grenzenlos war wie der Himmel; in der Ferne brannten hie und da, wahrscheinlich auf den Torfmooren, matte Feuer. Zur Linken, parallel zum Wege, zog sich ein mit wolligen kleinen Sträuchern bewachsener Hügel hin; über ihm stand unbeweglich ein großer Halbmond, rot, leicht mit Nebel bedeckt und von kleinen Wölkchen umringt, die ihn scheinbar von allen Seiten beguckten und bewachten, damit er ihnen nicht entschlüpfte.

In der ganzen Natur lag etwas Hoffnungsloses, Krankes. Gleich einer gefallenen Frau, die allein im dunklen Zimmer sitzt und sich müht, nicht an das Vergangene zu denken, quälte sich die Erde mit den Erinnerungen an Frühjahr und Sommer und erwartete apathisch den unvermeidlichen Winter. Wohin man auch blickte, überall glich die Natur einer dunklen, abgrundtiefen Grube, aus der weder Kirilow noch Abogin, noch der rote Halbmond sich herausarbeiten würden . . .

Je näher die Kalesche dem Ziele kam, desto ungeduldiger wurde Abogin. Er bewegte sich hin und her, schnellte empor und sah über die Schulter des Kutschers nach vorne. Und als schließlich die Kalesche an der Treppe haltmachte, die mit gestreifter Leinwand hübsch drapiert war, und als er die erleuchteten Fenster im zweiten Stockwerk erblickte, hörte man, wie sein Atem bebte.

»Wenn ein Unglück geschieht, so ... ich überlebe es nicht«, sagte er, als er mit dem Doktor in das Vorzimmer trat und vor Aufregung seine Hände rieb. »Aber man hört kein aufgeregtes Hin und Her, demnach steht alles noch gut«, fügte er hinzu und lauschte in die Stille hinein.

Im Vorzimmer hörte man keine Stimmen und keine Schritte, das ganze Haus schien zu schlafen, obwohl es hell erleuchtet war. Jetzt endlich konnten der Doktor und Abogin, die sich bisher nur im Dunkeln gesehen, einander genau betrachten. Der Doktor war hochgewachsen, ein wenig vornübergebeugt, nachlässig gekleidet und hatte ein unschönes Gesicht. Etwas unangenehm Scharfes, Unfreundliches und Grobes sprach aus seinen dicken, negerhaften Lippen, der Adlernase und dem trägen, gutmütigen Blick. Sein ungekämmtes Haar, die eingefallenen Schläfen, die vorzeitig ergrauten Haare in dem langen, schmalen Bart, durch den das Kinn hindurchschimmerte, die blasse, graue Hautfarbe und die unbeholfenen, eckigen Manieren – das alles rief durch seine Herbheit den Gedanken an durchlebte Not hervor, an Mißgeschick, an Ermüdung durch das Leben und die Menschen. Wenn man seine ganze trockene Figur ansah, mochte man kaum glauben, daß dieser Mann eine Frau besaß und um ein Kind weinen konnte. Abogin machte einen ganz anderen Eindruck. Er war ein stämmiger, handfester blonder Mann mit großem Kopf und plumpen, aber weichen Gesichtszügen und war elegant nach der neuesten Mode gekleidet. Aus seiner würdevollen Haltung, seinem sorgsam zugeknöpften Überrock, aus seiner Mähne und seinem Gesicht sprach etwas Vornehmes, Löwenartiges; er ging mit aufrechtem Kopf und herausgedrückter Brust einher; er sprach mit einem angenehmen Bariton, und in den Manieren, mit denen er seinen Schal ablegte oder sein Haupthaar zurechtstrich, äußerte sich eine feine, fast frauenhafte Anmut. Sogar die Blässe und die kindliche Angst, mit der er, während er sich auszog, die Treppe hinaufsah, taten seiner Haltung keinen Abbruch und verringerten nicht das Ausgeglichene, das Gesunde und Sichere, das seine ganze Gestalt erfüllte.

»Niemand ist da und nichts zu hören«, sagte er, als er die Treppe hinaufging. »Es ist keine Unruhe zu bemerken. Gebe Gott, daß alles gut steht!«

Er führte den Doktor durch das Vorzimmer in den großen Saal, wo ein schwarzes Klavier stand und ein Kronleuchter mit einer weißen Hülle hing; von da gingen beide in einen kleinen, sehr gemütlichen, hübschen Salon, in dem ein angenehmes, rosenrotes Halbdunkel herrschte.

»Nun nehmen Sie hier Platz, Doktor«, sagte Abogin, »ich aber . . . ich komme sofort. Ich will nachsehen und vorbereiten.«

Kirilow blieb allein. Der Luxus des Besucherzimmers, das angenehme Halbdunkel, seine Anwesenheit in einem fremden, unbekannten Hause, die fast den Charakter eines Abenteuers hatte, berührten ihn augenscheinlich nicht. Er saß in einem Sessel und betrachtete seine von Karbol verätzten Hände. Nur flüchtig sah er den grellroten Lampenschirm, den Cellokasten, und nach der Seite schielend, wo die Uhr tickte, bemerkte er einen ausgestopften Wolf, der ebenso solide und satt aussah wie Abogin selbst.

Es war still. Irgendwo in einem benachbarten Zimmer sagte jemand laut: »Ah!« Eine Glastüre klirrte, wahrscheinlich die eines Schrankes, und – wieder wurde alles still. Nachdem Kirilow etwa fünf Minuten gewartet hatte, hörte er auf, seine Hände zu betrachten, und richtete die Augen auf die Tür, hinter der Abogin verschwunden war.

An der Schwelle dieser Tür stand Abogin, doch nicht derselbe, der hinausgegangen war. Der Ausdruck der Sattheit und feinen Eleganz an ihm war verschwunden; Gesicht, Hände und Haltung waren von einem abstoßenden Ausdruck entstellt, der sich aus Schreck und quälendem körperlichem Schmerz zusammensetzte. Seine Nase, seine Lippen, sein Schnurrbart, alle Gesichtszüge waren in heftiger Bewegung und schienen sich vom Gesicht loslösen zu wollen, und die Augen sahen aus, als lachten sie vor Schmerzen . . .

Abogin schritt schwerfällig und mit großen Schritten in die Mitte des Besuchszimmers, beugte sich nieder, stöhnte auf und schüttelte seine Fäuste.

»Sie hat mich betrogen!« schrie er, indem er die Silbe *tro* stark betonte. »Sie hat mich betrogen! Sie ist geflohen! Sie erkrankte, sie schickte mich nur deswegen zum Arzt, um mit diesem Hanswurst Paptschinskij davonzulaufen! Mein Gott!«

Abogin machte schwerfällig einen Schritt auf den Doktor zu, hielt ihm seine weißen weichen Fäuste vor das Gesicht und fuhr, sie fortwährend schüttelnd, zu jammern fort: »Sie ist auf und davon! Sie hat mich betrogen! Wozu aber diese Lüge?! Mein Gott! Mein Gott! Wozu dieser schmutzige Spitzbubentrick, dies teuflische, schlangenhafte Spiel? Was habe ich ihr getan? Sie ist auf und davon!«

Tränen strömten aus seinen Augen. Er drehte sich auf einem Fuße um und ging durch das Zimmer. Jetzt mit dem kurzen Rock, mit den engen modischen Beinkleidern, in denen die Beine übermäßig dünn erschienen, mit seinem großen Kopf und seiner Mähne hatte er vollkommen das Aussehen eines Löwen. Auf dem gleichmütigen Gesicht des Arztes zeigte sich auf einmal Neugierde. Er erhob sich und betrachtete Abogin.

»Entschuldigen Sie, aber wo ist die Kranke?« fragte er.

»Die Kranke! Die Kranke!« schrie Abogin lachend, weinend und noch immer die Fäuste schüttelnd. »Das ist keine Kranke, sondern eine Verdammte! Solch eine Niedertracht! Eine Gemeinheit, wie sie der Teufel selbst nicht schlimmer ersinnen kann! Um zu fliehen, um wegzulaufen mit diesem Hanswurst, diesem dummen Clown, diesem Zuhälter, schickte sie mich fort. O mein Gott, wäre sie doch lieber gestorben! Ich werde das nicht überleben! Ich werde das nicht überleben!«

Der Doktor richtete sich auf. Seine Augen begannen zu blinzeln und füllten sich mit Tränen, der schmale Bart bewegte sich mit dem Unterkiefer hin und her.

»Entschuldigen Sie, was bedeutet das?« fragte er, sich neugierig umblickend. »Mir ist mein Kind gestorben, meine Frau ist mit ihrem Schmerz ganz allein zu Hause . . . ich selbst kann kaum auf den Beinen stehen, habe drei Nächte nicht geschlafen, und was bedeutet das? Man zwingt mich, in einer banalen Komödie als Requisit mitzuspielen! Ich . . . ich verstehe das nicht!«

Abogin öffnete die Faust, warf einen zerknitterten Zettel auf den Fußboden und trampelte darauf, als wollte er ein Insekt zertreten.

»Und ich habe nichts gesehen . . . habe nichts gemerkt!« sagte er durch die aufeinandergepreßten Zähne und mit einem Gesicht, als hätte ihn jemand auf ein Hühnerauge getreten, schüttelte er die Faust. »Ich habe nicht bemerkt, daß er jeden Tag herkam, habe nicht bemerkt, daß er heute im Wagen angefahren kam! Weshalb im Wagen? Und ich habe es nicht begriffen! Ich Schlafmütze!«

»Ich . . . ich verstehe nicht!« murmelte der Doktor. »Was bedeutet denn das! Das heißt doch, einen Menschen zum Narren halten, das ist eine Verspottung menschlichen Schmerzes! Das ist etwas ganz Unglaubliches . . . das erlebe ich zum erstenmal in meinem Leben!«

Mit dem stumpfen Erstaunen eines Menschen, der soeben zu begreifen beginnt, daß man ihn schwer beleidigt hat, zuckte der Doktor mit den Achseln, bewegte seine Hände und sank, da er nicht wußte, was er sagen oder tun sollte, in völliger Erschöpfung auf den Sessel.

»Nun, du liebst mich nicht mehr und liebst einen andern – so sei Gott mit dir! Wozu aber dieser Betrug, wozu dieser gemeine, verräterische Trick?« sagte Abogin mit weinerlicher Stimme. »Wozu nur? und warum? Was habe ich dir nur getan? Hören Sie, Doktor«, sagte er mit Wärme, indem er an Kirilow herantrat. »Sie wurden unfreiwillig Zeuge meines Unglücks, ich will Ihnen die Wahrheit nicht verbergen. Ich schwöre Ihnen, daß ich diese Frau geliebt habe, daß ich sie abgöttisch wie ein Sklave liebte! Ich habe ihr alles aufgeopfert, habe mich mit meinen Verwandten entzweit, habe den Dienst quittiert und die Musik aufgegeben, habe ihr vergeben, was ich nicht einmal meiner Mutter oder Schwester hätte verzeihen können ... Ich habe sie niemals scheel angesehen ... niemals Anlaß zur Klage gegeben! Wozu denn nun diese Lüge? Ich verlange keine Liebe, warum aber dieser eklige Betrug? Wenn du mich nicht mehr liebst, so sag es doch offen heraus, zumal du meine Ansichten in diesem Punkte kennst ...«

Tränen in den Augen, am ganzen Körper zitternd, schüttete Abogin vor dem Doktor sein Herz aus. Er sprach leidenschaftlich, beide Hände ans Herz pressend, und enthüllte seine Familiengeheimnisse ohne jede Scheu, ja er schien sogar froh zu sein, daß diese Geheimnisse endlich aus seinem Herzen herausdurften. Hätte er auf diese Weise ein oder zwei Stunden sprechen und sein Herz ausschütten können, so wäre ihm zweifellos leichter geworden. Wer weiß, hätte ihn der Doktor angehört, hätte er freundschaftliches Mitgefühl gezeigt, vielleicht hätte er sich, wie das häufig zu geschehen pflegt, ohne Aufbegehren mit seinem Kummer zufriedengegeben und keine sinnlosen Dummheiten begangen ... Aber es kam anders. Während Abogin sprach, ging mit dem beleidigten Doktor eine sichtliche Veränderung vor. Gleichgültigkeit und Staunen machten nach und nach auf seinem Gesicht dem

Ausdruck von bitterer Kränkung, Unwillen und Zorn Platz. Als Abogin die Photographie einer jungen Frau mit hübschem, jedoch fadem, ausdruckslosem Gesicht, ähnlich dem einer Nonne, dem Doktor vor die Augen hielt und fragte, ob dieses Gesicht wie Lüge aussehe, sprang der Doktor plötzlich auf und sagte mit blitzenden Augen, indem er jedes Wort grob hervorstieß: »Warum erzählen Sie mir das alles? Ich will es nicht hören! Ich will nicht!« rief er und schlug mit der Faust auf den Tisch. »Ihre geschmacklosen Geheimnisse gehen mich nichts an, der Teufel hole sie! Wie wagen Sie es, mir diese Geschmacklosigkeiten zu erzählen. Oder glauben Sie etwa, daß ich noch nicht genug beleidigt bin? Daß ich ein Lakai bin, den man fortgesetzt beleidigen kann? Ja?«

Abogin wich von Kirilow zurück und starrte ihn verwundert an.

»Warum haben Sie mich hierhergebracht?« fuhr der Doktor fort und schüttelte seinen Bart. »Wenn Sie aus Übermut heiraten, aus Übermut verrückt werden und Melodramen aufführen, was geht mich das an? Was gehen mich Ihre Liebesgeschichten an? Lassen Sie mich gefälligst in Ruhe! Betreiben Sie Ihren vornehmen Wucher, paradieren Sie mit Ihren humanen Ideen, spielen Sie (der Doktor schielte zum Cellokasten hinüber) – spielen Sie auf Kontrabässen und Posaunen, mögen Sie verfetten wie ein Kapaun – aber wagen Sie nicht, einen Menschen zum besten zu halten! Wenn Sie ihn nicht zu achten verstehen, so verschonen Sie ihn wenigstens mit Ihrer Aufmerksamkeit!«

»Erlauben Sie – was bedeutet das alles?« fragte Abogin errötend.

»Das bedeutet, daß es niedrig und gemein ist, mit Menschen so zu spielen! Ich bin Arzt. Sie halten Ärzte und überhaupt alle, die arbeiten und nicht nach Parfüm und Prostitution riechen, für Ihre Diener, für Leute von schlechter Lebensart; nun, so tun Sie, wie Sie wollen, aber niemand gibt Ihnen das Recht, einen leidenden Menschen als Requisit zu benützen!«

»Was wagen Sie mir da zu sagen?« fragte Abogin leise, und sein Gesicht begann wieder zu zucken, diesmal sichtbar vor Zorn.

»Herr, Sie wußten doch, was für ein Leid mich betroffen hat; wie konnten Sie da wagen, mich hierherzubringen, damit ich Ihre Dummheiten anhöre?« rief der Doktor und schlug wieder mit der Faust auf den Tisch. »Wer gab Ihnen das Recht, sich derart über fremden Kummer lustig zu machen.«

»Sie haben den Verstand verloren!« rief Abogin. »Das ist unedel! Ich selbst bin zutiefst unglücklich und ... und ...«

»Unglücklich!« sagte der Doktor und lächelte verächtlich. »Nehmen Sie das Wort nicht in den Mund, es paßt nicht zu Ihnen. Lumpen, die zur Deckung ihres Wechsels kein Geld auftreiben können, nennen sich auch unglücklich. Ein Kapaun, der in seinem Fett erstickt, ist auch unglücklich. Erbärmliche Leute!«

»Geehrter Herr, Sie vergessen sich!« kreischte Abogin. »Für solche Worte ... bekommt man Prügel! Verstehen Sie?!«

Abogin griff rasch in die Seitentasche, zog die Brieftasche heraus, entnahm ihr zwei Geldscheine und warf sie auf den Tisch. »Da, für Ihren Besuch«, sagte er, und seine Nasenflügel bebten. »Sie sind bezahlt!«

»Wie können Sie wagen, mir Geld anzubieten!« rief der Doktor und warf die Geldscheine auf den Fußboden. »Für Beleidigungen zahlt man nicht mit Geld!«

Abogin und der Doktor standen einander gegenüber und fuhren in ihrem Zorne fort, einander unverdiente Beleidigungen zuzuschleudern. Nie im Leben, nicht einmal im Traum, hatten sie je so viel Ungerechtes, Bitteres, Sinnloses gesagt. Der Egoismus der Unglücklichen sprach mit aller Macht aus beiden. Unglückliche sind selbstsüchtig, böse, ungerecht, hart und vermögen einander noch weniger zu verstehen als Dummköpfe. Das Unglück eint die Menschen nicht, sondern entzweit sie, und selbst da, wo die Gleichartigkeit des Leids die Menschen eigentlich verbinden müßte, zeigt sich weit mehr Ungerechtigkeit und Verhärtung als zwischen verhältnismäßig zufriedenen Menschen.

»Sorgen Sie dafür, daß ich nach Hause fahren kann!« rief der Doktor atemlos.

Abogin läutete heftig. Als auf seinen Ruf niemand erschien, läutete er noch einmal und warf die Glocke ärgerlich auf den Fußboden; sie fiel dumpf auf den Teppich und gab einen kläglich ersterbenden Ton von sich. Endlich erschien der Diener.

»Wo steckt ihr denn? Der Teufel soll euch holen!« fuhr der Hausherr ihn an, die Fäuste ballend. »Wo warst du soeben? Geh, sag, daß man für diesen Herrn die Kalesche bereithält, aber für mich soll man den Jagdwagen anspannen! Halt!« rief er, als der Diener sich zum Gehen anschickte. »Morgen soll nicht ein einziger Verräter mehr in meinem Hause sein! Fort mich euch allen! Ich stelle neue Dienstboten ein! Ihr Pack!«

In Erwartung der Wagen schwiegen Abogin und der Doktor. Der erste hatte den Eindruck der Sattheit und die feine Eleganz wiedergewonnen. Er ging im Besuchszimmer auf und ab, schüttelte elegant den Kopf und dachte augenscheinlich über einen bestimmten Plan nach. Sein Zorn war noch nicht erkaltet, doch suchte er sich den Anschein zu geben, als bemerke er seinen Feind nicht ... Der Doktor aber stand da, hielt sich mit der Hand am Tischrand fest und sah Abogin mit der tiefen, fast zynischen, häßlichen Verachtung an, mit der nur Leid und Mißgeschick zu schauen verstehen, wenn sie Sattheit und Eleganz vor sich sehen.

Als der Doktor sich nach einer Weile in die Kalesche setzte und wegfuhr, blickten seine Augen immer noch verächtlich. Es war dunkel, viel dunkler, als vor einer Stunde. Der rote Halbmond war schon hinter dem Hügel verschwunden, und die Wolken, die ihn bewacht hatten, lagen als dunkle Flecken vor den Sternen. Ein Wagen mit roten Laternen rasselte auf dem Weg und überholte den Doktor. Da fuhr Abogin hin, um zu protestieren und Dummheiten zu machen . . .

Die ganze Fahrt über dachte der Doktor nicht an seine Frau, nicht an Andrej, sondern an Abogin und an die Menschen, die in dem Hause wohnten, das er soeben verlassen hatte. Seine Gedanken waren ungerecht und unmenschlich hart. Er beschuldigte Abogin, dessen Frau, Paptschinskij, alle, die in dem rosafarbenen Halbdunkel lebten und nach Parfüm dufteten; und die ganze Fahrt über haßte er sie und verachtete sie aus tiefstem Herzen. Und in seinem Kopf setzte sich eine bestimmte Ansicht über diese Menschen fest.

Die Zeit wird vergehen, auch Kirolows Leid wird vergehen, aber diese Ansicht, die ungerecht, die eines Menschenherzens unwürdig ist, wird nicht vergehen, sondern im Herzen des Doktors bleiben bis an das Grab.

# EIN FALL AUS DER PRAXIS

Der Professor erhielt ein Telegramm von der Ljalikowschen Fabrik: man bat ihn, so rasch wie möglich zu kommen. Die Tochter der Frau Ljalikow, wahrscheinlich der Besitzerin der Fabrik, war krank. Näheres aber ließ sich aus dem langen, unklar abgefaßten Telegramm nicht ersehen. Und der Professor reiste nicht selber hin, sondern schickte seinen Oberarzt Koroljow.

Von Moskau aus mußte er zwei Stationen mit dem Zuge und dann etwa vier Werst mit dem Wagen fahren. Man hatte für Koroljow eine Troika auf die Station geschickt; der Kutscher trug einen Hut mit einer Pfauenfeder und antwortete laut und soldatenmäßig auf alle Fragen: »Nein, durchaus nicht« oder »Genau so!« Es war Samstagabend, die Sonne sank. Aus der Fabrik gingen die Arbeiter in ganzen Scharen zur Station und grüßten den Wagen, in dem Koroljow fuhr. Und ihn bezauberten der Abend und die Landgüter und die Häuschen zu seiten des Weges und die Birken und die ganze geruhsame Stimmung ringsum, da sich, so schien es, Feld und Wald und Sonne jetzt am Vorabend des Feiertages gemeinsam mit den Arbeitern vorbereiteten, auszuruhen – auszuruhen und vielleicht zu beten . . .

Er war in Moskau geboren und aufgewachsen und kannte das Dorf nicht. Für Fabriken hatte er sich niemals interessiert, war auch nie in ihnen gewesen. Aber es geschah öfters, daß er über Fabriken etwas las oder bei Fabrikanten zu Gast weilte und sich mit ihnen unterhielt; und wenn er von weitem oder aus der Nähe eine Fabrik sah, dann dachte er jedesmal daran, daß von außen alles still und friedlich sei, innen aber wahrscheinlich eine undurchdringliche Unwissenheit und der stumpfe Egoismus der Besitzer, die langweilige, ungesunde Mühsal der Arbeiter herrsche, Gezänk, Schnaps, Ungeziefer. Und jetzt, da die Arbeiter ehrerbietig und schreckhaft der Kutsche auswichen, erriet er aus ihren Gesichtern, Mützen und ihrer Art zu gehen physische Unreinheit, Trunksucht, Nervosität, Zerfahrenheit.

Sie fuhren ins Fabriktor hinein. Zu beiden Seiten tauchten die Häuschen der Arbeiter auf, Gesichter von Frauen, Wäsche und Decken auf den Veranden. »Vorsicht!« rief der Kutscher, der die Pferde nicht anhielt. Vor ihnen war ein weiter Hof ohne Gras, auf ihm fünf gewaltige Gebäude mit Schornsteinen, ein wenig voneinander getrennt, Warenlager, Baracken – und auf allem lag eine graue Schicht wie von Staub. Hie und da, wie Oasen in der Wüste, klägliche Gärtchen und grüne oder rote Hausdächer, in denen die Verwalter wohnen. Der Kutscher zügelte plötzlich die Pferde, und der Wagen hielt vor einem Hause, das mit grauer Farbe frisch gestrichen war; dort befand sich ein Gärtchen mit staubbedeckten Fliederbüschen, und auf der gelbgestrichenen Veranda roch es stark nach Farbe.

»Bitte, Herr Doktor«, sagten Frauenstimmen im Flur und im Vorzimmer, und dabei vernahm man Seufzer und Geflüster. »Bitte, wir haben Sie sehnlichst erwartet ... Was für ein Jammer! Bitte, hier herein.«

Frau Ljalikow, eine stark, bejahrte Dame in schwarzem Seidenkleid mit modischen Ärmeln, ihrem Gesichtsausdruck nach eine einfache, wenig gebildete Frau, blickte unruhig den Doktor an und konnte sich nicht entschließen, ihm die Hand zu reichen, wagte es nicht. Neben ihr stand eine Person mit kurzgeschnittenem Haar und Pincenez, in bunter geblümter Jacke, hager und nicht mehr jung. Die Dienstboten nannten sie Christina Dmitrijewna, und Koroljow erriet, daß es die Gouvernante sei. Wahrscheinlich hatte man es ihr als der gebildetsten Person im Hause aufgetragen, den Doktor zu empfangen und zu begrüßen, weil sie sofort hastig die Ursachen der Krankheit mit kleinen, aufdringlichen Details darzulegen begann, ohne jedoch zu sagen, wer die Kranke sei und worum es sich handele.

Der Doktor und die Gouvernante saßen und sprachen miteinander, die Hausherrin aber stand unbeweglich an der Tür und wartete. Aus der Unterhaltung verstand Koroljow, daß Lisa, die einzige Tochter des Hauses, die Erbin der Fabrik, ein zwanzigjähriges Mädchen, krank sei; sie kränkelte schon lange und wurde von verschiedenen Ärzten behandelt, doch in der vergangenen Nacht hatte sie von abends bis morgens so starkes Herzklopfen gehabt, daß niemand im Hause schlief, und man fürchtete, sie könnte sterben.

»Sie kränkelte, kann man wohl sagen, von Kind an«, erzählte Christina Dmitrijewna mit singender Stimme und wischte sich immerfort mit der Hand den Mund.

»Die Ärzte sagen, daß es die Nerven seien, aber als sie klein war, haben ihr die Ärzte die Skrofeln in den Körper getrieben, und davon kann das wohl kommen, wie ich glaube.«

Sie gingen zur Kranken hinein. Völlig erwachsen, groß, von gutem Wuchs, aber unschön, der Mutter ähnlich, mit ebenso kleinen Augen und einer breiten, übermäßig entwickelten unteren Gesichtspartie, unfrisiert, bis zum Kinn zugedeckt, machte sie im ersten Augenblick auf Koroljow den Eindruck eines armen, unglücklichen Geschöpfes, das man aus Mitleid hier aufgenommen habe, und man wollte nicht glauben, daß sie die Erbin von fünf gewaltigen Fabrikgebäuden sei.

»Nun, ich komme zu Ihnen«, begann Koroljow, »ich bin gekommen, Sie zu behandeln. Guten Tag.«

Er stellte sich ihr vor und drückte ihre Hand – eine große, kalte, häßliche Hand. Sie setzte sich hin und, offensichtlich längst schon an Ärzte gewöhnt, gleichgültig dagegen, daß Schulter und Brust bloß waren, ließ sie sich untersuchen.

»Ich habe Herzklopfen«, sagte sie. »Die ganze Nacht war es entsetzlich . . . ich starb fast vor Schreck! Geben Sie mir irgend etwas.«

»Ich werde es tun. Beruhigen Sie sich.«

Koroljow untersuchte sie und zuckte die Achseln.

»Das Herz ist, wie es sein soll«, sagte er, »alles ist in Ordnung, alles steht gut. Die Nerven sind Ihnen wahrscheinlich ein wenig durchgegangen, aber das ist so das Übliche. Der Anfall, muß man annehmen, ist schon zu Ende, legen Sie sich schlafen.«

In dem Augenblick brachte man die Lampe ins Schlafzimmer. Die Kranke blinzelte in das Licht und umfaßte auf einmal mit den Händen den Kopf und brach in Schluchzen aus. Der Eindruck eines armen und unschönen Wesens war plötzlich verschwunden, und Koroljow bemerkte nicht mehr die kleinen Augen, nicht die grob entwickelte untere Gesichtspartie; er erblickte den weichen Ausdruck einer Leidenden, der so vernünftig und rührend war, und sie schien ihm ganz ebenmäßig, weiblich, schlicht, und es kam ihn die Lust an, sie nicht mit Medikamenten, nicht mit Ratschlägen, sondern mit einem einfachen zärtlichen Wort zu beruhigen. Die Mutter umfaßte ihren Kopf und drückte ihn an sich. Wieviel Verzweiflung, wieviel Leid lag auf dem Antlitz der Alten! Sie, die Mutter, hatte die Tochter ernährt und großgezogen, hatte nichts gespart, gab das ganze Leben dafür hin, sie die französische Sprache, Tänze, Musik zu lehren, zog für sie ein Dutzend Lehrer herbei, die besten Ärzte, hielt eine Gouvernante, und jetzt konnte sie nicht begreifen, woher diese Tränen kamen, warum sie so viel litt, faßte es nicht und war wie verloren, und in ihrem Gesicht erschien ein schuldbewußter, beunruhigter, verzweifelter Ausdruck, so, als ob sie noch etwas sehr Wichtiges versäumt, etwas noch nicht getan, irgend jemanden noch nicht herangezogen hätte, aber wen – das wußte sie nicht.

»Lisanjka, schon wieder weinst du«, rief sie und preßte die Tochter an sich. »Liebste, Teuerste, mein Kindchen, sage doch, was du hast? Erbarme dich meiner und sage es.«

Beide weinten bitterlich. Koroljow setzte sich an den Bettrand und ergriff Lisas Hand.

»Nun aber genug, lohnt es denn zu weinen?« sagte er freundlich. »Es gibt in der Welt ja nichts, das diese Tränen verdiente. Nun wollen wir nicht mehr weinen, es ist nicht nötig.«

Bei sich aber dachte er: »Es wäre an der Zeit, zu heiraten . . .«

»Unser Fabrikarzt gab ihr Kaliumbromid«, sagte die Gouvernante, »aber danach wurde ihr, wie ich bemerken muß, nur schlechter. Nach meiner Meinung sollte man ihr Tropfen geben, wenn überhaupt etwas, gegen das Herz . . . ich vergaß, wie sie heißen . . . Maiglöckchentropfen oder so.«

Und wieder folgten alle Details. Sie unterbrach jeden Augenblick den Arzt, hinderte ihn, zu sprechen, und in ihrem Gesicht war das Bemühen zu lesen, als wenn sie meinte, sie sei als die gebildetste Person im Hause verpflichtet, mit dem Doktor eine ununterbrochene Unterhaltung zu führen und unbedingt über medizinische Dinge.

Koroljow wurde das zuviel.

»Ich kann nichts Besonderes finden«, sagte er, das Schlafzimmer verlassend zu der Mutter gewendet. »Wenn der Fabrikarzt Ihre Tochter behandelt hat, so soll er es auch weiterhin tun. Die Behandlung war bisher ordentlich, und ich sehe keine Notwendigkeit, den Arzt zu wechseln. Was hat das für einen Zweck? Es ist eine so gewöhnliche Krankheit, nichts Ernsthaftes . . .«

Er sprach, ohne zu hasten, und zog die Handschuhe an, Frau Ljalikow aber stand unbeweglich da und sah ihn mit verweinten Augen an.

»Bis zum Zuge um neun Uhr ist noch eine halbe Stunde Zeit«, sagte er, »hoffentlich komme ich nicht zu spät.«

»Können Sie denn nicht bei uns bleiben?« fragte sie, und von neuem flossen Tränen über ihre Wangen. »Es ist wohl unrecht, Sie zu beunruhigen, aber seien Sie so gut . . . um Gottes willen«, fuhr sie leise fort und sah sich nach der Türe um, »übernachten Sie doch bei uns. Es ist mein einziges Kind . . . meine einzige Tochter . . . Sie hat uns in der vergangenen Nacht großen Schrecken eingejagt, so daß ich gar nicht zur Besinnung kommen kann . . . Fahren Sie um Gottes willen nicht fort.«

Er wollte ihr sagen, daß ihn in Moskau viel Arbeit erwarte und seine Familie seiner harre; es fiel ihm schwer, ohne besondere Not in einem fremden Hause einen ganzen Abend und eine ganze Nacht zu verbringen, aber als er ihr Gesicht sah, seufzte er und begann schweigend die Handschuhe abzuziehen.

Man zündete im Saal und Salon für ihn alle Lampen und Kerzen an. Er saß am Klavier und durchblätterte die Noten, dann besah er die Bilder an den Wänden und die Porträts. Die Ölgemälde in Goldrahmen stellten Ansichten der Krim dar, das stürmische Meer mit einem Schiffchen, einen katholischen Mönch mit einem Weinglas, und alles das war trocken, talentlos gemalt . . . Auf den Porträts nicht ein schönes, interessantes Gesicht, alles breite Kinnladen, erstaunte Augen; Ljalikow, Lisas Vater, hatte eine niedrige Stirn und ein selbstzufriedenes Gesicht, die Uniform saß sackartig auf seinem großen, nicht von guter Rasse zeugenden Leib, auf der Brust hatte er eine Medaille und das Zeichen des Roten Kreuzes. Eine dürftige Kultur, ein zufälliger Luxus, der nicht durchdacht, der kein rechtes Maß hatte, wie diese Uniform; die Fußböden reizten durch ihren Glanz, der Lüster reizte, und unwillkürlich mußte man an die Anekdote von dem Kaufmann denken, der mit einer Medaille am Hals ins Badehaus ging . . . Aus dem Vorzimmer hörte man Flüstern, jemand schnarchte leise. Und auf einmal waren von draußen scharfe, abgehackte, metallische Klänge zu vernehmen, wie sie Koroljow früher niemals gehört hatte und die er jetzt nicht begriff; sie hallten in seiner Seele seltsam und unangenehm wider.

»Um keinen Preis möchte ich hier wohnen bleiben . . .«, dachte er und griff wieder nach den Noten.

»Herr Doktor, bitte zum Essen zu kommen!« rief halblaut die Gouvernante.

Er ging zum Abendessen. Der Tisch war groß, mit einer Menge Sakuski und Wein bestellt; aber nur zwei aßen: er und Christina Dmitrijewna. Sie trank Madeira, aß rasch und sprach, durchs Pincenez ihn anblickend: »Die Arbeiter sind mit uns sehr zufrieden. In unsrer Fabrik gibt es in jedem Winter Vorführungen; die Arbeiter selber spielen dabei, dann gibt es Vorträge mit Lichtbildern, eine prachtvolle Teestube und noch manches andere. Die Arbeiter sind uns sehr ergeben, und als sie erfuhren, daß es Lisanjka schlechter ging, bestellten sie ein Bittgebet. Sie sind ungebildet, haben aber auch Gefühle.«

»Es sieht so aus, als ob in Ihrem Hause kein einziger Mann ist«, sagte Koroljow.

»Kein einziger. Pjotr Nikanorytsch starb vor anderthalb Jahren, und wir blieben allein. So leben wir zu dreien. Im Sommer hier, im Winter in Moskau auf der Poljanka. Ich lebe schon elf Jahre im Hause. Ich fühle mich als zu ihnen gehörig.«

Als Abendessen gab es Sterlet, Hühnerkoteletts und Kompott; die Weine waren kostspielig, französischer Herkunft.

»Doktor, essen Sie, ohne Umstände zu machen«, sagte Christina Dmitrijewna, essend und sich den Mund mit der Hand abwischend, und es war zu sehen, daß sie hier zu ihrer vollsten Zufriedenheit lebte.

»Essen Sie, bitte.«

Nach dem Essen führte man den Doktor in das Zimmer, wo für ihn das Bett bereitet war. Aber ihn verlangte nicht nach Schlaf, es war dumpf, und im Zimmer roch es nach Farbe; er zog den Paletot an und ging hinaus.

Draußen war es kühl; es begann zu dämmern, und in der feuchten Luft zeichneten sich alle fünf Fabrikgebäude mit ihren langen Schornsteinen und die Baracken und Lager ab. Wegen des Feiertags wurde nicht gearbeitet, in den Fenstern war es dunkel, und nur in einem der Gebäude brannte noch ein Ofen, zwei Fenster waren purpurrot, und aus dem Schornstein schlug bisweilen mit dem Rauch eine Flamme heraus. Weit hinter dem Hof quakten Frösche, sang eine Nachtigall.

Indem er die Fabrik und die Baracken, in denen die Arbeiter schliefen, ansah, dachte er wiederum darüber nach, worüber er immer nachdachte, wenn er Fabriken sah. Mag es hier Vorstellungen für die Arbeiter, Lichtbildervorträge, Betriebsärzte und allerlei Verbesserungen geben, dennoch unterschieden sich die Arbeiter, denen er heute auf dem Wege von der Bahnstation begegnete, dem Äußern nach in nichts von den Arbeitern, wie er sie schon in seiner Kindheit gesehen hatte, als es Verbesserungen und Vorstellungen in den Fabriken nicht gab. Er als Arzt, der ein klares Urteil über chronische Leiden hatte, deren Grundursache unbekannt und unheilbar war, sah auch die Fabriken als etwas Unnormales an, dessen Ursache ebenfalls nicht zu erkennen und nicht zu beseitigen war, und alle Verbesserungen im Leben der Fabrikarbeiter hielt er zwar nicht für überflüssig, verglich sie aber mit dem Herumkurieren an unheilbaren Krankheiten.

»Hier besteht etwas Unnormales, natürlich . . .«, dachte er, wenn er die purpurroten Fenster ansah. »Eintausendfünfhundert bis zweitausend Arbeiter arbeiten unaufhörlich, unter ungesunden Verhältnissen, stellen schlechten Kattun her, leben halbhungrig und befreien sich nur bisweilen in der Schenke von diesem Alpdruck; hundert Leute überwachen die Arbeit, und das ganze Leben dieser

hundert vergeht im Zudiktieren von Strafen, im Schelten, in Ungerechtigkeiten, und nur zwei oder drei, die sogenannten Herren, genießen alle Vorteile, obwohl sie überhaupt nicht arbeiten und den schlechten Kattun verachten. Aber was sind das für Vorteile, und wie machen sie von ihnen Gebrauch? Frau Ljalikow und ihre Tochter sind unglücklich, es ist ein Jammer, sie anzuschauen, allein Christina Dmitrijewna, dies bejahrte, törichte Frauenzimmer mit Pincenez lebt zu ihrer vollen Zufriedenheit. Und so ergibt sich, daß alle diese fünf Fabrikgebäude nur darum arbeiten und daß auf den östlichen Märkten nur darum schlechter Kattun verkauft wird, damit Christina Dmitrijewna Sterlet essen und Madeira trinken kann.

Plötzlich ertönten wieder die seltsamen Laute, die Koroljow schon vor dem Essen gehört hatte. Bei einem der Fabrikgebäude schlug jemand an eine Metallplatte, schlug und hielt sofort den Ton an, so daß kurze, scharfe, unreine Töne, die wie »der . . . der . . . der . . .« klangen, entstanden. Danach eine halbe Minute Stille, und dann erklangen an einem anderen Gebäude dieselben Töne, ebenso abgerissen und unangenehm, aber tiefer, mehr zum Baß hin – »dryn . . . dryn . . . dryn . . .« Elfmal. Augenscheinlich schlugen die Wächter elf Uhr.

Am dritten Gebäude hörte man: »shak . . . shak . . . shak . . .« Und so bei allen Gebäuden und dann hinter den Baracken und den Toren. Und es machte den Eindruck, als wenn inmitten der nächtlichen Stille das Ungeheuer mit den purpurroten Augen selber diese Töne hervorbrächte, der Teufel selbst, der hier über Herren und Arbeiter herrschte und die einen wie die andern betrog.

Koroljow ging vom Hof ins Feld.

»Wer da?« rief man ihn mit grober Stimme am Tore an.

»Ganz wie im Gefängnis . . .« dachte er und antwortete nicht.

Hier waren die Nachtigallen und Frösche besser zu

hören, hier spürte man die Mainacht. Von der Station drang der Lärm eines Zuges her; irgendwo krähten verschlafene Hähne, aber im ganzen war die Nacht still, friedlich schlief die Welt. Im Felde, nicht weit von der Fabrik, stand ein Holzgebinde, Baumaterial war dort aufgestapelt. Koroljow setzte sich auf die Bretter und dachte weiter nach.

»Nur die Gouvernante fühlt sich hier wohl, und die Fabrik arbeitet für ihr Wohlbehagen. Aber das scheint nur so, sie ist nur der Strohmann: die Hauptperson, um dessentwillen hier alles geschieht – ist der Teufel.«

Und er dachte an den Teufel, an den er nicht glaubte, und blickte sich nach den beiden Fenstern um, in denen das Feuer leuchtete. Und ihm schien es, daß der Teufel selber mit diesen purpurroten Augen ihn anblickte; diese unbekannte Kraft, die die Beziehungen zwischen Starken und Schwachen, diesen groben Mißstand geschaffen hatte, den man durch nichts mehr verbessern kann. Es ist nötig, daß der Starke den Schwachen am Leben hindere, so will es das Naturgesetz – aber all dies ist nur in einem Zeitungsartikel oder in einem Lehrbuch verständlich und nur in ihnen leicht unterzubringen, weil sie derselbe Brei, den das gewöhnliche Leben von sich aus darstellt, sind, dieselbe Wirrnis lauter Kleinigkeiten, aus denen die menschlichen Beziehungen gewebt sind. Das ist nun aber kein Gesetz mehr, sondern eine logische Ungereimtheit, wenn der Starke wie der Schwache gleicherweise ihren gegenseitigen Beziehungen zum Opfer fallen, unfreiwillig irgendeiner lenkenden, unbekannten, außerhalb des Lebens stehenden und dem Menschen fremden Kraft unterworfen.

So dachte Koroljow, als er auf den Brettern saß, und nach und nach beherrschte ihn eine Stimmung, als sei diese unbekannte, geheimnisvolle Kraft tatsächlich nahe und schaue zu. Inzwischen wurde der Osten immer blasser und blasser, die Zeit floß schnell. Die fünf Gebäude und

Schornsteine auf dem großen Hintergrund der Morgendämmerung, als ringsum nicht eine Seele war und alles ausgestorben schien, boten einen besonderen Anblick und sahen nicht so wie am Tage aus; man vergaß völlig, daß es dort im Innern Dampfmotoren, Elektrizität, Telephone gab, sondern dachte immer irgendwie an Pfahlbauten, an Steinzeit, fühlte die Gegenwart einer rohen, unbewußten Kraft ...

Und wiederum vernahm man: »Der ... der ... der ... der ...«

Zwölfmal. Dann war es still, war eine halbe Minute still – und nun ertönte es am andern Hofende: »Dryn ... dryn ... dryn ...«

»Schrecklich unangenehm«, dachte Koroljow.

»Shak ... shak ...« erklang es an der dritten Stelle abgerissen, scharf, gleichsam ärgerlich, »shak ... shak ...«

Und um zwölf Uhr zu schlagen, waren vier Minuten erforderlich. Dann ward alles still; und wiederum hatte man den Eindruck, als sei alles ringsumher ausgestorben.

Koroljow saß noch ein wenig da und kehrte ins Haus zurück, doch legte er sich noch lange nicht schlafen. In den benachbarten Zimmern flüsterte man, hörte man das Schlurfen von Pantoffeln und nackten Füßen.

»Ob sie nicht wieder einen Anfall hat?« dachte Koroljow.

Er ging, nach der Kranken zu sehen. In den Zimmern war es schon ganz hell, und im Saale an der Wand und auf dem Fußboden zitterte schwaches Sonnenlicht, das durch den Morgennebel hindurch hier eingedrungen war. Die Türe zu Lisas Zimmer stand offen, und Lisa selbst saß im Lehnstuhl am Bett, im Morgenkleid, in einen Schal gehüllt und unfrisiert. Die Vorhänge an den Fenstern waren heruntergelassen.

»Wie fühlen Sie sich?« fragte Koroljow.

»Ich danke sehr.«

Er fühlte ihren Puls, ordnete ihr dann das Haar, das auf die Stirn gefallen war.

»Sie schlafen nicht«, sagte er. »Draußen ist wunderschönes Wetter, es ist Frühling, die Nachtigallen schlagen, und Sie sitzen im Dunkeln und grübeln über irgend etwas nach.«

Sie hörte ihn an und blickte ihm ins Gesicht; ihre Augen waren traurig, klug, und es war deutlich, daß sie ihm etwas sagen wollte.

»Geschieht das häufig mit Ihnen?« fragte er.

Sie bewegte die Lippen und antwortete: »Häufig. Mir ist fast jede Nacht schwer.«

In diesem Augenblicke begannen die Wächter draußen zwei Uhr zu schlagen. Man hörte das »der . . . der . . .«; sie fuhr zusammen.

»Dieses Klopfen beunruhigt Sie?« fragte er.

»Ich weiß nicht. Hier beunruhigt mich alles«, antwortete sie und dachte nach.

»Alles beunruhigt mich. Aus Ihrer Stimme höre ich Anteilnahme heraus, mir schien es aus irgendeinem Grunde, seit ich Sie das erstemal sah, daß ich mit Ihnen über all das sprechen darf.«

»So reden Sie, bitte.«

»Ich will Ihnen meine Meinung sagen. Mir scheint, daß ich nicht krank bin, sondern daß ich nur in Unruhe bin und voller Angst, weil es so sein muß und anders nicht sein kann. Sogar der gesündeste Mensch muß in Unruhe geraten, wenn zum Beispiel unter seinem Fenster ein Räuber herumgeht. Man behandelt mich häufig«, fuhr sie fort und blickte auf ihre Knie, verschämt lächelnd, »natürlich bin ich sehr dankbar dafür und leugne den Nutzen der Behandlung nicht, aber ich möchte nicht mit einem Arzt, sondern mit einem nahestehenden Menschen, mit einem Freunde sprechen, der mich begreifen und mich überzeugen könnte, daß ich recht oder unrecht habe.«

»Haben Sie denn keine Freunde?« fragte Koroljow.

»Ich bin ganz einsam. Ich habe meine Mutter, und ich liebe sie, aber dennoch bin ich einsam. Mein Leben hat sich so gestaltet ... Einsame Menschen lesen viel, sprechen aber wenig und hören wenig, das Leben ist für sie geheimnisvoll; sie sind Mystiker und sehen häufig den Teufel dort, wo er nicht ist. Lermontows ›Tamara‹ war einsam und sah den Teufel.«

»Und Sie lesen viel?«

»Ja. Ich habe ja immer Zeit, vom Morgen bis zum Abend. Am Tage lese ich, nachts aber habe ich einen leeren Kopf, statt Gedanken erfüllen mich allerhand Schatten.«

»Sehen Sie etwas in den Nächten?« fragte Koroljow.

»Nein, aber ich fühle ...«

Sie lächelte wiederum, blickte den Doktor an und sah so traurig, so klug aus; und ihm schien, daß sie ihm vertraue, aufrichtig mit ihm sprechen wolle, und daß sie genauso denke wie er. Aber sie schwieg und wartete vielleicht, daß er zu reden begänne.

Und er wußte, was man ihr sagen mußte: für ihn war es klar, daß sie so schnell wie möglich die fünf Fabrikgebäude und die Million, falls sie sie besaß, aufgeben und diesen Teufel fahrenlassen müsse, der in den Nächten schaut und schaut; für ihn war es auch klar, daß auch sie selber so dachte und nur wartete, daß jemand, dem sie vertraute, ihr das bestätigte.

Aber er wußte nicht, wie er das sagen solle. Wie? Verurteilte scheut man sich zu fragen, warum man sie verurteilt hat; so ist es auch peinlich, reiche Leute zu fragen, wozu sie so viel Geld brauchen, warum sie ihren Reichtum so schlecht verwenden, warum sie ihn nicht aufgeben, selbst dann nicht, wenn sie in ihm ihr Unheil sehen; und wenn man darüber ein Gespräch beginnt, so verläuft es meist schamhaft, peinlich und langweilig.

»Wie soll ich es sagen?« zerbrach sich Koroljow den Kopf. »Und muß man überhaupt sprechen?«

Und er sagte das, was er sagen wollte, nicht unmittelbar, sondern auf Umwegen: »Sie sind als eine Fabrikbesitzerin und reiche Erbin unzufrieden, Sie glauben nicht an Ihr Recht und schlafen daher nicht; natürlich ist das besser, als wenn Sie zufrieden wären, fest schlafen und denken würden, daß alles vortrefflich bestellt sei. Sie leiden an einer ehrbaren Schlaflosigkeit; wie dem auch sei, sie ist ein gutes Zeichen. In der Tat, bei unsern Eltern wäre ein solches Gespräch, wie wir es jetzt führen, nicht denkbar gewesen, nachts unterhielten sie sich nicht, sondern schliefen fest, aber wir von unserer Generation schlafen schlecht, quälen uns ab, sprechen viel und untersuchen immer zu entscheiden, ob wir im Rechte sind oder nicht. Für unsere Kinder oder Enkel aber wird diese Frage – ob sie im Rechte sind oder nicht – bereits entschieden sein. Sie werden klarer sehen als wir. Das Leben wird schön sein in fünfzig Jahren, nur schade, daß wir es nicht erleben werden. Es wäre interessant, es anzusehen.«

»Was werden denn unsere Kinder und Enkel tun?« fragte Lisa.

»Ich weiß es nicht . . . Vielleicht geben sie alles auf und gehen fort.«

»Wohin werden sie gehen?«

»Wohin? . . . Nun, wohin sie wollen, sagte Koroljow und lachte auf. »Gibt es denn so wenige Orte, wohin ein guter und kluger Mensch gehen kann?«

Er sah nach der Uhr.

»Inzwischen ist die Sonne schon aufgegangen«, sagte er. »Für Sie ist es an der Zeit, zu schlafen. Ziehen Sie sich aus und schlafen Sie sich gesund. Ich freue mich sehr, daß ich Sie kennengelernt habe«, fuhr er fort und drückte ihre Hand. »Sie sind ein trefflicher, interessanter Mensch. Gute Nacht!«

Er ging in sein Zimmer und legte sich schlafen.

Am andern Tage morgens, als die Kutsche vorfuhr, gingen alle auf die Veranda, ihn zu begleiten. Lisa war festtäglich in weißem Kleid, mit einer Blume im Haar, blaß und matt; wie gestern sah sie ihn traurig und klug an, lächelte, redete, und immer tat sie das mit einem Ausdruck, als wolle sie etwas Besonderes, Wichtiges sagen – nur ihm allein. Man hörte, wie die Lerchen sangen, wie man in der Kirche läutete. Die Fenster in den Fabrikgebäuden glänzten heiter, und als er über den Hof und dann zur Station fuhr, dachte er weder an die Arbeiter noch an die Pfahlbauten, noch an den Teufel, sondern er dachte an die vielleicht nahe Zeit, da das Leben ebenso licht und freudevoll sein werde, wie dieser stille Sonntagmorgen; und er dachte auch daran, wie angenehm es sei, an einem solchen Morgen im Frühling in einer Troika zu fahren, in einer schönen Kalesche, und sich in der Sonne zu wärmen.

# WEIBERWIRTSCHAFT

## I
### *Am Vorabend*

Da ist ein dickes Geldpaket. Es kommt aus dem Forstrevier, vom Verwalter. Er schreibt, daß er fünfzehnhundert Rubel schickt, die er jemand im Gerichtsverfahren abgenommen habe, indem er den Prozeß in zweiter Instanz gewonnen. Anna Akimowna liebte Ausdrücke wie »im Gerichtsverfahren abnehmen« und »den Prozeß gewinnen« nicht, sondern fürchtete sie. Sie wußte, daß man ohne Rechtsverfahren nicht durchkommt, aber sie wurde jedesmal ängstlich, und ihr Gewissen fühlte sich bedrückt, wenn der Fabrikleiter Nasarytsch oder der Revierverwalter, die häufig prozessierten, einen Prozeß für sie gewannen. Auch jetzt wurde ihr ängstlich und unbehaglich, und sie hätte lieber diese tausendfünfhundert Rubel möglichst weit weggelegt, um sie nicht zu sehen.

Sie denkt ärgerlich darüber nach: ihre Altersgenossinnen – sie war sechsundzwanzig Jahre alt – plagen sich jetzt mit der Wirtschaft, schlafen müde ein und erwachen morgen früh in festtäglicher Stimmung; viele von ihnen sind schon verheiratet und haben Kinder. Sie allein ist genötigt, wie ein altes Weib hinter diesen Briefen zu sitzen, sie mit Bemerkungen zu versehen, Antworten zu schreiben, dann den ganzen Abend über bis Mitternacht nichts weiter zu tun, als zu warten, bis sie Lust hat schlafen zu gehen; morgen wird man ihr den ganzen Tag über gratulieren und Bitten vorbringen, aber übermorgen gibt es in der Fabrik bestimmt einen Skandal, man wird jemand verprügeln, oder einer stirbt am Schnaps, und sie wird Gewissensbisse haben; nach den Feiertagen wird Nasarytsch etwa zwanzig Leute wegen Wegbleibens von der Arbeit entlassen, und alle diese zwanzig werden dann mit abgenommenen Mützen an der Treppe warten, und es wird ihr peinlich sein, zu ihnen hinauszugehen, und man wird sie wie Hunde wegjagen. Alle Bekannten werden hinter ihrem Rücken darüber reden und ihr anonyme Briefe schreiben, daß sie Millionärin und Ausbeuterin sei, daß sie fremdes Leben vernichte und den Arbeitern das Blut aussauge.

Da an der Seite liegt ein Packen durchgelesener und erledigter Briefe. Sie kommen von Bittstellern. Da sind Hungrige, Trinker, Leute mit zahlreicher Familie, Kranke, Erniedrigte, Vergessene . . . Anna Akimowna hat bereits auf jedem Brief vermerkt, wer drei und wer fünf Rubel bekommen soll; diese Briefe werden heute noch ins Kontor wandern, morgen wird die Auszahlung der Unterstützungen, oder wie die Angestellten sagen, die Fütterung der Raubtiere erfolgen.

Ferner wird man vierhundertsiebzig Rubel, die Zinsen des Kapitals, das der verstorbene Akim Iwanowitsch den Bettlern und Armen hinterlassen hat, in kleinen Summen verteilen. Es wird ein abscheuliches Gedränge geben. Vom Hoftor bis zur Kontortür wird sich hintereinander eine lange Reihe von allerhand fremden, zerlumpten Leuten hinziehen, die mit heiseren Stimmen Anna Akimowna und ihre Eltern als Wohltäter preisen werden; die Hintenstehenden werden auf die Vorderen drücken, und die Vorderen werden mit unflätigen Worten schimpfen. Der Kontorist, dem Lärm, Geschimpfe und Lopreisungen auf die Nerven gehen, wird zum allgemeinen Ergötzen irgendeinem eine Ohrfeige geben. Die Arbeiter, die eigenen Leute, die zum Feste außer ihrem Gehalt nichts bekommen und bereits alles bis zur letzten Kopeke ausgegeben haben, werden mitten im Hofe dastehen, zusehen und lächeln, die einen neidisch, die anderen ironisch.

»Die Kaufleute und besonders die Kaufmannsfrauen lieben die Bettler mehr als die eigenen Leute«, dachte Anna

Akimowna, »das ist immer so.« Ihr Blick fiel wieder auf das Geldpaket. Es wäre gut, morgen dieses unnötige, widerliche Geld an die Arbeiter auszuteilen; aber man darf dem Arbeiter nichts umsonst geben, sonst fängt er ein andermal selber zu bitten an. Und was bedeuten auch diese fünfzehnhundert Rubel, wenn in der Fabrik mehr als siebzehnhundert Arbeiter sind, ungerechnet ihre Frauen und Kinder? Also müßte man einen der Bittsteller, die diese Briefe schreiben, einen Unglücklichen, der schon längst die Hoffnung auf ein besseres Leben verloren hat, aussuchen und ihm die fünfzehnhundert Rubel geben. Einen armen Teufel würden diese Gelder wie ein Donnerschlag betäuben, und vielleicht würde er sich zum ersten Mal in seinem Leben glücklich fühlen. Dieser Gedanke erschien Anna Akimowna originell und interessant und gefiel ihr sehr. Aufs Geratewohl zog sie einen Brief aus dem Paket heraus und las ihn durch. Ein Gubernialsekretär Tschalikow, seit langem stellenlos und krank, wohnt im Hause Guschtschin; seine Frau hat Schwindsucht, fünf minderjährige Töchter sind da. Anna Akimowna kannte das Guschtschinsche vierstöckige Haus, in demTschalikow lebte. Was für ein schlechtes, faules, ungesundes Haus!

»Diesem Tschalikow werde ich es geben!« entschied sie sich. »Ich werde es nicht schicken, sondern lieber selber hinbringen, damit nicht überflüssige Redereien entstehen. Ja«, überlegte sie und steckte die fünfzehnhundert Rubel in die Tasche, »ich werde nachsehen und vielleicht die kleinen Mädchen irgendwo gut unterbringen.« Sie wurde fröhlich, läutete und befahl, die Pferde anzuspannen.

Als sie sich in den Schlitten setzte, war es schon gegen sieben Uhr abends. Die Fenster in allen Fabrikgebäuden waren hell erleuchtet, und deshalb wirkte der riesige Hof sehr dunkel. Am Tor und in der Tiefe des Hofes, in der Nähe der Lagerräume und der Arbeiterbaracken brannten elektrische Lampen.

Diese dunklen, unfreundlichen Fabrikgebäude, Lagerräume und die Baracken, in denen die Arbeiter wohnten, liebte sie nicht, sie fürchtete sie geradezu. Im Hauptgebäude war sie seit Vaters Tod nur einmal gewesen. Die hohen Decken mit den Eisenbalken, die Menge der riesigen, eilig sich drehenden Räder, der Treibriemen und Hebel, das durchdringende Zischen und Kreischen des Stahles, das Klingeln der Loris, der rauhe Atem des Dampfes, die bleichen oder roten oder vom Kohlenstaub geschwärzten Gesichter, die vom Schweiße feuchten Hemden, der Glanz des Stahles, Erzes und Feuers, der Öl- und Kohlengeruch und die bald sehr heiße, bald kalte Luft wirkten auf sie wie die Hölle. Es schien ihr, als wollten sich die Räder, Hebel und heißen zischenden Zylinder von ihren Verbindungen losreißen, um die Menschen zu vernichten; die Menschen aber liefen mit besorgten Mienen herum, ohne einander zu beachten, und machten sich an den Maschinen zu schaffen, um ihre schreckliche Bewegung aufzuhalten. Man zeigte Anna Akimowna etwas und erklärte es ihr ehrerbietig. Sie konnte sich daran erinnern, wie man in der Schmiedeabteilung aus einem Ofen ein Stück rotglühendes Eisen herauszog, und wie ein Alter mit einem Riemen am Kopf sowie ein junger Arbeiter in blauer Bluse mit einem Kettchen auf der Brust und ärgerlichem Gesicht, wahrscheinlich ein Vorarbeiter, mit Hämmern auf das Eisenstück losschlugen, daß die goldenen Funken umhersprühten; wie man dann nach einem Weilchen mit einem riesigen Stück Eisenblech einen donnerähnlichen Lärm vor ihr machte; der Alte stand stramm da und lächelte, der Junge wischte sich mit einem Ärmel das feuchte Gesicht und erklärte ihr etwas. Und sie erinnerte sich noch daran, wie in einer anderen Abteilung ein einäugiger Alter ein Eisenstück absägte, wie die Eisenspäne herumsprühten, und wie ein blonder Arbeiter mit dunkler Brille und Löchern im Hemd an einer Drehbank arbeitete und etwas aus einem Stahlstück verfertigte; die Drehbank heulte, winselte und pfiff; Anna Akimowna wurde von diesem Lärm schwach, und ihr war, als durchbohre man ihr die Trommelfelle. Sie sah und hörte, ohne zu begreifen, lächelte freundlich und schämte sich. Wie sonderbar war es doch, daß sie von einem Werk, das sie weder begriff noch liebte, erhalten wurde und Hunderttausende bezog.

In den Arbeiterbaracken war sie kein einziges Mal gewesen. Dort herrschten, sagte man, Feuchtigkeit, Wanzen, Laster, Anarchie. Wie seltsam: alljährlich wurden Tausende von Rubeln für die Verbesserung der Baracken verausgabt, aber die Lage der Arbeiter wurde, wenn man den anonymen Briefen glaubte, von Jahr zu Jahr schlechter und schlechter.

»Zu Lebzeiten meines Vaters herrschte mehr Ordnung«, dachte Anna Akimowna, als sie vom Hof herunterfuhr, »weil er selbst Arbeiter war und wußte, was not tut. Ich aber verstehe nichts und mache nur Dummheiten.«

Es wurde ihr wieder langweilig, sie freute sich nicht mehr, daß sie aufgebrochen war, und der Gedanke an den Glücklichen, auf den die fünfzehnhundert Rubel vom Himmel regnen würden, schien ihr schon nicht mehr originell und vergnüglich. Zu einem Menschen wie Tschalikow zu fahren, wenn zu Hause allmählich ein Millionenwerk zusammenkracht und niederfällt, wenn die Arbeiter in ihren Baracken schlimmer als Strafgefangene leben, das heißt Dummheiten machen und sein Gewissen betrügen. Auf der Chaussee und daneben über die Felder gingen Arbeiter aus den benachbarten Fabriken, aus der Kattun- und Baumwollfabrik, in ganzen Scharen zur Stadt. In der Frostluft erscholl Lachen und fröhliches Gespräch. Anna Akimowna sah die Frauen und Kinder an und ein plötzliches Verlangen nach Einfachheit, Robustheit, Enge überkam sie. Sie stellte sich deutlich die längst vergangene Zeit vor, als man sie noch Anjutka nannte und sie, ganz klein, mit der Mutter unter einer Decke schlief; im Nebenzimmer wusch die Wäscherin, und aus den Nachbarwohnungen hörte man durch die dünnen Wände Lachen, Schimpfen, Kindergeschrei, Harmonikaspiel, das Summen von Drehbänken und Nähmaschinen; Ihr Vater Akim Iwanowitsch, der fast jedes Handwerk kannte, lötete, ohne sich um Enge und Lärm zu kümmern, etwas an einem Ofen, zeichnete oder hobelte. Mit diesen Erinnerungen kam sie die Lust an, zu waschen und zu plätten, in die Läden, in die Schenke zu laufen, wie sie das täglich getan hatte, als sie mit Mutter zusammenlebte. Sie müßte Arbeiterin sein, aber nicht die Herrin! Ihr großes Haus mit den Kronleuchtern und Bildern, der Diener Mischenjka im Frack und mit dem samtweichen Schnurrbärtchen, die prachtvolle Warwaruschka, die jungen Leute beiderlei Geschlechts, die fast täglich zu ihr kamen und um Geld baten und vor denen sie sich jedesmal irgendwie schuldbewußt fühlte, und diese Beamten, Ärzte und Damen, die auf ihre Rechnung wohltätig waren, ihr schmeichelten und sie insgeheim wegen ihrer niedrigen Herkunft verachteten, wie satt hatte sie das alles, wie fremd war es ihr im Grunde!

Da war der Eisenbahnübergang und der Schlagbaum; zuerst kamen Häuser im Wechsel mit Gemüsegärten; jetzt endlich die breite Straße, wo das berüchtigte Guschtschinsche Haus steht. Auf der sonst so stillen Straße herrschte heute, am Vorabend des Festes, große Bewegung. Aus den Wirtshäusern und Bierstuben drang Lärm; käme jetzt jemand, der im Stadtzentrum wohnte, durch die Straße gefahren, so würde er nur schmutzige, betrunkene, schimpfende Leute sehen, aber Anna Akimowna, die in dieser Gegend von klein auf gelebt hatte, war es, als ob sie in der Menge bald ihren verstorbenen Vater, bald ihre Mutter, bald ihren Onkel wiedererkenne. Ihr Vater hatte eine weiche, »zerfließende« Seele gehabt, er war ein wenig Phantast, sorglos und leichtsinnig; ihn beherrschte nicht die Leidenschaft nach Geld, nach Ehre oder Macht; er pflegte zu sagen, ein Arbeiter habe keine Zeit, sich um Feste zu kümmern und in die Kirche zu gehen; und wäre seine Frau nicht gewesen, so hätte er wahrscheinlich nie gefastet und in der Fastenzeit Fleischspeisen gegessen. Im Gegensatz zu ihm war der Onkel Iwan Iwanowitsch, hart wie Stein; in allem, was sich auf Religion, Politik und Moral bezog, war er unerbittlich nicht nur gegen sich, sondern auch gegen alle Angestellten und Bekannten. Wehe dem, der zu ihm ins Zimmer trat, ohne sich zu bekreuzigen! Die luxuriösen Gemächer, in denen jetzt Anna Akimowna lebte, hielt er verschlossen und öffnete sie nur an den großen Feiertagen für würdige Gäste; er selber wohnte im Kontor, in einem kleinen, mit Heiligenbildern vollgestopften Stübchen. Er neigte zum Alten Glauben und empfing, obwohl er nach dem Ritus der Orthodoxen Kirche getauft und getraut war und nach ihm auch seine Frau beerdigt hatte, beständig Bischöfe und Priester der Altgläubigen. Seinen Bruder Akim, seinen einzigen Nachfolger, liebte er nicht, wegen seines Leichtsinns, in dem er nur Einfalt und Dummheit sah, und wegen seiner Gleichgültigkeit gegen die Religion. Er hielt ihn sehr knapp und zahlte ihm monatlich nur sechzehn Rubel, den Lohn eines Arbeiters, aus. Akim sagte zu seinem Bruder Sie und verbeugte sich an den Versöhnungstagen samt seiner ganzen Familie vor ihm. Dann ließ ihn Iwanowitsch in seine Nähe, verzieh ihm und ließ für Anjutka eine Gouvernante nehmen.

Das Hoftor des Guschtschinschen Hauses war dunkel, tief, stinkend; man hörte durch die Wände Männer husten. Anna Akimowna ließ den Schlitten auf der Straße, ging in den Hof und fragte, wie sie in die Wohnung Nummer 46 zum Beamten Tschalikow käme. Man wies sie in den dritten Stock zur äußersten Tür rechts. Im Hof wie an der Außentür, sogar auf der Treppe herrschte der gleiche widerliche Geruch wie in der Hofeinfahrt. In ihrer Kindheit, als der Vater noch einfacher Arbeiter war, wohnte Anna Akimowna in solchen Häusern, und als sich dann ihre Verhältnisse änderten, besuchte sie sie häufig als Wohltäterin; eine schmale, schmutzige Steintreppe mit hohen Stufen, in jedem Stockwerk durch einen Treppenabsatz unterbrochen, eine schmutzige Laterne auf einem engen Korridor, Gestank, auf den Plätzen vor den Türen Tröge, Töpfe, Lumpen, wie lange ist es her, daß sie das alles kannte . . . Eine Tür stand offen, man konnte sehen, wie jüdische Schneider in ihren Mützchen an Tischen saßen und nähten. Auf der Treppe traf Anna Akimowna Menschen, aber sie sorgte nicht, daß man sie belästigen könne. Vor Arbeitern und Bauern, nüchternen und betrunkenen, fürchtete sie sich ebensowenig wie vor ihren gebildeten Bekannten.

Die Wohnung Nummer 46 hatte keinen Flur, sie begann direkt mit der Küche. Gewöhnlich riecht es in den Wohnungen von Fabrikarbeitern und Handwerkern nach Lack, Teer, Leder oder Rauch, je nachdem, womit sich der Wohnungsinhaber befaßt; die Wohnungen verarmter Adliger und Beamter jedoch erkennt man an einem muffigen, säuerlichen Geruch. Dieser widerliche Geruch schlug Anna Akimowna auch jetzt entgegen, kaum daß sie die Schwelle überschritten hatte. In einer Ecke saß mit dem Rücken zur Tür ein Mann in schwarzem Rock am Tisch, wahrscheinlich Tschalikow selber, und mit ihm fünf kleine Mädchen. Das älteste, mit breitem Gesicht, einem Kämmchen im Haar und sehr mager, war etwa fünfzehn Jahre alt, das jüngste, rundlich, mit Haaren wie ein Igel, nicht mehr als drei. Alle sechs aßen. Am Ofen, eine Topfgabel in der Hand, stand eine kleine, sehr magere Frau mit gelbem Gesicht in Rock und weißem Jäckchen; sie war schwanger.

»Das habe ich nicht von dir erwartet Lisotschka, daß du so ungehorsam bist«, sagte vorwurfsvoll der Mann. »Ei, ei, schäme dich! Also du willst, daß dein Papa dich verprügelt, ja?«

Als sie auf der Schwelle eine unbekannte Dame sah, fuhr die magere Frau zusammen und stellte die Topfgabel weg.

»Wassilij Nikititsch!« rief sie mit dumpfer Stimme, als traute sie ihren Augen nicht.

Der Mann sah sich um und sprang auf. Er war knochig, engbrüstig, hatte eingefallene Schläfen und eine flache Brust. Seine kleinen, tiefliegenden Augen hatten dunkle Ringe, und über seinen breiten Mund ragte eine lange, etwas nach rechts gekrümmte Vogelnase hinaus. Sein Kinnbart war geteilt, der Schnurrbart abrasiert, er sah daher eher nach einem Lakai als nach einem Beamten aus.

»Wohnt hier Herr Tschalikow?« fragte Anna Akimowna.

»Jawohl«, antwortete Tschalikow streng, alsbald aber erkannte er Anna Akimowna und schrie auf: »Fräulein Glagolewa! Anna Akimowna!« und sogleich verlor er den Atem und schlug in die Hände, als wäre er sehr erschrocken. »Wohltäterin!«

Stöhnend lief er ihr entgegen, und wie ein Paralytiker brüllend – in seinem Bart war Kohl, und er roch nach Schnaps – drückte er die Stirn an ihren Muff und erstarrte.

»Das Händchen, das heilige Händchen!« rief er nach Atem ringend aus. »Ein Traum ein wunderschöner Traum! Kinder, weckt mich auf!«

Er wandte sich zum Tisch um und sagte mit schluchzender Stimme, wobei er die Fäuste schüttelte: »Die Vorsehung hat uns erhört! Unsere Erlöserin, unser Engel ist gekommen! Wir sind gerettet! Kinder, auf die Knie, auf die Knie!«

Frau Tschalikow und die Mädchen, ausgenommen die allerjüngste, begannen, Gott weiß warum, alles vom Tisch wegzuräumen.

»Sie schrieben, daß Ihre Frau sehr krank sei«, sagte Anna Akimowna, die sich schämte und ärgerte.

Fünfzehnhundert werde ich ihm nicht geben, dachte sie.

»Da ist meine Frau!« sagte Tschalikow mit dünner Weiberstimme, als ob ihm die Tränen in die Augen stiegen. »Da ist die Unglückliche! Mit einem Fuß im Grabe! Aber wir murren nicht, Fräulein. Besser sterben, als so zu leben. Stirb nur, Unglückliche!«

Was stellt er sich nur so an, dachte Anna Akimowna ärgerlich. Man sieht doch sofort, daß er gewöhnt ist, mit Kaufleuten umzugehen.

»Sprechen Sie bitte natürlich mit mir«, sagte sie. »Ich liebe keine Komödien.«

»Ja, Fräulein, fünf verwaiste Kinder am Sarg der Mutter, bei Totenkerzen, das ist eine Komödie! Ach!« sagte Tschalikow voll Bitterkeit und wandte sich ab.

»Schweig doch still!« flüsterte seine Frau und zupfte ihn am Ärmel. »Bei uns ist nicht aufgeräumt, Fräulein«, sagte sie und wandte sich an Anna Akimowna, »entschuldigen Sie schon ... So ist's in einer Familie, Sie wissen es ja selbst. Bedrängt, aber ehrlich.«

Ich gebe ihnen die Fünfzehnhundert nicht, dachte Anna Akimowna wiederum.

Und um möglichst rasch von diesen Leuten und dem säuerlichen Geruch loszukommen, holte sie ihr Geldtäschchen heraus und entschloß sich, fünfundzwanzig Rubel dazulassen, nicht mehr; aber auf einmal schämte sie sich, daß sie so weit gefahren sei und die Leute wegen einer solchen Kleinigkeit belästigt habe.

»Wenn Sie mir Papier und Tinte geben, will ich sofort an einen Arzt, einen guten Bekannten von mir, schreiben, daß er Sie ständig besucht«, sagte sie errötend. »Ein sehr guter Arzt. Und für Arznei lasse ich Ihnen Geld da.«

Frau Tschalikow beeilte sich, den Staub vom Tisch zu wischen.

»Hier ist es nicht sauber. Wohin willst du?« zischte Tschalikow und sah sie wütend an. »Führe sie zum Untermieter! Bitte, Fräulein, zum Untermieter wage ich zu bitten«, wandte er sich an Anna Akimowna, »dort ist es sauber.«

»Ossip Iljitsch hat verboten, sein Zimmer zu betreten!« sagte eines der kleinen Mädchen ernst.

Aber man führte Anna Akimowna schon aus der Küche durch einen schmalen Raum zwischen zwei Betten hindurch; aus der Lage des Bettzeugs konnte man erkennen, daß auf dem einen Bett zwei der Länge nach, auf dem anderen drei quer schliefen. Im Zimmer des Untermieters war es wirklich sauber.

Ein frisches Bett mit roter Wolldecke, das Kopfkissen in weißem Überzug, sogar ein kleiner Schuh für die Uhr, der Tisch mit einem Leinentuch bedeckt, auf ihm ein milchfarbenes Tintenfaß, Federn, Papier, Photographien in Rähmchen, alles wie es sein muß; auf einem anderen schwarzen Tisch lagen Uhrmacherwerkzeug und auseinandergenommene Uhren. An den Wänden hingen Hämmerchen, Zangen, kleine Bohrer und Stemmeisen, Flachzangen auch Wanduhren hingen da und tickten; eine Uhr war so groß, wie man sie in Wirtshäusern hat, mit schweren Gewichten.

Als Anna Akimowna sich daranmachte, den Brief zu schreiben, sah sie vor sich auf dem Tisch Vaters Porträt und ihr eigenes. Das verwunderte sie.

»Wer wohnt hier bei Euch?« fragte sie.

»Ein Untermieter, Fräulein, Pimenow. Er ist in Ihrer Fabrik angestellt.«

»Ja, und ich dachte, es sei ein Uhrmacher.«

»Mit Uhren beschäftigt er sich privat, neben der Arbeit. Er ist Liebhaber.«

Nach einer Weile des Schweigens, als man nur hörte wie die Uhren tickten und die Feder auf dem Papier kratzte, seufzte Tschalikow und sagte spöttisch und unwillig: »Man sagt schon mit Recht: aus guter Herkunft und Rang näht man sich keinen Pelz. Kokarde auf der Stirn und adliger Name, aber nichts zu essen. Meiner Meinung nach ist ein Mensch einfacher Herkunft, wenn er den Armen hilft, viel adliger als Tschalikow, der in Armut und Laster versinkt.«

Um Anna Akimowna zu schmeicheln, sagte er noch einige Sätze, die für seinen Adelsstolz beleidigend waren, und es war klar, daß er sich demütigte, weil er sich für höherstehend als sie hielt. Mittlerweile hatte sie den Brief beendet und versiegelt. Den Brief wird man wegwerfen und das Geld nicht für Arzneien verwenden – das wußte sie. Aber dennoch legte sie fünfundzwanzig Rubel auf den Tisch und legte nach einigem Überlegen noch zwei rote Banknoten hinzu. Die magere, gelbe, einer Hühnerpfote ähnliche Hand der Frau Tschalikow erschien vor ihren Augen und preßte das Geld in die Faust.

»Das beliebten Sie für Medikamente zu geben«, sagte mit bebender Stimme Tschalikow: »Aber reichen Sie auch mir Ihre hilfreiche Hand . . . und den Kindern«, fügte er hinzu und schluchzte auf, »den unglücklichen Kindern! Nicht für mich bange ich, für die Tochter bange ich! Die Hydra der Unzucht fürchte ich.«

Als Anna Akimowna sich mühte, das verklemmte Schloß ihres Geldtäschchens zu öffnen, wurde sie ganz verwirrt und rot. Sie schämte sich, wie die Leute so vor ihr standen, ihr auf die Hände sahen und warteten und im tiefsten Herzen sich wahrscheinlich über sie lustig machten. Inzwischen kam jemand in die Küche und stampfte mit den Füßen auf, um den Schnee abzuschütteln.

»Der Untermieter ist gekommen«, sagte Frau Tschalikow.

Anna Akimowna wurde noch verwirrter. Sie wünschte nicht, daß einer der Fabrikangestellten sie in dieser lächerlichen Lage anträfe. Der Untermieter kam ausgerechnet in demselben Augenblick in sein Zimmer herein, als sie endlich das schloß aufbekommen hatte und Tschalikow einige Banknoten gab; Tschalikow brüllte wie ein Paralytiker und suchte mit den Lippen, wohin er sie küssen könnte. In dem Untermieter erkannte sie den Arbeiter, der einst in der Schmiedeabteilung vor ihr mit dem Eisenblech den donnerähnlichen Lärm vollführt und die Erklärungen gegeben hatte. Anscheinend kam er jetzt gerade aus dem Betrieb: sein Gesicht war rauchgeschwärzt und seine Wange und Nase mit Ruß beschmiert. Die Hände waren ganz schwarz, die gürtellose Bluse glänzte von schmutzigem Öl. Er war ein Mann von etwa dreißig Jahren, von mittlerem Wuchs, schwarzhaarig, breitschultrig und augenscheinlich sehr kräftig. Anna Akimowna erkannte auf den ersten Blick in ihm den Vorarbeiter, der nicht weniger als fünfunddreißig Rubel monatlich verdiente, den strengen, schreilustigen Mann, der die Arbeiter ins Gesicht schlug; das erkannte man an seiner Art dazustehen, aus der Pose, die er unwillkürlich annahm, als er in seinem Zimmer eine Dame sah, und hauptsächlich daran, daß er die Hosen nicht in die Stiefel steckte, Taschen auf der Brust und ein spitzes, schön zugeschnittenes Bärtchen trug. Ihr verstorbener Vater Akim Iwanowitsch, war der Bruder des Fabrikherrn gewesen, hatte sich aber dennoch vor solchen Vorarbeitern gefürchtet und sich bei ihnen beliebt zu machen gesucht.

»Entschuldigen Sie, wir haben uns in Ihrer Abwesenheit hier niedergelassen«, sagte Anna Akimowna.

Der Arbeiter sah sie erstaunt an, lächelte verwirrt und schwieg.

»Sie müssen lauter sprechen, Fräulein . . .«, sagte Tschalikow leise. »Wenn Herr Pimenow abends aus dem Betrieb kommt, hört er schwer.«

Aber Anna Akimowna war froh, daß sie hier nichts mehr zu tun hatte, nickte mit dem Kopf und ging rasch hinaus. Pimenow begleitete sie.

»Sie arbeiten schon lange bei uns?« fragte sie laut, ohne sich umzuwenden.

»Seit neun Jahren. Ich wurde noch bei Ihrem Onkel angestellt.«

»Wie lange ist das her! Onkel und Vater kannten alle Angestellten, ich aber kenne fast niemand. Ich habe Sie wohl schon einmal gesehen, wußte aber nicht, daß Sie Pimenow heißen.«

Anna Akimowna fühlte den Wunsch, sich vor ihm zu rechtfertigen und den Anschein zu erwecken, daß sie soeben das Geld nicht ernsthaft, sondern nur zum Scherz verschenkt habe.

»Ach, diese Armut!« seufzte sie. »Wir tun gute Werke an Festtagen und alltags, aber das alles hat keinen Sinn. Ich glaube, daß es nutzlos ist, solchen Leuten wie Tschalikow zu helfen.«

»Natürlich ist es nutzlos«, sagte Pimenow zustimmend. »Soviel Sie auch geben, er wird alles vertrinken. Und nun werden Mann und Frau die ganze Nacht einander das Geld wegnehmen und sich zanken«, fügte er hinzu und begann zu lachen.

»Ja, man muß einsehen, unsere Menschenliebe ist nutzlos und lächerlich. Aber dennoch, das müssen Sie zugeben, kann man nicht mit verschränkten Armen dasitzen, sondern muß etwas tun; was soll man zum Beispiel mit Tschalikow machen?«

Sie wandte sich zu Pimenow um und blieb stehen, da sie von ihm eine Antwort erwartete; er blieb auch stehen und zuckte langsam und schweigend die Achseln. Er schien zu wissen, was man mit Tschalikow tun müsse, aber das war so roh und unmenschlich, daß er sich nicht entschließen konnte, es zu sagen. Und die Tschalikows waren für ihn so uninteressant und nichtig, daß er schon nach einem Augenblick nicht mehr an sie dachte; er sah Anna Akimowna in die Augen, lächelte vor Vergnügen und hatte einen Gesichtsausdruck, als ob er von etwas sehr Schönem träume.

Erst jetzt, in der Nähe, sah Anna Akimowna an seinem Gesicht, vor allem an seinen Augen, wie müde er war und wie dringend er den Schlaf bedurfte. Ihm sollte man die Fünfzehnhundert geben, dachte sie, aber dieser Gedanke schien ihr unangebracht und für Pimenow beleidigend.

»Wahrscheinlich tut Ihnen der ganze Körper von der Arbeit weh und Sie begleiten mich noch«, sagte sie, als sie die Treppe hinabstiegen. »Kehren Sie um.« Aber er hörte es nicht. Als sie auf die Straße traten, lief er voraus, knöpfte die Schlittendecke auf, setzte Anna Akimowna hinein und sagte: »Ich wünsche Ihnen ein schönes und gesundes Fest.«

## 2
## *Der Morgen*

»Schon längst hat das Läuten aufgehört! Ist das eine Strafe des Himmels, nicht einmal zum Ende des Gottesdienstes kommen Sie zurecht! Stehen Sie auf!«

»Zwei Pferde laufen, laufen . . .«, sagte Anna Akimowna vor sich hin und erwachte; vor ihr, mit der Kerze in der Hand, stand ihr Mädchen, die rotblonde Mascha. »Was? Was ist los?« – »Die Messe ist schon vorbei!« sagte Mascha verzweifelt. »Das dritte Mal wecke ich Sie! Meinetwegen können Sie bis zum Abend schlafen, doch verlangten Sie ja selber, geweckt zu werden.«

Anna Akimowna stützte sich auf einen Ellenbogen und sah durch das Fenster. Draußen war es noch ganz dunkel, nur der untere Rand des Fensterrahmens war weiß von Schnee. Man vernahm einen andauernden, tiefen Glockenton, aber es läutete nicht in der eigenen Gemeinde, sondern irgendwo in der Ferne. Die Uhr auf dem Tischchen zeigte drei Minuten nach sechs.

»Gut, Mascha . . . noch drei Minütchen . . .«, sagte Anna Akimowna flehentlich und zog sich die Decke über den Kopf.

Sie stellte sich den Schnee an der Treppe, die Schlitten, den dunklen Himmel, die Menge in der Kirche und den Wacholdergeruch vor; ihr war beklommen, und doch beschloß sie, sofort aufzustehen und zur Frühmesse zu fahren. Und während sie sich im Bett wärmte und mit dem Schlaf kämpfte, der besonders süß war, wie es immer zu sein pflegt, wenn man nicht weiterschlafen darf, und während sie bald einen riesigen Garten auf einem Berge, bald das Guschtschinskische Haus im Halbtraum vor sich sah, beunruhigte sie die ganze Zeit über der Gedanke, daß sie sofort aufstehen und in die Kirche fahren müsse.

Als sie endlich aufstand, war es schon ganz hell, und die Uhr zeigte einhalb zehn. In der Nacht war viel Neuschnee gefallen, die Bäume hatten ein weißes Gewand angezogen, und die Luft war ungewöhnlich hell, durchsichtig und zart, so daß Anna Akimowna, als sie durchs Fenster sah, zunächst tief, ganz tief aufseufzte. Als sie sich wusch, regte sich plötzlich der Rest eines alten, kindlichen Gefühles in ihrer Brust, die Freude, daß heute Weihnachten sei, und danach wurde ihr frei, leicht und rein zumute, als ob sich ihre Seele in weißem Schnee gewaschen habe oder in ihn untergetaucht sei. Mascha kam herein, schön gekleidet und fest in ein Korsett geschnürt, und wünschte ihr ein frohes Fest; dann frisierte sie sie lange und half ihr das Kleid anziehen. Der Geruch und die Empfindung des neuen, üppigen, wunderschönen Kleides, sein leichtes Rauschen und der erfrischende Duft des Parfüms munterten Anna Akimowna auf. »Nun ist das Fest da«, sagte sie fröhlich zu Mascha. »Jetzt wollen wir die Zukunft erraten.«

»Im vorigen Jahr ergab sich, daß ich einen alten Mann heiraten sollte. Dreimal ergab es sich so.«

»Nun, Gott ist barmherzig.«

»Ach was, Anna Akimowna, ich denke, wenn es dies und das nicht, nicht zwei und nicht anderthalb gilt, ist's immer noch besser, einen alten Mann zu nehmen«, sagte

Mascha betrübt und seufzte. »Ich bin schon einundzwanzig Jahre, das ist kein Spaß.«

Im Hause wußten alle, daß die rotblonde Mascha in den Diener Mischenjka verliebt war; schon drei Jahre dauerte ihre tiefe, leidenschaftliche, aber hoffnungslose Liebe.

»Nun genug des Unsinns«, tröstete Anna Akimowna. »Ich bin bald dreißig Jahre und denke immer noch daran, einen jungen Mann zu bekommen.«

Während die Hausherrin sich ankleidete, ging Mischenjka im neuen Frack und in Lackschuhen im Saal und Gästezimmer hin und her und wartete auf ihr Erscheinen, um ihr ein frohes Fest zu wünschen. Er ging immer irgendwie besonders, weich und zart auftretend; wenn man dabei seine Füße, seine Hände und den geneigten Kopf betrachtete, konnte man auf den Gedanken kommen, daß er nicht einfach gehe, sondern die ersten Figuren einer Quadrille tanzen lerne. Trotz seines feinen, samtenen Schnurrbärtchens und des hübschen, sogar ein wenig hochstaplerischen Äußeren war er gesetzt, vernünftig und fromm wie ein alter Mann. Er betete immer zu Gott, sich bis zur Erde verbeugend, und liebte es, in seinem Stübchen Weihrauch zu verbrennen. Reiche und vornehme Leute verehrte er und erstarb in Ehrfurcht vor ihnen, arme Teufel aber und jede Art Bittsteller verachtete er mit der ganzen Kraft seiner auf Reinlichkeit erpichten Dienerseele. Unter dem gestärkten Hemd hatte er noch ein Flanellhemd, das er winters und sommers trug, da er auf seine Gesundheit sehr bedacht war; seine Ohren waren mit Watte zugestopft.

Als Anna Akimowna mit Mascha durch den Saal ging, senkte er seinen Kopf ein wenig zur Seite und sagte mit seiner angenehmen, honigsüßen Stimme: »Ich habe die Ehre, Ihnen, Anna Akimowna, anläßlich des hochheiligen Festes von Christi Geburt Glück zu wünschen.«

Anna Akimowna gab ihm fünf Rubel, und die arme

Mascha erstarrte. Sein festtägliches Aussehen, seine Pose und Stimme sowie das, was er sagte, berührte sie in seiner Schönheit und Eleganz zutiefst; als sie ihrer Herrin nachging, dachte sie an nichts, sah nichts und lächelte nur, bald selig, bald bitter.

Das obere Stockwerk des Hauses hieß die reine oder vornehme Hälfte, und das untere Stockwerk, wo Tantchen Tatjana Iwanowna wirtschaftete, hieß die Handelshälfte, die alte, oder einfach die Weiberhälfte. In der ersten Hälfte empfing man die vornehmen und gebildeten Leute, in der zweiten die einfachen sowie Tantchens persönliche Bekannte. Anna Akimowna, hübsch, rund, gesund, noch jung und frisch, in einem eleganten Kleid, von dem ein heller Glanz auszugehen schien, stieg in das untere Stockwerk hinab. Man empfing sie mit Vorwürfen, daß sie, eine gebildete Dame, Gott vergessen und die Frühmesse verschlafen habe und nicht herabgekommen sei, um nach Beendigung der Fasten Fleisch zu essen; alle klatschten in die Hände und sagten aufrichtig, daß sie ungewöhnlich hübsch aussehe, und sie glaubte es, lachte, tauschte Küsse und gab dem einen einen Rubel, anderen drei oder fünf Rubel, je nachdem, wer es war. Es gefiel ihr unten. Wohin sie auch blickte, überall sah sie Heiligenschreine, Heiligenbilder, Heiligenlämpchen, Porträts geistlicher Personen, und es roch nach Mönchen; in der Küche hackte man mit Messern, und schon zog der Duft einer verlockenden Fleischspeise durch alle Zimmer. Die gelbgestrichenen Dielen glänzten, von den Türen bis zu den Ehrenecken zogen sich schmale Teppiche mit hellblauen Streifen wie kleine Wege, und die Sonne schien grell durch die Fenster.

Im Eßzimmer saßen einige fremde alte Weiblein, in Warwaruschkas Zimmer ebenfalls alte Weiblein und bei ihnen die taubstumme Magd, die sich immer vor etwas schämte und »bly, bly, bly . . .« sagte. Zwei sehr magere kleine Mädchen, die man das Fest über aus dem Kinderasyl herausgenommen hatte, kamen zu Anna Akimowna, um ihr die Hand zu küssen, und blieben, erstaunt über die Eleganz ihres Kleides, vor ihr stehen; sie bemerkte. daß eines der Kinder ein wenig schielte, und inmitten der heiteren Feiertagsstimmung preßte sich ihr Herz plötzlich in dem Gedanken schmerzhaft zusammen, daß einmal die Freier dieses Mädchen verschmähen würden und es niemals heiraten könne. Im Zimmer der Köchin Agawuschka saßen einige riesengroße Bauern in neuen Hemden vor dem Samowar, es waren keine Fabrikarbeiter, sondern Verwandte der Köchin. Als die Bauern Anna Akimowna sahen, sprangen sie auf und hörten aus Höflichkeit zu kauen auf, obwohl alle den Mund voll hatten; der Koch Stepan kam aus der Küche ins Zimmer, in weißer Mütze, ein Messer in der Hand und gratulierte ihr; es kamen die Hofknechte in Filzstiefeln und gratulierten ebenfalls. Der Wasserführer mit Eiszapfen im Bart schaute herein, wagte aber nicht einzutreten.

Anna Akimowna wanderte durch die Zimmer; ihr folgte der ganze Hofstaat: Tantchen, Warwaruschka, Nikandrowna, die Schneiderin Marfa Petrowna, die untere Mascha. Warwaruschka, mager, schlank, hochgewachsen, größer als die andern im Hause, ganz in Schwarz gekleidet, nach Zypresse und Kaffee duftend, bekreuzigte sich in jedem Zimmer vor den Ikonen und verneigte sich tief; wenn man sie ansah, mußte man jedesmal daran denken, daß sie sich bereits ein Leichengewand für ihre Todesstunde fertiggenäht hatte und daß in derselben Truhe nach dem Leichengewand auch ihre Lotterielose verwahrt waren.

»Anjutinjka, um des Festes willen: sei gnädig«, sagte sie, die Küchentür öffnend, »verzeihe ihm, Gott sei mit ihm!«

Inmitten der Küche kniete der Kutscher Pantelej, der schon im November wegen Trunksucht entlassen worden war. Er war ein guter Mensch, aber im Rausch tobte er, legte sich nicht schlafen, sondern ging in die Fabrikgebäude und rief dort mit brüllender Stimme: »Mir ist alles bekannt!« Jetzt konnte man an seinem dicklippigen, aufgedunsenen Gesicht und an seinen blutunterlaufenen Augen erkennen, daß er seit November bis zum Fest unaufhörlich getrunken hatte.

»Verzeihen Sie mir, Anna Akimowna!« rief er mit heiserer Stimme und schlug mit der Stirn auf den Fußboden, so daß man seinen Stiernacken sah.

»Tantchen hat dich entlassen, sie mußt du auch bitten.«

»Was heißt Tantchen«, sagte diese, die schwer atmend in die Küche kam; sie war sehr dick, und auf ihrer Brust hätte ein Samowar samt Tablett und Tassen bequem Platz gehabt. »Was heißt hier Tantchen? Du bist hier Herrin, du mußt auch verfügen, für mich brauchen diese Lumpen überhaupt nicht zu existieren. Nun, steh auf, du Schwein!« schrie sie ungeduldig Pantelej an. »Fort, aus meinen Augen! Das letztemal verzeihe ich dir, kommt aber die Sünde noch einmal vor, so bitt gar nicht erst um Gnade!«

Dann ging man ins Eßzimmer, um Kaffee zu trinken. Kaum aber hatte man sich an den Tisch gesetzt, als die andere Mascha Hals über Kopf hereingelaufen kam und aufgeregt rief: »Die Sänger!« Man vernahm Schneuzen, tiefen Husten und den Lärm von Tritten, der sich so anhörte, als ob man in das Vorzimmer des Saales beschlagene Pferde führte. Eine halbe Minute lang war alles still . . . Dann brüllten die Sänger plötzlich so laut los, daß alle zusammenfuhren. Während sie sangen, kam der Geistliche des Armenhauses und mit ihm der Diakon und Küster. Der Priester legte sich langsam das Epitrachelion um und erzählte, daß nachts, als man zur Frühmesse läutete, Schnee gefallen und es nicht kälter geworden sei, aber gegen Morgen der Frost zugenommen habe, jetzt müßten etwa zwanzig Grad sein.

»Viele behaupten indessen, der Winter sei gesünder für den Menschen als der Sommer«, sagte der Diakon, aber sogleich gab er seinem Gesicht einen strengen Ausdruck und begann dem Geistlichen nachzusingen: »Deine Geburt, Christ unser Gott . . .«

Bald kam der Geistliche mit dem Küster aus dem Arbeiterkrankenhaus, dann erschienen die Gemeindeschwestern, Kinder aus dem Asyl, und fast ununterbrochen hörte man das Singen. Man sang, labte sich an einem Imbiß und ging weg.

Etwa zwanzig Angestellte der Fabrik kamen zum Gratulieren. Es waren nur höhere Angestellte, Mechaniker, ihre Gehilfen, Modellierer, der Buchhalter und andere, wohlanständig, in neuen schwarzen Röcken. Es waren alles hübsche Kerle, wie zur Auswahl, jeder wußte, was er wert war, das heißt, er wußte, daß, wenn er heute seine Stellung verlor, man ihn morgen mit Freuden in einem anderen Betrieb annahm. Augenscheinlich liebten sie Tantchen, denn in ihrer Gegenwart benahmen sie sich frei und rauchten sogar, und der Buchhalter faßte sie, als man zusammen zum Imbiß ging, um ihre breite Taille. Ungezwungen waren sie zum Teil vielleicht auch, weil Warwaruschka, die unter den alten Herrschaften große Macht besessen und auf die Sittsamkeit der Angestellten achtgegeben hatte, jetzt im Hause nichts mehr zu sagen hatte, vielleicht auch, weil viele von ihnen sich noch an die Zeit erinnerten, da Tantchen Iwanowna, die ihre Brüder streng hielt, so wie Agafjuschka als einfache Frau gekleidet ging; auch erinnerten sie sich der Zeit, da Anna Akimowna auf dem Hof um die Fabrikgebäude herumlief und alle sie Anjutka nannten.

Die Angestellten aßen, sprachen und sahen erstaunt Anna Akimowna an: wie sie sich herausgemacht hatte, wie schön sie geworden war! Aber diese elegante, von Gouvernanten und Lehrern wohlerzogene Frau war ihnen schon fremd und unverständlich, so hielten sie sich mehr in der Nähe von Tantchen auf, die zu ihnen du sagte, ihnen unaufhörlich anbot und, mit ihnen anstoßend, schon zwei

Gläschen Ebereschenschnaps getrunken hatte. Anna Akimowna fürchtete immer, man könnte von ihr denken, daß sie stolz, ein Parvenü, eine Krähe in Pfauenfedern sei; und jetzt, als die Angestellten sich um den Imbiß drängten, blieb sie im Eßzimmer und mischte sich ins Gespräch. Ihren gestrigen Bekannten Pimenow fragte sie: »Warum sind in Ihrem Zimmer so viele Uhren?«

»Ich nehme Reparaturen an«, antwortete er. »Ich beschäftige mich damit außer der Arbeit, an Feiertagen, oder wenn ich nicht schlafen kann.«

»Wenn also meine Uhr nicht mehr geht, kann ich sie Ihnen zur Reparatur geben?« fragte Anna Akimowna lachend.

»Warum nicht? Ich nehme sie mit Vergnügen«, sagte Pimenow, und sein Gesicht nahm einen Ausdruck der Rührung an, als sie, ohne zu wissen, warum, von ihrem Leibchen ihre prachtvolle Uhr losmachte und ihm reichte; er besah sie schweigend und gab sie wieder zurück. »Warum nicht? Mit Vergnügen«, wiederholte er. »Ich repariere zwar keine Taschenuhren mehr. Meine Augen sind schwach geworden, und der Arzt hat mir die feine Arbeit verboten. Aber für Sie kann ich eine Ausnahme machen.«

»Die Ärzte schwindeln«, sagte der Buchhalter; alle begannen zu lachen. »Glaub ihnen nicht«, fuhr er, durch dies Lachen geschmeichelt fort. »Voriges Jahr sprang zur Fastenzeit von einer Maschine ein Zahn ab und traf den alten Kalmykow so an den Kopf, daß sein Hirn zu sehen war, und der Arzt sagte, er werde sterben; aber er lebt bis heute und arbeitet, nur begann er nach dieser Geschichte zu stottern.«

»Freilich schwindeln die Ärzte, aber nicht allzusehr«, seufzte Tantchen. »Der verstorbene Pjotr Andrewitsch verlor sein Augenlicht. Ebenso wie du arbeitete er tagtäglich in der Fabrik am heißen Ofen und erblindete völlig.

Die Augen lieben die Glut nicht. Nun, was ist da zu sagen?« meinte sie sich aufraffend. »Trinken wir noch eins! Ein frohes Fest wünsche ich euch, ihr Lieben. Mit niemand trinke ich, aber mit euch will ich Sünderin noch eins trinken.«

Anna Akimowna schien es, daß Pimenow nach dem Gestrigen sie als Philantropin verachte, aber von ihr als Frau bezaubert sei. Sie sah ihn an und fand, daß er sich sehr sympathisch benähme und gut angezogen sei. Freilich waren die Ärmel an seinem Rock etwas zu kurz, die Taille zu hoch, die Hosen nicht modisch weit, aber dafür war die Krawatte geschmackvoll und sorgfältig gebunden und nicht so grell wie bei den anderen. Und anscheinend war er ein gutmütiger Mensch, weil er brav alles aß, was ihm Tantchen auf den Teller legte. Sie dachte daran, wie schwarz er gestern und wie müde er gewesen war, und diese Erinnerung rührte sie.

Als die Angestellten aufzubrechen begannen, gab Anna Akimowna Pimenow die Hand; sie wollte ihm sagen, er möchte ein wenig ungezwungen zum Plaudern herüberkommen, aber sie wußte nicht, wie sie das sagen sollte: die Zunge gehorchte ihr nicht; und damit man nicht denke, daß Pimenow ihr gefalle, gab sie auch seinen Kameraden die Hand.

Dann kamen die Zöglinge der Schule, deren Kuratorin sie war. Sie waren alle geschoren und in eintönige graue Blusen gekleidet. Der Lehrer, ein hochgewachsener junger Mann ohne Schnurrbart mit roten Flecken im Gesicht, war sichtlich aufgeregt und stellte die Schüler in Reihen auf; die Knaben sangen harmonisch, aber mit scharfen, unangenehmen Stimmen. Der Fabrikdirektor Nasarytsch, ein kahlköpfiger Altgläubiger mit stechenden Augen, kam nie mit einem Lehrer aus, diesen aber, der jetzt ängstlich mit der Hand herumfuchtelte, verachtete und haßte er, ohne selbst zu wissen, warum. Er ging hochmütig und grob mit ihm um, hielt das Gehalt zurück, mischte sich in den Unterricht; und um ihn endgültig loszuwerden, hatte er zwei Wochen vor dem Fest einen entfernten Verwandten seiner Frau als Schuldiener eingesetzt, einen betrunkenen Bauern, der dem Lehrer nicht gehorchte und vor den Schülern Frechheiten ins Gesicht sagte.

Anna Akimowna war das alles bekannt, sie konnte aber nicht helfen, weil sie sich selber vor Nasarytsch fürchtete. Jetzt wollte sie den Lehrer wenigstens freundlich behandeln und ihm sagen, daß sie mit ihm sehr zufrieden sei; als er sich aber nach dem Gesang ganz verwirrt wegen irgend etwas entschuldigte und Tantchen, die ihn duzte, ihn familiär an den Tisch schleppte, fühlte sie sich gelangweilt und unbehaglich; und nachdem sie befohlen hatte, den Kindern die Geschenke zu verabfolgen, ging sie in ihre Wohnung hinauf.

»In diesen Festtagsbräuchen verbergen sich im Grunde viele Härten«, sagte sie nach einiger Zeit zu sich selber und sah durch das Fenster den Schulknaben zu, wie sie in Gruppen vom Hause nach dem Tor gingen und sich im Gehen die Pelze und Mäntelchen anzogen. »An Feiertagen will man ausruhen und mit den Seinen zu Hause sitzen, aber die armen Jungen, der Lehrer und die Angestellten müssen in die Kälte hinausgehen, gratulieren, ihre Hochachtung ausdrücken und in Verwirrung geraten . . .«

Mischenjka, der im Saale an der Tür stand und das hörte, sagte: »Das kommt nicht von uns und endigt auch nicht mit uns. Natürlich bin ich ein ungebildeter Mensch, Anna Akimowna, aber ich verstehe das so, daß die Armen immer die Reichen ehren sollen. Es heißt: Gott kennzeichnet den Schurken. In den Gefängnissen, den Nachtasylen, den Schenken sind immer nur Arme, aber die anständigen Menschen, sehen Sie, sind immer reich. Von den Reichen heißt es: Überfluß ruft Überfluß herbei.«

»Mischenjka, Sie drücken sich immer so dumm und

unverständlich aus«, sagte Anna Akimowna und ging ans andere Saalende.

Es war erst Anfang der zwölften Stunde. Die Stille der großen Zimmer, die nur selten durch den von unten heraufdringenden Gesang gestört wurde, brachte sie zum Gähnen. Die Bronzefiguren, die Alben, die Wandgemälde, die das Meer, Schiffe, eine Wiese mit Kühen und eine Rheinlandschaft darstellten, waren so altvertraut, daß ihr Blick nur darüber hinglitt, ohne sie zu bemerken. Die Festtagsstimmung ging schon in Langeweile über. Anna Akimowma fühlte, daß sie hübsch, gutherzig und apart sei wie früher, aber es kam ihr nun vor, als brauche das niemand und als hätte sie auch ihr kostbares Kleid angezogen, ohne zu wissen für wen und wozu. Und schon fing die Einsamkeit sie zu quälen an, wie an allen Feiertagen, und das Gefühl überkam sie, daß ihre Schönheit, ihre Gesundheit, ihr Reichtum lauter Betrug sei, weil niemand sie brauche in dieser Welt und niemand sie liebe. Sie ging durch alle Zimmer, sang vor sich hin und blickte durch die Fenster. Als sie in den Saal zurückkam, konnte sie sich nicht enthalten, mit Mischenjka ein Gespräch anzufangen.

»Ich weiß nicht, Mischa, was Sie sich denken«, sagte sie und seufzte. »Wirklich, Gott wird Sie dafür strafen.«

»Was meinen Sie denn?«

»Sie wissen, was ich meine. Entschuldigen Sie, daß ich mich in Ihre persönlichen Angelegenheiten einmische, aber mir kommt es vor, als ob Sie sich selber aus lauter Eigensinn das Leben verderben. Sie müssen doch zugeben, daß es für Sie höchste Zeit ist zu heiraten, und sie ist ein sehr hübsches, ordentliches Mädchen. Ein besseres werden Sie nie finden. Ein schönes, kluges, sanftes, fügsames Mädchen ... Und ihr Äußeres! ... Wenn sie zu unserer oder zu einer höheren Schicht gehörte, dann würde man sich allein ihrer wundervollen rotblonden Haare wegen in sie verlieben. Sehen Sie doch, wie ihr Haar zu ihrem Gesichtsteint paßt. Ach, mein Gott, Sie begreifen nichts und wissen selber nicht, was Ihnen not tut«, sagte Anna Akimowna bitter, und Tränen traten ihr in die Augen. »Das arme Mädchen, es tut mir so leid! Ich weiß, Sie wollen ein Mädchen mit Geld haben, aber ich habe Ihnen doch gesagt, daß ich Mascha eine Aussteuer mitgebe.«

Seine künftige Ehefrau stellte sich Mischenjka stets als eine hochgewachsene, volle, solide und gottesfürchtige Frau vor, mit dem Gang eines Pfauenweibchens und aus irgendeinem Grunde mit einem langen Schal um die Schultern; Mascha aber war mager, schlank, in ein Korsett geschnürt, und sie machte kleine Schritte; vor allem aber war sie gar zu verführerisch, und sie gefiel auch bisweilen Mischenjka sehr, aber nach seiner Meinung schickte sich das nicht für eine Ehe, sondern nur bei einem Verhältnis. Als Anna Akimowna eine Aussteuer zu schenken versprach, hatte er eine Zeitlang geschwankt, aber gerade damals war es geschehen, daß ein armer Student in einem braunen Mantel über der Uniform mit einem Brief zu Anna Akimowna gekommen war und sich nicht hatte enthalten können, unten bei den Kleiderhaken Mascha voller Entzücken zu umarmen, so daß sie leicht aufschrie; Mischenjka hatte oben auf der Treppe gestanden und diese Szene mit angesehen, seitdem hatte er Mascha gegenüber nur ein Gefühl der Verachtung. Wer weiß, wenn sie ein reicher Student oder ein Offizier umarmt hätte, wäre vielleicht die Wirkung eine andere gewesen . . .

»Warum wollen Sie sie denn nicht?« fragte jetzt Anna Akimowna. »Was verlangen Sie noch?«

Mischenjka schwieg und starrte unbeweglich mit hochgezogenen Augenbrauen auf einen Sessel.

»Lieben Sie eine andere?«

Schweigen. Die rotblonde Mascha kam mit Briefen und Visitenkarten auf einem Tablett herein. Als sie erriet, daß man sich über sie unterhielt, errötete sie und es kamen ihr Tränen.

»Die Briefträger sind gekommen«, murmelte sie. »Und dann ist ein Beamter namens Tschalikow unten und wartet. Er sagt, Sie hätten ihm befohlen, heute herzukommen.«

»Was für eine Unverschämtheit!« sagte Anna Akimowna ärgerlich. »Ich habe ihm gar nichts befohlen. Sagen Sie, er soll sich wegscheren, ich bin nicht zu Hause!«

Die Glocke ertönte. Das waren die Geistlichen aus der eigenen Pfarre; sie empfing man immer in der vornehmen Hälfte, das heißt oben. Unmittelbar nach ihnen kamen der Fabrikdirektor Nasarytsch und der Fabrikarzt, dann meldete Mischenjka den Volksschulinspektor. Der Empfang der Besucher nahm seinen Anfang.

Wenn sie einen Augenblick frei war, setzte sich Anna Akimowna im Gästezimmer in einen tiefen Sessel, schloß die Augen und überlegte sich, daß ja ihre Einsamkeit ganz natürlich sei, weil sie nicht geheiratet habe und es auch nicht tun werde. Aber daran ist sie nicht selbst schuld. Das Schicksal selbst versetzte sie aus einem einfachen Arbeitermilieu, wo sie sich in der Erinnerung so geborgen und wohl fühlte, in diese riesigen Zimmer, in denen sie absolut nichts mit sich anzufangen weiß und nicht begreift, weshalb so viele Leute vor ihr erscheinen; alles, was hier vor sich ging, erschien ihr nichtig und überflüssig, weil es sie nicht einen Augenblick glücklich machte und nicht machen konnte.

»Ja, ich müßte mich verlieben«, dachte sie und reckte sich, und schon bei dem bloßen Gedanken daran wurde ihr warm ums Herz. »Und von der Fabrik müßte ich mich losmachen«, träumte sie und stellte sich vor, wie alle diese schweren Fabrikgebäude, die Baracken und die Schule ihr Gewissen nicht mehr beschweren würden . . . dann dachte sie an ihren Vater; der würde sie, wenn er noch länger gelebt hätte, wahrscheinlich mit einem einfachen Manne, zum Beispiel Pimenow verheiratet haben. Er hätte ihr befohlen, ihn zu heiraten und damit basta. Und das wäre gut gewesen: die Fabrik wäre dann in die richtigen Hände gekommen.

Sie stellte sich seinen Krauskopf vor, das kühne Profil, die dünnen, spöttischen Lippen und die Kraft, die furchtbare Kraft in seinen Schultern, Armen, in seiner Brust und die Rührung, mit der er heute ihre Uhr gemustert hatte.

»Ja und?« sagte sie, »das wäre nicht übel ... Ich hätte ihn geheiratet.«

»Anna Akimowna!« rief Mischenjka, der unhörbar in das Zimmer getreten war.

»Wie haben Sie mich erschreckt!« sagte sie, am ganzen Leibe zitternd. »Was wollen Sie?«

»Anna Akimowna!« wiederholte er, die Hand aufs Herz legend und die Augenbrauen hochziehend. »Sie sind meine Herrin und Wohltäterin, und Sie allein können mich bezüglich meiner Ehe belehren, denn Sie sind für mich ganz wie eine leibliche Mutter ... Aber befehlen Sie, daß man unten nicht über mich lacht oder mich neckt.«

»Und womit neckt man Sie denn?«

»Man sagt: Maschenjka Mischenjka.«

»Pfui, welcher Unsinn!« Anna Akimowna regte sich auf. »Wie dumm seid ihr alle! Wie dumm sind Sie, Mischa! Wie habe ich euch alle satt! Ich will euch nicht mehr sehen!«

## 3
## *Das Festmahl*

Wie im vorigen Jahr kamen als letzte Besucher der wirkliche Staatsrat Krylin und der bekannte Anwalt Lyssewitsch. Sie kamen, als es draußen schon dunkel wurde. Krylin, ein alter Mann von über sechzig Jahren, mit seinem breiten Mund und grauem Backenbart einem Luchs ähnlich, trug die Uniform mit dem Annenbande und weiße

Hosen. Er hielt Anna Akimownas Hand lange in seinen beiden Händen, sah ihr aufmerksam ins Gesicht, bewegte die Lippen und sagte endlich langsam und eintönig: »Ich verehrte Ihren Onkel . . . und Vater und erfreute mich ihrer Gunst. Jetzt halte ich es für meine angenehme Pflicht, wie Sie sehen, ihrer verehrten Nachfolgerin zum Fest zu gratulieren . . . trotz meiner Krankheit und der beträchtlichen Entfernung . . . Sehr freue ich mich, Sie bei guter Gesundheit zu sehen.«

Der vereidigte Rechtsanwalt Lyssewitsch, ein hochgewachsener, schöner, blonder Mann, mit leicht ergrauten Schläfen und leicht ergrautem Bart, zeichnete sich durch ungewöhnlich elegante Manieren aus. Er kommt watschelnd herein, verneigt sich wie unabsichtlich und zuckt beim Sprechen die Achseln, und alles mit einer trägen Grazie, wie ein im Stall steif gewordenes, verwöhntes Pferd. Er ist satt, strotzend gesund und reich; er hatte einst vierzigtausend Rubel gewonnen, was er vor seinen Bekannten verheimlichte. Er liebte gut zu essen, besonders Käse, Trüffeln und geriebenen Rettich mit Hanföl, und in Paris hatte er, nach seinen eigenen Worten, ungewaschene, gebratene Gedärme gegessen. Er redete schön, fließend, ohne Stocken, und nur aus Koketterie erlaubte er sich, bisweilen im Reden einzuhalten und mit den Fingern zu schnalzen, als suche er nach Worten. An das, was er vor Gericht sagen mußte, glaubte er längst nicht mehr, oder vielleicht glaubte er auch daran und legte dem nur keinen Wert bei – all das war bekannt . . . Er interessierte sich nur für Originelles und Seltenes. Eine eigenartige Moral in einer außergewöhnlichen Form entlockte ihm Tränen. Seine beiden Notizbücher waren mit besonderen Ausdrükken angefüllt, die er bei verschiedenen Schriftstellern gefunden hatte, und wenn er einen bestimmten Ausdruck gebrauchen wollte, wühlte er nervös in beiden Büchlein und fand gewöhnlich nichts. Noch der verstorbene Akim

Iwanowitsch hatte ihn, in einer schwachen Minute, aus Ehrgeiz zum Anwalt der Fabrik gemacht und ihm ein Honorar von zwölftausend Rubeln ausgeworfen. Die Prozesse der Fabrik bestanden lediglich in einigen kleinen Eintreibungen, die Lyssewitsch seinen Gehilfen anvertraute.

Anna Akimowna wußte, daß er für die Fabrik nichts zu tun hatte, aber sie konnte ihm nicht kündigen: sie hatte nicht den Mut dazu, und war außerdem an ihn gewöhnt. Er nannte sich ihren Rechtsberater, und sein Gehalt, das er pünktlich jeden Monatsersten holen ließ, die strenge Prosa. Anna Akimowna war bekannt, daß Lyssewitsch, als man ihren Wald nach Vaters Tode zu Eisenbahnschwellen verkaufte, mehr als fünfzehntausend dabei verdient und mit Nasarytsch geteilt hat. Als Anna Akimowna von diesem Betrug erfuhr, begann sie bitter zu weinen, aber später fand sie sich drein.

Als er sie begrüßt und beide Hände geküßt hatte, maß er sie mit Blicken und runzelte die Stirn.

»Unnötig!« sagte er aufrichtig betrübt. »Ich sage Ihnen doch, Liebe, daß es nicht nötig ist!«

»Wovon sprechen Sie, Victor Nikolaitsch?«

»Ich sagte, Sie haben nicht nötig, voller zu werden. In Ihrer Familie haben alle eine unglückliche Neigung zur Fülle. Unnötig!« wiederholte er flehenden Tones und küßte ihre Hand. »Sie sind so hübsch, Sie sind so prächtig! Hier, Ew. Exzellenz«, wandte er sich an Krylin, »stelle ich Ihnen die einzige Frau in der Welt vor, die ich einmal ernsthaft geliebt habe.«

»Das ist nicht verwunderlich. In Ihren Jahren mit Anna Akimowna bekannt werden und sie nicht lieben ist eine Unmöglichkeit.«

»Ich vergöttere sie!« fuhr der Anwalt aufrichtig, aber mit seiner gewöhnlichen, trägen Grazie fort. »Ich liebe sie, aber nicht weil ich ein Mann bin und sie eine Frau ist; wenn ich mit ihr zusammen bin, scheint mir, daß sie von einem dritten Geschlecht ist und ich von einem vierten und daß wir uns zusammen in das Gefilde der feinsten Farbenschattierungen erheben und dort zum Spektrum zusammenfließen. Am allerbesten hat Lecomte de Lisle solche Beziehungen geschildert. Bei ihm gibt es eine ausgezeichnete Wendung, eine bewundernswerte Wendung.«

Lyssewitsch blätterte in dem einen Büchlein herum, dann im andern, fand den Ausspruch nicht und beruhigte sich. Man begann vom Wetter, von der Oper und davon zu sprechen, daß die Duse bald kommen sollte. Anna Akimowna dachte daran, daß Lyssewitsch und wahrscheinlich auch Krylin im Vorjahre bei ihr diniert hatten, und als sie sich jetzt verabschieden wollten, begann sie ihnen aufrichtig und inständig vorzustellen, daß sie bei ihr zum Essen bleiben müßten, weil sie ja nirgends mehr Besuche machten. Nach einigem Schwanken stimmten die Gäste zu.

Außer dem Mittagessen, das aus Kohlsuppe, Ferkel, Gans mit Äpfeln und anderem bestand, bereitete man in der Küche zu den großen Feiertagen noch ein sogenanntes französisches Essen zu für den Fall, daß einer der Gäste in der oberen Etage zu speisen wünsche. Als man im Eßzimmer mit dem Geschirr zu klappern begann, wurde Lyssewitsch sichtlich erregt: er rieb sich die Hände, zuckte die Achseln, blinzelte mit den Augen und erzählte voller Gefühl davon, was für Essen man in der alten Zeit zu reichen pflegte und was für ein wunderbares Matelot aus Quappen ein hiesiger Koch zu bereiten verstünde, kein Matelot, sondern eine Offenbarung. Er genoß schon im voraus das Diner, aß und genoß es in Gedanken. Als Anna Akimowna ihn Arm in Arm ins Eßzimmer geführt und er schließlich ein Gläschen Schnaps getrunken und sich ein Stück Lachs in den Mund gelegt hatte, schnurrte er richtig vor Vergnügen. Er kaute laut, widerwärtig, gab mit der Nase allerhand

Töne von sich, und seine Augen wurden dabei ölig und gierig.

Die Sakuski waren vorzüglich. Unter anderem gab es frische Steinpilze in Sahne und Sauce provençale aus gebratenen Austern und Krebshälsen, mit bitteren Mixed Pickles gewürzt. Das Essen selber bestand aus einigen festtäglich erlesenen Gängen, und die Weine waren vortrefflich. Mischenjka servierte voll freudigen Entzückens. Wenn er ein neues Gericht auf den Tisch stellte und den Deckel abhob von der blinkenden Kasserolle oder Wein eingoß, tat er das mit der Würde eines Professors der Schwarzen Magie, und wenn der Anwalt sein Gesicht und seinen Gang betrachtete, der der ersten Quadrillentour ähnelte, so dachte er manchmal: Was für ein Dummkopf!

Nach dem dritten Gang sagte Lyssewitsch, zu Anna Akimowna gewandt: »Eine Frau Fin de siècle, ich meine eine junge und natürlich reiche Frau muß unabhängig, klug, vornehm, intelligent, kühn und ein wenig verderbt sein. Verderbt mit Maßen, ein wenig, denn Sie müssen zugeben, Sattheit ist bereits Ermüdung. Sie, meine Liebe, dürfen nicht wie alle vegetieren, dahinleben, sondern müssen das Leben recht auskosten, und eine leichte Verderbnis ist des Lebens Würze. Vergraben Sie sich in Blumen mit betäubendem Aroma, verlieren Sie den Atem bei kostbaren Parfüms, genießen Sie Haschisch und, vor allem, lieben Sie, lieben Sie, lieben Sie ... An Ihrer Stelle würde ich mir zunächst sieben Männer nach der Zahl der Wochentage zulegen, den einen würde ich Montag, den zweiten Dienstag, den dritten Mittwoch nennen und so weiter, damit jeder seinen Tag kennt.«

Dies Gespräch regte Anna Akimowna auf. Sie aß nichts und trank nur ein Gläschen Wein.

»Lassen Sie mich endlich auch einmal etwas sagen«, begann sie. »Ich persönlich verstehe eine Liebe ohne Familie nicht. Ich bin einsam, ganz einsam, wie der Mond am

Himmel, und noch dazu der abnehmende Mond, und was Sie auch sagen mögen, ich bin überzeugt, daß diese Abnahme nur durch Liebe im einfachen Sinne aufgehalten werden kann. Ich glaube, daß diese Liebe meine Pflichten und meine Arbeit bestimmen, meine Weltanschauung erhellen wird. Ich wünsche mir von der Liebe Frieden für meine Seele, Ruhe, ich will mich von Moschus und allem Spiritismus und dem Fin de siècle so fern als möglich halten . . . kurz und gut«, schloß sie verlegen, »ich will einen Mann und Kinder.«

»Sie wollen heiraten. Nun gut, auch das ist möglich«, stimmte Lyssewitsch zu. »Sie müssen alles erleben: die Ehe und die Eifersucht und die Süße des ersten Verrates und sogar Kinder . . . Aber beeilen Sie sich zu leben, beeilen Sie sich, meine Liebe, die Zeit vergeht und wartet nicht.«

»Ich werde mich ganz plötzlich verheiraten«, sagte sie und blickte ärgerlich in sein sattes, zufriedenes Gesicht. »Ich werde auf die allergewöhnlichste, alleralbernste Weise heiraten und vor Glück strahlen. Und stellen Sie sich das vor, ich werde einen einfachen Arbeiter heiraten, einen Mechaniker oder Zeichner.«

»Auch das ist nicht übel. Die Herzogin Josiane verliebte sich in Groynplaine, und das war ihr erlaubt, weil sie Herzogin war; Ihnen ist ebenfalls alles erlaubt, weil Sie eine ungewöhnliche Frau sind. Wenn Sie, meine Liebe, einen Neger lieben wollen oder einen Araber, dann genieren Sie sich nicht; verschreiben Sie sich nur einem Neger. Versagen Sie sich nichts. Sie müssen eben kühn wie Ihre Wünsche sein. Bleiben Sie hinter ihnen nicht zurück.«

»Ist es wirklich so schwer, sich zu verstehen?« fragte Anna Akimowna erstaunt, und ihre Augen begannen vor Tränen zu glänzen. »Begreifen Sie doch: mir ist ein gewaltiges Werk anvertraut, zweitausend Arbeiter, für die ich vor Gott verantwortlich bin. Menschen, die für mich arbeiten und blind und taub werden. Mir ist das Leben schrecklich, schrecklich! Ich leide, und Sie sind grausam genug, mir von Negern zu sprechen und ... und Sie lächeln!« Anna Akimowna schlug mit der Faust auf den Tisch. »Das Leben, wie ich es jetzt führe, fortzusetzen oder einen ebenso müßigen, unfähigen Menschen, wie ich einer bin, zu heiraten, wäre einfach ein Verbrechen. Ich kann nicht mehr so leben«, rief sie leidenschaftlich. »Ich kann es nicht!«

»Wie schön sie ist!« sagte Lyssewitsch entzückt. »Mein Gott, wie schön sie ist! Aber was ärgern Sie sich denn, meine Liebe? Gut, ich habe unrecht, aber glauben Sie wirklich, daß den Arbeitern geholfen ist, wenn Sie im Namen von Ideen, die ich übrigens sehr achte, leiden? Keineswegs! Nein, Verderbnis, Verderbnis!« sagte er entschieden. »Sie müssen, Sie sind verpflichtet, verderbt zu sein! Bedenken Sie es recht, meine Liebe, bedenken Sie es!«

Anna Akimowna freute sich, daß sie sich Luft gemacht hatte, und wurde wieder heiter. Es gefiel ihr, daß sie so gut gesprochen und so ehrenhaft und schön gedacht hatte, und sie war schon überzeugt, daß sie zum Beispiel Pimenow, wenn er sich in sie verliebte, mit Vergnügen heiraten würde.

Mischenjka begann Sekt einzuschenken.

»Sie ärgern mich, Viktor Nikolaitsch«, sagte sie, mit dem Anwalt anstoßend. »Es ist mir ärgerlich, daß Sie Ratschläge geben, wo Sie selber das Leben gar nicht kennen. Ihrer Meinung nach sind Mechaniker oder Zeichner unbedingt Bauern und Barbaren! Aber es sind sehr kluge Leute! Ungewöhnliche Leute!«

»Ihr Vater und Onkel ... ich kannte und verehrte sie ...«, sagte langsam Krylin, der wie ein Götzenbild aufgereckt dasaß und die ganze Zeit über ununterbrochen gegessen hatte, »waren Leute von bedeutendem Verstand und ... und von hohen, moralischen Qualitäten.«

»Gut, wir kennen diese Qualitäten«, murmelte der Anwalt und bat um die Erlaubnis, rauchen zu dürfen.

Als das Essen beendet war, brachte man Krylin fort, damit er sich ausruhe. Lyssewitsch rauchte seine Zigarre zu Ende und folgte, schwankend vor Sattheit, Anna Akimowna in ihr Kabinett. Gemütliche Eckchen mit Photographien, Fächern an den Wänden und der unvermeidlichen roten oder blauen Ampel an der Decke liebte er als den Ausdruck eines welken, unoriginellen Charakters nicht; außerdem war mit dieser Ampel die Erinnerung an einige Liebesabenteuer verbunden, deren er sich jetzt schämte. Aber das Kabinett Anna Akimownas mit seinen nackten Wänden und geschmacklosen Möbeln gefiel ihm außerordentlich. Es war behaglich, auf dem weichen Sofa zu sitzen und Anna Akimowna anzusehen, die wie gewöhnlich auf dem Teppich vor dem Kamin saß, die Hände um die Beine geschlungen ins Feuer sah und über etwas nachdachte; dann schien ihm, daß das bäuerliche, altgläubige Blut in ihr spiele.

Nach dem Essen, wenn man Kaffee oder Likör anbot, wurde er stets lebendig und erzählte ihr von verschiedenen literarischen Neuigkeiten. Er sprach beredt, begeistert, wurde selber von seiner Erzählung mitgerissen, und sie lauschte ihm und dachte jedesmal, daß man für dieses Vergnügen nicht zwölftausend, sondern dreimal soviel bezahlen könne, und vergab ihm alles, was ihr an ihm nicht gefiel. Gelegentlich erzählte er ihr ganze Novellen und sogar Romane, und dann vergingen zwei oder drei Stunden rasch wie Minuten. Jetzt begann er müde, mit schwacher Stimme und geschlossenen Augen zu sprechen.

»Meine Liebe, ich habe schon lange nichts gelesen«, sagte er, als sie ihn bat, etwas zu erzählen. »Übrigens, bisweilen lese ich Jules Verne.«

»Und ich dachte, daß Sie mir etwas Neues erzählen würden.«

»Hm . . . etwas Neues«, murmelte Lyssewitsch schläfrig und setzte sich noch tiefer in die Sofaecke. »Die ganze neue Literatur, meine Liebe, paßt nicht für Sie und mich. Natürlich muß sie so sein, wie sie ist, und sie nicht anerkennen würde heißen die natürliche Ordnung der Dinge nicht anerkennen, und ich erkenne sie an, aber . . .«

Lyssewitsch schien eingeschlafen zu sein, aber nach einem Weilchen hörte man wieder seine Stimme: »Die ganze neue Literatur stöhnt und heult wie der Herbstwind im Schornstein: ›Ach, du Unglücklicher! Dein Leben kann man dem Gefängnis vergleichen, wie feucht und dunkel ist es in deinem Gefängnis! Ach, du wirst unbedingt zugrunde gehen, und es gibt keine Rettung für dich.‹ Das ist ja sehr schön, aber ich würde eine Literatur vorziehen, die lehrt, wie man dem Gefängnis entrinnen kann. Von allen gegenwärtigen Schriftstellern lese ich übrigens nur Maupassant bisweilen.« Lyssewitsch öffnete die Augen. »Ein guter Schriftsteller, ein hervorragender Schriftsteller!« Lyssewitsch rührte sich auf dem Sofa. »Ein bemerkenswerter Künstler! Ein schrecklicher, ungeheuerlicher, übernatürlicher Künstler!« Lyssewitsch stand vom Sofa auf und hielt die rechte Hand hoch. »Maupassant!« sagte er entzückt. »Meine Liebe, lesen Sie Maupassant! Eine Seite von ihm wird Ihnen mehr als alle Reichtümer der Erde geben. In jeder Zeile ein neuer Horizont. Die weichsten, zartesten Seelenregungen wechseln ab mit starken, stürmischen Empfindungen. Ihre Seele verwandelt sich wie unter dem Drucke von vierzigtausend Atmosphären in das nichtigste Stückchen irgendeines Dinges von unbestimmter, blaßrosa Farbe, das, wie mir scheint, einen herben, wollüstigen Geschmack geben würde, wenn man es auf die Zunge legen könnte. Welcher Rausch der Übergänge, Motive, Melodien! Ihr ruht auf Rosen und Vergißmeinnicht, und plötzlich erfaßt euch wie eine Lokomotive unerwartet ein schrecklicher, wunderschöner, unabwendbarer Gedanke und umfaucht euch mit heißem Dampf und betäubt euch durch Pfeifen! Lesen Sie Maupassant! Meine Liebe, ich verlange es!«

Lyssewitsch fuchtelte mit den Händen herum und ging in heftiger Erregung durch das Zimmer.

»Nein, das ist unmöglich!« sagte er wie verzweifelt. »Sein letztes Werk berauschte, erschöpfte mich! Aber ich fürchte, daß es Sie gleichgültig lassen wird. Damit er einen fortreißt, muß man es recht kosten, langsam den Saft aus jeder Zeile herausdrücken, schlürfen . . . man muß es schlürfen!«

Nach einer langen Einleitung, in der viele solche Worte vorkamen wie dämonische Wollust, Netz aus feinsten Nerven, Samum, Kristall und ähnliches, begann er endlich den Inhalt des Romanes zu erzählen. Er erzählte nicht mehr so affektiert, aber sehr umständlich und zitierte ganze Beschreibungen und Gespräche auswendig; die handelnden Personen des Romans entzückten ihn, und wenn er sie charakterisierte, nahm er wechselnde Posen ein, änderte Gesichtsausdruck und Stimme wie ein echter Schauspieler. Vor Entzücken lachte er bald im Baß, bald mit einem feinen Stimmchen, klatschte in die Hände oder faßte sich an die Stirn und machte dabei eine Miene, als ob ihm der Kopf platzen wolle. Anna Akimowna hörte ihm voll Begeisterung zu, obwohl sie den Roman schon gelesen hatte; in der Schilderung des Anwalts erschien er ihr viel schöner und komplizierter als beim Lesen. Er lenkte ihre Aufmerksamkeit auf verschiedene Feinheiten und unterstrich glückliche Ausdrücke und tiefe Gedanken, aber sie sah nur Leben, Leben, Leben und fühlte sich selbst als eine handelnde Romanfigur; das hob ihre Stimmung, und sie klatschte lachend in die Hände und dachte daran, daß man nicht so zu leben brauche, daß es nicht nötig sei, schlecht zu leben, wenn man schön leben könne; sie erinnerte sich ihrer eigenen Worte und Gedanken beim Essen und war stolz darauf; und als in ihrer Phantasie plötzlich Pimenow auftauchte, wurde sie fröhlich und wünschte, daß er sie lieb gewänne.

Als Lyssewitsch die Erzählung beendet hatte, setzte er sich ganz erschöpft aufs Sofa.

»Wie prächtig, wie wunderbar Sie sind«, begann er nach einem Weilchen mit schwacher Stimme, als ob er krank wäre. »Ich, meine Liebe, bin in Ihrer Nähe glücklich, und doch, warum bin ich zweiundvierzig Jahre alt und nicht dreißig? Mein und Ihr Geschmack gehen nicht zusammen: Sie müssen verderbt sein, ich aber habe diese Phase längst hinter mir und verlange nach ganz feiner Liebe, die unstofflich ist wie ein Sonnenstrahl, das heißt, vom Standpunkt einer Frau in Ihren Jahren aus tauge ich schon zu nichts mehr.«

Er liebte seinen eigenen Worten zufolge Turgenjew, den Sänger der jungfräulichen Liebe, Reinheit, Jugend und der melancholischen russischen Landschaft; aber er selbst kannte die jungfräuliche Liebe nicht aus der Nähe, sondern mehr vom Hörensagen, als etwas Abstraktes, das außerhalb des wirklichen Lebens existiert. Jetzt suchte er sich zu überreden, daß er Anna Akimowna platonisch, ideell liebe, obwohl er gar nicht wußte, was das bedeutet. Aber er hatte ein wohliges, gemütliches, warmes Gefühl, Anna Akimowna erschien ihm bezaubernd, originell, und er meinte, das angenehme Selbstgefühl, das dieses Milieu in ihm hervorrief, sei eben, was man platonische Liebe nennt.

Er beugte seine Backe auf ihre Hand und sagte in dem Tone, in dem man kleine Kinder liebkost: »Mein Liebes, wofür haben Sie mich bestraft?«

»Wie? Wann?«

»Ich habe zum Fest von Ihnen keine Gratifikation erhalten.«

Bisher hatte Anna Akimowna nie davon gehört, daß man einem Anwalt zum Fest eine Gratifikation zu überreichen pflege, und sie sah sich auf einmal vor der schwierigen Frage, wieviel sie ihm geben sollte. Aber sie mußte ihm etwas geben, weil er darauf wartete, obwohl er sie mit verliebten Augen ansah.

»Vermutlich hat es Nasarytsch vergessen«, sagte sie. »Aber es ist nicht zu spät, das nachzuholen.«

Plötzlich erinnerte sie sich an die gestrigen fünfzehnhundert Rubel, die jetzt in ihrem Schlafzimmer im Toilettentischchen lagen. Und als sie dieses unsympathische Geld holte und dem Advokaten gab und er es mit träger Grazie in seine Seitentasche steckte, ging das alles irgendwie nett und natürlich vor sich: die unerwartete Mahnung an die Gratifikation und die fünfzehnhundert Rubel standen dem Anwalt gut zu Gesicht.

»Merci«, sagte er und küßte ihr die Hand.

Krylin kam mit verschlafenem Gesicht, aber ohne Orden herein.

Er und Lyssewitsch saßen noch ein wenig, tranken ein Glas Tee und brachen dann auf. Anna Akimowna war ein wenig verwirrt ... Sie hatte völlig vergessen, wo Krylin angestellt war. Mußte sie auch ihm Geld geben oder nicht? Und wenn ja, sollte sie es ihm jetzt geben oder in einem Kuvert übersenden?

»Wo ist er angestellt?« flüsterte sie Lyssewitsch zu.

»Der Teufel mag es wissen«, murmelte der Anwalt gähnend.

Sie sagte sich, daß Krylin nicht umsonst mit ihrem Onkel und Vater in Verbindung gestanden habe und sie verehre, wahrscheinlich habe er auf ihre Kosten gute Werke getan, als er einem Wohltätigkeitsverein angehörte ... Sie drückte Krylin beim Abschied dreihundert Rubel in die Hand; er wunderte sich anscheinend und sah sie mit seinen bleiernen Augen schweigend an, dann aber schien er zu verstehen und sagte: »Eine Quittung, hochverehrte Anna Akimowna, können Sie vor Neujahr nicht erhalten.«

Lyssewitsch war schon völlig schlaff und schwerfällig

geworden, er wankte, als Mischenjka ihm den Pelz anzog. Und als er die Treppe hinabstieg, machte er den Eindruck eines Gelähmten; man konnte sehen, daß er einschlafen werde, sobald er im Schlitten saß.

»Euer Exzellenz«, sagte er mitten auf der Treppe stehenbleibend matt, »haben Sie niemals das Gefühl gehabt, als ob eine unsichtbare Kraft Sie in die Länge zöge? Sie dehnen sich, dehnen sich immerzu aus, und schließlich verwandeln Sie sich in einen ganz dünnen Draht. Subjektiv drückt sich das in einem besonders wollüstigen Gefühl aus, das mit nichts zu vergleichen ist.«

Anna Akimowna stand oben und sah, wie jeder Mischenjka eine Banknote gab.

»Vergessen Sie mich nicht! Auf Wiedersehen!« rief sie ihnen zu und lief in ihr Schlafzimmer.

Sie warf rasch das Kleid ab, das ihr schon zuwider geworden war, zog ein bequemes Hauskleid an und lief nach unten. Während sie die Treppe hinunterlief, lachte sie und trappte wie ein Bub mit den Füßen. Sie hatte große Lust herumzutollen.

## 4
## *Der Abend*

Tantchen in weiter Kattunbluse, Warwaruschka und noch zwei alte Weiberchen saßen im Eßzimmer beim Abendbrot. Vor ihnen auf dem Tisch stand ein großes Stück Speck, Schinken und verschiedene Sakuski in Salzlauge, und von dem sehr fetten, offensichtlich schmackhaften Speck stieg Dampf zur Decke empor. Im unteren Stockwerk trank man keinen Wein. Dafür gab es eine Menge verschiedene Schnäpse und Fruchtliköre. Die Köchin Agafjuschka stand rund, weiß und satt mit verschränkten Armen an der Tür und unterhielt sich mit den alten Weiblein, die untere Mascha aber, brünett, mit einem knallroten Band im Haar, servierte. Die alten Weiblein waren noch vom Morgen her satt und hatten eine Stunde vor dem Abendessen Tee mit süßem Weizenpirog getrunken, daher vermochten sie jetzt kaum etwas zu sich zu nehmen und aßen eigentlich nur aus Pflicht.

»Ach, ihr Lieben!« ächzte Tantchen, als plötzlich Anna Akimowna ins Eßzimmer gelaufen kam und sich auf den Stuhl neben ihr setzte. »Du hast mich zu Tode erschreckt!«

Im Hause sah man es gerne, wenn Anna Akimowna guter Laune war und Possen trieb: das erinnerte jedesmal daran, daß die alten Herrschaften nicht mehr lebten und daß die alten Weiblein im Hause nichts mehr zu sagen hatten; daß jeder nach Belieben leben konnte, ohne daß er befürchten mußte, deswegen zurechtgewiesen zu werden. Nur die beiden fremden alten Frauen blickten Anna Akimowna mißtrauisch und scheel an: denn sie sang vor sich hin, und bei Tisch zu singen ist ja Sünde . . .

»Unser Mütterchen, ach, du Schöne, ein leibhaftiges Bild bist du!« fing Agafjuschka süßlich zu lobpreisen an. »Unser kostbarer Diamant! . . . Viele, viele Menschen sind heute hergekommen, unsre Königin zu schauen. Herr, dein Wille geschehe! Generale und Offiziere und Herren . . . Ich sah und sah durchs Fenster, zählte, zählte und ließ es sein . . .«

Meinetwegen brauchten sie überhaupt nicht zu kommen, die Schufte!« sagte Tantchen; sah ihre Nichte traurig an und fügte dann hinzu: »Nur die Zeit haben sie meiner armen Waise gestohlen.«

Anna Akimowna war hungrig, weil sie seit dem Morgen nichts gegessen hatte. Man goß ihr einen sehr bitteren Likör ein, sie trank ihn aus, aß Speck mit Senf und fand ihn sehr schmackhaft. Dann reichte die untere Mascha Pute herum, eingemachte Äpfel und Stachelbeeren. Auch das schmeckte ihr. Nur eins war unangenehm, der Kachelofen strömte eine gewaltige Glut aus, es war stickig, und alle bekamen rote Backen. Nach dem Essen nahm man das Tischtuch ab und stellte Teller mit Pfefferminzlebkuchen, Nüssen und Rosinen auf den Tisch.

»Setze dich auch . . . was stehst du da!« sagte Tantchen zur Köchin.

Agafjuschka seufzte und setzte sich an den Tisch; Mascha stellte vor sie ein Likörglas, und Anna Akimowna kam es vor, als entströme Agafjuschkas weißem Halse dieselbe heiße Glut wie dem Ofen. Alle sprachen davon, wie schwer heutzutage für eine Frau das Heiraten sei; in früheren Zeiten wäre es den Männern wenn schon nicht auf Schönheit, so wenigstens auf Geld angekommen, jetzt könne man nicht dahinterkommen, was sie eigentlich wollten; früher blieben nur bucklige und lahme Mädchen sitzen, doch jetzt nähme man nicht einmal die Schönen und Reichen. Tantchen begann das mit der Unsittlichkeit zu erklären und damit, daß die Menschen Gott nicht mehr fürchteten; aber plötzlich dachte sie daran, daß ihr Bruder Iwan Iwanowitsch und Warwaruschka, beide von einem geradezu heiligen Lebenswandel, Gott gefürchtet und doch insgeheim Kinder in die Welt gesetzt und sie ins Findelhaus gesteckt hatten: sie merkte es auf einmal und erzählte, was für einen lieben Bräutigam sie einst gehabt habe, einen Fabrikangestellten, und wie leidenschaftlich sie ihn geliebt habe; aber ihre Brüder verheirateten sie gegen ihren Willen mit einem Witwer, einem Ikonenmaler, der gottlob nach zwei Jahren starb. Die untere Mascha setzte sich ebenfalls an den Tisch und erzählte mit geheimnisvoller Miene, es sei nun schon eine Woche her, daß sich jeden Tag morgens im Hofe ein unbekannter Mann mit schwarzem Schnurrbart, in einem Mantel mit Baranchenkragen zeige: er komme in den Hof, sehe auf die Fenster des Herrenhauses und gehe dann weiter zu den Fabrikgebäuden, ein tadelloser, stattlicher Mann.

Diese Unterhaltungen erregten in Anna Akimowna aus

irgendeinem Grunde plötzlich den Wunsch zu heiraten, den heftigen, sehnsüchtigen Wunsch; sie würde ihr halbes Leben und ihr ganzes Vermögen dafür hergeben, wenn sie in der oberen Etage einen Menschen wüßte, der ihr näher als die ganze Welt stünde, der sie liebte und sich nach ihr sehnte; und der Gedanke an eine solche hinreißende, unsagbar süße Nähe erregte ihre Seele. Ein gesunder, jugendlicher Drang betörte sie und log ihr vor, daß die wirkliche Poesie des Lebens noch nicht dagewesen sei, sondern noch vor ihr liege, und sie glaubte das, und tief in den Stuhl zurückgelehnt – ihre Haare lösten sich dabei auf – begann sie zu lachen. Bei ihrem Anblick lachten auch die anderen. Und lange Zeit hielt das grundlose Lachen im Eßzimmer an.

Man meldete, die Shushelize sei zur Nacht gekommen: das war eine Pilgerin Pascha oder Spiridonowna, ein kleines, mageres Weibchen von etwa fünfzig Jahren, in schwarzem Kleide und weißem Kopftuch, mit stechenden Augen, spitzer Nase und spitzem Kinn; sie blickte listig und boshaft drein, als ob sie jedem auf den Grund schaue. Ihre Lippen waren herzförmig. Wegen ihrer Bosheit und Gehässigkeit nannte man sie in Kaufmannshäusern Shusheliza.

Als sie ins Eßzimmer kam, ging sie, ohne jemand anzusehen, zu den Heiligenbildern und begann in Altstimme »Deine Geburt« zu singen, dann sang sie »Die Jungfrau heute«, dann »Christ wird geboren«, darauf drehte sie sich um und durchbohrte alle mit ihrem Blick.

»Gutes Fest!« sagte sie und küßte Anna Akimowna auf die Schulter. »Mit Mühe und Not bin ich zu euch, meinen Wohltätern, hergelangt.« Sie küßte Tantchen auf die Schulter. »Ich war schon morgens zu euch unterwegs, kehrte aber bei guten Leuten ein, um mich auszuruhen. ›Bleib da, bleib doch da, Spiridonowna‹ – und so merkte ich nicht, wie der Abend kam.«

Weil sie keine Fleischspeisen aß, bot man ihr Kaviar und Lachs an. Sie aß, sah dabei alle der Reihe nach finster an und trank drei Gläschen Schnaps. Nachdem sie sich satt gegessen hatte, betete sie und verneigte sich tief vor Anna Akimowna.

Wie im vorigen und vorvorigen Jahrhundert begannen sie nun »König« zu spielen, und alle Bedienten, so viele ihrer in beiden Stockwerken waren, drängten sich in die Türen, um das Spiel mit anzusehen. Anna Akimowna schien es, als ob in der Menge der Männer und Frauen auch Mischenjka ein paarmal mit herablassendem Lächeln auftauchte. Zuerst wurde Shusheliza »König«, und Anna Akimowna als »Soldat« mußte ihr Tribut zahlen, dann wurde Tantchen »König«, und Anna Akimowna geriet unter die »Bauern«, was allgemeines Entzücken hervorrief, Agafjuschka aber wurde »Prinz« und war vor Stolz ganz verschämt. Am anderen Tischende kam eine zweite Partie zustande mit den beiden Maschas, Warwaruschka und der Näherin Marfa Petrowna, die man zum Königspiel eigens aufgeweckt hatte und deren Gesicht verschlafen und böse aussah.

Während des Spiels sprach man über die Männer, wie schwer es jetzt sei, einen guten Mann zu finden, und darüber, welches Schicksal besser wäre, das Jungfrauen- oder das Witwenlos.

»Du bist ein schönes, gesundes und kräftiges Mädchen«, sagte die Shusheliza zu Anna Akimowna. »Nur begreife ich ganz und gar nicht, für wen du dich bewahrst.«

»Was soll ich tun, wenn mich niemand nimmt?«

»Vielleicht hast du das Gelübde getan, Jungfrau zu bleiben?« fuhr die Shusheliza fort, als ob sie nichts gehört habe. »Nun ja, das ist gut, bleib's nur, bleib's nur«, wiederholte sie und sah aufmerksam und boshaft in ihre Karten. »Ja, meine Liebe bleib's . . . Nur sind diese heiligen Jungfrauen recht verschiedener Art«, seufzte sie und kam mit der Königin heraus. »Ach, verschiedener Art, meine Gute! Die einen bewahren sich wirklich wie die Nonnen und halten sich sauber, und wenn eine bisweilen sündigt, so quält sie sich dafür sehr, die Arme; es ist sündig, sie zu verurteilen. Doch andere Jungfrauen gehen in schwarzen Kleidern und nähen sich Totenhemden und lieben insgeheim reiche, alte Männer ... Ja-a, meine lieben Kanarienvögelchen. Manche Schelmin bezaubert einen Alten und beherrscht ihn, geht ihm um den Bart, und wenn sie genug Geld und Lotterielose zusammengerafft hat, bezaubert sie ihn so, daß er stirbt.«

Als Antwort auf diese Anspielungen seufzt Warwaruschka nur und blickt auf das Heiligenbild. Ihr Gesicht drückte christliche Demut aus.

»Ich kenne eine solche Jungfrau als meine grimmige Feindin«, fuhr die Shusheliza fort und blickte triumphierend alle an. »Sie seufzt immerfort und sieht die Heiligenbilder an, die Teufelin. Als sie bei einem Alten das Regiment führte, gab sie dir, wenn du kamst, einen Bissen zu essen und ließ dich tiefe Verbeugungen machen und sprach selber: ›Bei der Geburt hast du die Jungfräulichkeit bewahrt ...‹ Feiertags gab sie dir einen Bissen, alltags aber machte sie dir Vorwürfe. Nun, und jetzt kann ich meine Schadenfreude an ihr auslassen und tue es nach Herzenslust, ihr Goldigen!«

Warwaruschka sah von neuem das Heiligenbild an und bekreuzigte sich.

»Ja, niemand nimmt mich, Spiridonowna«, sagte Anna Akimowna, um das Gespräch abzulenken. »Was soll man tun?«

»Du selber bist schuld, meine Liebe, weil du immer auf Adlige und Gebildete wartest, du solltest aber deinesgleichen, einen Kaufmann heiraten.«

»Nur keinen Kaufmann!« sagte Tantchen aufgeregt. »Bewahre uns davor, himmlische Königin! Ein Adliger wird freilich dein Geld verschleudern, dich aber dafür mitleidig behandeln, Närrchen! Ein Kaufmann jedoch führt ein so strenges Regiment, daß du in deinem eigenen Hause keinen Platz mehr hast. Du magst ihm noch so schmeicheln, er schneidet nur Kupons, und wenn du dich mit ihm zusammen zum Essen hinsetzt, wird er dir dein eigenes Stückchen Brot nicht gönnen, der Flegel! . . . Heirate einen Adligen!«

Alle begannen auf einmal lebhaft durcheinanderzusprechen. Tantchen aber klopfte mit dem Nußknacker auf den Tisch und sagte laut und zornig: »Du sollst keinen Kaufmann nehmen! Wenn du einen Kaufmann ins Haus bringst, gehe ich ins Armenhaus!«

»Scht . . . Still!« rief die Shusheliza. Als alle verstummten, kniff sie ein Auge zu und sagte: »Weißt du was, Anuschka, mein Täubchen? So richtig zu heiraten, wie alle, hast du eigentlich gar nicht nötig. Du bist reich und frei, bist deine eigene Königin; aber eine alte Jungfer zu werden, Kindchen, taugt nicht. Weißt du, ich werde für dich ein recht simples und unbedeutendes Männlein finden, den heiratest du, um die Form zu wahren, und dann – ›tobe dich nur aus, Malaschka!‹ Nun, deinem Mann steckst du fünf- oder zehntausend zu, und er kann gehen, woher er kam, du aber bist zu Hause deine eigene Herrin! Wen du willst, den liebst du, und niemand wird dich zu verurteilen wagen. Liebe dann deine Adligen und Gebildeten. Ach, das ist dann kein Leben, sondern eine Butterwoche!« Die Shusheliza schnalzte mit den Fingern und pfiff dazu: ›Tobe dich nur aus, Malaschka‹.

»Aber die Sünde?« sagte Tantchen.

»Was heißt Sünde!« lachte die Shusheliza. »Sie als gebildeter Mensch versteht das recht. Einen Menschen abschlachten oder einen Alten bezaubern, ist natürlich Sünde, einen lieben Freund zu lieben aber durchaus nicht . . . Ja, wirklich, wie soll das Sünde sein! Es ist gar keine! Das haben alles bloß die Pilgerinnen ausgedacht, um das einfache Volk zu benebeln. Ich selbst sage auch immerzu Sünde und Sünde, und weiß selber nicht, warum.« Sie trank einen Likör und krächzte. »Tobe dich nur aus, Malaschka!« sagte sie, diesmal offensichtlich zu sich selbst. »Dreißig Jahre lang dachte ich immer nur über Sünde nach und fürchtete mich, doch jetzt sehe ich, was ich versäumt und verpaßt habe! Ach, ich Närrin, ich Närrin!« seufzte sie. »Frauenleben – kurzes Leben, jeden lieben Tag sollte man genießen. Du bist hübsch, Anuschka, auch sehr reich, aber wenn du erst das fünfunddreißigste oder vierzigste Lebensjahr hinter dir hast, so kannst du unter dein Leben einen Strich machen. Höre auf niemand, Liebe, lebe dich aus, bis du vierzig bist, und dann hast du Zeit, die Sünden abzubeten, hast noch Zeit, Verneigungen zu machen und Totenhemden zu nähen, Gott eine Kerze und dem Teufel eins mit der Ofenkrücke! Immer auf dieselbe Stelle! Nun, was also? Willst du das Männlein beglücken?«

»Ich will es«, sagte Anna Akimowna lachend. »Mir ist jetzt alles gleich, ich würde auch einen einfachen Mann heiraten.«

»Nicht wahr? das wäre auch gut! Hei, was würdest du dir für einen feschen Kerl aussuchen!« Die Shusheliza blinzelte mit den Augen und schüttelte den Kopf. »Hei!«

»Ich sage ihr auch immer: Adlige wirst du nicht bekommen, so heirate, wenn keinen Kaufmann, dann einen ganz einfachen Mann«, sagte Tantchen. »Wenigstens hätten wir einen Herrn im Haus. Gibt es nicht genug wackere Leute? Nehmen wir etwa einen aus unserer Fabrik. Alle sind nüchtern, gesetzt . . .«

»Nun ja!« stimmte die Shusheliza zu. »Wackere Burschen. Willst du, Tantchen, so bringe ich Anuschka mit Wassilij Lebedinskij zusammen?«

»Nun, Wassja hat zu lange Beine«, sagte Tantchen ernsthaft. »Er ist zu dürr und sieht nach nichts aus.«

In der Schar an der Tür begann man zu lachen.

»Nun, dann den Pimenow. Willst du den Pimenow heiraten?« fragte die Shusheliza Anna Akimowna.

»Gut, verheiratet mich mit Pimenow.«

»Wirklich?«

»Tue es nur!« sagte Anna Akimowna entschieden und schlug auf den Tisch. »Mein Ehrenwort, ich heirate ihn!«

»Wirklich?«

Anna Akimowna schämte sich plötzlich, daß ihre Wangen brannten und alle sie ansahen. Sie warf die Karten auf dem Tisch durcheinander, lief aus dem Zimmer, und als sie über die Treppe nach oben lief und sich im Gästezimmer an den Flügel setzte, hörte sie aus dem unteren Stockwerk einen Lärm, als rausche das Meer, wahrscheinlich sprach man von ihr und Pimenow, und vielleicht beleidigte die Shusheliza in ihrer Abwesenheit Warwaruschka, und zwar ohne nunmehr ihren Worten Zwang anzutun.

In der ganzen oberen Etage brannte nur eine Lampe, und ihr schwaches Licht drang durch die Tür in das dunkle Gästezimmer. Es war die zehnte Stunde, nicht später. Anna Akimowna spielte einen Walzer, dann einen zweiten, einen dritten, sie spielte unaufhörlich. Sie sah in die dunkle Ecke hinter dem Flügel und lächelte; sie flüsterte in Gedanken vor sich hin und überlegte, ob sie nicht sofort in die Stadt zu jemand, und sei's Lyssewitsch, fahren und ihm erzählen sollte, was in ihrer Seele vorging. Sie hatte großes Verlangen, unaufhörlich zu reden, zu lachen, Possen zu treiben, aber die dunkle Ecke hinter dem Flügel schwieg mürrisch, und ringsum in allen Zimmern der oberen Etage war es still und leer.

Sie liebte sentimentale Romanzen, weil sie aber eine grobe, unausgebildete Stimme hatte, spielte sie nur die Begleitung und summte kaum hörbar dazu. Sie summte eine Romanze nach der anderen, hauptsächlich von Liebe, Trennung, verlorenen Hoffnungen, und stellte sich dabei vor, wie sie ihm die Arme entgegenstrecken und tränenflehend sagen würde: »Pimenow, nehmen Sie diese Last von mir!« Und dann würde ihr leicht und fröhlich zumute sein, als wären ihr die Sünden vergeben, und es würde ein freies und vielleicht glückliches Leben beginnen. In der Qual der Erwartung neigte sie sich auf die Tasten und sehnte sich leidenschaftlich danach, daß die Veränderung in ihrem Leben sofort, unverzüglich jetzt eintrete, und der Gedanke, daß das frühere Leben sich noch einige Zeit fortsetzen würde, war ihr entsetzlich. Dann spielte und sang sie wieder kaum hörbar, während ringsum alles still war. Aus der unteren Etage drang Lärm herauf, wahrscheinlich legte man sich schon schlafen. Es hatte längst zehn Uhr geschlagen. Eine endlose einförmige, langweilige Nacht brach herein.

Anna Akimowna durchwanderte alle Zimmer, legte sich ein wenig aufs Sofa, und las in ihrem Zimmer die Briefe durch, die sie am Abend erhalten hatte. Es waren zwölf Gratulationsbriefe und drei anonyme, ohne Unterschrift. In einem Briefe beklagte sich ein einfacher Arbeiter in entsetzlicher, kaum leserlicher Handschrift, man verkaufe im Fabrikladen den Arbeitern bitteres Fastenöl, das nach Petroleum rieche; in einem zweiten berichtete jemand ehrerbietig, bei der letzten Aktion, beim Eiseneinkauf, habe Nasarytsch von jemand tausend Rubel Bestechungsgelder genommen; in einem dritten beschimpfte man sie selbst wegen ihrer Unmenschlichkeit.

Die feiertägliche Angeregtheit war schon vergangen, und um sie aufrechtzuerhalten, setzte sich Anna Akimowna wiederum an den Flügel und begann leise einen der neuen Walzer zu spielen, dann dachte sie daran, wie klug und ehrlich sie heute beim Essen gedacht und geredet habe. Sie sah ringsum die dunklen Fenster und die Wände mit den Bildern, das schwache Licht, das aus dem Saale kam, und plötzlich begann sie unversehens zu weinen; sie grämte sich, weil sie so allein war, weil sie niemand hatte, mit dem sie sich besprechen, der sie beraten konnte. Um sich aufzumuntern, versuchte sie sich Pimenow vorzustellen, aber es kam dabei nichts mehr heraus.

Es schlug zwölf. Mischenjka trat ein, nicht mehr im Frack, sondern im Jackett, und steckte schweigend zwei Kerzen an; dann ging er hinaus und kehrte nach einem Augenblick mit einem Tablett zurück, auf dem eine Tasse Tee stand.

»Was lachen Sie?« fragte sie, als sie auf seinem Gesicht ein Lächeln sah.

»Ich war unten und hörte, wie Sie über Pimenow scherzten«, sagte er und bedeckte mit der Hand den lachenden Mund. »Hätte man ihn vorhin eingeladen, mit Viktor Nikolaitsch und dem General zu dinieren, er wäre vor Schrecken gestorben.« Mischenjkas Schultern begannen vor Lachen zu beben. »Er versteht wahrscheinlich nicht einmal eine Gabel zu halten.«

Das Lachen des Dieners, seine Worte, das Jackett und der Schnurrbart riefen in Anna Akimowna einen allgemeinen Eindruck von Unsauberkeit hervor. Sie schloß die Augen, um ihn nicht zu sehen, und stellte sich ganz gegen ihren Willen vor, wie Pimenow mit Lyssewitsch und Krylin speiste, und seine linkische, unintelligente Erscheinung machte ihr einen kläglichen, hilflosen Eindruck, und sie fühlte eine Art Abscheu. Und erst jetzt, zum ersten Male während dieses Tages begriff sie deutlich, daß all das, was sie von Pimenow und von einer Ehe mit einem einfachen Arbeiter gedacht und geredet hatte, Unsinn, Dummheit, Verrücktheit war. Um sich vom Gegenteil zu überzeugen und das Gefühl des Abscheus zu überwinden, wollte sie sich an die Worte erinnern, die sie beim Essen gesprochen hatte, war aber nicht mehr dazu imstande. Die Scham über ihre Gedanken und Handlungen, die Angst, daß sie heute vielleicht etwas Falsches gesagt habe, und der Ärger über ihren Kleinmut machten sie ganz unruhig. Sie nahm eine Kerze und ging rasch, als verfolge sie jemand, die Treppe hinunter, weckte die Spiridonowna auf und versicherte ihr, daß sie gescherzt habe. Dann ging sie in ihr Schlafzimmer. Die rotblonde Mascha, die neben dem Bett in einem Sessel schlummerte, sprang auf und begann die Kissen in Ordnung zu bringen. Ihr Gesicht war müde, verschlafen und die herrlichen Haare waren nach einer Seite gefallen.

»Abends kam wieder der Beamte Tschalikow«, sagte sie gähnend. »Ich wagte nicht, ihn anzumelden. Er war stark betrunken. Er sagte, er würde morgen wiederkommen.«

»Was will er nur von mir?« sagte Anna Akimowna ärgerlich und schlug mit dem Kamm an den Fußboden. »Ich will ihn nicht sehen!«

Es schien ihr, als gäbe es in ihrem Leben nur noch diesen Tschalikow, als werde der nicht aufhören, sie zu verfolgen und jeden Tag daran zu erinnern, wie uninteressant und abgeschmackt ihr Leben ist, und daß sie ja nur dazu gut sei, Armen zu helfen. Oh, wie dumm das alles ist!

Sie legte sich nieder, ohne sich auszuziehen, und begann, vor Scham und Langeweile zu schluchzen. Am ärgerlichsten und dümmsten schien es ihr, daß die heutigen Träume über Pimenow ehrlich, erhaben, edel gewesen waren, aber gleichzeitig fühlte sie, daß Lyssewitsch und sogar Krylin ihr näher als Pimenow und alle Arbeiter zusammen standen. Sie überlegte sich jetzt, daß, wenn man den soeben vergangenen langen Tag im Bilde darstellen wollte, alles Schlechte und Banale, wie zum Beispiel das Diner, die Worte des Advokaten, das Königspiel, Wahrheit wäre, die Phantasien aber und Gespräche über Pimenow würden sich von dem Ganzen wie etwas Falsches und Künstliches abheben. Und sie dachte auch daran, daß es für sie schon zu spät sei, vom Glück zu träumen, daß alles verloren, daß es nicht mehr möglich wäre, zu jenem Leben zurückzukehren, wo sie mit ihrer Mutter unter einer Decke schlief, und daß es unmöglich sei, ein neues, besonderes Leben zu ersinnen.

Die rotblonde Masche kniete vor ihrem Bett und sah sie traurig, zweifelnd an; dann begann auch sie zu weinen und fiel mit dem Gesicht auf ihre Hand; auch ohne Worte war ihr bitterer Kummer verständlich.

»Wir beide sind Närrinnen«, sagte Anna Akimowna weinend und lachend. »Närrinnen sind wir! Ach, was für Närrinen!«

# NACHWORT

1.

Nicht nur Tolstoi erwähnte Tschechows Aufrichtigkeit: »Tschechow war ein unvergleichlicher Künstler (...) Er entnahm dem Leben, das, was er sah, unabhängig vom Inhalt dessen, was er sah (...) und wenn er etwas nahm, so gab er es erstaunlich plastisch und verständlich wieder und klar bis ins kleinste Detail (...) Er war aufrichtig, und das ist ein großer Vorzug; er schrieb über das, was er sah, und wie er es sah.«[1] Diese Aufrichtigkeit muß – wie auch Maxim Gorki in seinen *Erinnerungen an Zeitgenossen*[2] anmerkt – ein hervorstechendes Charaktermerkmal Tschechows gewesen sein, das sich unauflöslich mit seiner schriftstellerischen Arbeit verband.

Anton Pawlowitsch Tschechow wurde am 17. Januar 1860 in Taganrog am Asowschen Meer geboren. Sein Vater, Pawel Jegorowitsch, besaß in der Klosterstraße einen Krämerladen. Tschechow hatte noch fünf Geschwister: die älteren Brüder Alexander und Nikolai, die jüngeren Iwan und Michail und die jüngere Schwester Marija. Tschechow lernte das harte und entbehrungsreiche Leben der russischen Kleinbürger kennen. Die Arbeit im väterlichen Laden, der um fünf Uhr in der Frühe öffnete und nachts gegen 11 schloß, wurde nur unterbrochen durch den Kirchgang, Gebete und den Schulbesuch. Der Vater war ein harter, bigotter Mann, ein Haustyrann, dem sich alle unterzuordnen hatten – auch die Mutter.

Die Familie trat, nachdem der Großvater sich und die seinen von der Leibeigenschaft freigekauft hatte, den mühevollen Weg des gesellschaftlichen Aufstiegs an. Sich von jenen Fesseln zu befreien, in welche die feudale Gesellschaftsordnung das Bewußtsein der Abhängigen legte, war freilich ebenso mühevoll wie die äußere Befreiung. Der strenge Aufbau der zaristischen Adelsgesellschaft spiegelte sich im Aufbau der russisch-orthodoxen Kirche, und beider Ordnung war gottwohlgefällig und unantastbar. Die Strenggläubigkeit von Pawel Jegorowitsch Tschechow trieb abstruse Blüten. Er richtete einen Kirchenchor ein, in dem seine Kinder mitsingen mußten, malte Ikonen, sein Geschäft jedoch vernachlässigte er, so daß er 1876 ein bankrotter Mann ist und Taganrog verlassen muß. Die Familie zieht nach Moskau, nur Anton bleibt für drei Jahre zurück, um die Reifeprüfung abzulegen. Er ist fast völlig mittellos und muß seinen Lebensunterhalt durch Nachhilfestunden verdienen. Was Wunder, wenn Tschechow schon in früher Jugend eine distanzierte Beziehung zur Kirche hatte: »Alle sahen uns mit Rührung an und beneideten unsere Eltern, aber wir, wir fühlten uns wie kleine Galeerensklaven. Während unsere Kameraden draußen spielten, mußten wir zur Kirche gehen (...) Ich habe Angst vor der Religion. Wenn ich an einer Kirche vorbeigehe, erinnere ich mich an meine Kindheit, und ein Schauder befällt mich.«[3] Kirchen flößten ihm Furcht ein, wie sein Vater, der die Kinder und jungen Ladengehilfen prügelte. An Alexej Sergejewitsch Suworin, den Schriftsteller, Verleger und Herausgeber der Zeitschrift *Nowoje wremja* (Neue Zeit), schrieb Tschechow am 7. Januar 1889: »Schreiben Sie mal eine Erzählung, wie ein junger Mann, Sohn eines Leibeigenen, früher Ladenjunge, Chorsänger, Gymnasiast und Student, erzogen zur Ehrfurcht vor der Rangordnung, zum Küssen von Popenhänden und zur Verehrung fremder Gedanken, der sich für jedes Stück Brot bedankte, der oft geschlagen wurde, der ohne Überschuhe zu den Stunden ging, der sich prügelte, Tiere quälte, der gern bei reichen Verwandten zu Mittag aß, der vor Gott und den Menschen ohne jede Notwendigkeit, nur aus dem Bewußtsein seiner Nichtigkeit heuchelte – schreiben Sie, wie dieser junge Mann aus sich tropfenweise den Sklaven herauspreßt und wie er eines schönen Morgens aufwacht und fühlt, daß in seinen Adern nicht mehr Sklavenblut, sondern echtes Menschenblut fließt.«[4]

»Schöpfung aus dem Nichts« nannte Leo Schestow seinen Tschechow-Aufsatz, der 1928 in der *Neuen Schweizer Rundschau* erschien, und er unterstellte darin: »Hartnäkkig, trostlos und einförmig tat er im Lauf seines fast fünfundzwanzigjährigen literarischen Wirkens immer nur das eine: er tötete auf die oder jene Weise die menschlichen Hoffnungen.«[5] So wird aus dem, was bei Tolstoi und Gorki Aufrichtigkeit und Realismus heißt, eine nihilistische Tendenz.

Nicht abzulösen aber von den Erfahrungen seiner Kindheit ist Tschechows Einstellung zur Wirklichkeit, die nicht idealistisch verklärt wird. Großbürgerlichem Blick wird das Volk und seine Umgebung leicht zur Folklore, und sein Leben sieht sich aus der Distanz, die ein Logenplatz vermittelt, an wie das »Volksgetümmel« des Chors in der Operette. Michail P. Tschechow publiziert 1923 in Moskau Aufsätze unter dem Titel *Tschechow und seine Sujets*[6]. In ihnen wird deutlich, in welchem Maße Tschechow Erinnerungen an seine Kindheit in seine literarischen Werke eingebracht hat. So etwa in dem Kurzroman *Mein Leben. Erzählt von einem Mann aus der Provinz:*

»Ich liebte meine Heimatstadt. Sie kam mir so schön und warm vor! Ich liebte dieses Grün, die stillen sonnigen Morgenstunden und den Klang unserer Glocken; nur die Menschen, die in dieser Stadt lebten, waren mir unangenehm, fremd und zuweilen sogar eklig. Ich liebte sie nicht und verstand sie nicht (...) In der ganzen Stadt kannte ich nicht einen einzigen ehrlichen Menschen.«[7]

Als Tschechow 1879 zum Medizinstudium nach Moskau reiste und wieder in den Kreis seiner Familie zurückkam, die schlecht und recht am Rande des Existenzminimums in einer Kellerwohnung lebte, wurde er – wie sein Bruder Michail berichtet – zu einer stillen Autorität unter ihnen, für deren Lebensunterhalt er weitgehend sorgte. Er absolvierte in kürzester Zeit sein Studium und schrieb daneben für satirische Zeitschriften und Witzblätter kleine Artikel und Erzählungen unter dem Pseudonym Antoscha Tschechonte – seinem Spitznamen aus der Taganroger Schule. All das für ein dürftiges Zeilenhonorar, das er stets anmahnen mußte, weil die Herausgeber unwillig zahlten.

Nach Abschluß seines Studiums wurde Tschechow 1884 Klinikarzt in Woskressensk, für kurze Zeit sogar Kreisarzt im Gouvernement Moskau. Im gleichen Jahr erschien die erste Buchpublikation Tschechows, ein Sammelband: *Die Erzählungen Melpomenes.* Er wird von der Kritik kaum beachtet. In diesen Jahren allerdings war das Zentrum des geistigen Lebens nicht Moskau, sondern Petersburg. Ein Schriftsteller galt erst dann als anerkannt, wenn er von der literarischen Kritik in Petersburg akzeptiert, wenn seine Texte dort erschienen und rezensiert und seine Stücke dort aufgeführt wurden.

Am 25. März 1886 erhält Tschechow einen Brief Dmitri Wassijewitsch Grigorowitschs (1822-1899), eines damals allseits geachteten und bekannten Schriftstellers. In diesem Brief, der für Tschechow eine Wende bedeutete, steht unter anderem:

»Sie – und das ist meine Überzeugung – sind berufen, einige wahrhaft hervorragende künstlerische Werke zu schreiben. Sie begehen eine große Sünde, wenn Sie diese Erwartungen nicht rechtfertigen. Dazu ist eines nötig: Achtung vor dem Talent, das so selten jemand gegeben ist. Lassen Sie die Terminarbeiten sein (...)«[8] Von da an verzichtet Tschechow auch auf sein Pseudonym und veröffentlicht künftig unter seinem Namen. Er antwortet auf den Brief Grigorowitschs: »Ihr Brief, mein guter, heißgeliebter Freudenkünder, hat mich wie ein Blitz getroffen. Ich fing beinahe zu weinen an, wurde ganz aufgeregt und fühle jetzt, daß er in meiner Seele tiefe Spuren hinterlassen hat (...) Wenn ich Talent besitze, das ich achten soll, so gestehe ich reinen Herzens, ich habe es bis jetzt nicht geachtet.«[9]

Noch im gleichen Jahr beginnt Tschechows Mitarbeit an der Zeitschrift *Nowoje wremja,* deren Herausgeber Suworin für lange Jahre sein Freund wird. Zwischen 1886 und 1888 kommen vier Bände mit Novellen heraus: *Bunte Erzählungen; In der Dämmerung; Unschuldige Worte* und *Erzählungen.* Sein Stück *Iwanow* wird am 19. November 1887 in Moskau uraufgeführt. Die Verleihung des Puschkin-Preises durch die Akademie der Wissenschaften im Jahre 1888 bringt auch die äußere Anerkennung: »Die Nachricht von der Preisverleihung hat einen überwältigenden Eindruck gemacht. Sie verbreitet sich in meiner Wohnung und in Moskau wie das dräuende Grollen des unsterblichen Zeus. Ich laufe den ganzen Tag wie ein Verliebter umher, meine Mutter und mein Vater reden schrecklichen Unsinn und sind unsagbar froh, meine Schwester, die mit der Strenge und Pedanterie einer Hofdame, ehrliebend und nervös, über unseren Ruf wacht, geht zu Freundinnen und posaunt es überall aus.«[10]

Nach der Verleihung des Puschkin-Preises arbeitete Tschechow nicht mehr länger für kleinere Zeitungen, auch die Petersburger Zeitschriften standen ihm jetzt offen. Größere Erzählungen, wie *Die Steppe,* erscheinen im gleichen Jahr in der *Russkaja Mysl* (Russisches Denken), eine Aufführung des *Iwanow* im Petersburger Alexandertheater ein Jahr danach wird ein Erfolg.

Für seine Freunde überraschend bricht Tschechow 1890 zu einer Reise durch Sibirien nach der Insel Sachalin auf – damals berüchtigter Verbannungsort für politische Gefangene und Kriminelle. Mit Hilfe eines Fragebogens, den er selbst aufgesetzt hatte, erarbeitete er eine Studie über die Lebensbedingungen der Gefangenen, untersuchte die Gründe, die zu ihrer Verbannung geführt hatten. Jene Gefangenen, die die Gesellschaft nach ihrer Verurteilung abschrieb, mußten in jenen Jahren unter unmenschlichsten Lebensbedingungen existieren – grausamen Wärtern ausgeliefert. Während seines Besuchs auf der Halbinsel fotografierte Tschechow, was er sah. Diese Fotos – unter anderem eines, das zeigt, wie den Häftlingen die Fußfesseln angeschmiedet werden – gehören zu den frühen Zeugnissen einer sozialen Bildreportage. Die Veröffentlichung seines Reise- und Erfahrungsberichts *Die Insel Sachalin* im Jahre 1893 erregte Aufsehen in der russischen Öffentlichkeit – auch in Regierungskreisen. Das führte wenig später zu einer Verbesserung der Lebensbedingungen für die Gefangenen.

Von Sachalin reiste Tschechow auf dem Seeweg über Japan durch den Indischen Ozean zurück und besuchte Ceylon. Im Frühjahr des folgenden Jahres unternimmt er eine weitere Auslandsreise – diesmal in Begleitung Suworins, die sie nach Österreich, Italien und Frankreich führt.

Die Reisen in den Süden häufen sich in den nächsten Jahren, denn schon 1888 traten bei Tschechow erstmals die Anzeichen einer Tuberkuloseerkrankung auf. Er täuschte sich zwar zunächst über die wahre Natur seiner Krankheit hinweg – zumal ihre Symptome sich nur in den Wintermonaten zeigten –, achtete jedoch von da an sehr auf seine Gesundheit.

Tschechow ist inzwischen ein berühmter Autor geworden. Er kauft in der Nähe von Moskau das Landhaus Melichowo, das zu einem Zufluchtsort für seine Eltern und die übrige Familie werden soll, die er immer noch unterstützt.

Den Winter 1894/95 verbringt er wieder mit Suworin in

Nizza. Die folgenden Jahre gehören zu den produktivsten in seinem Leben, obwohl sich sein Gesundheitszustand ständig verschlechtert und sogar ein Aufenthalt in einer Moskauer Klinik notwendig wird. Zwischen 1895 und 1900 erscheinen die Prosatexte: *Weiberherrschaft; Drei Jahre; Mein Leben; Das Haus mit dem Giebelzimmer; Die Bauern; Der Mensch im Futteral; Ionytsch; Ein Fall aus der Praxis* und *Die Dame mit dem Hündchen*, um nur die wichtigsten zu nennen. Außerdem schreibt Tschechow Theaterstücke, die mehr und mehr auch seinen Ruhm als Bühnenautor festigen. Wichtig für ihn wird die Gründung des »Moskauer Künstlertheaters« durch Stanislawski im Jahre 1897. Hier werden *Onkel Wanja* (die Neufassung des *Waldteufels*) und *Die Möwe* mit großem Erfolg aufgeführt. Im Künstlertheater lernt Tschechow 1898 Olga Knipper, eine junge Schauspielerin, kennen, die 1901 seine Frau wird. Wegen seiner Krankheit muß Tschechow Melichowo verlassen. Er zieht 1899 nach Jalta, wo er sich eine Villa bauen läßt. In diesen Jahren hat Tschechow Kontakt zu vielen bedeutenden Künstlern Rußlands. Er kennt unter anderen den Maler Lewitan, den Komponisten Peter Tschaikowski, die Autoren Tolstoi, Gorki, Bunin und Kuprin.

Im Jahre 1900 wird Tschechow zum Ehrenmitglied der Petersburger Akademie der Wissenschaften ernannt. Als sich aber wenig später die Akademie – auf Betreiben Nikolaus' II. – gegen Gorki entscheidet, tritt Tschechow aus Protest am 25. 8. 1902 aus der Akademie aus. Das war ein sehr mutiger Schritt, wenn man bedenkt, daß Gorki, den Tschechow förderte, zu dieser Zeit unter Polizeiaufsicht stand.

Zur gleichen Zeit erscheinen neue Prosatexte, unter anderem *Die Braut;* vor allem aber schreibt Tschechow jetzt Theaterstücke: *Drei Schwestern* (1901) und *Der Kirschgarten* (1903). Zur Uraufführung des *Kirschgartens* durch das

Künstlertheater ist Tschechow 1903 ein letztes Mal in Moskau. Die Verschlechterung seines Gesundheitszustandes zwingt ihn 1904 zu einer Kur im Schwarzwald. Am 2. Juli stirbt er in Badenweiler und wird am 9. Juli in Moskau beigesetzt.

## 2.

Die Bedeutung Tschechows für die russische und europäische Literatur läßt sich erst einschätzen, wenn man seine schriftstellerische Arbeit im Zusammenhang mit der historisch-ökonomischen Situation seiner Zeit sieht. Seine wichtigsten Werke fallen in jene Zeit, die man sinnverstellend Belle Epoque oder Fin de Siècle genannt hat. Man muß diese Bezeichnungen ihres Scheins entkleiden und nach den *Bedingungen* fragen, unter denen im konkreten Fall Kunst entstand.

Rußland war zu Lebzeiten Tschechows ein rückständiges Land – mißt man seine Entwicklung an der der übrigen europäischen Staaten. Erst 1861, ein Jahr nach Tschechows Geburt, wird die Leibeigenschaft aufgehoben, was freilich nicht die Befreiung der Bauern, sondern nur eine Verschiebung der Unterdrückung bedeutete. Noch während Tschechows Studienzeit wird 1881 Zar Alexander II. durch ein Attentat von Anarchisten getötet. Infolge davon werden mit unbarmherziger Härte alle liberalen Bestrebungen unter seinem Nachfolger Alexander III. bekämpft. Schon in den siebziger Jahren scheiterten Bewegungen der russischen Intelligenz, von denen die Devise des »Ins-Volk-Gehens« vertreten worden war. Sie waren ein Sammelbecken für fortschrittlich Denkende aus verschiedenen Lagern, die durch Propaganda unter dem Volk aufklärend wirken wollten.

1874 wurden etwa 700 Angehörige dieser Bewegung und ihre Sympathisanten verhaftet und in zwei großen Prozessen abgeurteilt. Die »Sache der 50« und die »Sache der 193« wirkten noch lange nach unter der revolutionären Jugend.

Etwa seit 1876 versuchten andere Narodniki, sich in landwirtschaftlichen Kommunen unter dem Volk anzusiedeln. Darin berührten sich ihre Vorstellungen in vielem mit denen Leo Tolstois, bei dem jedoch eine lebensreformerische, religiöse Motivation im Vordergrund stand. Mit dem Traum vom Landleben, der Stadtflucht, setzt sich Tschechow in einigen seiner Erzählungen auseinander. Mitglieder anarchistischer Gruppen machten Alexander III. das Angebot, den terroristischen Kampf abzubrechen, wenn er die Volksvertreter einberufe. Die Antwort darauf war ein Manifest, das den Absolutismus bekräftigte. 1884 werden alle Studentenorganisationen verboten, die meisten Anarchisten verhaftet und abgeurteilt, über das Land breitet sich lähmende Stille aus. Auch im Volk selbst bleibt es still, nachdem 1878/79 Streiks der Arbeiter in Petersburg unterdrückt wurden. Zur Zeit der großen Hungersnot und Choleraepidemie 1892 flackern vereinzelt Unruhen auf. Presse und Druckerzeugnisse unterliegen in den Jahren, in denen Tschechow publizierte, einer strengen Zensur. In diesem Rahmen gewinnt ein Brief Tschechows besondere Bedeutung: Das Märzheft 1890 der *Russkaja Mysl* bezeichnete ihn in einer Bibliographie als prinzipienlosen Schreiber. Seine Antwort an den Herausgeber Lawrow ist ein beredtes Beispiel für die Aufrichtigkeit, von der Tolstoi in bezug auf ihn sprach: »Zu meinen Kollegen habe ich ausgezeichnete Beziehungen; ich habe mich niemals als Richter über sie oder über die Zeitungen und Zeitschriften, für die sie arbeiten, aufgespielt, weil ich mich nicht für kompetent hielt und weil ich finde, daß bei der gegenwärtigen abhängigen Lage der Presse jedes Wort gegen eine Zeitschrift oder einen Schriftsteller nicht nur hartherzig und taktlos, sondern geradezu verbrecherisch ist.«[11] Tschechow bricht mit diesem Brief alle persönlichen und geschäftlichen Beziehungen zu Lawrow ab. Das war unter den Zeitumständen ein Zeugnis hohen persönlichen Mutes.

Die achtziger Jahre sind von einer zunehmenden Industrialisierung gekennzeichnet, der Kapitalismus wird ausgebaut, der sich hier nur mit Verzögerung entwickelt, aber die gleichen Auswirkungen wie im übrigen Europa zeitigt. Auch diese Realität des damaligen Lebens findet ihren Niederschlag im Werk Tschechows und bleibt nicht ohne Kritik. 1898 findet in Minsk der geheime Gründungsparteitag der Sozialdemokratischen Partei Rußlands statt. Kurz vor seinem Tode erlebt Tschechow noch unter Nikolaus II. die Vorbereitungen zum Russisch-Japanischen Krieg, ein Umstand, der ihn wie die meisten fortschrittlichen Intellektuellen seines Landes aufs tiefste verbitterte.

3.

»Eine neue Ordnung der Dinge gestaltet sich; der Geist macht Erfindungen, die das Wohlsein der Materie befördern; durch das Gedeihen der Industrie und durch die Philosophie wird der Spiritualismus diskreditiert; der dritte Stand erhebt sich; die Revolution grollt schon in den Herzen und Köpfen; und was die Zeit fühlt und denkt und bedarf und will, wird ausgesprochen, und das ist der Stoff der modernen Literatur.« *Heinrich Heine, Der Salon. Bd. II*

Der vorangestellte Lebensabriß Tschechows mag – selbst auf die Gefahr hin, daß er Bekanntes wiederholt – insofern seine Berechtigung haben, als er auf die Bedingungen aufmerksam zu machen versucht, die für sein Werk relevant waren. Nicht im Sinne einer platten Ableitung des Werks aus der Biographie, sondern vielmehr als ein Einkreisen des subjektiven Faktors innerhalb beschreibbarer objektiver gesellschaftlicher Verhältnisse.

»Wenn ich Arzt bin, so brauche ich Patienten und ein Krankenhaus; wenn ich Literat bin, so muß ich unter dem Volke leben und nicht in der Malaja Dimitrowka mit einem Mungo.* Ich brauche wenigstens ein Stückchen gesellschaftliches politisches Leben, wenigstens ein kleines Stückchen, dieses Leben aber in den vier Wänden, ohne Natur, ohne Menschen, ohne Vaterland, ohne Gesundheit, ohne Appetit – das ist kein Leben,«[12] schreibt Tschechow am 19. Oktober 1891 an Suworin. Tschechow war beides: Arzt und Literat – er hat oft genug darauf hingewiesen. Und beides amalgamierte sich in seinem Werk, so daß sich schwerlich das eine vom anderen trennen läßt. Was Heinrich Heine als den Stoff der modernen Literatur beschreibt, ist in Tschechows Werk eingegangen. Fabriken, Eisenbahnlinien und Telegrafenmasten sind in seinen Landschaften ebenso zu finden wie die weiten Ebenen, die lichten Waldungen und die zusammengekauerten Dörfer, die im Schatten der Parks von großen Gutshäusern liegen. Bauern, Kleinbürger, Künstler, Ärzte und Adelige bewegen sich in seinen Erzählungen ungezwungen in dem Spielraum, den ihnen gesellschaftliche Ordnung und Konvention einräumen – und manches Mal versuchen sie, ihn zu erweitern. Tschechow brauchte die Nähe des Volkes. Was ihn reizte war nicht die Beschreibung von »seelischen Zuständen«, sondern wie sich die Figuren innerhalb einer Handlung realisierten: »Auf dem Gebiet der Psyche gibt es ebenfalls Einzelheiten«, so schreibt er an seinen Bruder Alexander, »Gott bewahre Dich vor Gemeinplätzen. Am besten ist es, auf die Beschreibung des seelischen Zustandes des Helden zu verzichten; man muß sich bemühen, ihn aus den Handlungen (. . .) verständlich zu machen.«

Tschechow gehört zu den realistischen Schriftstellern

* Tschechow wohnte damals in der Malaja-Dimitrowka-Straße in Moskau. Den Mungo – ein katzenähnliches Raubtier – brachte er aus Ceylon mit. W. B.

und das stellt ihn in die große europäische Tradition des Realismus, zu der in Frankreich Namen wie Flaubert und Maupassant gehören, den er besonders schätzte. Seine Freundschaft mit dem um Jahre jüngeren Maxim Gorki, dessen schriftstellerische Arbeit er verfolgte und förderte, mag einen Hinweis darauf geben, worin er eine Perspektive für die weitere Entwicklung der russischen Literatur sah. Auf Gorkis *Nachtasyl* reagierte Tschechow mit einem Brief, in dem unter anderem stand: ». . . Ich habe Ihr Stück gelesen. Es ist neuartig und zweifellos gut. Der zweite Akt ist sehr gut, er ist der beste und stärkste, und ich wäre beinahe vor Begeisterung aufgesprungen, als ich ihn las, besonders am Schluß.«[13]

Im Brief an den Bruder Alexander, der oben zitiert wurde, gibt Tschechow eine prägnante Definition der Bedingungen für ein literarisches Kunstwerk: »Erstens: kein langer Wortschwall politisch-sozialökonomischen Charakters; zweitens: völlige Objektivität; drittens: Wahrhaftigkeit bei der Beschreibung der handelnden Personen und Gegenstände; viertens: äußerste Kürze; fünftens: Kühnheit und Originalität, Vermeidung der Schablone; sechstens: Herzlichkeit.«[14]

Tschechows Lakonismus wurde geschult durch den Zwang zur Kürze, den ihm das Medium Zeitschrift schon bei seinen ersten Erzählungen auferlegte – hier könnte man eine Parallele zu Maupassant ziehen, dessen schriftstellerische Arbeit den gleichen äußeren Restriktionen unterworfen war. Ist auch die Erzählhaltung beider Autoren ähnlich – wir finden hier wie dort die Ungerührtheit (impassibilité) –, so unterscheidet sie doch ihre Erzähltechnik. Bei Maupassants Novellen, wie zum Beispiel *Pariser Abenteuer* oder *Miß Harriet*, steht ganz im Sinne der alten Novellentheorie die »unerhörte Begebenheit« im Vordergrund, die Erzählung ist um den »plot« herum in Schichten angelegt. Bei Tschechow hingegen – denkt man etwa an *Ein Fall aus der Praxis* oder *Eine langweilige Geschichte* – schneidet die Erzählung ein Stück Wirklichkeit aus, sie verläuft gleichsam ohne Schlußpunkt. Diese gestaltete Realität freilich, die ohne Typisierung nicht auskommt, ist ungleich mehr als ein Spiegelbild des hic et nunc. »Kunst erkennt nicht dadurch die Wirklichkeit, daß sie sie, photographisch oder ›perspektivisch‹ abbildet, sondern dadurch, daß sie vermöge ihrer autonomen Konstitution ausspricht, was von der empirischen Gestalt der Wirklichkeit verschleiert wird.«[15] Was Theodor W. Adorno in seiner Kontroverse mit Georg Lukács für den Begriff des Realismus in der Literatur formuliert, leistet die Erzähltechnik Tschechows in hohem Maße: mit ihrer Hilfe entschleiert sich durch Typisierung und Selektion der charakteristischen Merkmale von Handlungsabläufen menschliches Verhalten und das Beziehungsgeflecht, das zwischen gesellschaftlicher Norm und subjektiver Reaktion sich erstreckt. Tschechow vermag Wirklichkeit zu erkennen und diese Erkenntnis zu vermitteln.

Wenn sich Tschechow auch politischer Äußerungen zum Tagesgeschehen enthält, so ist in seinem Prosawerk doch implizit die Kritik an der gesellschaftlichen Realität seiner Zeit enthalten. In der längeren Erzählung *Mein Leben* (1896) bezieht er programmatisch Stellung. In ihr verläßt ein junger Adliger, Polosnjow, das enge autoritär geführte väterliche Haus, um Arbeiter zu werden. Ein Vorgehen, das ihn in scharfen Gegensatz zu seiner Gesellschaftsklasse bringt. Im Gespräch mit Dr. Blagowo, dem Geliebten seiner Schwester, sagt er: »(. . .) es wäre nötig, daß die Starken nicht mehr die Schwachen versklaven könnten und daß keine Minderheit sich als Parasit der Mehrheit aufspielen dürfte oder als ein Pumpwerk, das aus dieser chronisch die besten Säfte heraussauge, das heißt, daß es nötig wäre, daß alle ohne Ausnahme – die Starken sowohl wie die Schwachen, die Reichen wie die Armen – gleichmäßig am Kampf ums Dasein teilnehmen, ein jeder für sich selber, und daß in dieser Hinsicht kein besser planierendes Mittel vorhanden wäre als eben die physische Arbeit, und zwar als eine für alle zwingende Dienstpflicht.«[16] Das waren für das damalige Rußland scharfe Worte. Die soziale Ungerechtigkeit wird in ihrer Wurzel erkannt. Möglicherweise wurde Tschechow zur These von der Dienstpflicht zur physischen Arbeit als planierendes Mittel der Klassengegensätze von der Lektüre der sozialistischen Utopie des Amerikaners Edward Bellamy *Rückblick aus dem Jahre 2000* angeregt. Dieses Buch, das 1887 in den Vereinigten Staaten erschien, war 1891 in russischer Sprache bei Suworin publiziert worden. Tschechow hat es Ende 1890 gelesen.[17]

Auch die Tolstoische These vom einfachen Leben auf dem Lande kritisiert Tschechow in seiner Erzählung. Ein Versuch, einen Bauernhof zu bewirtschaften, den Polosnjow in seiner kurzen Ehe mit einer bürgerlichen Intellektuellen unternimmt, mißlingt kläglich. In seinem Buch *Der junge Lenin* beschreibt Leo Trotzki die Bedeutung des Grafen Leo Tolstoi für die achtziger Jahre des neunzehnten Jahrhunderts: »In den Kreisen der Intelligenz machte das Tolstoianertum verheerende Eroberungen. Sie versuchten nach dem Beispiel des Lehrers schlechte Stiefel zu nähen und unbrauchbare Öfen zu setzen. Andere verzichteten auf Tabak und fleischliche Liebe, in den meisten Fällen nicht für lang. Andere wieder gründeten landwirtschaftliche Kolonien, in denen sich der evangelische Wein der Liebe sehr bald in den Essig der gegenseitigen Feindschaft verwandelte . . .«[18]

Ebenso ablehnend verhält sich Tschechow in der Erzählung *Die Stachelbeeren* zu den Versuchen der Narodniki und der Tolstoianer, sich auf das Land zurückzuziehen. Innerhalb einer Rahmenhandlung erzählt Iwan Iwanytsch seinen Freunden die Geschichte seiner Familie. Während er, der Veterinärarzt, sich in seinem Leben und Beruf einrichtet, träumt sein Bruder Nikolai, ein Steuerbeamter, die besten Jahre seines Lebens davon, Gutsbesitzer zu werden. Symbol für diesen Traum sind die selbstgezogenen Stachelbeeren auf eigenem Grund und Boden. Durch knausrige Sparsamkeit und Hintansetzung jeglichen Lebensglücks – so heiratet er eine alte und ungeliebte Frau, nur um an deren Geld zu kommen – gelingt es ihm schließlich, im Alter von vierzig Jahren, das ersehnte Gut zu kaufen. Es ist ein häßliches Anwesen – ironischerweise zwischen zwei Fabriken gelegen – aber es ist sein Eigentum. Als die ersten Stachelbeeren reifen, besucht Iwan seinen Bruder. Nikolai ist träge geworden, seine *Idée fixe* hat sein Leben vergiftet. Die Brüder haben einander nichts mehr zu sagen.

Dieses Streben nach individuellem Besitz auf Kosten anderer kommentiert Iwan vor den Freunden folgendermaßen: »Man sagt jetzt auch, daß es gut sei, wenn unsere Intelligenz jetzt zum Landleben neigt und nach Landbesitz strebt (...) Die Stadt fliehen, den Kampf, den Lärm des Lebens, dem zu entfliehen und sich auf seinem Landgut zu verstecken – das ist kein Leben, das ist Egoismus, Trägheit, das ist eine besondere Art Mönchtum, aber ein Mönchtum ohne Heldentum. Der Mensch braucht nicht drei Arschin Land (ca. 2,14 m. Soviel, wie für ein Grab nötig ist. WB.), nicht ein Landgut, sondern den ganzen Erdball, die ganze Natur, wo er im freien, weiten Raum alle Eigenschaften und Besonderheiten seines freien Geistes offenbaren kann.« Die Kritik am Rückzug bleibt bei Tschechow nicht Literatur. Das beweist sein selbstloser Einsatz bei der Bekämpfung der großen Hungersnot des Jahres 1892 und der nachfolgenden Choleraepidemie, seine Reise nach Sachalin und nicht zuletzt der Umstand, daß er immer wieder mittellose Patienten ohne Honorar behandelte.

Eigennutz, Gewinnstreben auf Kosten anderer werden in verschiedenen Erzählungen dieses Bandes gegeißelt. Am schärfsten im Text *In der Schlucht*, wo eine ganze Familie von der habgierigen Aksinja zugrunde gerichtet wird, die selbst vor einem Mord nicht zurückschreckt. Iwan Iwanytsch protestiert gegen die bestehende Gesellschaftsordnung mit den Worten: »Alles geht still und ruhig vor sich, und nur die stumme Statistik protestiert (...) Und anscheinend ist eine derartige Ordnung notwendig; anscheinend fühlt sich der Glückliche nur darum wohl, weil die Unglücklichen ihre Last schweigend tragen, und ohne dieses Schweigen wäre Glück unmöglich. An der Türe jedes zufriedenen, glücklichen Menschen müßte irgend jemand mit einem Hämmerchen stehen und ihn beständig klopfend mahnen, daß es Unglückliche gibt (...).«

In der Erzählung *Ein Fall aus der Praxis*, die vom Besuch des Arztes Koroljow bei der neurotischen Erbin einer großen Fabrik handelt, erscheint der Kapitalismus, der »Egoismus der Besitzer«, als Verkörperung des Bösen und Primitiven schlechthin. Der Arzt assoziiert beim Anblick der Fabrik in der Morgendämmerung: »(...) man vergaß völlig, daß es dort im Inneren Dampfmotoren, Elektrizität, Telefone gab, sondern dachte immer irgendwie an Pfahlbauten, an Steinzeit, fühlte die Gegenwart einer rohen, unbewußten Kraft (...)« Hier wird das Grollen der Revolution, von dem Heinrich Heine, als einem Stoff der modernen Literatur sprach, hörbar. Das Barbarische des Besitzegoismus wird erkannt. Der Arzt diagnostiziert bei der Erbin eine »ehrbare Schlaflosigkeit«, die daher rühre, daß sie nicht an ihr Recht als Erbin glaube, und er schließt mit den prophetischen Worten: »Für unsere Kinder oder Enkel aber wird diese Frage – ob Sie im Rechte sind oder nicht – bereits entschieden sein. Sie werden klarer sehen als wir. Das Leben wird schön sein in fünfzig Jahren, nur schade, daß wir es nicht mehr erleben werden. Es wäre interessant, es anzusehen.«

Immer wieder, so auch in der Titelgeschichte dieses

Bandes *Die Dame mit dem Hündchen,* werden Tschechows Figuren vor der Folie einer versteinerten Gesellschaftsordnung gezeigt, deren starre Regeln ihnen nur müde Bewegungen erlauben. Auf der Mehrzahl seiner Gestalten lastet sie erdrückend, ein resignativer Zug prägt viele seiner Intellektuellen, unter denen Mediziner häufig sind. Schlüsselfigur hierfür ist Nikolaj Stepanytsch X, der Ich-Erzähler aus *Eine langweilige Geschichte.* Für ihn wird aus der Rückschau sein Leben eine langweilige Geschichte, obwohl es doch nach außen hin gekennzeichnet ist durch gesellschaftliche Anerkennung und Ruhm. In Wirklichkeit – angesichts des nahen Todes infolge einer unheilbaren Krankheit – erscheint es ihm sinnentleert, in all seinen Regungen marionettenhaft gesellschaftlichen Zwängen gehorchend. Ins Groteske karikiert wird ein solches Dasein in der Figur des Belikow aus *Der Mensch im Futteral.* Er, der Junggeselle, lebt streng nach den Regeln und Verordnungen, welche Kirche, Gesellschaft und die oberste Schulbehörde erlassen haben – ungefiltert gibt er sie nicht nur an seine Schüler, sondern auch, was schlimmer ist, an seine Lehrerkollegen und an alle Menschen weiter, die in seinen Umkreis geraten. Wie später Heinrich Manns Professor Unrat hat er etwas von dem an sich, was Adorno einmal die »gewalttätige Beschränktheit, Rückstand des Kleinbürgertums vom neunzehnten Jahrhundert« nannte. Michail Tschechow berichtet, daß das Urbild dieser Gestalt der Taganroger Lehrer Alexander Diakonow gewesen sei, Lehrer und Inspektor der Grundschule, die auch Anton Tschechow besuchte: »Er war nicht streng, aber er übersah keinen Verstoß gegen die Schulgesetze. Mit einem Wort, er war eine wandelnde Maschine, die sprach, handelte, Zirkulare ausführte und dann zusammenbrach.«[19]

In *Die Dame mit dem Hündchen* freilich mischt sich in die Resignation Hoffnung. Was als ein Urlaubsabenteuer auf Jalta zwischen Gurow und Anna Ssergejewna, die beide verheiratet sind, begann, entwickelt sich zu einer kompromißlosen Liebe, die alle gesellschaftlichen Hindernisse niederreißt. Für beide bedeutete die Reise nach Jalta eine Flucht vor den erstarrten Bedingungen ihres Lebens. Sie hatten bis dahin ihre Ehen und das Eingebundensein in fest umschriebene gesellschaftliche Formen als etwas Unabwendbares, fast Naturwüchsiges empfunden und es aus diesem Grund nie in Frage gestellt. Anna hat zwar nach der ersten Liebesnacht mit Gurow die üblichen konventionellen Schuldgefühle einer Frau, die ihren Mann »betrogen« hat und Gurow genießt den donjuanhaften Triumph der geglückten Verführung – und insoweit wäre das alte Thema der Ehebruchsgeschichte erfüllt –, wenn nicht etwas entscheidend Neues hinzukäme. »Nicht meinen Mann habe ich betrogen, sondern mich selbst. Und nicht erst jetzt, sondern schon lange betrüge ich ihn. Mein Mann ist vielleicht ein ehrlicher, guter Mensch, aber er ist ein Lakai!« Mit diesen Worten erst hat Anna die Ehe innerlich gebrochen, in stärkerem Maße, als es durch den »Seitensprung« hätte geschehen können. Denn hier gibt sie vor Gurow auf vernichtende Weise die Intimität ihrer Lebensgemeinschaft mit dem anderen preis. Es bedurfte offenbar nur des äußeren Anstoßes, um einen Prozeß der Selbsterkenntnis in Gang zu setzen. Dieser Vorgang braucht bei Gurow ungleich längere Zeit. Auch seine Ehe, die er jung schloß, ist festgefahren. Er liebt seine beherrschende, puritanische Frau schon seit langem nicht mehr und hat sie des öfteren »betrogen«; dies im Rahmen einer nach außen hin abgedichteten Konvention der patriarchalischen Gesellschaft, in der er lebt. Solche flüchtige Beziehungen gestatteten es ihm, der auf Frauen anziehend wirkte, sie insgeheim zu verachten: »und wenn man in seiner Gegenwart von ihnen sprach, so nannte er sie: ›Ein erbärmliches Geschlecht‹!«.

Diesmal jedoch verläuft alles anders als erwartet. Anna

reist zu ihrem Mann ins Gouvernement Petersburg, während Gurow nach Moskau zu seiner Familie zurückkehrt. Hier versucht er vergeblich, sein altes Leben wieder aufzunehmen. Das aber will ihm nicht gelingen; denn: »Anna Ssergejewna erschien ihm nicht als ein Traumbild, sondern folgte ihm wie ein Schatten überall hin und beobachtete ihn. Wenn er die Augen schloß, sah er sie lebend vor sich, und sie schien ihm jünger, zärtlicher als sie es gewesen war, und auch er selbst kam sich besser vor, als er es damals in Jalta gewesen war.« Die Liebe zu Anna hat sein Leben verwandelt, indem sie den Anspruch an ihn stellt, sich ohne Maske zu sehen. Er reist zu ihr, sie trifft ihn in Moskau. Sie beschließen, einen Ausweg zu suchen: »(...) sie sprachen davon wie sie sich von der Notwendigkeit befreien könnten, sich zu verstecken, zu betrügen, in verschiedenen Städten zu leben, sich so lange nicht zu sehen...« Gurow hat erkannt, daß andere Frauen in ihm immer nur das Phantasiegebilde liebten, das sie sich von ihm geschaffen hatten, und nie ihn selbst. Und wenn Tschechow seine Geschichte damit enden läßt, daß für beide ein neues, schönes Leben beginnen könnte, daß aber das Schwerste und Komplizierteste erst jetzt beginne, so spricht das für die absolute Kompromißlosigkeit, die für seine Erzählungen so bezeichnend ist. In einem Brief an M. W. Kisseljowa, die Kinderschriftstellerin, auf deren Gut die Familie Tschechow mehrere Sommer verlebte, schreibt Tschechow am 14. 1. 1887: »Die menschliche Natur ist unvollkommen, und darum wäre es merkwürdig, würde man auf Erden nur Gerechte sehen. Zu denken aber, es sei Pflicht der Literatur, aus dem Haufen von Lumpen, eine ›Perle‹ herauszuwühlen, bedeutet, die Literatur selbst zu verneinen. Die künstlerische Literatur heißt deshalb künstlerisch, weil sie das Leben so darstellt, wie es in Wirklichkeit ist. Ihre Aufgabe ist die unbedingte, ehrliche Wahrheit.«[20]

Wenn man aus Tschechows Werken Prinzipienlosigkeit oder Nihilismus – wie Leo Schestow – oder nur die Grautöne des Pessimismus – wie Leo Trotzki – herauszuhören meint, so nimmt man ein Teil für das Ganze. Tschechow war Realist und ein eminent politischer Schriftsteller. Auf sein Werk trifft zu, was Adorno so formulierte: »Selbst der vorgebliche Solipsismus (...) bedeutet in der Kunst nicht, wie in schlechten Erkenntnistheorien, die Verleugnung des Objekts, sondern intendiert dialektisch die Versöhnung mit ihm. Als Bild wird es ins Subjekt hineingenommen, anstatt, nach dem Geheiß der entfremdeten Welt, dinghaft ihm gegenüber zu versteinern. Kraft des Widerspruchs zwischen diesem im Bild versöhnten, nämlich ins Subjekt spontan aufgenommenen Objekt und dem real unversöhnten draußen, kritisiert das Kunstwerk die Realität.«[21] *Werner Berthel*

*Alle Daten sind nach dem Julianischen Kalender gegeben, der vor der Oktoberrevolution in Rußland galt.*

1 Zitiert nach: Sophie Laffitte, *Anton Tschechov in Selbstzeugnissen und Bilddokumenten.* Reinbek b. Hamburg 1960, S. 165 (rowohlts monographien. Bd. 38).

2 Maxim Gorki, *Erinnerungen an Zeitgenossen.* Frankfurt 1962 (Bibliothek Suhrkamp. Bd, 89).

3 Brief an I. L. Leontjew (Stscheglow) vom 9. März 1892. In: Anton Tschechow, *Briefe.* Aus dem Russischen übertragen von Ada Knipper und Gerhard Dick. Herausgegeben von Gerhard Dick. München 1971 (Winkler Verlag), S. 250.

4 Brief an A. S. Suworin vom 7. Januar 1889. In: Tschechow, *Briefe* a.a.O. S. 124.

5 Leo Schestow, »Schöpfung aus dem Nichts«. In: *Neue Schweizer Rundschau.* Brünn. Nr. 21, 1928, S. 121-140 und S. 198-213.

6 Michael P. Tchekhov, »Tchekhov and his Subjects«. In: S. S. Koteliansky & Philip Tomlinson, *The Life and Letters of Anton Tschekhov.* London, New York, Toronto and Melbourne 1925 (Cassell and Company, Ltd.).

7 Anton Tschechow, *Mein Leben.* Erzählt von einem Mann aus der Provinz. Deutsch von Johannes von Guenther. Heidelberg 1958 (Wolfgang Rothe Verlag), S. 31.

8 Brief von D. W. Grigorowitsch an Tschechow vom 25. März 1886. Zitiert in: A. Tschechow, *Briefe* a.a.O. S. 504.

9 Brief vom 28. März 1886 an D. W. Grigorowitsch. In: Anton Tschechow, *Briefe* a.a.O. S. 20 f.

10 Brief an A. S. Suworin vom 10. Oktober 1888. In: Anton Tschechow, *Briefe.* a.a.O. S. 91.

11 Brief an W. M. Lawrow vom 10. April 1890. In: Anton Tschechow, *Briefe.* a.a.O. S. 174.

12 Brief an A. S. Suworin vom 19. Oktober 1891. In: Anton Tschechow, *Briefe.* a.a.O. S. 234.

13 Brief an Maxim Gorki vom 29. Juli 1902. In: Anton Tschechow, *Briefe.* a.a.O. S. 448.

14 Brief an A. P. Tschechow vom 10. Mai 1886. In: Anton Tschechow, *Briefe.* a.a.O. S. 30 f.

15 Theodor W. Adorno, »Erpreßte Versöhnung«. In: *Noten zur Literatur II.* Frankfurt 1970, S. 168 (Bibliothek Suhrkamp. Bd. 71).

16 Anton Tschechow, *Mein Leben.* a.a.O. S. 63.

17 Brief an A. S. Suworin vom 17. Dezember 1890. In: Anton Tschechow, *Briefe.* a.a.O. S. 217.

18 Leo Trotzki, *Der junge Lenin.* Ins Deutsche übertragen von Walter Fischer. Wien, München, Zürich 1969 (Molden), S. 74.

19 Michael P. Tchekhov, Tchekhov and his Subjects. a.a.O. S. 19.

20 Brief an M. W. Kisseljowa vom 14. Januar 1887. In: Anton Tschechow, *Briefe.* a.a.O. S. 35.

21 Theodor W. Adorno, »Erpreßte Versöhnung«. a.a.O. S. 164.

*Literatur der Welt*

Apuleius. Der goldene Esel
Mit Illustrationen von Max Klinger zu »Amor und Psyche«. Aus dem Lateinischen von August Rode. Mit einem Nachwort von Wilhelm Haupt. it 146

Giovanni di Boccaccio. Das Dekameron
Hundert Novellen. Ungekürzte Ausgabe. Aus dem Italienischen von Albert Wesselski und mit einer Einleitung versehen von André Jolles. Mit venezianischen Holzschnitten. Zwei Bände. it 7/8

Miguel de Cervantes Saavedra. Der scharfsinnige Ritter Don Quixote von der Mancha
Mit einem Essay von Iwan Turgenjew und einem Nachwort von André Jolles. Mit Illustrationen von Gustave Doré. 3 Bände. it 109

Dante. Die Göttliche Komödie
Mit Holzschnitten von Botticelli. Deutsch von Friedrich Freiherrn von Falkenhausen. Zwei Bände. it 94

Eisherz und Edeljaspis
Aus dem Chinesischen von Franz Kuhn. Mit Holzschnitten einer alten chinesischen Ausgabe. Mit einem Nachwort und Anmerkungen von Franz Kuhn. it 123

Die Erzählungen aus den Tausendundein Nächten
Einleitung von Hugo von Hofmannsthal. Vollständige deutsche Ausgabe in zwölf Bänden. Nach dem arabischen Urtext der Calcuttaer Ausgabe aus dem Jahre 1839. Übertragen von Enno Littmann. Mit farbigen Miniaturen. In farbiger Schmuckkassette. it 224

Die Blümlein des heiligen Franziskus von Assisi
Aus dem Italienischen nach der Ausgabe der Tipografia Metastasio, Assisi 1901, von Rudolf G. Binding. Mit Initialen von Carl Weidemeyer. it 48

Geschichten aus dem Mittelalter. Herausgegeben von Hermann Hesse
Aus dem Lateinischen übersetzt von Hermann Hesse und J. G. Th. Graesse. it 161

*Literatur der Welt*

Geschichten der Liebe aus den 1001 Nächten
Aus dem arabischen Urtext übertragen von Enno Littmann. Mit acht farbigen Miniaturen. it 38

Homer. Ilias
Neue Übertragung von Wolfgang Schadewaldt. Mit antiken Vasenbildern. it 153

Kin Ping Meh oder Die abenteuerliche Geschichte von Hsi Men und seinen sechs Frauen
Aus dem Chinesischen von Franz Kuhn. Mit Illustrationen aus dem 17. Jahrhundert. Zwei Bände. it 253

Des Knaben Wunderhorn
Gesammelt von Achim von Arnim und Clemens Brentano. Ausgewählt von Friedrich Ranke. Mit einem Vorwort von Konrad Feilchenfeldt. Mit zeitgenössischen Illustrationen. it 85

Konfuzius. Materialien zu einer Jahrhundert-Debatte
Gesammelt von Joachim Schickel. it 87

Longus. Daphnis und Chloë
Ein antiker Liebesroman. Aus dem Griechischen übersetzt und mit einem Nachwort von Arno Mauersberger. Mit Illustrationen der »Édition du Régent«. it 136

Marc Aurel. Wege zu sich selbst
Übertragen und mit einer Einführung von Willy Theiler. it 190

Minnesinger
In Bildern der Manessischen Liederhandschrift. Mit Erläuterungen herausgegeben von Walter Koschorreck. Vierundzwanzig Abbildungen im Vierfarbendruck. it 88

Die Nibelungen
In der Wiedergabe von Franz Keim. Mit den berühmten farbigen Jugendstilillustrationen von Carl Otto Czeschka. Mit einem Vor- und Nachwort von Helmut Brackert. Im Anhang die Nacherzählung »Die Nibelungen« von Gretel und Wolfgang Hecht. it 14

*Literatur der Welt*

Ovid. Liebeskunst
Mit etruskischen Wandmalereien. it 164

Platon. Drei Dialoge
Ratylos, Parmenides, Timaios. Nach der Übersetzung und mit den Erläuterungen Friedrich Schleiermachers. Revision und Nachwort von Christoph Michel in Verbindung mit Reinhard Thurow und Johann Löwenthal. it 289

Die Räuber vom Liang Schan Moor
Mit sechzig Holzschnitten. Aus dem Chinesischen von Franz Kuhn. Zwei Bände. it 191

Reden und Gleichnisse des Tschuang-Tse
Ausgewählt und mit einem Nachwort von Martin Buber. it 205

Der Sachsenspiegel in Bildern
Aus der Heidelberger Bilderhandschrift ausgewählt und erläutert von Walter Koschorreck. Mit 48 Abbildungen im Vierfarbendruck und Bilderläuterungen. it 218

Sophokles. Antigone
Herausgegeben und übertragen von Wolfgang Schadewaldt. Mit einem Nachwort, einem Aufsatz, Wirkungsgeschichte, Literaturhinweisen und Illustrationen. it 70

Sophokles. König Ödipus
Übertragen und herausgegeben von Wolfgang Schadewaldt. Mit einem Nachwort, drei Aufsätzen, Wirkungsgeschichte und Literaturnachweisen. it 15

Der Traum der Roten Kammer
Ein Roman aus der frühen Tsing-Zeit. Aus dem Chinesischen übertragen von Franz Kuhn. Mit zeitgenössischen Illustrationen. it 292

Der Turm der fegenden Wolken
Altchinesische Novellen. Aus dem Chinesischen von Franz Kuhn. Mit chinesischen Steinabreibungen. it 162

Die Weisheit der Lüge
Von Sulchan-Saba Orbeliani. Georgische Fabeln, Märchen und Gleichnisse. Nachwort von Elke Erb. it 81

*Geschichten, Sammlungen, Märchen und Abenteuer*

Aladin und die Wunderlampe
Aus dem Arabischen von Enno Littmann. Mit Illustrationen einer französischen Ausgabe von 1001 Nacht von 1865/66. it 199

Ali Baba und die vierzig Räuber
und die Geschichten von den nächtlichen Abenteuern des Kalifen aus 1001 Nacht. Aus dem Arabischen von Enno Littmann. Mit Illustrationen einer französischen Ausgabe von 1001 Nacht von 1865/66. it 163

Allerleirauh
Viele schöne Kinderreime versammelt von H. M. Enzensberger. Mit Abbildungen. it 115

Hans Christian Andersen. Märchen
Mit Illustrationen von Vilhelm Pedersen und Lorenz Frølich. Aus dem Dänischen von Eva-Maria Blühm. Drei Bände in Kassette. it 133

Gottfried August Bürger. Wunderbare Reisen zu Wasser und zu Lande. Feldzüge und lustige Abenteuer des Freiherrn von Münchhausen
Mit Holzschnitten von Gustave Doré. it 207

Wilhelm Busch. Kritisch-Allzukritisches
Gedichte. Ausgewählt von Theo Schlee. Mit Illustrationen von Wilhelm Busch und einem Nachwort des Herausgebers. it 52

J. H. Campe. Bilder-Abeze
In 23 Fabeln und illuminierten Kupfern. Herausgegeben und mit einem Nachwort von Dietrich Leube. it 135

Lewis Carroll. Alice hinter den Spiegeln
Mit Illustrationen von John Tenniel. Übersetzt von Christian Enzensberger. it 97

Lewis Carroll. Alice im Wunderland
Mit 42 Illustrationen von John Tenniel. Übersetzt und mit einem Nachwort von Christian Enzensberger. it 42

*Geschichten, Sammlungen, Märchen und Abenteuer*

Ambrose Bierce. Mein Lieblingsmord
Erzählungen. Aus dem Amerik. von G. Günther. it 39

Lewis Carroll. Briefe an kleine Mädchen
Aus dem Englischen übersetzt und herausgegeben von Klaus Reichert. Mit Fotografien des Autors. it 172

James Fenimore Cooper. Der Wildtöter. Der letzte Mohikaner
Bearbeitung der Übersetzung von E. Kolb durch Rudolf Drescher. Mit Illustrationen von D. E. Darley. it 197/180

Alphonse Daudet. Tartarin von Tarascon
Die wunderbaren Abenteuer des Tartarin von Tarascon. Mit Zeichnungen von Emil Preetorius. it 84

Daniel Defoe. Robinson Crusoe
Mit Illustrationen von Ludwig Richter. it 41

Charles Dickens. Oliver Twist
Aus dem Englischen von Reinhard Kilbel. Mit einem Nachwort von Rudolf Marx und 24 Illustrationen von George Cruikshank. Vollständige Ausgabe. it 242

Die großen Detektive
Detektivgeschichten mit Auguste Dupin, Sherlock Holmes und Pater Brown. Herausgegeben und mit einem Nachwort von Werner Berthel. Mit zeitgenössischen Illustrationen von George Hutchinson. it 101

Alexandre Dumas. Der Graf von Monte Christo
Mit Illustrationen von Pavel Brom und Dagmar Bromova. Zwei Bände. it 266

Die Erzählungen aus den Tausendundein Nächten
Einleitung von Hugo von Hofmannsthal. Vollständige Ausgabe in zwölf Bänden. Nach dem arabischen Urtext der Calcuttaer Ausgabe aus dem Jahre 1839 übertragen von Enno Littmann. Mit farbigen Miniaturen. it 224

*Geschichten, Sammlungen, Märchen und Abenteuer*

Jean-Henri Fabre. Das offenbare Geheimnis
Aus dem Französischen von Kurt Guggenheim. Mit einem Kommentar von Adolf Portmann. Mit Illustrationen. it 269

Ein Fisch mit Namen Fasch
und andere Gedichte und Geschichten von Menschen und anderen Menschen. Mit vielen Bildern zusammengestellt von Elisabeth Borchers. it 222

Manuel Gassers Köchel-Verzeichnis
Kulinarische Erinnerungen und Erfahrungen mit vielen seltenen Rezepten. Mit Illustrationen von Heinz Edelmann. Vierfarbendruck. it 96

Manuel Gasser. Die Küche meiner Tante Mélanie
Französische Hausmannskost von anno dazumal. Mit Illustrationen von Boris von Borodine. it 192

Gebete der Menschheit
Religiöse Zeugnisse aller Zeiten und Völker. Herausgegeben von Alfonso M. di Nola. Zusammenstellung und Einleitung der deutschen Ausgabe von Ernst Wilhelm Eschmann. it 238

Grandville. Bilder aus dem Staats- und Familienleben der Tiere
Zwei Bände. Mit einem Nachwort von Karl Riha. it 214

Wilhelm Hauff. Märchen
Band I und II. Herausgegeben von Bernhard Zeller. Mit Illustrationen von Theodor Weber, Theodor Hosemann und Ludwig Burger. it 216/217

Der Zauberbrunnen. Herausgegeben von Hermann Hesse
Lieder der deutschen Romantik. Mit Illustrationen von Ludwig Richter. it 197

Zum Kinderbuch
Betrachtungen. Kritisches. Praktisches. Herausgegeben von Jörg Drews. Mit einem Index der Benjaminschen Kinderbuchsammlung und Illustrationen aus alten Kinderbüchern. it 92

*Geschichten, Sammlungen, Märchen und Abenteuer*

Kinder- und Hausmärchen gesammelt durch die Brüder Grimm
Mit den Zeichnungen von Otto Ubbelohde und einem Vorwort von Ingeborg Weber-Kellermann. Drei Bände. it 112/113/114

Das große Lalula
und andere Gedichte und Geschichten von morgens bis abends für Kinder. Zusammengestellt von Elisabeth Borchers. Mit Illustrationen. it 91

Märchen der Romantik
Mit zeitgenössischen Illustrationen. Herausgegeben von Maria Dessauer. 2 Bände. it 285

Liebe Mutter
Eine Sammlung von Elisabeth Borchers. it 230

Lieber Vater
Eine Sammlung von Gottfried Honnefelder. it 231

Das Buch der Liebe
Gedichte und Lieder ausgewählt von Elisabeth Borchers. Mit Abbildungen. it 82

Geschichten der Liebe aus den 1001 Nächten
Aus dem arabischen Urtext übertragen von Enno Littmann. Mit acht farbigen Miniaturen. it 38

Alte und neue Lieder
mit Bildern und Weisen. Herausgegeben von Johannes Bolte u. a. Mit Illustrationen von Ludwig Richter, Otto Ubbelohde, Moritz v. Schwind u. a. it 59

Der Löwe und die Maus
und andere große und kleine Tiere in Fabeln, Geschichten und Bildern. Ausgewählt von Anne M. Rotenberg. it 187

Märchen deutscher Dichter
Ausgewählt von Elisabeth Borchers. it 13

*Geschichten, Sammlungen, Märchen und Abenteuer*

Das sehr nützliche Merk-Buch für Geburtstage
Geschmückt mit Bildern von Anita Albus, Monika Beisner, Almut Gernhardt, Arturo Heras, Guillermo Mordillo, Wilhelm Schlote, Walter Schmögner, Hannelore Stirnemann, Oliver Villate, Erna de Vries, Hans Walther u. a. Mit ausgewählten Gedanken und acht oder neun weisen Worten übers Briefeschreiben von Lewis Carroll. Zusammengetragen von Elisabeth Borchers. it 155

Thomas de Quincey. Mord als eine schöne Kunst betrachtet
Herausgegeben und eingeleitet von Norbert Kohl. Mit zeitgenössischen Illustrationen. it 258

Wolfgang Schadewaldt. Sternsagen
Mit Illustrationen aus dem 18. Jahrhundert. it 234

Gustav Schwab. Sagen des klassischen Altertums
Mit Zeichnungen von John Flaxman. Nachwort von Manfred Lemmer. Drei Bände in farbiger Kassette. it 127

Walter Scott. Im Auftrag des Königs
Die gefährlichen Abenteuer des Quentin Durward. Mit einem Nachwort von Traude Dienel. Mit Illustrationen aus dem 19. Jahrhundert. it 188

Die Geschichte von Sindbad dem Seefahrer
sowie von der Messingstadt und von Abu Mohammed dem Faulpelz. Aus dem arabischen Urtext von Enno Littmann. Mit Illustrationen von Gustave Doré u. a. it 90

Sonne, Mond und Sterne
Gedichte, Prosa und Bilder. Auswahl H. Bender. it 170

Robert Louis Stevenson. Die Schatzinsel
Mit Illustrationen von Georges Roux. it 65

Jonathan Swift. Gullivers Reisen
Mit Illustrationen von Grandville und einem Vorwort von Hermann Hesse. Aus dem Englischen übersetzt von Franz Kottenkamp. it 58

*Geschichten, Sammlungen, Märchen und Abenteuer*

Mark Twain. Huckleberry Finns Abenteuer
Vollständige Ausgabe. Mit Illustrationen von Eberhard Binder. Deutsch von Barbara Cramer-Nauhaus. it 126

Mark Twain. Tom Sawyers Abenteuer
Illustriert von Eberhard Binder. Bearbeitet von Karl Heinz Berger. it 93

Das Weihnachtsbuch
Mit alten und neuen Geschichten, Gedichten und Liedern. Ausgewählt von Elisabeth Borchers. Mit vielen Illustrationen. it 46

Das Weihnachtsbuch für Kinder
Mit Geschichten, Gedichten und Bildern. Ausgewählt von Elisabeth Borchers. it 156

Das Weihnachtsbuch der Lieder
Mit alten und neuen Liedern zum Singen und Spielen. Ausgewählt von Gottfried Natalis. Mit einem Nachwort von Ernst Klusen. it 157

Die Insel-Weihnachtskassette
Alle Insel-Weihnachtsbücher in einer illustrierten Geschenkkassette

Die Weisheit der Lüge
Von Sulchan-Saba Orbeliani. Georgische Fabeln, Märchen und Gleichnisse. Nachwort Elke Erb. it 81

Oscar Wilde. Die Erzählungen und Märchen
Übersetzt von Felix Paul Greve und Franz Blei. Mit Zeichnungen von Heinrich Vogeler. it 5

*Literatur aus Frankreich, England, Amerika u.a.*

Jan Potocki. Die Handschrift von Saragossa
Herausgegeben von Roger Caillois. Aus dem Französischen von Louise Eisler-Fischer. Aus dem Polnischen von Maryla Reifenberg. Mit Bildern von Goya. Zwei Bände. it 139

François Rabelais. Gargantua und Pantagruel
Herausgegeben von Horst und Edith Heintze. Erläutert von Horst Heintze und Rolf Müller. Mit Illustrationen von Gustave Doré. Zwei Bände. it 77

William Shakespeare. Einundzwanzig Sonette
Deutsch von Paul Celan. Nachwort H. Viebrock. it 132

Walter Scott. Im Auftrag des Königs
Die gefährlichen Abenteuer des Quentin Durward. Mit einem Nachwort von Traude Dienel. Mit Illustrationen aus dem 19. Jahrhundert. it 188

Stendhal. Rot und Schwarz
Vollständige Ausgabe. Übersetzt von Walter Widmer. Mit einem Nachwort von Uwe Japp. it 213

Stendhal. Über die Liebe
Vollständige Ausgabe. Aus dem Französischen und mit einer Einführung von Walter Hoyer. it 124

Laurence Sterne. Yoricks Reise des Herzens
Durch Frankreich und Italien. Mit zwölf Holzschnitten nach Tony Johanot. Mit einem Nachwort von Helmut Findeisen. it 277

Robert Louis Stevenson. Die Schatzinsel
Mit Illustrationen von Georges Roux. it 65

Jonathan Swift. Gullivers Reisen
Mit Illustrationen von Grandville und einem Vorwort von Hermann Hesse. Aus dem Englischen übersetzt von Franz Kottenkamp. it 58

Jonathan Swift. Ein bescheidener Vorschlag, wie man verhindern kann, daß die Kinder der Armen ihren Eltern oder dem Lande zur Last fallen
und andere Satiren. Mit einem Essay von Martin Walser: Die notwendigen Schritte. it 131

*Literatur aus Frankreich, England, Amerika u.a.*

Claude Tillier. Mein Onkel Benjamin
Deutsch von Rudolf G. Binding. Mit Schattenrissen, gezeichnet von Emil Preetorius. it 219

Leo N. Tolstoj. Die großen Erzählungen
Mit einem Nachwort von Thomas Mann. Aus dem Russischen von Rudolf Kassner und Arthur Luther. it 18

Leo N. Tolstoj. Kindheit, Knabenalter, Jünglingsjahre
Aus dem Russischen von Hermann Röhl. Revidiert und herausgegeben von Gisela Drohla. it 203

Anton Tschechow. Die Dame mit dem Hündchen
und andere Erzählungen. Mit Zeichnungen von András Karakas. Ausgewählt und mit einem Nachwort von Werner Berthel. it 174

Iwan Turgenjew. Väter und Söhne. it 64

Mark Twain. Huckleberry Finns Abenteuer
Vollständige Ausgabe. Mit Illustrationen von Eberhard Binder. Deutsch von Barbara Cramer-Nauhaus. it 126

Mark Twain. Tom Sawyers Abenteuer
Illustriert von Eberhard Binder. Bearbeitet von Karl Heinz Berger. it 93

Mark Twain. Leben auf dem Mississippi
Mit Illustrationen von Klaus Ensikat. Aus dem Amerikanischen übersetzt und bearbeitet von Helene Ritzerfeld. it 252

Voltaire. Candide oder der Optimismus
Mit 26 Federzeichnungen von Paul Klee und einer Nachbemerkung von Jean Orieux. it 11

Voltaire. Sämtliche Romane und Erzählungen
Mit einer Einleitung von Victor Klemperer und Illustrationen von Moreau le jeune. Zwei Bände. it 209/210

Voltaire. Zadig oder das Schicksal
Eine orientalische Erzählung. Aus dem Französischen von I. Lehmann. Mit Radierungen von M. Behmer. it 121

insel taschenbücher
Alphabetisches Verzeichnis

Grimmelshausen: Courasche it 211
Gundert: Marie Hesse it 261
Hauff-Märchen (2 Bände in Kassette) it 216/it 217
Hebel: Bildergeschichte vom Zundelfrieder it 271
Hebel: Kalendergeschichten it 17
Heine: Aus den Memoiren des Herren von Schnabelewopski it 189
Heine: Buch der Lieder it 33
Heras: Am Anfang war das Huhn it 185
Hesse: Dank an Goethe it 129
Hesse: Geschichten aus dem Mittelalter it 161
Hesse: Hermann Lauscher it 206
Hesse: Kindheit des Zauberers it 67
Hesse: Leben und Werk im Bild it 36
Hesse: Piktors Verwandlungen it 122
Hesse/Schmögner: Die Stadt it 236
Hesse/Weiss: Der verbannte Ehemann it 260
Hillmann: ABC-Geschichten it 99
E. T. A. Hoffmann: Der unheimliche Gast it 245
E. T. A. Hoffmann: Kater Murr it 168
Hölderlin-Chronik it 83
Hölderlin: Dokumente seines Lebens it 221
Homer: Ilias it 153
Horváth: Leben und Werk it 237
Ricarda Huch: Der Dreißigjährige Krieg (2 Bände) it 22/23
Jacobsen: Die Pest in Bergamo it 265
Jacobsen: Niels Lyhne it 44
Kant-Brevier 61
Kaschnitz: Eisbären it 4
Kästner: Die Lerchenschule it 57
Kästner: Die Stundentrommel vom heiligen Berg Athos it 56
Kästner: Griechische Inseln it 118
Kästner: Kreta it 117
Kästner: Ölberge, Weinberge it 55
Keller: Züricher Novellen it 201
Zum Kinderbuch it 92
Kinderheimat it 111
Kinder- und Hausmärchen gesammelt durch die Brüder Grimm (3 Bände in Kassette) it 112/it 113/it 114
Kin Ping Meh it 253
Kleist: Geschichte meiner Seele it 281
Kleist: Der zerbrochene Krug it 171

Klingemann: Nachtwachen von Bonaventura it 89
Klinger: Leben und Werk in Daten und Bildern it 204
Knigge: Über den Umgang mit Menschen it 273
Konfuzius: Materialien it 87
Konfuzius und der Räuber Zhi it 278
Kropotkin: Memoiren eines Revolutionärs it 21
Laclos: Schlimme Liebschaften it 12
Lamb: Shakespeare Novellen it 268
Das große Lalula it 91
Das Buch der Liebe it 82
Lévi-Strauss: Der Weg der Masken it 288
Liebe Mutter it 230
Lieber Vater it 231 (in Kassette)
Lichtenberg: Aphorismen it 165
Linné: Lappländische Reise it 102
Longus: Daphnis und Chloë it 136
Lorca: Die dramatischen Dichtungen it 3
Der Löwe und die Maus it 187
Majakowski: Werke I it 16 Werke II it 53 Werke III it 79
Malory: König Artus (3 Bände) it 239
Marc Aurel: Wege zu sich selbst it 190
Märchen deutscher Dichter it 13
Maupassant: Bel-Ami it 280
Maupassant: Das Haus Tellier it 248
Maupassant: Pariser Abenteuer it 106
Mäusegeschichten it 173
Melville: Moby Dick it 233
Michelangelo: Handzeichnungen und Dichtungen it 147
Michelangelo. Leben und Werk it 148
Minnesinger it 88
Mirabeau: Der gelüftete Vorhang it 32
Montaigne: Essays it 220
Mordillo: Das Giraffenbuch it 37
Mordillo: Das Giraffenbuch 2 it 71
Mordillo: Träumereien it 108
Morgenstern: Alle Galgenlieder it 6
Mörike: Die Historie von der schönen Lau it 72
Mozart: Briefe it 128
Musäus: Rübezahl it 73
Mutter Gans it 28
Die Nibelungen it 14
Nietzsche: Also sprach Zarathustra it 145
Novalis. Dokumente seines Lebens it 178
Orbeliani: Die Weisheit der Lüge it 81

Schumacher: Ein Gang durch den
Grünen Heinrich  it 184
Schwab: Sagen des klassischen Altertums
(3 Bände in Kassette)  it 127
Scott: Im Auftrag des Königs  it 188
Shakespeare: Sonette  it 132
Shaw-Brevier  it 159
Sindbad der Seefahrer  it 90
Sonne, Mond und Sterne  it 170
Sophokles: Antigone  it 70
Sophokles: König Ödipus  it 15
Stendhal: Rot und Schwarz  it 213
Stendhal: Über die Liebe  it 124
Sternberger: Über Jugendstil  it 274
Sterne: Yoricks Reise des Herzens  it 277
Stevenson: Die Schatzinsel  it 65
Storm: Am Kamin  it 143
Swift: Ein bescheidener Vorschlag ...  it 131
Swift: Gullivers Reisen  it 58
Tillier: Mein Onkel Benjamin  it 219
Toepffer: Komische Bilderromane
(2 Bände in Kassette)  it 137
Tolstoj: Die großen Erzählungen  it 18
Tolstoj: Kindheit, Knabenalter, Jünglingsjahre  it 203
Tschechow: Die Dame mit dem Hündchen  it 174
Turgenjew: Erste Liebe  it 257
Turgenjew: Väter und Söhne  it 64
Der Turm der fegenden Wolken  it 162
Twain: Huckleberry Finns Abenteuer  it 126
Twain: Leben auf dem Mississippi  it 252
Twain: Tom Sawyers Abenteuer  it 93
Voltaire: Candide  it 11
Voltaire: Sämtliche Romane und Erzählungen
(2 Bände)  it 209/it 210
Voltaire: Zadig  it 121
Wagner: Ausgewählte Schriften  it 66
Walser: Fritz Kochers Aufsätze  it 63
Das Weihnachtsbuch  it 46
Das Weihnachtsbuch der Lieder  it 157
Das Weihnachtsbuch für Kinder  it 156
Wilde: Die Erzählungen und Märchen  it 5
Wilde: Salome  it 107
Wilde: Leben und Werk  it 158
Der Zauberbrunnen  it 197
Zimmer: Yoga und Buddhismus  it 45